KJB

Ally Condie lebt mit ihrem Mann und ihren vier Kindern in Salt Lake City, USA. Nach dem Studium unterrichtete sie mehrere Jahre lang Englische Literatur in New York, bevor sie sich ganz dem Schreiben widmete. Die Serie »Cassia & Ky« wurde in mehr als 30 Sprachen übersetzt und war ein überwältigender internationaler Erfolg.

Brendan Reichs ist New-York-Times-Bestsellerautor und lebt in Charlotte, North Carolina, mit seiner Frau, seinen Kindern und einer Herde von Tieren.

Weitere Informationen zum Kinder- und Jugendbuchprogramm der S. Fischer Verlage finden Sie unter *www.fischerverlage.de*

Ally Condie
Brendan Reichs

DARKDEEP

Stimme der Finsternis

Band 2

Übersetzt von
Leo H. Strohm

KJB

Aus Verantwortung für die Umwelt hat sich der Fischer Kinder- und Jugendbuch Verlag zu einer nachhaltigen Buchproduktion verpflichtet. Der bewusste Umgang mit unseren Ressourcen, der Schutz unseres Klimas und der Natur gehören zu unseren obersten Unternehmenszielen.

Gemeinsam mit unseren Partnern und Lieferanten setzen wir uns für eine klimaneutrale Buchproduktion ein, die den Erwerb von Klimazertifikaten zur Kompensation des CO_2-Ausstoßes einschließt.
Weitere Informationen finden Sie unter: www.klimaneutralerverlag.de

Alle Bände der Darkdeep-Serie:

Band 1: Darkdeep – Insel der Schrecken
Band 2: Darkdeep – Stimme der Finsternis
Band 3: Erscheint im Frühjahr 2021

FSC www.fsc.org
MIX
Papier aus verantwortungsvollen Quellen
FSC® C083411

Erschienen bei FISCHER KJB

Das englischsprachige Original erschien 2019 unter dem Titel
The Beast. A Darkdeep Novel bei Bloomsbury Children's Books

Published by Arrangement with SONNET LLC and
FIRE LAKE PRODUCTIONS, LLC
Dieses Werk wurde vermittelt durch die
Literarische Agentur Thomas Schlück GmbH, 30161 Hannover

Umschlaggestaltung: MT-Vreden
nach dem Umschlag der Originalausgabe von Bloomsbury Children's Books
Umschlagabbildung: Antonio Javier Caparo, 2019
Satz: Pinkuin Satz und Datentechnik, Berlin
Druck und Bindung: CPI books GmbH, Leck
Printed in Germany
ISBN 978-3-7373-4181-3

Für Cindy, die sich auf eine verrückte Idee eingelassen
und uns sogar ein Whiteboard besorgt hat.

I. Teil
Freakshow

I.
Nico

Nur noch wenige Augenblicke, dann würde Nico Holland gefressen werden.

Vielleicht zerkaut, vielleicht auch nur angenagt … es gab jedenfalls eine Menge unangenehmer Möglichkeiten. Nur das Eine war sonnenklar: Die wutschnaubende Kreatur, die ihm gegenüberstand, würde zubeißen.

Nico warf sich nach links. Im selben Moment schnappten die rasiermesserscharfen Zähne zu und zwar genau an der Stelle, wo eben noch sein Kopf gewesen war. Nico schrie laut auf, kam auf die Füße und stieß seinen Fackelträger-Dolch nach vorne, doch das Phantom wich mit einem schnellen Sprung zurück. Es bewegte sich unglaublich flink, und Nico hatte den Fehler begangen, aus dem schützenden Gebüsch hervorzuspringen und sich dem heranstürmenden Monster in den Weg zu stellen.

Wie dumm kann man sein?

Aber er hatte keine andere Wahl gehabt, als diesem fauchenden, roten Echsending den Fluchtweg abzuschneiden. Sie durften es nicht entkommen lassen.

Das Phantom war wie aus dem Nichts aufgetaucht und

lässig zu dem pechschwarzen Teich geschlendert, um daraus zu trinken. Sie hatten mit offenen Mündern und weit aufgerissenen Augen zum Fenster des Hausboots hinausgestarrt und gesehen, wie die Kreatur sich auf den Weg über den Bergrücken gemacht hatte, hinter dem der verborgene Tunnel lag, der von ihrer geheimen Insel aufs Festland führte.

Nico und seine Freunde hatten fluchtartig ihr schwimmendes Clubhaus verlassen und waren dem Ungeheuer durch den unter der Stummen Bucht verlaufenden Tunnel gefolgt, um dann den Trampelpfad hinaufzustürmen, der zur Spitze der steilen Klippen führte, die die nebelverhangene Bucht umgaben. Oben angekommen hatte Nico entsetzt mit angesehen, wie der Feuerschweif des Phantoms in einem dichten Wäldchen im Norden der Stadt verschwunden war. Zum Glück herrschte an diesem Nachmittag scheußliches Wetter – dichter Dauerregen und eisige Windböen, die einem bis unter die Haut krochen –, so dass die Bewohner von Timbers sich kaum nach draußen wagen würden. Dadurch bestand immer noch die Chance, dass Nico und die anderen die Katastrophe verhindern konnten.

»Nico, zurück!«, rief Opal Walsh. Sie hatte ihre schwarzen Haare zu einem langen Zopf geflochten, der ihr über eine Schulter fiel. Gerade befand sie sich hinter dem Ungeheuer, wodurch es sie nicht sehen konnte, und steuerte eine Lichtung an. Tyler Watson und Emma Fairington hatten sich zu ihrer Rechten ins Gebüsch verkrochen und hielten mucksmäuschenstill. Und dort war ja auch Logan Nantes, der sich von der anderen Seite an das Monster heranpirschte. Es würde nicht mehr lange dauern, dann hatten sie es umzingelt.

Na, toll. Und dann?

Das Ungeheuer sah sich um und entdeckte Opal. Sein Feuerschwanz flammte auf wie ein Schweißgerät. Auf der Lichtung wurde es mit einem Mal unerträglich heiß. Dampfwolken stiegen aus dem Gras empor.

»Also, das ist eindeutig ein Glutexo«, sagte Tyler und fummelte am Kragen seines Kapuzenshirts herum. »Vielleicht lassen wir es dieses Mal einfach entkommen, was meint ihr?«

Das Phantom drehte sich mit leuchtend blauen Augen zu ihm um und blinzelte. Die dunkelroten Schuppen glänzten, als die Kreatur ihre Reißzähne bleckte.

»Und tschüs!« Tylers Kopf verschwand zwischen raschelnden Blättern, genau wie Emmas auf und abwippende, blonde Locken. »Ihr kriegt das zu dritt hin, oder?«, ertönte ihre Stimme irgendwo aus dem Gebüsch.

»Wir können den Dinosaurier doch nicht einfach laufenlassen«, knurrte Nico und fuhr sich mit der Hand durch die regennassen, braunen Haare. »Wir wissen ja nicht einmal, wo er hergekommen ist.«

»Das ist ein Glutexo«, verbesserte ihn Tyler aus seinem Versteck.

Das Phantom drehte sich wieder zu Nico um und spreizte die Krallen. Seine blauen Augen wurden schmal.

Nico wich noch einen Schritt zurück, bevor er mit zitternder Stimme rief: »Ist etwa wieder mal jemand ins Finstertief gesprungen?«

»Nein«, antwortete Opal wie aus der Pistole geschossen.

»Selbstverständlich nicht!«, erwiderte Logan verärgert, und auch Emma und Tyler verneinten gemeinsam aus dem Gebüsch.

»Aber wie ist das Vieh dann hierhergekommen?«, murmelte Nico, während sich seine Nackenhärchen aufstellten.

Die Phantome entstammten dem Finstertief – einem düsteren, strudelnden Bassin im Untergeschoss des verlassenen Hausboots, das sie vor kurzem entdeckt hatten. Wer in das tintenschwarze Wasser sprang, wurde anschließend in dem Teich, auf dem das Hausboot schwamm, ausgespuckt. Und die Bilder, die der- oder demjenigen während der Zeit im Finstertief durch den Kopf gegangen waren, erwachten anschließend auf der Insel zum Leben – zumindest für eine kleine Weile. Zuerst war das alles nur ein großer Spaß gewesen, aber Nico und seine Freunde hatten schnell erfahren, wie gefährlich diese Wesen werden konnten. Und sie hatten die Aufgabe übernommen, die Kreaturen in ihre Schranken zu weisen.

Aber wenn niemand in den Strudel gesprungen ist, wo kommt dann dieses Phantom so plötzlich her? Aus dem Nichts etwa?

»Was genau ist eigentlich ein Glutexo?«, wollte Opal jetzt wissen, während das Monster stampfend und fauchend auf der Lichtung stand. Es schien sich zu überlegen, wie es Nico am besten den Kopf abreißen könnte.

»Das *gibt's* doch nicht! Seit Jahren versuche ich, euch für

Pokémon zu begeistern.« Tyler tauchte hinter einer Fichte gut zehn Meter weiter hinten wieder auf. Schweißperlen glitzerten auf seiner dunklen Haut. »Und jetzt bin ich der Einzige, der uns weiterhelfen kann!«

»Das ist ein bösartiges Feuer-Pokémon, ungefähr auf dem Dreißiger-Level«, sagte Logan, ohne eine Miene zu verziehen. »Kein voll entwickeltes Glurak oder so was, also haben wir Glück gehabt. Aber nehmt euch vor seinen Krallen in Acht. Die sind ziemlich lang, und die Gattung gilt allgemein als sehr streitsüchtig. Außerdem ist die Flamme an seinem Schwanz nicht zu verachten.«

Tyler starrte Logan an. »Wieso haben wir früher eigentlich nie was zusammen gemacht?«

Logan zuckte mit den Schultern. Es war ihm anzusehen, dass er sich nicht wohl in seiner Haut fühlte. Sein Vater war der reichste Mann in der Stadt, und gegenüber Nico und seinen Freunden hatte er sich eigentlich immer gehässig und fies benommen. Erst vor kurzem hatte sich das geändert – und ursprünglich nur, um Opal zu beeindrucken. Nico war ihm viele Jahre lang aus dem Weg gegangen – ihre Väter waren alles andere als gute Freunde! –, aber der Kampf um das Finstertief hatte die fünf zusammengeschweißt. Und jetzt bildeten sie gemeinsam den Orden der Fackelträger.

»Konzentration, bitte!« Opal packte ihren Dolch fest mit beiden Händen. »So wie beim letzten Mal?«

Nico schüttelte den Kopf. »Das Vieh hier ist ja viel größer als das wild gewordene Lebkuchenmännchen. Wir müssen uns eine neue Taktik überlegen.«

Das Glutexo verlagerte sein Gewicht, sah sich mit funkelndem Blick um und spannte die Muskeln, als wollte es jeden Moment angreifen. Es war bereits das dritte Phantom, das sie zur Strecke bringen mussten, seitdem sie vor Wochen das Finstertief versiegelt hatten, und mit Abstand das gefährlichste. Nico zermarterte sich das Gehirn, wie er seinen Dolch am besten einsetzen konnte, ohne dabei eine Hand zu verlieren. Wenn Phantome in die Enge getrieben wurden, reagierten sie immer ziemlich gereizt, und man konnte von Glück sagen, wenn es dabei blieb. Aber dieses da schien sehr viel mehr als nur gereizt zu sein.

»Ich … ich hab eine Idee«, stammelte Nico und wischte sich mit dem Handrücken über die Stirn. »Logan, kannst du es dazu bringen, dass es dich anschaut?«

»Ja, schon, aber … äh … ich will nicht.«

Schon im nächsten Augenblick hatte sich Nicos halb fertiger Plan in Luft aufgelöst. Mit flammendem Schwanz stieß sich das Glutexo ab, segelte über Nico hinweg und versuchte, ihm im Sprung die Augen auszukratzen. Kaum war es hinter Nico gelandet, wollte es weiter in den Wald stürmen.

Das war der Augenblick, als Emma zwischen den Bäumen hervortrat und ihm mit der ausgestreckten Hand den Weg versperrte. Das Phantom erstarrte und ließ ein kehliges Knurren hören, legte den Kopf schief und schnüffelte. Die Flamme an seinem Schwanz fiel schlagartig in sich zusammen, als hätte jemand den Gasbrenner abgestellt. Das Ungeheuer hüpfte auf Emma zu und schnupperte an ihren Fingern.

»Emma, was soll denn das?«, zischte Tyler ihr zu, während er aus dem Gebüsch hervorhuschte. Für einen Moment blieb Nicos Herz stehen, als er sah, wie das Phantom Emma etwas aus der Hand riss und es unter erfreutem Quieken in die Luft reckte.

Es war eine Packung M&Ms.

»Süßigkeiten«, keuchte Logan. »Damit zieht man sie groß.«

»Er darf das auf keinen Fall fressen!« Tyler fuchtelte aufgeregt mit den Händen und stürmte, trotz seiner Angst, mitten auf die Lichtung. »Seine Weiterentwicklung wollen wir ganz bestimmt nicht miterleben.«

Doch Opal hatte sich bereits hinter das Phantom geschlichen, das Tyler jetzt wütend anstarrte. Sie berührte mit der Spitze ihres Fackelträger-Dolchs seine roten Schuppen. »Tut mir leid, mein Freund. Aber du gehörst hier nicht hin.«

Das Glutexo ließ ein enttäuschtes Seufzen hören und löste sich auf. Die M&Ms landeten im Gras.

»Gut gemacht, ihr zwei.« Nico rappelte sich ganz langsam wieder auf, wischte sich den Staub vom Sweatshirt und stieß einen langen Atemzug aus. »Das hat ja prima geklappt. Aber vielleicht sagt ihr nächstes Mal eurem Kumpel Nico Bescheid, was ihr vorhabt, okay?«

Tyler blickte Emma mit zusammengekniffenen Augen an. »Woher hast du gewusst, dass man ihm Süßigkeiten geben muss? Du wolltest doch nie mit mir Pokémon-Karten spielen.«

Emma verdrehte die Augen. »Ich habe eben ein sehr wählerisches Gedächtnis, du Flachpfeife. Du hast mir doch jeden Tag nach der Schule deine Sammlung gezeigt, ganz egal, wie laut ich protestiert habe. Spaß hat es mir jedenfalls nie gemacht.«

»Nun ja, gern geschehen jedenfalls«, erwiderte Tyler ein wenig selbstgefällig und wischte sich die Fingernägel an seinem Sweatshirt ab. »Ich habe dir das Leben gerettet, weiter nichts. Aber vielleicht hörst du in Zukunft ein bisschen öfter auf mich.«

Emma schnaubte verächtlich.

Opal steckte ihren Dolch wieder ein, verschränkte die Arme vor der Brust und starrte auf das niedergetrampelte Gras. Nico sah sie mit einem dankbaren Nicken an, und sie nickte zurück. Tiefe Sorgenfalten gruben sich in ihre Stirn. Einem voll entwickelten Phantom, das direkten Einfluss auf seine unmittelbare Umgebung nehmen konnte, so nahe zu kommen, war immer riskant, auch wenn sie inzwischen ziemlich viel Übung darin hatten.

Nico wusste, dass sie gar nicht richtig zustechen mussten, um so ein Phantom zu vertreiben, ja, sie brauchten die Dolche eigentlich nicht einmal zu benutzen. Sie dienten lediglich der Konzentration. Sie hatten gelernt, dass sie, wenn sie ihren Albträumen gegenüberstanden, ihre Ängste akzeptieren und sich dann gegen sie wehren mussten. Das reichte aus, um die Phantasiefiguren, die aus ihrem Geist entsprungen waren, wieder zu verbannen. Und genau darin bestand seit Urzeiten die Aufgabe der Fackelträger – das Finstertief zu bewachen und all das, was ihm entkommen konnte, wieder einzufangen. Diese Verantwortung hatten sie übernommen, und sie taten das mit vollem Einsatz. *Aber aus welchem Geist ist dieses Vieh bloß entsprungen?*

Opal musste genau dasselbe gedacht haben.

»Jetzt sind es insgesamt schon drei Phantome, für die wir keine Erklärung haben«, sagte sie. »Die können unmöglich alle noch von der Rettich-Festival-Katastrophe übrig geblieben sein. Und das bedeutet, dass *neue* dazugekommen sein müssen. Also muss irgendjemand sie erschaffen haben. Aber wer? Und wie?«

Nico stieß den Atem aus. Vor wenigen Wochen erst hatte ihre Heimatstadt Timbers zu Ehren des beliebtesten Gemüses der ganzen Umgebung ein großes Rettich-Festival veranstaltet. Doch am Abend davor hatte das Finstertief eine ganze Bande von Phantomen ausgespuckt, die dann über das schlafende Örtchen hergefallen war und alles kurz und klein geschlagen hatte. Nico und den anderen war es nur mit allerletzter Kraft gelungen, die entfesselten Kreaturen gerade noch rechtzeitig in die Flucht zu schlagen. Übrig geblieben waren zutiefst verunsicherte Einwohner und jede Menge verrückte Theorien über das, was sich da wohl abgespielt haben mochte.

Nico kratzte sich die Wange. »Ich habe erst vorgestern nach dem Finstertief gesehen. Da war alles ruhig, und es hat sich kein bisschen bewegt. Dieses Wesen, dem wir im Finstertief begegnet sind, ist nicht mehr da, Opal, da bin ich mir ganz sicher. Wir haben die Verbindung durchtrennt.«

Opal wandte sich mit kritischem Blick an die anderen. »Von euch hat doch niemand irgendwelche *privaten* Experimente durchgeführt, oder?«

Alle schüttelten den Kopf, aber Nico und Tyler warfen Emma einen verstohlenen Blick zu.

Es entging ihr nicht. »Unverschämtheit!«

Nico hob beschwichtigend die Hand. »Kein Mensch will dich beschuldigen, Emma, echt nicht, aber …«

»Ich habe dieses Bassin nicht mehr angerührt, seit es versucht hat, mich umzubringen«, erwiderte Emma aufgebracht. »Danach habe ich ganz schnell die Lust daran verloren, das könnt ihr mir glauben.«

»Vielleicht hat noch jemand anders das Finstertief entdeckt?«, meinte Logan und verzog gequält das Gesicht. »Ich habe damals ja auch allein einen Weg auf die Insel gefunden, also ist es durchaus denkbar, dass irgendein Fremder zum Hausboot gekommen ist, ohne dass wir es mitgekriegt haben.«

»Du hast die Insel *entdeckt*, weil du Opal hinterherspioniert hast«, fauchte Nico ihn an.

»Spielt das jetzt noch eine Rolle?«, entgegnete Logan in scharfem Ton. Er war größer als Nico, hatte glänzende schwarze Haare und dunkle Augen.

Nico zog eine Grimasse und fuhr sich anschließend mit der Hand übers Gesicht. Manchmal war es immer noch schwierig zwischen Logan und ihm. Sie waren einfach so verschieden. Nico verbrachte seine Zeit gerne draußen in der Natur und genoss die Ruhe, während Logan viel lieber mit seinem Quad durch die Gegend röhrte oder sich für lautstarke Sportarten begeisterte. Dazu kam, dass der Streit ihrer Väter zumindest unterschwellig immer noch präsent war. Nicos Dad arbeitete für die Nationalparkverwaltung und hatte einen Bericht über das vom Aussterben bedrohte Fleckenkäuzchen verfasst. Logans Dad hingegen war der Besitzer des Sägewerks, in dem die Hälfte der Einwohner der Stadt arbeiteten, und er hatte durch diesen Bericht empfindliche Umsatzeinbußen hinnehmen müssen. Darum hatte Sylvain Nantes seine Kontakte spielen lassen, um eine Versetzung von Warren Holland zu erreichen, und es war offen, wie das Ganze enden würde. Logan und Nico hatten ihre Differenzen zwar beigelegt, aber manchmal kochte der ganze Ärger trotzdem wieder hoch.

Nico seufzte. »Du hast recht. Entschuldigung. Ich verstehe einfach nicht, wie immer wieder irgendwelche Phantome aus dem Finstertief entkommen können, obwohl es sich überhaupt nicht bewegt. Ich dachte, wir hätten das Problem endgültig gelöst.«

»Also, ich finde, allein die Tatsache, dass es die Fackelträger schon so lange gegeben hat, deutet darauf hin, dass das Problem sich nicht so einfach lösen lässt«, meinte Tyler leise. »Vielleicht müssen wir uns damit abfinden, dass hin und wieder ein Phantom aus dem Finstertief entwischt.«

Sie schwiegen alle. Sie waren die neuen Fackelträger und hatten sogar ihre Namen in dem zerfledderten Logbuch verewigt, doch obwohl sie sich mit Feuereifer auf ihre Aufgabe gestürzt hatten, wussten sie eigentlich gar nicht, was sie genau zu tun hatten. Darum waren sie weitgehend auf Vermutungen und Spekulationen angewiesen.

»Phantome müssen irgendwo ihren Ursprung haben«, beharrte Opal und zog die Regenjacke etwas fester um ihre Schultern. »Die tauchen nicht einfach aus heiterem Himmel irgendwo auf.«

»Wir sollten noch mal beim Finstertief nachsehen«, sagte Emma. »Vielleicht finden wir da unten beim Bassin doch noch einen Hinweis, wie das letzte entstanden sein könnte.«

Tyler schauderte. »Ich will da nicht hin. Jedes Mal habe ich das Gefühl, als würde es mich beobachten.«

Opal trat mit besorgtem Blick von einem Bein aufs andere. Dann griff sie nach ihrem Rucksack, der auf dem matschigen Erdboden lag, setzte ihn auf und klemmte die Daumen unter die Gurte.

Nico konnte ihre Nervosität gut verstehen. Auch er bekam jedes Mal eine Gänsehaut, wenn er an den düsteren Keller mit dem Finstertief dachte. »Bis jetzt haben wir Glück gehabt«, sagte er. »Wir haben jedenfalls alle erwischt.«

»Zumindest die, von denen wir wissen«, erwiderte Logan grimmig. »Aber wir haben die Insel ja auch nicht ständig im Blick. Wenn wir in der Schule sind, zum Beispiel, könnte sich ohne weiteres eine ganze Busladung mit schillernden Hühnchen-Monstern materialisieren, ohne dass wir was davon mitkriegen würden.«

»Oh, doch«, erwiderte Tyler und zuckte nur mit den Schultern, als er Logans hochgezogene Augenbrauen sah. »Wenn wir das Glutexo nicht erwischt hätten, wie es Teichwasser aufschlabbert, dann wäre es in die Hügel spaziert, und irgendwann hätte es jemand gesehen. Oder sein brennender Schwanz hätte den Wald abgefackelt. Und da Timbers immer noch heil ist, haben wir bis jetzt auch kein einziges Phantom übersehen.«

»*Bis jetzt*«, murmelte Logan leise.

»Wir müssen mehr wissen«, beharrte Opal. »Wir müssen endlich erfahren, wo diese Ungeheuer herkommen.«

Nico stieß den Atem aus. Es gab keine andere Möglichkeit.

»Wir müssen zum Finstertief. Wir müssen nachsehen, ob es wirklich noch schläft.«

2.
Opal

Opal starrte in das tintenschwarze Wasserbecken.

»Es dreht sich überhaupt nicht.«

Ihre Worte hallten durch das düstere Untergeschoss des Hausboots, wo sie alle gemeinsam und mit großer Vorsicht das Finstertief in Augenschein nahmen. Die Wasseroberfläche lag regungslos vor ihnen und wirkte zart und hart zugleich, fast wie seidiges Glas.

»Ganz schön unheimlich«, sagte Logan und steckte die Hände in die Hosentaschen.

Die Freunde waren ohne Umwege vom Wald zum Hausboot und sofort nach unten gegangen, um sich ihrer Aufgabe zu stellen. Emma und Nico standen Schulter an Schulter mit Opal da, als hätten sie den Kampf, den sie erst vor kurzem hier geführt hatten, noch deutlich vor Augen.

Tyler war am Fuß der Wendeltreppe stehen geblieben. »Okay«, rief er den anderen zu. »Wir haben genug gesehen. Gehen wir wieder nach oben.«

Opal konnte ihm seine Angst nicht verübeln, auch wenn es, um ehrlich zu sein, eine ganze Menge gab, vor dem Tyler

Angst hatte. Aber das Finstertief ließ auch ihr das Blut in den Adern gefrieren.

Niemand bewegte sich.

»Leute?«, drängelte Tyler. »Was soll denn das? Wieso wollt ihr noch länger hier unten bleiben?«

Emma kniete sich vor das Bassin und starrte in die regungslose Flüssigkeit.

»Emma«, mahnte Nico. »Geh nicht so nah ran.«

»Es sieht aus wie Obsidian«, erwiderte sie. »Beinahe schon … fest. Aber es ist nicht fest. Ich glaube, dass das Wasser weiter unten immer noch in Bewegung ist. Kein übernatürliches Phänomen, meine ich, eher so, wie man es in einem seltsamen Loch, in einem Teich wie diesem, eben erwarten würde.«

Tyler machte ruckartige Armbewegungen. »Nicht anfassen.«

»Schon klar.« Emmas Stimme klang verärgert. »Ich denke nicht mal dran.«

Opal blickte Emma verwundert an, weil *sie* nämlich – trotz allem – sehr wohl daran dachte.

Spürten die anderen das denn nicht? Diesen Drang, die Hand auszustrecken und über die Oberfläche zu streichen, nur um zu wissen, wie es sich anfühlte? Spürten sie nicht dieses unerklärliche, elektrische Kribbeln auf der Haut? *Ich kann doch nicht die Einzige sein.*

Sie faltete die Hände hinter dem Rücken. Das Bassin zu berühren würde nur zu neuen Schwierigkeiten führen.

»Tja, also, ich schätze mal, das sind gute Neuigkeiten«,

sagte Nico zögerlich und kratzte sich dabei den Hinterkopf. »Zwar wissen wir immer noch nicht, wo dieses Glutexo hergekommen ist, aber das Finstertief scheint offensichtlich ruhig zu sein.«

»Oben«, drängte Tyler und stampfte mit dem Fuß auf die untere Treppenstufe. »Das können wir alles *oben* besprechen.«

Nico nickte, dann kletterten sie die rostige Eisentreppe hinauf.

»Vielleicht stößt das Finstertief ja irgendwelche *alten* Phantome aus«, meinte Tyler, während sie durch eine verborgene Schiebewand in den Ausstellungsraum des Hausboots traten. Nachdem ein paar Phantome die Wandvertäfelung demoliert hatten, hatte Logan sie erst letzte Woche mit einigen Brettern aus dem Materiallager seines Vaters repariert.

Der Ausstellungsraum war ein Sammelsurium an Vitrinen mit wunderlichen Dingen, Truhen voller uralter Bücher, eigentümlicher Kunstgegenstände und seltsamer Waffen. Sogar ein riesiges, nicht identifizierbares Tierskelett hing an Schnüren von den Dachbalken herab.

Draußen ertönte ein krachender Donnerschlag, und der Regen nahm hörbar zu. Opal war froh, dass sie im Trockenen saßen, auch wenn es auf der ganzen Welt keinen merkwürdigeren Ort gab als dieses Hausboot. Aber so unheimlich all das hier auf andere auch wirken mochte, es war ihr geheimes Clubhaus. Hier fühlten sie sich geborgen.

Tyler breitete die Arme aus. »Ich meine, vielleicht haben

wir damals, als das Finstertief durchgedreht ist, noch mehr Phantome erschaffen, bloß, dass sie nicht sofort entkommen sind. Logan und ich haben früher beide mit Pokémon-Karten gespielt. Vielleicht hat es nur eine Weile gedauert, bis der Strudel das Glutexo ausgespuckt hat.«

»Vielleicht ist es ja ursprünglich als Glumanda aus dem Finstertief entkommen.« Logan fuhr sich aufgeregt mit der Hand übers Kinn. »Und dann musste es sich erst mal entwickeln. Es hat sich vielleicht auf der Insel versteckt, bis es das nächste Level erreicht hatte.«

»Ganz genau.« Tyler streckte Logan die geballte Faust entgegen. »Hast du deine Karten eigentlich noch?«

Logan verzog das Gesicht. »*Nein.* Alter, wir sind in der siebten Klasse. Das ist doch Kinderkram.« Aber als er glaubte, dass die anderen nicht hinsahen, stieß er seine Faust gegen Tylers.

Nico grinste Opal an. »Das haben die also gemacht, während wir mit unseren Fahrrädern durch die Gegend gebrettert sind?«

Sie grinste zurück. »Du meinst, während wir Motorrad gefahren sind? Oder Sternenkreuzer durchs Weltall gelenkt haben? Oder uns mit Delfinen aus dem Bermudadreieck unterhalten haben?«

Nico verzog das Gesicht. »Ist ja gut, ist ja gut. Wir waren auch kleine Nerds.«

Sie kamen an dem Podest mit dem großen Einmachglas vorbei. Darin schwebte ein grüner Klops mit dünnen Ärmchen in einer schimmernden Flüssigkeit. Er sah aus wie ein winziges, totes Alien. Sie hatten keine Ahnung, was das für eine Kreatur war, aber Emma hatte angefangen, es »das Ding« zu nennen, und dabei war es geblieben.

Opal hielt inne. Irgendetwas störte sie, auch wenn sie nicht genau sagen konnte, was es war. Hatte das Ding sich verändert, seit sie es das letzte Mal gesehen hatte?

Nein. Sieht genau gleich aus. Sie seufzte. Noch mehr Verwirrung in ihren Gehirnwindungen.

Vor etlichen Wochen hatte Opal kurzfristig unter Realitätsverlust gelitten und geglaubt, dass das Ding in Gedanken zu ihr gesprochen hatte. Wenn sie daran dachte, lief ihr immer noch eine Gänsehaut über den Rücken.

Komm, Opal.

Komm und sieh, was ich für dich habe.

Opal verzog das Gesicht. Das hatte sie sich natürlich nur eingebildet. Leblose grüne Klopse konnten keine telepathischen Gespräche führen. Opal war schon immer so gewesen, hatte sich stets irgendwelche Geschichten ausgedacht, schon damals, als sie zusammen mit Nico auf ihren Kinderfahrrädern durch Timbers geradelt war. Und das machte sie bis heute, wenn sie ihre privaten Tagebücher aus der geheimen Schreibtischschublade holte und wirre Ideen hineinschrieb. Mehr war auch das nicht gewesen – eine Szene aus einer ihrer Phantasien, die sich im Halbschlaf in ihre Gedanken geschlichen hatte. *Das ist alles.*

»Ihr könnt euch ja an Halloween als Glupandas verkleiden«, sagte Emma mit leuchtenden Augen. »Ich glaube nämlich, ich gehe als Rey. Obwohl, Captain Marvel wäre auch noch eine Möglichkeit.«

»Glumandas«, verbesserte Tyler und warf ihr einen herablassenden Blick zu. »Emma, wir sind jetzt in der siebten Klasse. Du weißt schon, dass wir nicht mehr an Haustüren klingeln und um Süßigkeiten betteln, oder?«

Emmas Augen wurden groß. »Das machen wir nicht mehr?«

»Auf keinen Fall«, schaltete Logan sich ein. »Dafür gibt es ungefähr fünf coole Partys, auf die wir gehen könnten, und außerdem fällt Halloween dieses Jahr auf einen Samstag. Das heißt, dass wir länger wegbleiben dürfen.«

Emma blickte Nico an, der schuldbewusst mit den Schultern zuckte. »Ich finde auch, dass wir inzwischen ein bisschen zu alt dafür sind.«

»Nur um sicherzugehen, dass ich mich nicht verhört habe«, sagte Emma und legte die Faust an die Stirn. »Wir ziehen also an diesem Wochenende nicht los, um uns jede Menge Gratis-Süßigkeiten in die Taschen zu stopfen? Und zwar *absolut freiwillig?*«

»Genau«, erwiderten Logan und Tyler gleichzeitig.

Emma wirbelte herum und fixierte Opal mit hektischem Blick.

»Ich komme mit, wenn du willst«, sagte diese. »Für ein Weilchen.«

Emma schlug die Hände vors Gesicht, trottete dann zu einer Truhe in der hinteren Ecke des Raums und hob den Deckel hoch. »Wer möchte was haben?«, knurrte sie und holte eine Schachtel mit Cupcakes heraus. »Ein bisschen Zucker muss sein. Wo wir jetzt scheinbar zu cool sind für Halloween.«

»Ach, jetzt sei doch nicht so«, erwiderte Tyler. »Wir amüsieren uns bestimmt trotzdem prächtig.«

Emma stampfte mit dem Fuß auf. »Gratis! Süßigkeiten!«

»Lass uns später noch mal darüber reden«, sagte Nico. »Aber jetzt sollten wir nachsehen, ob wir in den Aufzeichnungen der Fackelträger irgendwas über verzögerte Phantom-Erscheinungen finden.« Er fing den in Plastik verpackten Cupcake auf, der auf seinen Kopf zugeflogen kam. »Äh, danke, Emma.«

»Alle wischen sich gründlich die Hände ab, bevor sie die Bücher anfassen«, sagte Tyler mit strenger Stimme. »Denkt an die Vorschriften.«

Er war fasziniert von den alten Büchern auf dem Hausboot und verbrachte einen Großteil seiner Freizeit damit, sie durchzublättern und darin nach Informationen über das Finstertief oder seine andere fixe Idee – *die Bestie*, das legendäre Seeungeheuer, das angeblich im trügerischen Gewässer der Stummen Bucht lebte – zu suchen.

»Ich habe ganz saubere Hände, siehst du?« Nico stopfte sich den Cupcake mit einem Happs in den Mund.

Tyler verschränkte die Arme vor der Brust. »Du Barbar.«

Opal wischte gerade ein wenig feuchten Schmutz von ihrem Rucksack, doch dann hielt sie inne. Sie spürte ein seltsames Ziehen, aber nicht körperlich, sondern geistig, als würde jemand an ihren Gedanken zupfen, an ihrer …

Phantasie? Sie warf dem Ding in seinem flüssigen Gefängnis einen schnellen Blick zu, doch die kleine, grüne Kreatur sah genauso leblos aus wie zuvor.

Erneut spürte sie dieses seltsame Zucken am Rand ihres Bewusstseins. Sie versuchte, es zu ignorieren, aber es war wie ein Jucken, dem sie nicht beikam. Ein unscharfes Bild hüpfte ihr durch den Kopf, ohne dass sie es zu fassen bekam. Sehr frustrierend.

Opal wurde immer nervöser, kniff die Augen fest zusammen und atmete zehnmal ein und aus. Allmählich verebbte das Gefühl. Als sie die Augen wieder öffnete, starrte sie die hintere Wand an. Dort, neben einem Stapel staubiger Notizbücher, stand ein mit Spinnweben überzogenes Regal, in dem eine verbeulte, metallene Brotdose lag.

Opal runzelte die Stirn, stand auf und ging darauf zu. Warum sie das tat, wusste sie selbst nicht genau. Warum fiel ihr dieser unscheinbare Gegenstand ausgerechnet jetzt ins Auge?

Die Brotdose hatte einen rundlichen Deckel und sah so stabil und widerstandsfähig aus, als hätte sie einem wettergegerbten alten Fischer gehört. Sie war ihr bis jetzt noch nie aufgefallen. Auf dem Hausboot gab es buchstäblich Hunderte höchst sehenswerter Dinge zu bestaunen, aber diese Brotdose gehörte nicht wirklich dazu.

»Ich habe was Interessantes entdeckt«, tönte Tyler durch den Raum. »Hier steht was über Kettenreaktionen!«

Opal nickte ihm aufmunternd zu, richtete ihre Konzentration jedoch schnell wieder auf das Regal. Mit einem Achselzucken nahm sie die Dose in die Hand und klappte den Deckel auf. Darin lag eine rot-weiß karierte Serviette. Sie war enttäuscht. *Also doch nichts weiter als eine alte Brotdose.* Womöglich lag in der Serviette sogar noch ein uraltes, verschimmeltes Sandwich. Sie rümpfte die Nase und wollte den Deckel gerade wieder zuklappen, da hielt sie etwas zurück.

Sie griff nach der verblichenen Serviette, spürte ein Gewicht in der Mitte.

Opal warf einen Blick über die Schulter zu den anderen und fing dann an, den Stoff beiseitezuklappen. Schicht um Schicht faltete sie die Serviette auseinander, bis ihr eine matte Bronzemedaille in die Finger fiel, ein Orden, wie man ihn hin und wieder an den Uniformjacken von Soldaten sehen konnte. Er war schwer, besaß in der Mitte ein blau-weißes Band mit einem roten Streifen und wurde von einem massiven Metallbügel gekrönt. Das Motiv bestand aus einem einfachen Relief und erinnerte an einen Flugzeugpropeller.

Während sie die Medaille noch betrachtete, kehrte das seltsame Gefühl zurück, und das stärker als zuvor. Mit einem Mal war sie sich sicher, dass dieses Schmuckstück wichtig war. Dass es eine … *Bedeutung* hatte.

»Vergessen wir's«, knurrte Tyler und klappte das Buch mit einem lauten Knall zu, der Opal zusammenzucken ließ. »Das hilft uns nicht weiter. Aber zu eurer Information: Gemeinsam zum Finstertief runterzugehen war alles andere als klug.«

Opal steckte den Orden in ihre Tasche. Als sie dann die Brotdose wieder ins Regal stellte, streifte sie mit den Fingern die daneben aufgestapelten Notizbücher. Sie bildeten eine bunte Mischung aus unterschiedlichen Größen und Bindungen. Eines der Bücher besaß einen runzligen Ledereinband und sah älter aus als alle anderen auf dem Stapel.

Opal liebte coole Notizbücher. Sie zog den Reißverschluss ihres Rucksacks auf und steckte das ledergebundene Exemplar zu dem Notfallpäckchen, das sie inzwischen immer dabeihatte – Verbandszeug, Taschenlampe, Wasserflasche, Müsliriegel, ein Zippo-Feuerzeug, das sie in der Tunnelkammer der Fackelträger gefunden hatten, und ein Set Ersatzkleidung. Sie würde nie wieder unvorbereitet sein.

Kaum hatte sie sich den Rucksack auf den Rücken geschwungen, hörte sie hinter sich eine Bewegung und drehte sich um.

»Oh, *wow*!« Nico hatte sich den Kragen seines Sweatshirts über die Nase gezogen. »*Logan*. Das kann doch nicht dein Ernst sein, Alter. Nächstes Mal gehst du raus.«

»Das war ich nicht!« Logan stieß ein unterdrücktes Lachen aus und versetzte Nico einen gutmütigen Schubs, bevor er sich selbst die Nase zuhielt. »Wer den Furz zuerst gerochen, dem ist er aus dem Arsch gekrochen, das weiß doch jeder. Also lass mich da aus dem Spiel.«

»Bu-äääh«, ächzte Emma und vergrub das Gesicht im Ellbogen. »Ich kann ihn sogar schmecken. Jungs sind wirklich unfassbar widerlich.«

Tyler fuchtelte wie wild vor seinem Gesicht herum und hielt den Atem an. »Das soll aufhören! Macht das es aufhört!«

Jetzt war die Duftwolke auch bei Opal angelangt, und sie rang nach Luft. *»O Gott, o Gott, o Gott.«*

Es stank im ganzen Raum nach dem schlimmsten Furz der Menschheitsgeschichte, kombiniert mit Kuhfladen und etwas anderem – etwas Ölig-Erdigem, das sich sofort auf Opals Haut legte und in ihre Poren kroch.

»Raus hier!«, jaulte Nico. »Zur Tür! Los!«

Sie rannten durch den Samtvorhang des Ausstellungsraums ins Foyer. Opal stieß die Eingangstür des Hausboots auf, und sie taumelten auf die Veranda, verkeilten sich ineinander wie bei einem Auffahrunfall, ohne dass der Gestank nachließ. Ausgerechnet jetzt legte der peitschende Regen eine kurze Pause ein, als sei er der Komplize dieser grauenhaften Attacke auf ihren Geruchssinn.

»Hier draußen ist es ja noch schlimmer!«, brüllte Emma. *»Zurück, zurück, zurück!«*

Opal blieb regungslos stehen und starrte auf den Teich. Das Wasser sah genauso unendlich schwarz und düster aus wie immer, abgesehen von einem großen Kreis rings um das Hausboot, der eine widerlich-bräunliche Färbung angenommen hatte. *Lachsorange*, dachte sie automatisch. Einer der Wachsmalstifte aus ihrer Kindheit.

Der rötlich braune Kreis zischte und ließ dicke Blasen an die Oberfläche steigen, die faulig neongelbe Ringe hinterließen. Das Wasser schäumte noch eine ganze Weile, dann beruhigte es sich wieder. Der Gestank war so grauenhaft, dass Opal ihr Mittagessen nur mit Mühe bei sich behalten konnte.

Verfaulte Eier. War das etwa Schwefelgeruch? Opal war sich nicht ganz sicher.

Was immer es war, der Gestank blieb jedenfalls auch, nachdem die Farbe sich langsam zurückgezogen hatte, in der Luft hängen. Dann tauchte Nico neben ihr auf, mit tränennassen Augen, die Nase immer noch im Kragen seines Sweatshirts verborgen. Er zeigte auf den nun wieder ruhigen Teich. »Was war denn *das*?«

Opal schüttelte den Kopf, während ihre Haut am ganzen Körper zu kribbeln begann.

Obwohl das Finstertief sich ruhig verhielt, war klar, dass im Teich irgendetwas sehr Beunruhigendes vor sich ging.

Dazu kam dieses Gefühl von vorhin. Dieses Ziehen in ihrem Hinterkopf.

Sie kannte dieses Ziehen, denn sie hatte es schon einmal gespürt. Damals hatte sie tatsächlich geglaubt, dass ein in Flüssigkeit schwebendes grünes Wesen sie angelächelt und ihr zugezwinkert hatte. Jetzt heulten sämtliche Warnsirenen in ihrem Inneren auf, genau wie beim letzten Mal.

Es fühlte sich so an, als käme dieses Gefühl nicht von *ihr*.

Und es fühlte sich nicht menschlich an.

3.
Nico

Die zähnefletschende Bestie segelte wie ein Adler zum Himmel.

Nico sah dem vorbeischwebenden Luftballon mit gerunzelter Stirn hinterher.

»Ach, vergiss es, der ist weg«, sagte Tyler, während der elegante schwarze Körper vom Wind die Main Street entlanggetrieben wurde, kleiner und kleiner wurde, bevor ihn am Ufer die steife Meeresbrise erfasste. Für einen kurzen Augenblick spiegelte sich einer der wenigen Sonnenstrahlen dieses kühlen, wolkenverhangenen Tages in der schimmernden Folie, dann war der Ballon aus ihrem Blickfeld verschwunden.

»Das ist doch Umweltverschmutzung«, murrte Opal kopfschüttelnd. »Auch wenn er erst kilometerweit entfernt wieder landet.«

Nico fand, dass sie recht hatte. Sie saßen auf einer Bank vor dem *Fish & Game* – so hieß der kleine Sportwarenladen von Emmas Eltern – und tranken heißen Apfelpunsch, den Mrs Fairington im Pausenraum für sie zubereitet hatte. Die Schule war gerade erst zu Ende, und ein langes Wochenende stand vor der Tür – Donnerstag und Freitag waren schulfrei, und dann wartete ja der verheißungsvolle Halloween-Samstag auf sie.

Nico war aufgeregt. Halloween war sein Lieblingsfeiertag, sogar noch vor Weihnachten. Vor allem an den mit künstlichen Spinnweben, ausgehöhlten Kürbissen, schwarzen Katzen, Hexen und Skeletten geschmückten Geschäften konnte er sich niemals sattsehen. Die Ladenbesitzer waren auch immer kostümiert und verteilten Süßigkeiten an die Kinder. Wenn es nach ihm gegangen wäre, dann hätte es das ganze Jahr so sein können.

Abgesehen von dem Rummel um die Bestie. Darauf könnte ich gut verzichten.

Opal starrte mit gerunzelter Stirn auf den überfüllten Marktplatz. »Ich hab ja gar nichts gegen dieses … Zeug, aber ich finde, die Standbesitzer müssten ein bisschen vorsichtiger sein.«

Nico gab ihr erneut recht. *Der ganze Ort dreht durch. Wieder mal.*

Rund herum herrschte eine geschäftige Aktivität, immer noch höflich und rücksichtsvoll, aber zugleich auch sehr hektisch. Es war eine Atmosphäre, wie man sie an stürmischen Oktobernachmittagen in vielen Orten an der US-amerikanischen Pazifikküste erleben konnte. Und egal wohin Nico auch schaute, überall schienen irgendwelche Bestiensouvenirs verkauft zu werden. Nach den katastrophalen Verwüstungen am Vorabend des Rettich-Festivals – viele Einheimische sprachen mittlerweile nur noch von der

»Nacht der Bestie« – war das Städtchen in eine Art Monsterfieber verfallen.

Bestienbecher. Bestienanstecknadeln. Aus Holz geschnitzte oder aus Plastik gegossene Bestien in verschiedenen Formen und Farben. Man war sich keineswegs einig, wie das geheimnisvolle Seeungeheuer eigentlich aussah. Da gab es Loch-Ness-Versionen, merkwürdig lächelnde *E.T.*-Mutationen und gelegentlich auch welche, die aus einem *Alien*-Film entsprungen zu sein schienen. Nur in einem Punkt waren sich die Ladenbesitzer von Timbers einig: Man konnte damit Geld verdienen, ganz besonders so kurz vor Halloween.

»Wer immer die Idee hatte, die Bestie für das Chaos auf dem Marktplatz verantwortlich zu machen, war ein Genie«, sagte Emma und blies auf ihre dampfende Tasse. »Seht euch doch bloß all diese Leute an.« Sie deutete auf eine Touristengruppe, die ganz aufgeregt von der Fähre kam, weil sie gleich den Ort besichtigen würden, der erst vor kurzem von einem leibhaftigen Seeungeheuer verwüstet worden war. Das zumindest hatten ihnen die Reiseveranstalter erzählt.

»Es ist eine Schande«, sagte Nico bitter. »Warum gibt es eigentlich so viele Leute, die diese Geschichte glauben?«

Emma versetzte ihm einen Klaps auf die Schulter. »Weil es *Spaß* macht, du Dummie. Und dass die Bürgermeisterin bei jeder Gelegenheit betont, dass das alles Gerüchte sind, die keineswegs der Wahrheit entsprechen, sorgt bloß dafür, dass die Leute noch fester daran glauben.« Sie beugte sich etwas dichter zu ihm und raunte: »Außerdem ist an den Gerüchten ja durchaus was dran. Es waren schließlich *wirklich* Ungeheuer, die dafür gesorgt haben, dass das Rettich-Festival ausfällt, nur eben nicht die Bestie. Aber dafür können sich jetzt alle ein bisschen gruseln.«

»Und noch mehr als das.« Mit einer Kopfbewegung deutete Tyler auf das Plakat vor der Eisdiele auf der anderen Straßenseite. Dort wurden *Bestien-(B)Eissbecher* angeboten. »Die Leute scheffeln jede Menge Kohle. Mein Dad hat alle Hände voll zu tun, weil so viele Boote den Hafen anlaufen, und meine Mom sammelt bei den Touristen Spenden für den Förderverein zum Erhalt des alten Leuchtturms.« Er seufzte zufrieden. »Das Festival war ja als Wiederbelebungsmaßnahme für Timbers gedacht – und irgendwie hat es sogar geklappt. Die Gerüchte rund um die Bestie sind jedenfalls die reinste Goldmine.«

»Für unseren Laden hat es sich auch gelohnt«, sagte Emma. »Meine Eltern verkaufen massenhaft Ferngläser und Regenkleidung, ganz zu schweigen von dem Antibärenspray. Das geht kistenweise weg.«

Tyler riss den Kopf herum. »Antibärenspray? Gegen ein Seeungeheuer?«

Emma lachte. »Na ja, niemand kann beweisen, dass es *nicht* funktioniert, oder?«

Da hörten sie hinter sich ein lautes Klopfen und drehten sich um. Ein Haus weiter sahen sie Logan im Schaufenster von Buck's Haushaltswarengeschäft stehen. Er grinste über das ganze Gesicht und drückte ein T-Shirt an die Scheibe.

Nico unterdrückte ein Stöhnen und zog zum Schutz vor dem kalten Wind die Jacke enger. »Das gibt's doch nicht! Logan auch?«

Logan kam nach draußen und grinste wie ein Honigkuchenpferd. »Wie findet ihr das?« Er hielt das kostbare Stück hoch, so dass alle es sehen konnten: ein schwarzes Tanktop mit einem dümmlich grinsenden Cartoon-Seeungeheuer auf der Brust. Darüber stand in großen Blockbuchstaben: *TIMBERS: BESTIALISCH GUT.*

»Super!«, quiekte Emma und klatschte in die Hände.

Opal zuckte mit den Schultern, und Nico schlug die Hände vors Gesicht.

Logan wollte auch Geschäftsmann werden, so wie sein Vater, Sylvain Nantes, der Besitzer der Nantes Timber Company und einem Dutzend anderer Geschäfte in der Stadt. Deshalb war er immer auf der Suche nach Möglichkeiten, um sich ein paar Dollar extra zu verdienen. Allem Anschein nach war auch er dem Lockruf des schnellen Bestiengeldes erlegen.

»Aber die Bestie sieht doch überhaupt nicht so aus«, sagte Tyler pikiert. »Das wüsste ich.«

Logan blickte ihn missmutig an. »Das ist doch ein Cartoon, du Pfeife. Und woher willst du das eigentlich wissen? Du hast schließlich nicht gegen die echte Bestie gekämpft, sondern bloß gegen ein Phantom.«

»Es *gibt* keine echte Bestie«, murmelte Nico leise.

Gleichzeitig erwiderte Tyler hitzig: »Ach, nein?« Er blickte die anderen der Reihe nach an, und ein vertrautes Glitzern schimmerte in seinen Augenwinkeln. »Muss ich die Geschichte unbedingt noch mal erzählen?«

Alle stöhnten auf.

»Warum hast du das gesagt, Logan?«, jammerte Opal. »Jetzt hört er nie wieder auf.«

Logan zog eine Grimasse und hob die Hände. »Du hast ja recht. Tut mir leid, Tyler. Wir wissen alle, wie …«

»Da stand ich also«, dröhnte Tyler und breitete seine Arme so weit aus wie nur möglich. »Im Angesicht des sagenumwobenen schwarzen Seeungeheuers, der berühmt-berüchtigten und tödlichen Bestie von Timbers. Ich hatte nichts in der Hand bis auf meine grenzenlose Tapferkeit und vielleicht ein Messer. Aber meine Freunde waren in Gefahr und benötigten meine Hilfe. Und darum. Habe ich. Ihm die *Stirn geboten*!« Er hieb die geballte Faust in seine Handfläche, ohne sich um das Augenrollen der anderen zu kümmern. »Also habe ich dem gewaltigen, mit rasiermesserscharfen Zähnen bewaffneten Ungeheuer …«

»Phantom«, verbesserte ihn Logan.

»… direkt in die Augen geschaut und gesagt: ›Dieses Mal nicht, Bestie! Heute *kommst du hier nicht vorbei*!‹«

»Bitte, kann mir jemand den Gnadenstoß verpassen«, ächzte Nico.

Emma klatschte zum zweiten Mal in die Hände. »Noch mal! Noch mal!«

»Du sollst ihn nicht auch noch ermutigen!«, platzten Opal, Nico und Logan wie aus einem Mund hervor. Tyler setzte bereits zu einem noch wesentlich ausführlicheren Bericht über seine Heldentaten an, als Bewegung in die Menschenmenge beim Schiffsanleger kam.

Nico sagte: »Leute, seht mal. Da ist irgendwas los.«

»Von seinen Fängen tropfte das Gift«, fuhr Tyler fort, doch als die anderen alle zum Pier starrten, hielt er inne. »Also gut, von mir aus. Was ist denn da?«

Opal legte die Hand über die Augen und kniff sie zusammen. »Irgend so ein … komischer Transporter rollt gerade von der Fähre. Er kommt direkt auf uns zu.« Das Fahrzeug verließ den Anleger und fuhr die Main Street herauf, genau in ihre Richtung. Die Leute drehten sich um, als der Wagen an ihnen vorbeifuhr. Manche zeigten auch mit dem Finger darauf und fingen aufgeregt an zu plappern.

»Was soll das denn sein?«, flüsterte Nico.

Der Transporter war dunkelblau und wurde auf beiden Seiten von einem orangefarbenen Schriftzug geziert. Mehrere dicke, kurze Antennen ragten aus dem Dach hervor. Als er näher kam, hielt Emma den Atem an, und dann konnte Nico endlich die gezackten Buchstaben auf der Schiebetür des Fahrzeugs entziffern.

»Freakshow«, las Nico laut und kratzte sich am Hals. »Was, um alles in der Welt, soll das denn sein?«

Emma hüpfte wie ein Gummiball auf und ab. *»O mein Gott, o mein Gott, o mein Gott!«*

Die anderen sahen sie verdutzt an. Emma starrte mit weit aufgerissenen Augen auf den Transporter und hatte beide Hände vor den Mund geschlagen. *»Leute!«*, stieß sie mit schriller Stimme hervor und ließ die Hände sinken, so dass ihr breites Grinsen zu sehen war. »Das ist eine total berühmte Online-Show! Die Nummer eins unter den investigativen, paranormalen Nachrichtenkanälen auf YouTube!«

»Wie bitte?« Das war Nico.

Emma beachtete ihn nicht. »Die *Freakshow* ist der absolute *Hammer*!«

»*Freakshow?*« Tyler zog eine Grimasse. »Klingt aber nicht besonders freundlich.«

»Die gehen seltsamen und unerklärbaren Phänomenen auf den Grund«, erläuterte Emma in rasendem Tempo. »Absolut professionell und wissenschaftlich, und dazu produzieren sie einfach unglaubliche Spielszenen, in denen sie bestimmte Situationen nachstellen. Also, letztes Jahr zum Beispiel haben sie *bewiesen*, dass mindestens einmal im Monat ein Yeti einen ganz bestimmten Waschsalon in Spokane besucht. Sie haben dazu Aufnahmen mit einer Infrarotkamera und so weiter gemacht.«

»O Mann, *die* sind das?« Tyler spitzte die Lippen und sah die anderen kopfschüttelnd an. »Emma hat mich letztes Jahr mal gezwungen, mit ihr ein paar Folgen zu schauen. Das sind doch keine Nachrichten. Die wollen die Leute bloß schockieren und verarschen mit ihren miesen Spezialeffekten.«

»Stimmt doch gar nicht!« Emma schnaufte, als der Transporter vor dem White Pines, dem besten Bed and Breakfast der Stadt, anhielt. »Die machen ernsthafte, detektivische Arbeit, Tyler. Und damit weisen sie nach, dass an abgelegenen Orten durchaus paranormale Dinge passieren.« Sie tippte sich mit dem Zeigefinger gegen das Kinn. »Die sind bestimmt gekommen, um der Sache mit der Bestie auf den Grund zu gehen.«

Nico spürte, wie ihm eine Gänsehaut über den Rücken lief. Er sah zu Opal hinüber, die auf ihrer Unterlippe herumkaute.

»Wir können in Timbers keine Leute gebrauchen, die paranormale Phänomene untersuchen«, sagte Opal leise. »Das liegt doch auf der Hand.«

Logan ließ sein Bestienshirt auf die Bank fallen. »Wer ist denn das da?«

Ein kleiner, drahtiger Mann mit einem Yellowstone-T-Shirt, einer Jeans und Wanderstiefeln stieg aus dem Transporter. Er gähnte, zog seine Wollmütze vom Kopf und fuhr sich mit der Hand durch die dunkelbraunen Haare. Dabei betrachtete er sein Spiegelbild in einem Schaufenster. *Der sieht aus wie aus einem Werbespot für Gleitschirmfliegen oder so was.*

Nico sah, wie Emma und Opal einen Blick wechselten. »Ist das der Moderator?«, erkundigte er sich.

»Ja!«, antwortete Emma. Sie konnte ihre Begeisterung nur mühsam im Zaum halten. »Colton Bridger. Er hat ein Filmstudium an der University of Southern California absolviert und war früher professioneller Vogelbeobachter. Davor hat er Skivideos in besonders abgelegenen Gegenden gedreht. Er hat ein *ganzes Jahr lang* in Tibet gelebt, um meditieren zu lernen. Bridger hat vor nichts Angst. Und bei der *Freakshow* hat er die alleinige Verantwortung für Drehbuch, Schnitt und Regie.«

»Ein professioneller Hipster also«, murmelte Tyler. Logan prustete los, aber Emma schien es nicht gehört zu haben.

»Colton Bridger hat *sieben* Web-Breaker-Preise für die meisten Klicks gewonnen«, fuhr sie atemlos fort. »Letztes Jahr ist er vom ›Online Magazine‹ zum ›Meist heruntergeladenen Mann des Jahres‹ gekürt worden. Leute, das ist ein echter Star. In *unserer* Stadt. Nicht zu fassen!«

Bridger drehte sich langsam um die eigene Achse und betrachtete die Umgebung, während zwei Männer und eine Frau mehrere verbeulte Kisten aus dem Transporter wuchteten. Als sein Blick auf ihre Bank fiel, hielt er inne. Und dann, so unglaublich es auch war, kam er auf sie zu.

Emma verkrampfte sich wie nach einem Kontakt mit einem Elektroschocker. »Er kommt. Hierher.«

Bridger setzte ein freundliches Lächeln auf. »Hallo zusammen. Vielleicht könnt ihr mir ja helfen. Mein Filmteam und ich, wir suchen nach einem gewissen Fort Bulloch. Das muss irgendwo in der Nähe von einem …« Er hob den Finger und zog einen zusammengeknüllten Zettel aus seiner Jeanstasche. »… Razor Point sein? Könnt ihr mir sagen, wie wir dahinkommen?«

Logan erwiderte: »Kein Problem. Sie fahren auf der Coast Street nach Süden aus der Stadt, dann kommen Sie automatisch da hin. Nach ein paar Kilometern wird aus der Straße ein Feldweg, aber der führt genau darauf zu.«

Emma sah Bridger aus blinzelnden Augen an. »Wollen Sie hier eine *Freakshow*-Folge drehen?«

Sein Lächeln wurde ein wenig scheu. »Das stimmt. Ehrlich gesagt, wir hoffen sogar, dass wir eine Miniserie daraus machen können.«

Er streckte die Hand aus, und Emma ergriff sie freudestrahlend.

»Colton Bridger. Wir sind hierhergekommen, um den Gerüchten bezüglich der Bestie nachzugehen – zum Beispiel, wie sie euer Rettich-Festival vor einigen Wochen sabotiert hat. Das ganze Internet ist deswegen in heller Aufregung. Wir haben keinen anderen Wunsch, als diesen Teufel auf frischer Tat zu ertappen.« Dabei blitzten seine Augen, als hätte er gerade einen Insiderwitz gemacht. Nico merkte, dass er den Kerl schon jetzt nicht leiden konnte.

»Die Bestie ist kein Teufel«, entgegnete Tyler hitzig. »Sie ist einfach ... die Bestie eben. Eine jahrhundertealte Legende.«

»Genau, genau«, erwiderte Colton geschmeidig. »Ihr Einheimischen wisst das natürlich am besten. Und ich bin gekommen, um der Welt ein für alle Mal zu zeigen, wie echt dieses Ungeheuer ist. Und dass Halloween unmittelbar vor der Tür steht, das macht das Ganze natürlich *perfekt.*« Er wies mit einem Kopfnicken auf die umliegenden, mit Bestien dekorierten Schaufenster. »Das Monster hat Timbers ja nicht unbedingt Nachteile gebracht, stimmt's?«

»Warum wollen Sie denn zum Razor Point?«, erkundigte sich Nico und musste bewusst ein Stirnrunzeln unterdrücken. »Außer dem alten Fort gibt es dort eigentlich nichts zu sehen.« Razor Point lag für Nicos Geschmack viel zu dicht an der Stummen Bucht.

»Habt ihr es denn noch gar nicht gehört?« Bridger schenkte ihnen der Reihe nach einen dramatischen Blick und senkte die Stimme zu einem verschwörerischen Flüstern. »Vor drei Stunden haben ein paar Fischer gemeldet, dass sie dort die Bestie gesichtet haben. Wer weiß, vielleicht bekomme ich schon heute ein echtes Seeungeheuer vor die Kamera.« Er reckte sich und setzte seine Skimütze wieder auf. »Danke für eure Hilfe. Hoffentlich sehen wir uns noch mal. Es ist immer schön, Fans zu treffen!« Er schlenderte zu seinem Fahrzeug zurück und stieg ein.

»Wer hat denn behauptet, dass wir Fans sind?«, murrte Tyler leise. »Der Typ hält sich wohl für obercool.«

Nico nickte zustimmend, doch dann hielt er inne. Er hatte gesehen, wie Opal den Bürgersteig anstarrte, während sie eine angelaufene Medaille aus Metall in der Hand hielt. Nico glaubte, ihr leises Flüstern zu hören: »Fort Bulloch.«

Ruckartig hob sie den Kopf und sah die anderen an. »Wir sollten uns dort auch mal umsehen. Am besten noch bevor das Filmteam dort ist.«

»Wie jetzt, am Razor Point?« Tyler zog die Mundwinkel nach unten. »Wieso denn das?«

»Ich weiß auch nicht … ich glaube … hier.« Sie zeigte den anderen die Medaille. »Den Orden hier habe ich auf dem Hausboot gefunden. Ich möchte …« Sie verstummte. Nico fand, sie sah irgendwie besorgt aus. »Können wir uns dort einfach mal umsehen, nur so?«, brachte sie ihren Satz schließlich etwas umständlich zu Ende.

»Mit dem Fahrrad ist es ganz schön weit bis zum Razor

Point«, beschwerte sich Tyler. »Wenn wir vor dem Filmteam da sein wollen, dann müssen wir uns sofort auf den Weg machen.«

Opal verschränkte die Arme vor der Brust. »Worauf warten wir noch?«

4.
Opal

Mit quietschenden Reifen kam Opal vor dem rostigen Zaun zum Stehen.

Erfreut stellte sie fest, dass der Parkplatz des Forts unbesetzt war. *Wir sind die Ersten.*

Die anderen versammelten sich völlig außer Atem in einem schiefen Halbkreis um sie und sahen zu der Anhöhe mit dem baufälligen Fort Bulloch hinüber.

Tyler ließ sein Fahrrad ins Gras fallen. »Wann können wir endlich deine Quads wieder benutzen, Logan? Ständig diese sportlichen Höchstleistungen, das ist nichts für mich.«

»Wer weiß?« Trotz der Kälte glitzerten Schweißperlen auf Logans Wangen. »Seit die Riesenkakerlake die Dinger zu Schrott verarbeitet hat, stehen sie in meiner Garage. Und ich kann sie erst wieder rausholen, wenn Sheriff Ritchie nicht mehr länger nach den Tätern aus der ›Nacht der Bestie‹ sucht. Er hat ja sogar Fotos von den Reifenspuren gemacht, weißt du noch?«

»Die müssten uns eigentlich dankbar sein, dass wir wenigstens einen Teil der Innenstadt vor der Zerstörung bewahrt haben«, murmelte Nico.

Opal war ganz seiner Meinung. Mit Hilfe von Logans Quads hatten sie mehrere randalierende Phantome vom Marktplatz weggelockt, dabei jedoch Reifenspuren auf den Bürgersteigen hinterlassen. Und falls es jemandem gelingen sollte, diese Spuren zu Logans Allradfahrzeugen zurückzuverfolgen, dann würde man ihnen womöglich die Schuld für die ganze Katastrophe in die Schuhe schieben.

Opal schob ihr Fahrrad zwischen ein paar dicht beieinanderstehende Erlen. »Kommt schon. Wir wollen schließlich nicht, dass jemand mitkriegt, dass wir hier sind.«

»Und warum genau sind wir noch mal hier?«, wollte Emma wissen, während sie ihr Fahrrad an Opals lehnte. Dann näherten die beiden sich dem Zaun und krochen durch ein Loch im Maschendraht, gefolgt von Nico, Tyler und Logan, die ununterbrochen miteinander flüsterten. Sie gelangten auf eine schmale Wiese, die bis zum Fuß der verlassenen Zitadelle reichte. »Ich meine, ich hab schon kapiert, dass du einen Kriegsorden gefunden hast, aber … was hat das mit uns zu tun?«

»Ich glaube, da gibt es eine Verbindung zu den Fackelträgern.« Opal tippte sich auf ihre Jeanstasche. »Es muss schließlich einen Grund dafür geben, dass dieser Orden auf unserem Hausboot war, oder? Ich habe ihn gestern Abend noch gegoogelt. Der Orden nennt sich ›Distinguished Flying Cross‹ und wird seit dem Zweiten Weltkrieg für besondere Tapferkeit im Luftkampf verliehen. Fort Bulloch war damals ja ein aktiver Stützpunkt. Ich finde einfach, wir sollten das überprüfen.«

Opal legte die Stirn in Falten. *Nicht besonders überzeugend, das muss ich zugeben.* Aber eine bessere Erklärung fiel ihr nicht ein. Irgendetwas in ihrem Kopf bestand darauf, dass diese Suche wichtig war, wie der erste Funke einer Idee, tief in ihrem Inneren. Opal hatte gelernt, sich auf ihre Intuition zu verlassen, auch wenn es sich irgendwie ... anders als sonst anfühlte. Sie schob ihre Zweifel beiseite. Was konnte es schon schaden, wenn sie sich ein bisschen umsahen?

»Aber auf dem Hausboot liegt jede Menge seltsames Zeug herum«, wandte Logan ein. »Vielleicht hat irgendein alter Fackelträger den Orden für sich selbst mitgebracht, als Souvenir oder als Schmuckstück.«

»Vielleicht«, erwiderte Opal diplomatisch, aber sie glaubte nicht daran. Vorhin, in der Stadt, hatte sie wieder so eine blitzartige Eingebung gehabt.

Als Bridger gesagt hat, dass er zum Razor Point will. Ich weiß auch nicht ... irgendwas ...

Fort Bulloch lag auf einem hohen Felsen über dem Meer. Die Betongebäude der Festungsanlage bildeten zwei Reihen und wurden von einer dicken kreisförmigen Mauer umgeben. Am Fuß der steil abfallenden Klippen war eine kleine, sandige Landzunge zu erkennen, die zu beiden Seiten von einem Sandstrand gesäumt wurde. Und ganz an der Spitze der verlassenen Halbinsel – also am eigentlichen Razor Point – lag, im diesigen Nebel gerade eben noch erkennbar, ein alter Soldatenfriedhof. Dort stand auch ein Leuchtturm, der die Schiffe auf die gefährlichen Felsen aufmerksam machte, denen die Landzunge ihren Namen verdankte.

Im Inneren des Mauerrings befanden sich mehrere zum Meer ausgerichtete Bunker. Ihre wulstigen Betonfassaden waren von einer dicken Moosschicht überzogen. Hinter den Bunkern zog sich eine lange Reihe aus mehreren Lagergebäuden entlang, so dass man sich auf den schmalen Wegen dazwischen fast wie in einem Labyrinth vorkam. Das Militär hatte den Stützpunkt in den fünfziger Jahren des 20. Jahrhunderts geschlossen, aber davor hatte die Festung zweihundert Jahre lang als Wachposten für die Küste und die umliegenden Gebiete eine wichtige Rolle gespielt.

»Wir haben hier echt nichts zu suchen«, beschwerte sich Tyler und zeigte auf ein *NICHT-BETRETEN*-Schild. »Das gehört alles dem Staat.«

»Wonach genau suchen wir eigentlich?«, wollte Nico wissen, die Hände in die Hosentaschen gesteckt.

Opal hörte ihm seine Verwunderung deutlich an, auch wenn ihr klar war, dass er sie eigentlich unterstützen wollte. »Ich bin mir nicht sicher«, erwiderte sie daher offen und ehrlich. »Vielleicht halten wir nach allem Ausschau, was der Gravur auf dem Orden ähnelt. Ein Flugzeugpropeller?«

Nico nickte, aber Opal ertappte ihn dabei, wie er Tyler einen Blick zuwarf, der daraufhin nur mit den Schultern zuckte. Sie beachtete die beiden nicht, sondern drang noch tiefer in die Festungsanlage ein.

An den Außenwänden der Bunker führten rostige Leitern in die Höhe. Gebrochene Stahltüren schwangen quietschend hin und her. Die Wände waren über und über mit Graffitis bedeckt, und unter ihren Sohlen knirschten Glasscherben, die irgendwelche Teenager bei nächtlichen Partys hier hinterlassen hatten.

»In der Schulbibliothek gibt es doch bestimmt Informationen über Fort Bulloch. Wir könnten auch dort ein bisschen recherchieren«, schlug Tyler vor. »Anstatt hier gegen das Gesetz zu verstoßen.«

»Ja, gut, später vielleicht«, erwiderte Opal geistesabwesend. Aber als die Wolken am Himmel über dem Pazifik in Bewegung gerieten und die Spätnachmittagssonne ihr in die Augen schien, ging ihr immer wieder nur ein Wort durch den Kopf: *Hier.* Das Gefühl wurde immer stärker. Es gab in diesem Fort irgendetwas zu erfahren, zu sehen, zu entdecken. *Hier.*

»Es ist ja eigentlich naheliegend, dass etliche der Fackelträger Soldaten waren«, sagte Emma, und ihre Stimme hallte, als sie den Kopf in einen der düsteren Bunker steckte. »Ich meine, sie hatten ja die Aufgabe, die Menschen vor Bedrohungen zu schützen.«

»Kann schon sein«, gab Tyler zu, aber Opal spürte, dass er nicht wirklich überzeugt war. Er sah sich immer wieder um und hatte eindeutig mehr Angst vor dem Erwischtwerden als vor allem anderen.

»Wenn sie uns hier schnappen, dann kriege ich schon wieder Hausarrest«, beklagte sich Logan. »Und dann drehe ich komplett durch. Echt jetzt. Brettspiele mit meiner kleinen Schwester, das halte ich keine einzige Minute mehr aus. Nicht, wenn gleichzeitig überall Phantome durch die Gegend rennen.«

»Ich kann gar nicht glauben, dass noch nie jemand auf die Idee gekommen ist, hier einen Film zu drehen.« Mit funkelnden Augen inspizierte Emma jede einzelne Ecke der Festung. »Diese *Freakshow*-Typen kriegen jedenfalls jede Menge faszinierender Bilder, auch ohne die Bestie.«

Opal blieb stehen. Sie waren bei einem kleinen Amphitheater angelangt, einem flachen, halbkreisförmigen Innenhof mit stufenförmig angeordneten Betonbänken und einer erhöhten Bühne. Sprühfarbe und Efeu bedeckten die Wände, doch auf dem Fußboden war von all dem nichts zu entdecken. Seltsam.

»Hier haben sie vermutlich ihre Menschenopfer dargebracht«, sagte Tyler mit einem wissenden Kopfnicken.

»Eklig.« Logan stapfte auf die Bühne und drehte sich träge um die eigene Achse. »Und? Was nun? Soll ich was singen?« Ein eisiger Wind wehte durch die leblose Stätte und jagte Opal eine Gänsehaut über den Rücken.

Nico sah sie an und sagte mit neutraler Stimme. »Sollen wir zurückgehen?«

Opal schüttelte den Kopf. »Noch nicht.«

Muss ich vielleicht irgendetwas suchen?, fragte sie sich. *Einen Gegenstand oder so etwas?*

»Da.« Emma deutete auf die Rückseite des Amphitheaters. »Noch mehr Bunker.«

»Ich weiß echt nicht, wie weit wir uns noch vorwagen sollten«, setzte Nico an, aber Opal stapfte einfach los, ohne sich umzusehen. Nach einem kurzen, spannungsgeladenen Augenblick hörte sie, dass die anderen ihr folgten. Sie kamen an einer weiteren Reihe mit Lagergebäuden vorbei, gingen dann eine Treppe hinunter und gelangten zu einem Torbogen, der durch die dicke Außenmauer wieder ins Freie führte.

»Wartet.« Logan blieb stehen und hob die Hand. »Hört ihr das?«

Opal lauschte angestrengt. Zuerst nahm sie nichts wahr, doch dann ertönten Stimmen. Durch die eigentümliche Betonakustik der Festung klangen sie seltsam verzerrt. »Das *Freakshow*-Team?«, flüsterte sie.

»Wer sonst?«, zischte Tyler ärgerlich zurück. »Los, verschwinden wir. Wir können sie umgehen, wenn wir immer am Zaun entlangschleichen.«

»*Nein!*« Opal sah, wie Tyler zusammenzuckte. Sie holte tief Luft und verlieh ihrer Stimme einen hörbar sanfteren Klang. »Nur noch ein Stückchen. Ich will wissen, was hinter dem Torbogen kommt.«

»Opal …«, setzte Nico an, aber sie war schon wieder losgestürmt. Ihr Herz schlug schneller, als ihr klarwurde, dass der Torbogen in Wirklichkeit ein Tunnel war, der mitten in die steinigen Hügel führte.

Am anderen Ende war kaum Tageslicht zu erkennen. Als sie schließlich wieder ins Freie traten, landeten sie in einer bewaldeten Schlucht am Fuß der Festungsmauer. Vermutlich war das Ganze früher einmal ein gepflegter Park oder ein Festungsgarten gewesen.

Sie blieb wie angewurzelt stehen, und ein Zittern kroch ihr die Wirbelsäule empor. Opal drehte sich um.

An der Mauer neben dem Tunnelausgang hing eine überwucherte Plakette aus Messing. Opal stellte sich davor, wischte das wuchernde Moos beiseite und las die eingravierten Worte.

In liebevollem Gedenken an unsere gefallenen Fliegerkameraden.

Daran schloss sich eine kurze Namensliste an.

»Was ist das?«, wollte Emma wissen und spähte über Opals Schulter hinweg.

»Ein Kriegsdenkmal«, antwortete Tyler und schob sich neben Opal. »Es ist anscheinend den Männern und Frauen aus Timbers gewidmet, die im Zweiten Weltkrieg ums Leben gekommen sind.«

Neben jedem Namen war ein Symbol in die Plakette eingestanzt worden. Die meisten sahen aus wie die Wappen irgendwelcher militärischer Einheiten, auch wenn Opal sich mit solchen Dingen nicht auskannte. Sie las sich die Namen durch.

Da.

CHARLES DIXON.

Und daneben die Gravur einer Hand, die eine Fackel hielt.

»Das Fackelträger-Symbol!«, kreischte Emma laut. »Opal, du hattest recht.«

Nico zwinkerte verblüfft. »Okay, wow.«

»Nein, wartet …« Opal fuhr mit den Fingern über das Emblem. »Seht mal. Das sieht zwar ganz ähnlich aus wie das Symbol, das wir kennen, aber es ist nicht identisch. Hier bildet die Flamme zum Beispiel einen Kreis und züngelt nicht in Zacken nach oben.« Sie trat einen Schritt zurück und nagte an ihrer Unterlippe. »Was hat das wohl zu bedeuten?«

Emma steckte die Hand unter ihre Jacke und holte ihren Fackelträger-Anhänger hervor. Logan hatte für jedes Gruppenmitglied ein Exemplar geschnitzt. Sie hielt ihn neben die Plakette. »Stimmt. Sieht ähnlich aus, aber nicht gleich. Hmm.«

Opal setzte ihren Rucksack ab und suchte nach einem Blatt Papier, um die Plakette abzupausen.

»Wir sind gleich da!«, rief Colton Bridger jemandem zu. »Ich will eine Einstellung vom Meer von hier oben, dann arbeiten wir uns langsam bis runter zum Strand vor.«

Opal fielen fast die Augen aus dem Kopf. Das Filmteam war schon fast über ihnen. Sie holte den ersten Gegenstand heraus, den ihre Finger berührten … das alte ledergebundene Notizbuch. Opal schlug eine leere, vergilbte Seite auf und legte sie auf die Plakette. Hastig fuhr sie mit einem Bleistift über das Papier.

»Ein Foto würde viel schneller gehen«, flüsterte Emma ihr zu. »Also, Lichtjahre schneller.«

»Dann mach eins.« Aber Opal musste es auf ihre Weise tun. So konnte sie es berühren, konnte es *anfassen.*

»Wir haben keine Zeit mehr«, zischte Nico ihnen zu. »Beeilung!«

Er hatte recht, aber Opal ließ sich nicht drängen. Allmählich waren die scharfen Kanten der Plakette auf ihrem Blatt zu erkennen.

Da ertönte ein lauter Pfiff.

Logan stand etwas weiter entfernt am Fuß der Mauer und hatte zwei Finger auf die Lippen gelegt. Als alle Augen auf ihn gerichtet waren, zeigte er mit dem Finger in eine bestimmte Richtung und flüsterte so laut, wie er nur konnte, ohne das Filmteam auf sie aufmerksam zu machen: »Da drüben gibt es noch einen Torbogen!«

»Fertig.« Opal stieß sich von der Mauer ab. Alle zusammen hasteten sie Logan hinterher und huschten in die Öffnung, stießen sich gegenseitig an wie wilde Hunde auf der Flucht. Im Tunnel war es feucht und eng, und es roch nach Dingen, von denen Opal lieber gar nichts wissen wollte. Mit angehaltenem Atem rannte sie die steile Rampe empor und hoffte, dass sie auch irgendwohin führte.

Aus dem Durchgang gelangten sie erneut in ein Bunkerlabyrinth, aber hier war der Rückweg über das Festungsgelände abgezäunt und mit einem Vorhängeschloss gesichert. Logan fasste sich mit beiden Händen an den Kopf. »Wir sitzen in der Falle!«

Stimmen drangen aus der Tunnelöffnung nach draußen.

»Wo führt der denn hin?«, hallte Bridgers Frage zu ihnen. »Ich will auf keinen Fall …«

Nico packte Opal an der Schulter und zeigte auf eine

rostige Leiter, die an der Außenwand des nächstgelegenen Bunkers nach oben führte. *Hochklettern*, sagten seine Lippen, ohne dass ein Laut zu hören war. *Sofort.*

Opal betrachtete die Sprossen, von denen zahlreiche rostrote Schuppen abblätterten, mit ernsthaften Bedenken, doch dann hörte sie stetig näherkommende Schritte, und die Entscheidung war gefallen. Sie kletterte als Erste nach oben, so schnell sie nur konnte, und hoffte inständig, dass die uralte Leiter hielt. Oben angekommen krabbelte sie auf das moosbewachsene Bunkerdach. Trotz ihrer Panik nahm sie den atemberaubenden Ausblick wahr. Bis an den Horizont erstreckten sich die wogenden Pazifikwellen.

Nach ihr kam Emma, dicht gefolgt von Tyler, dann Nico und schließlich Logan, dem schwersten aus der Gruppe. Er glitt genau in dem Moment über die Kante, als Colton Bridger im Torbogen erschien.

»Und jetzt?«, wollte Tyler flüsternd wissen.

»Die Bunker bilden eine Reihe, und zwar bis zu der Stelle, wo wir durch den Zaun geklettert sind«, erwiderte Opal leise. »Wir können einfach auf den Dächern entlanglaufen.«

»Und wie kommen wir dann wieder runter?« Nico linste vorsichtig Richtung Boden. Die Bunker waren doch ziemlich hoch.

Opal meinte achselzuckend: »Wir hoffen, dass es dort auch eine Leiter gibt.« Es hatte keinen Sinn, sich jetzt darüber Gedanken zu machen.

Wie Katzen schlichen sie über die Dächer. Wenn jemand vom Strand aus zu ihnen heraufgeschaut hätte, er hätte gebückte Silhouetten gesehen, die sich in einer Reihe über die Festung bewegten, wie Scherenschnitte vor dem blaugrauen Himmel.

Nico führte das Grüppchen an, so dass er, als er unvermittelt stehen blieb, einen kleinen Auffahrunfall verursachte. Er stieß einen leisen Pfiff aus.

»Seht euch *das* mal an.«

Opal folgte seinem verdutzten Blick. Draußen auf dem Skagit Sound hatte sich ein breites, blutrotes Band im Wasser gebildet, das rund um den Razor Point auf und ab schwappte. Opal musste an die Ölschlieren denken, wie man sie oft auf Tankstellen zu sehen bekam. Der dunkelrote Streifen schillerte im Licht der Nachmittagssonne.

»Die Rote Flut«, sagte Nico leise und schüttelte ungläubig den Kopf. »So nennt man eine bestimmte Art der Algenblüte. Das ist gar nicht gut. Warum haben sie in den Nachrichten nichts davon gesagt?«

Zusammen starrten sie hinaus auf den Ozean. Es sah aus wie ein über den Wellen ausgekippter Sonnenuntergang. Endlich hatten sie genug gesehen und gingen weiter zum hinteren Ende der Bunkerdächer. Dahinter lag ein Hof mit Kopfsteinpflaster. Die Bunkerwand war dicht mit Efeu bewachsen, und die grünen Ranken hatten sich auch auf dem Dach schon ausgebreitet.

»Keine Leiter«, sagte Logan mürrisch.

Emma kniete sich hin. »Ich wette, die Ranken sind so kräftig, dass sie uns halten können.«

»Ich kann bloß hoffen, dass das kein giftiger Efeu ist«,

sagte Tyler scharf. »Ich will mir nicht schon wieder einen Ausschlag einfangen.«

Logan seufzte. »Haben wir eine andere Wahl?« Er hielt sich an den Efeuranken fest und arbeitete sich langsam bis auf den Boden hinab. Als Nächstes war Emma an der Reihe. Leicht wie ein Eichhörnchen huschte sie abwärts und kam mit einem Sprung auf den Steinen auf.

»Sieht gut aus!«, rief sie nach oben.

Die anderen kletterten hinterher. Opal bildete den Schluss. Nachdem sie gelandet war, sah sie ihre Freunde an. »Leute, ich glaube, wir haben etwas sehr Bedeutsames entdeckt.«

Nico nickte. »Diese Algenblüte ist völlig verrückt. Ich muss unbedingt meinen Dad danach fragen.«

»Das doch nicht. Die *Plakette.*« War sie die Einzige, die das für wichtig hielt? »Da hat irgendjemand eine Fackel in ein öffentliches Kriegsdenkmal eingraviert, an einer Stelle, wo alle es sehen können. Wir müssen in der Fackelträger-Liste nach einem Charles Dixon suchen.«

»Aber erst mal verschwinden wir von hier, einverstanden?« Logan führte sie bis an den Zaun, wo sie sich einmal mehr durch das Loch zwängten. Auf der anderen Seite angekommen lächelte er und rieb sich die Hände. »Also gut, an die Arbeit. Solche kleinen Ausflüge sind ja schön und gut, aber ich habe noch ein paar T-Shirts zu verkaufen.«

Tyler schnaubte verächtlich. »Weil *das* ja so wichtig ist.«

Opal holte ihr Fahrrad zwischen den Bäumen hervor. Innerlich kochte sie vor Wut.

Diese Entdeckung hatte etwas zu bedeuten. Es *konnte* nicht anders sein. Warum sonst wäre sie davon so angezogen worden?

Aber sie hatte keine Ahnung, *was* sie zu bedeuten hatte.

5.
Nico

Nicos Rennwagen landete in einem Sumpf voller Krokodile und ging unter.

Seufzend ließ er den Controller sinken. »Verloren, ich geb's zu.«

»Blödes Spiel, so was von blöd«, murmelte Tyler und starrte auf den Bildschirm, wo sein Monstertruck gerade in Flammen aufging. Dann warf er Emma einen wütenden Blick zu. »Wie kommt dein Motorrad überhaupt zu einem Flammenwerfer?«

»Betriebsgeheimnis«, erwiderte Emma selbstgefällig. »Und? Wie sieht's aus? Habt ihr mir nicht etwas zu sagen?«

Nico stöhnte. Tyler schlug die Hände vor die Augen und schnaubte laut. Sie saßen auf der Couch, gefangen, ohne jede Fluchtmöglichkeit.

»Ich *war-te*«, flötete Emma, die im Schneidersitz, das Kinn in die Handfläche gestützt, auf dem übergroßen Sessel in ihrem Keller thronte. Den ganzen Morgen schon hatten sie hier Videospiele gezockt und sich über den schulfreien Herbstdonnerstag gefreut.

»Am besten bringt ihr es möglichst schnell hinter euch«,

sagte sie dann. »Bevor meine Mom mit dem Mittagessen hier runterkommt und ihr noch mehr Publikum kriegt.«

Nico und Tyler sahen einander an, verdrehten die Augen. Und dann sagten sie, was sie zu sagen hatten, einstimmig, stumpfsinnig und trostlos wie Kriegsgefangene.

»Emma Fairington ist die beste Gamerin in Timbers. Tyler und Nico können sich glücklich schätzen, ihre Freunde zu sein. Tyler und Nico verneigen sich vor der bewundernswerten und überaus begabten Emma Fairington.«

Dann hielten sie inne. Nico kniff die Augen fest zusammen.

»Na los, kommt schon«, sagte Emma mit tadelnder Stimme, faltete die Hände und klimperte mit den Wimpern. »Das große Finale!«

»Ich möchte sterben«, murmelte Tyler.

»Nach mir«, presste Nico hervor.

Emma klatschte zweimal laut in die Hände. »Das waren nicht die Worte, die wir vereinbart hatten, meine Herren.«

Noch mehr Seufzen.

»Ruhm und Ehre der Xbox-Königin und unserem großen persönlichen Vorbild, Emma Fairington.«

Emma ließ sich gegen die Sessellehne sinken und verschränkte die Hände hinter dem Kopf. »Ja. Das war schön.«

»Revanche!«, stieß Tyler hervor, doch als er Nicos Kopfschütteln sah, hielt er inne.

»Alter, wenn wir noch mal verlieren, dann sind wir bei Demütigungsstufe *drei*«, zischte Nico. »Dann müssen wir tanzen.«

Tyler ließ den Controller fallen, als hätte ihn eine Schlange gebissen.

Emma kicherte und machte sich über eine Schüssel Kartoffelchips her. Die drei vertrieben sich die Zeit, so wie früher, weil Opal ihrem Dad im Postamt helfen musste und Logan sich ein neues T-Shirt-Design ausdenken wollte. Natürlich gab es für Fackelträger keinen Feierabend, aber sie konnten sich auch nicht ständig heimlich davonschleichen und zur Stummen Bucht fahren. Das würde irgendwann auffallen.

»Welch weise Entscheidung, meine Herren.« Emma ließ ihre Augenbrauen auf und ab hüpfen, dann wurde sie wieder ernst. »Außerdem möchte ich euch um einen Gefallen bitten.«

»Auweia«, stieß Tyler leise hervor und legte die Stirn in Falten.

Emma spitzte die Lippen. »Was denn? Ich hab doch noch gar nichts gesagt.«

Nico grinste säuerlich. »Emma, wenn du schon ankündigst, dass du uns um einen Gefallen bitten willst, dann ist ja klar, dass es nichts Gutes sein kann. Sonst würdest du einfach damit rausrücken.«

Verstimmt klappte Emma den Mund auf und wieder zu. »Also gut.« Sie senkte den Blick. »Es wird euch nicht gefallen.«

»Lass mich raten«, knurrte Tyler. »Du hast uns fürs Schultheater angemeldet, stimmt's? Ich will nicht schon wieder in irgendeinem albernen Kostüm über die Bühne hüpfen.«

»Nein, nein, das doch nicht.« Emma rutschte unbehaglich auf ihrem Sessel hin und her. »Es geht um etwas, was ich machen möchte.«

»Diese Halloween-Geschichte wieder?« Nico versuchte, sich so diplomatisch wie möglich auszudrücken. »Vielleicht könnten wir dieses Jahr zur Abwechslung mal selbst Süßigkeiten verteilen. Und wenn dabei das meiste aus Versehen aus der Schüssel fällt, macht das ja auch nichts.«

Sie schüttelte den Kopf. »Das auch nicht, obwohl … das wäre doch total irre.«

Nico zuckte mit den Schultern. »Und? Was ist es dann?«

Emma holte einmal tief Luft und spreizte die Schultern. »Ich habe einen Aushang gesehen. Das *Freakshow*-Team hat eine unbezahlte Stelle als Grip zu vergeben. Da will ich mich bewerben.«

»Emma, nein«, platzte Nico heraus, während Tyler zeitgleich fragte: »Was ist ein Grip?«

»Na ja, genau genommen suchen sie eine Produktionsassistentin, aber ich möchte, dass sie mich als Grip einstellen. Weil es genau das ist, was ich machen will. Ein Grip ist quasi eine Kameraassistentin, die dafür sorgt, dass die Kameraleute ihre Arbeit machen können.« Emma lächelte. »Als Grip wäre ich absolute Spitze. Und überlegt mal, wie viel ich dabei übers Filmemachen lernen könnte.«

»Emma, der Sinn und Zweck dieser Sendung ist es doch, über irgendwelche Monsterlegenden zu berichten.« Nico kratzte all seine Geduld zusammen. »Dir ist doch klar, dass wir als Fackelträger die Pflicht haben, unsere riesige *Mons-*

terfabrik vor der Öffentlichkeit zu *verstecken*, oder? Dass unsere einzige Aufgabe darin besteht, genau solche Leute von den Phantomen und dem Finstertief fernzuhalten?«

»Ja, Nico, das weiß ich wohl«, entgegnete Emma bissig. »Aber wäre es nicht gut, wenn wir Bridger und sein Team aus nächster Nähe beobachten könnten? Wenn wir immer wüssten, was sie vorhaben? Und wie könnten wir das besser erreichen als durch einen Insider?«

Nico wollte gerade etwas erwidern, da meldete sich Tyler zu Wort. »Das ist, ehrlich gesagt, kein schlechtes Argument, Nico.«

»Fang du nicht auch noch damit an!«

»Na ja, überleg doch mal«, meinte Tyler leise. »Mit unseren Fahrrädern haben wir gegen einen Transporter keine Chance, und außerdem würden wir nie erfahren, wo sie hinwollen. Was, wenn sie irgendwann beschließen, sich in der Stummen Bucht umzusehen? Aber wenn Emma dazugehört, dann würde zumindest eine aus unserer Gruppe alles aus erster Hand erfahren.«

Nico schüttelte den Kopf. Er weigerte sich immer noch, der Logik in Emmas Plan zu folgen. »Die ganze Sendung ist doch ein einziger Witz. Ich hab mir gestern Abend ein paar Folgen angeschaut, und mir ist echt schlecht geworden dabei. In der *Freakshow* geht es nicht um die Wahrheit, daran haben die gar kein Interesse. Die wollen schockieren, und dazu setzen sie irgendwelche Effekte ein, damit die Leute glauben, dass sie etwas gesehen haben. Jedenfalls wirken die Einheimischen dabei jedes Mal wie die letzten

Deppen. Colton Bridger wird Timbers vor aller Öffentlichkeit lächerlich machen. Oder, noch schlimmer: Was, wenn er tatsächlich das Finstertief entdeckt? Könnt ihr euch auch nur ansatzweise vorstellen, was das bedeuten würde?«

»Also erst recht ein Grund, möglichst dicht dranzubleiben«, beharrte Emma. »Vielleicht kann ich sie ja davon abhalten, sich über die Leute lustig zu machen. Oder ich kann sie ablenken, wenn sie zu nahe an die Plätze kommen, an denen sie nichts zu suchen haben.«

Nico verstummte. Die Vorstellung, dass Timbers zu einer landesweiten Lachnummer werden könnte, war grässlich. Er fand ja sogar dieses Bestienfieber unangenehm. An jedem Morgen starrte er wütend auf die Touristen mit ihren Fischermützen, die massenhaft von den Booten strömten und mit gezückten Smartphones auf einen Schnappschuss des geheimnisvollen Seeungeheuers lauerten. Wer brauchte die schon?

»Du bist also fest entschlossen?«

Emma zuckte mit den Schultern. »Als Allererstes bin ich Fackelträgerin. Ich bewerbe mich nicht um die Stelle, wenn ihr das nicht wollt. Aber ich glaube, es wäre genau das Richtige.«

Nico stieß den Atem aus. »Du hast recht. Ich bin ein Idiot.« Er stand auf, streckte sich gähnend und nahm seine Jacke von der Rückenlehne der Couch.

»Wo willst du denn hin?«, protestierte Tyler.

»In die Stadt.« Nico war schon auf dem Weg zur Treppe. »Wenn der Aushang da noch länger hängt, dann ist Emma nicht die Einzige, die sich dafür interessiert. Wir müssen handeln, und zwar schnell. Los, kommt.«

Emma stieß einen spitzen Begeisterungsschrei aus, und Nico lief lächelnd die Treppe hinauf.

* * *

Emma kam laut kreischend über den aufgerissenen Rasen des Marktplatzes gelaufen und schwenkte ein Blatt Papier über ihrem Kopf hin und her.

»Ich schätze mal, sie haben sie genommen«, meinte Tyler trocken und blies warmen Atem auf seine geballte Faust. Er und Nico standen an der Straßenecke, wo Nico in der »Nacht der Bestie« mit der Jagd auf die Phantome begonnen hatte. Es gab in dem kleinen Park immer noch Dutzende Schäden, angefangen von dem demolierten Brunnen über zerbrochene Laternenpfähle bis hin zu den Löchern in der Rasenfläche.

Emma stürmte auf Nico und Tyler zu und umarmte sie so heftig, dass es sich eher wie ein doppelter Schwitzkasten anfühlte. »Ich hab den Job!«

»Immer mit der Ruhe!« Nico lachte und stolperte rückwärts.

»Wieso ist sie eigentlich so stark?« Tyler rang um Atem, schaffte es aber nicht, sich aus Emmas Griff zu befreien.

Emma kümmerte sich nicht um ihre Klagen, sondern redete in rasendem Tempo auf sie ein. »Also, da waren Dutzende anderer Bewerber, aber die meisten wollten bezahlt werden und sind gleich wieder abgezogen, als sie gemerkt haben, dass es kein Geld dafür gibt. Und von denen, die dann noch übrig waren, habe ich bei der Prüfung am besten abgeschnitten, und darum haben sie mich genommen!«

»Prüfung?« Nico runzelte die Stirn. »Was wollten sie denn wissen?«

»Nichts Besonderes, eigentlich.« Emma ließ die beiden los und trat einen Schritt zurück. Sie machte ein sehr zufriedenes Gesicht. »Wir mussten eine Scheinwerferbühne skizzieren, AV-Kabel aufrollen und die geheimen Zahlen aus *LOST* aufsagen. Solche Sachen eben.«

»Zahlen aus *LOST*? Tyler schüttelte den Kopf. »Die Serie ist doch älter als wir!«

»Stimmt. Aber genau für solche Fälle wurde ja das Online-Streaming erfunden, du Dummie. Nur damit du Bescheid weißt: 4, 8, 15, 16, 23 und 42.«

»Und das war alles?«, wollte Nico wissen. »Du hast den Job?«

Emma nickte. »Ich muss bloß noch die Erlaubnis unterschreiben lassen, aber das ist kein Problem. Meine Eltern haben so viel im Laden zu tun, weil sie die ganzen klitschnassen Touristen mit Regenponchos versorgen müssen, dass sie froh sein werden, wenn ich beschäftigt bin. Und Colton hat gesagt, dass sie mindestens bis Halloween hierbleiben wollen. Also absolut perfekt.«

Nico kratzte sich an der Schläfe. »Wundervoll.«

»Eine Sache noch«, sagte Emma dann, und ihre fröhliche Miene wurde ernster. »Sie haben alle Einheimischen interviewt, die irgendwie interessant aussehen, und sie nach der Bestie gefragt. Das Übliche, weitgehend – woher sie stammt, wie lange es die Gerüchte schon gibt, solche Dinge eben. Aber dann hat Colton sich bei *mir* nach der Stummen Bucht erkundigt.«

Tylers Magen ballte sich augenblicklich zusammen. Nico riss den Kopf in den Nacken.

»Was genau bedeutet ›interessant‹?«, wollte Tyler wissen. »Wen haben sie alles interviewt?«

Emma runzelte die Stirn. »Colton bevorzugt anscheinend eher die schrilleren Charaktere unseres Städtchens. Oder die, die das sagen, was er hören will.«

»Aaaaaah«, stöhnte Nico, den Blick immer noch starr in den Himmel gerichtet.

Tyler fuhr sich mit der Hand übers Gesicht. »Und was ist mit der Stummen Bucht?«

»Viele Leute haben ihm gesagt, dass dort die Bestie lebt.« Emma verzog das Gesicht. »Ich wette, er will dort auch irgendwann filmen.«

Nico schüttelte den Kopf. »Wir müssen es nehmen, wie es kommt, und ihnen möglichst immer einen Schritt voraus sein.«

Emma trat unbehaglich von einem Bein auf das andere. »Da wäre noch etwas.«

Tyler drückte sich die Handballen auf die Augen. »Raus damit.«

»Sie stellen den Leuten auch Fragen über die ›Nacht der Bestie‹. Miss Hayt, die Bürgermeisterin, hat zufällig gehört, wie Colton Megan Cook aus unserer Klasse interviewt hat. Sie hat behauptet, der Brunnen sei am Tag danach voller Bestienschleim gewesen, und nur der Regen sei schuld daran, dass das sonst niemand gesehen hat. Die Bürgermeisterin hat nicht sehr glücklich ausgesehen, und ich habe mitbekommen, wie sie einen ihrer Mitarbeiter beauftragt hat, beim Sheriff einen Bericht über seine Ermittlungen anzufordern.« Emma schluckte. »Sie möchte wissen, wo die Kinder und Jugendlichen von Timbers während der Zeit der Verwüstungen gewesen sind.«

Tyler blinzelte entsetzt. »Ich dachte, die Ermittlungen schlafen so langsam ein.«

Frustriert vergrub Nico die Finger in seinen Haaren. »Das wird ja immer schlimmer. Wir müssen unsere Ausreden genau aufeinander abstimmen. Mein Dad wird mir mächtig zusetzen, wenn er den Verdacht hegt, dass ich irgendetwas mit der Zerstörung von öffentlichem Eigentum zu tun habe.«

»*Dein* Dad?« Tyler zitterte. »Meiner verfrachtet mich auf die nächste Fähre, und dann heißt es Militärschule. Er hat ja schon eine Broschüre an den Kühlschrank geklemmt, nur weil meine Schwester gesagt hat, sie will sich ein Bauchnabelpiercing stechen lassen.«

Jetzt wandte Emma sich an Nico: »Hast du deinen Dad eigentlich mal nach der Algenblüte gefragt?«

Er schüttelte den Kopf. »Ich hatte noch keine Gelegenheit dazu. Aber das ist auch etwas, was mir keine Ruhe lässt. Zuerst blubbert eine Schwefelblase durch unseren Teich, und dann entsteht am Razor Point wie aus dem Nichts eine Rote

Flut. Es kommt mir vor, als ob unser ganzes Ökosystem komplett verrücktspielt. Gleichzeitig rennen ein paar entsprungene Pokémon durch den Wald und ein Filmteam sitzt uns im Nacken. Irgendwie habe ich das Gefühl, als ob nichts mehr so ist, wie es mal war.«

Tyler sah Nico mit zusammengekniffenen Augen an. »Ob diese ganzen Launen der Natur etwas mit den Phantomen zu tun haben?«

Nico zog an den Ärmeln seines Sweatshirts. »Ich weiß auch nicht. Aber gerade passieren eine Menge komischer Sachen auf einmal, und das macht mich nervös.«

Tyler nickte. »Das kann ich gut verstehen. Und? Wie sollen wir jetzt vorgehen?«

»Als Erstes sollten wir Opal und Logan auftreiben«, schlug Emma vor. »Sie müssen das mit den Ermittlungen erfahren, bevor irgendjemand anfängt, noch mehr Fragen zu stellen.«

»Wir müssen aber vorsichtig sein«, ermahnte Nico sie und blickte sich zur Sicherheit nach allen Seiten um. »Wir dürfen nicht zulassen, dass das Finstertief durch diese anderen Vorfälle gefährdet wird. Das ist das Allerwichtigste.«

»Stimmt.« Tyler warf einen Blick auf seine Armbanduhr und salutierte dann. »Wie lauten die Befehle, Sir?«

»*Ha, ha.* Da Emma uns vorhin so schön abgezogen hat, kann sie heute mal die Anführerin spielen.«

»Danke, dass du daran gedacht hast.« Emmas triumphierendes Lächeln war nur von kurzer Dauer. »Wir treffen uns alle auf dem Hausboot. In einer halben Stunde?«

»Zu Befehl.« Tyler schlug sich mit der Faust gegen die Brust.

Nico nickte. Ein kalter Wind fegte über den Platz und wirbelte abgestorbene Blätter auf. Genauso wirbelten die Sorgen durch seinen Kopf.

Eine tiefe Mutlosigkeit erfasste ihn. Es gab so vieles, was schiefgehen konnte.

Die Frage war nur, von welchem Problem sie zuerst erschlagen würden.

6.
Opal

Opal huschte durch den Samtvorhang.

Die anderen hatten sich schon mehr oder weniger nervös im Ausstellungsraum versammelt. Und alle hielten sich die Nase zu. Auch wenn der Teich inzwischen wieder pechschwarz war, hatte der durchdringende Gestank nach faulen Eiern das Hausboot fest im Griff. Opal versuchte, ihn zu ignorieren.

»Ich hoffe bloß, dass es einen guten Grund für diese Versammlung gibt«, maulte Logan. Er stand mit verschränkten Armen unter dem verschnörkelten, schlangenähnlichen Skelett, das von der Decke herabhing. »Die Geschäfte laufen nämlich gerade wie geschmiert. Habt ihr schon mitgekriegt, dass sie eine zusätzliche Fähre einsetzen wollen, um mit den vielen Touristen fertig zu werden?«

»Ja«, meinte Tyler. »Mein Dad hat erzählt, dass es im Hafen drunter und drüber geht, besonders wegen der vielen privaten Boote. Timbers ist zurzeit schwer angesagt.«

»Das *Timbers Café* ist auch ständig voller Touristen. Ich war gestern mit meiner Mom da«, berichtete Emma. »Und alle bestellen den neuen Bestienburger.«

»*Igitt!*« Opal rümpfte die Nase. »Was soll das denn sein?«

»Eigentlich ein ganz normaler Burger, aber zusätzlich mit gegrillten Rettichen und drei Sorten Schmelzkäse belegt.« Emmas Lippen zuckten. »Gar nicht so schlecht, ehrlich gesagt.«

»Du hast einen gegessen?« Nico verdrehte die Augen. »Dann machst du bei diesem ganzen Schwachsinn also auch noch mit?«

»Ich mag Cheeseburger«, erwiderte Emma trotzig. »Und wann hat das Café das letzte Mal seine Speisekarte geändert?«

»Also, ich möchte so schnell wie möglich auch einen probieren.« Logan griff in seine Sporttasche. »Und dann seht euch das da mal an – morgen kriege ich zweihundert Stück geliefert.« Er holte ein meergrünes Footballtrikot heraus. Darauf war ein Bild von der Bestie zu erkennen, auf den Hinterbeinen sitzend und mit Boxhandschuhen an den Fäusten. Darüber stand in Großbuchstaben: *WECK DIE BESTIE IN DIR.*

Tyler schlug die Hände vors Gesicht. »Das kann doch unmöglich dein Ernst sein.«

Logan spannte den Stoff und bewunderte die Aufschrift. »Das verkauft sich vielleicht noch besser als *TIMBERS: BESTIALISCH GUT.*«

»*Konzentration*, Leute«, schaltete sich Nico ein. »Wir haben ganz andere Probleme am Hals. Colton Bridger erkundigt sich bei den Einheimischen nach der Stummen Bucht.«

Opals Herz setzte für einen Moment aus. »Was? Wieso denn das?«

»Weil er von allen Seiten zu hören kriegt, dass dort die Bestie lebt«, erwiderte Nico. »Außerdem stellt er immer wieder Fragen über die ›Nacht der Bestie‹ und was genau da eigentlich passiert ist, und das macht die Bürgermeisterin und Sheriff Ritchie ganz hektisch.«

»O nein.« Logan riss die Augen weit auf. »Meine Quads.«

Tyler lächelte ihn gekünstelt an. »Vielleicht kann dein Dad sie ja an ein paar Australier verscherbeln, die bald wieder nach Hause fahren?«

Logan schüttelte grimmig den Kopf. »Im Moment sind sie total verbeult, und an den Reifen klebt immer noch die Erde vom Marktplatz.«

Opal stöhnte. »Das ist gar nicht gut.« Und doch war es nur eine Kleinigkeit im Vergleich mit der Bedrohung durch das Filmteam.

Was, wenn Bridger bei seiner Erforschung der Stummen Bucht die Insel entdeckte? Oder, noch schlimmer: das Hausboot?

Das Finstertief schien zwar im Schlafmodus zu sein, weshalb es nicht *allzu* unnatürlich aussah, aber Bridger war durchaus zuzutrauen, dass er seinen Arm hineinsteckte, nur um einen Schockeffekt zu erzielen. Sie hatte sich ein paar Ausschnitte aus der *Freakshow* angesehen, weil sie wissen wollte, was das eigentlich für eine Sendung war. In einer Folge war Bridger in eine Fledermaushöhle in Transsylvanien gekrochen, mit einer Knoblauchknolle in der Hand, zum

Schutz. Er wollte, dass seine Zuschauer wirklich glaubten, dass er sich in Gefahr begab.

»Es gibt aber auch gute Neuigkeiten«, sagte Emma. »Ich werde ab morgen die *Freakshow* unterwandern.«

Logan verzog das Gesicht. »Seit wann bist du denn eine Spionin? Oder arbeitest du jetzt etwa für diese Pfeifen?«

»Seit einer Stunde.« Emma strahlte von einem Ohr zum anderen. »Sie haben mir eine Stelle als Grip gegeben. Ich passe genau auf, was sie vorhaben, und berichte euch dann.«

Logan sah sie misstrauisch an. »Was genau ist denn ein ... Grip?«

Emma zwinkerte mehrfach. »Ich bin Kameraassistentin, Logan. Ich schleppe Sachen durch die Gegend und erledige ansonsten, was eben gerade anliegt.«

»Das ist super«, sagte Opal. Es war gut, dass sie ab jetzt immer Bescheid wussten, was Bridger vorhatte. Und außerdem war diese Arbeit genau das, was Emma sich erträumt hatte, auch wenn es sich nur um so eine miese Internetsendung handelte.

»Sieh bloß zu, dass du sie von der Stummen Bucht fernhältst.« Nico rieb sich nervös das Kinn. »Lenk sie ab, wenn du kannst. Vielleicht machst du ihnen ja irgendwas anderes in Timbers schmackhaft? Erzähl Bridger, dass die Bestienburger aus echtem Bestienfleisch hergestellt werden.«

Emma nickte. »Ich will versuchen, sie nach Westen zu locken, in den Wald drüben bei der Nantes Timber Company. Wahrscheinlich glauben sie mir jedes Wort.« Ihre Augen funkelten. »Das Ganze könnte ein Riesenspaß werden.«

Opal trat vor die Truhe, in der sie die schleimigen Bücher aus der Höhlenkammer im Tunnel aufbewahrten. Darin lag auch der besondere Dolch mit dem Schlüssel im Griff, den sie in dem steinernen Zylinder entdeckt hatten und der ihnen Zugang zu dem verborgenen Gewölbe verschafft hatte. Sie schob ihn beiseite und holte das *Verzeichnis der Fackelträger* heraus. In diesem Wälzer waren sämtliche Mitglieder des geheimen Ordens der Fackelträger seit seiner Gründung im Jahr 1741 verzeichnet. Voll verzweifelter Hoffnung legte sie den Finger auf den letzten Namen in der Liste – Roman Hale, der arme Kerl, dessen Skelett sie auf der Insel entdeckt hatten – und führte ihn auf der Suche nach Charles Dixon langsam nach oben.

»Suchst du nach dem Namen auf der Plakette?«, erkundigte sich Nico leise.

»Ja.« Dann stieß sie enttäuscht den Atem aus. »Aber hier steht er nicht.«

Nico zog die Schultern hoch. »Na ja, die Hälfte der Liste ist ja auch durch den Schneckenschleim unlesbar geworden.«

»Aber die letzten hundert Jahre sind durchweg gut zu erkennen. Und auf der Plakette stand, dass Dixon seine Einsätze im Zweiten Weltkrieg geflogen ist. Ich gehe davon aus, dass der Tapferkeitsorden ihm gehört hat, und deswegen müsste sein Name eigentlich auch lesbar sein.« Behutsam, aber äußerst unzufrieden klappte Opal das zerfledderte Buch wieder zu. »Ich habe das Gefühl, als würde irgendetwas Entscheidendes fehlen.« Sie betrachtete die Wand mit den Fotografien der alten Fackelträger. »Als würden wir einen Teil unserer Aufgabe als Fackelträger nicht erfüllen. Irgendwelche verirrten Phantome zu jagen, sobald sie auftauchen, das kann doch nicht alles sein. Es ist ja möglich, dass wir eines übersehen, oder dass uns jemand beobachtet. Und wir wissen immer noch nicht wirklich, wie wir das Finstertief eigentlich bewachen sollen.«

Nico folgte ihrem Blick bis zu den Fotos. »Zu schade, dass alle, die uns etwas darüber erzählen könnten, tot sind.«

»Und die Aufzeichnungen, die sie gemacht haben, sind voller Schleim.« Wütend starrte Tyler auf den zerfallenden Wälzer hinab. »Ich habe jedes Buch auf diesem Hausboot durchgearbeitet. Ich hab sogar ein paar mit zu mir nach Hause genommen und heimlich gelesen. Aber es sieht ganz danach aus, als hätten die Fackelträger nicht viel über sich selbst aufgeschrieben.«

Nico zog eine Grimasse. »Wie unverantwortlich. Hatten die denn gar keinen Plan, falls mal so was wie jetzt passieren würde?«

»Wir könnten ja Roman Hale wieder ausbuddeln«, witzelte Logan. »Und dann fragen wir ihn, was wir machen sollen.« Als ihn alle nur wortlos anstarrten, riss er die Arme in die Luft. »Was denn? 'tschuldigung!«

»Er war ein Mensch aus Fleisch und Blut, Logan«, schimpfte Emma. »Über so was macht man keine Witze. Ich bin froh, dass wir ihn begraben haben.«

Tyler schauderte. »Ich will nie wieder ein Skelett zu sehen bekommen.«

Nicos Ärger schwoll immer mehr an. »Wie kann es sein,

dass es auf diesem ganzen, verdammten Hausboot keinen einzigen Hinweis darauf gibt, was wir jetzt unternehmen sollen?«

»Wir haben immer noch den Orden«, warf Opal hastig dazwischen. »Und einen Namen, der irgendwie im Zusammenhang mit den Fackelträgern stehen muss: Charles Dixon.« Sie holte das ledergebundene Notizbuch aus ihrem Rucksack und schlug die Seite mit dem abgepausten Bild der Plakette auf.

Nico schüttelte unwillig den Kopf. »Das ist ja schön und gut, aber hilft uns das weiter?«

Opal wandte sich ab. Sie wusste, dass er sie nicht kränken wollte, aber trotzdem ... die anderen schienen ihre Entdeckung für unwichtig zu halten. Und nachdem sie Dixon im Verzeichnis nicht gefunden hatte, konnte sie ihnen das nicht einmal übelnehmen.

Opal legte das Notizbuch in ein Bücherregal. Dabei klappte es auf, und sie entdeckte auf der aufgeschlagenen Seite eine kleine Bleistiftzeichnung in der unteren rechten Ecke. Es war eine einzelne, stachelige Blume. Sie blätterte sich durch die unbeschriebenen Seiten. Auf jeder einzelnen war genau die gleiche Illustration zu erkennen. *Fast wie eine Unterschrift.*

Logan stöhnte und rieb sich den Nacken. »Ich meine, es ist echt cool, wie all das, was Opal entdeckt hat, zusammenpasst – und Dixon hat *hundertprozentig* auch was mit den Fackelträgern zu tun –, aber ich weiß eben nicht, ob es uns irgendwie weiterbringt.«

Dann fingen die anderen wieder an, über die *Freakshow* zu streiten. Opal holte den Orden aus ihrer Tasche. Er wog fast nichts. Sie konnte versuchen, ihn selbst zu zeichnen und ihn in ihrem Notizbuch zu verewigen. *Ich könnte mir darin Notizen machen. Unsere Fortschritte dokumentieren.*

Aber welche Fortschritte? Die angelaufene Tapferkeitsmedaille hatte sie zum Fort geführt, wo sie eine Plakette mit dem seltsamen Fackelsymbol und dem Namen Charles Dixon entdeckt hatten. Aber war das wichtig? Gab es zwischen diesen Dingen überhaupt einen Zusammenhang?

Sie starrte den Orden an und wurde immer wütender.

Sag was!

Dann klappte sie das Notizbuch zu und kniff die Augen zusammen.

Einen Augenblick lang hatte sie die Propeller des Ordens noch vor ihrem inneren Auge, dann lösten sie sich auf und bildeten die Umrisse der Messingplakette an der mit Efeu überwucherten Mauer. Opal wurde ein bisschen schwindelig, doch sie ließ die Lider geschlossen, wurde von einer plötzlichen, unerklärlichen Unruhe ergriffen. Das Bild veränderte sich erneut, die Plakette verschwand und es erschien der weit unten, an der Spitze von Razor Point gelegene Soldatenfriedhof. Opal konnte sich nicht erinnern, dass sie sich bei ihrem Besuch im Fort auch auf dem Friedhof umgesehen hatten, aber mit einem Mal konnte sie jede kleinste Einzelheit deutlich erkennen.

Der Friedhof.

Wo die gefallenen Soldaten bestattet werden.

Ein zweites Bild kam ihr in den Sinn – eine Krypta aus weißem Marmor, gesäumt von zwei Säulen, an denen sich aus dem Marmor gemeißelte Blütenblätter emporrankten. Und dann setzte ihr Gehirn mit einem Mal aus. Schrilles Rauschen gellte ihr in den Ohren.

Sie schlug die Augen auf, blickte auf das Notizbuch hinab. Ihr Zeigefinger steckte zwischen zwei Seiten. Die winzige Blume in der rechten unteren Ecke sah genauso aus wie die Marmorblüten an den Säulen der Krypta, die sie gerade eben noch vor sich gehabt hatte.

»Leute«, keuchte sie, aber die anderen hörten sie nicht.

Sie waren mit anderen Dingen beschäftigt und hatten ihre Aufregung nicht bemerkt. Logan war Emma gerade dabei behilflich, ein *WECK-DIE-BESTIE-IN-DIR*-Shirt anzuziehen, während sie über unauffällige Werbemaßnahmen plapperte, jetzt, wo sie Teil des *Freakshow*-Teams war. Tyler blätterte mit gerümpfter Nase das *Verzeichnis der Fackelträger* durch, während Nico neben ihm stand und konzentriert auf das zerfledderte Pergament starrte.

Opal spürte einen Blick im Rücken.

Sie drehte sich um. Der einzige Gegenstand hinter ihr war das Einmachglas auf dem Podest.

Das Ding schwebte in seinem zähflüssigen Kokon, regungslos und bewusstlos wie immer.

Ein Schauer lief ihre Wirbelsäule entlang.

»He! Leute!«, rief sie laut.

Alle drehten sich um und sahen sie verblüfft an. Logans Gesichtsausdruck besagte so etwas wie *Was ist denn jetzt schon wieder?*, und Opal merkte, wie die Wut in ihr aufwallte. »Der Soldatenfriedhof am Razor Point«, sagte sie ungeduldig. »Dort sollten wir nach Charles Dixon suchen.«

Tyler verzog das Gesicht. »Ich war da mal, mit meiner Mom. Total unheimlich. Am Anfang gibt es so Reihen mit weißen Grabsteinen, die alle gleich aussehen, aber weiter hinten stehen alle möglichen alten Grabmäler und verschnörkelte Häuschen und so. Auf manchen kann man nicht mal mehr einen Namen oder ein Datum erkennen. Alles total verblasst.«

»Da müssen wir jedenfalls hin«, sagte Opal mit fester Stimme. »Wir dürfen jetzt nicht lockerlassen.« Sie wollte das nicht weiter ausführen oder die seltsame Vision, die sie gerade gehabt hatte, näher erläutern. *Werde ich womöglich verrückt? Wo sind denn die Bilder so plötzlich hergekommen? Bilde ich mir das alles vielleicht ein, bloß weil ich will, dass es einen Zusammenhang gibt?*

Opal ging durch den Raum, zog ihre Jacke an und setzte ihren Rucksack auf, ohne den grünen Klops im Glas eines Blickes zu würdigen. »Ich gehe jetzt. Entweder kommt ihr mit, oder ihr lasst es bleiben. Ist eure Entscheidung.« Fest entschlossen stapfte sie auf den Vorhang zu, und noch bevor sie sich hindurchgeschoben hatte, hörte sie Schritte hinter sich.

Sie drehte sich um. Emma hakte sich bei ihr unter, und Opal drückte ihr die Hand.

Dann sahen sie die Jungen der Reihe nach an, die verdutzt und wie angewurzelt dastanden.

»Kommt noch jemand mit?« Emma starrte sie herausfordernd an.

Opal hob die Augenbrauen. Der Ausstellungsraum hielt den Atem an.

»*Also gut.*« Logan stopfte die T-Shirts zurück in seine Tasche. »Ihr müsst ja nicht gleich so ein Drama daraus machen.«

»Hör auf mit dem Gejammere, Nantes.« Emma kicherte. »Wer DIE BESTIE in sich ZUM LEBEN ERWECKEN will, der wird doch wohl nicht vor einem Besuch auf dem Friedhof kneifen.«

Opals Blick wanderte zu Tyler, der sehr nervös aussah. »Auf den Friedhof?«, sagte er. »Jetzt? Im Ernst?«

»Es ist ja noch nicht mal dunkel«, beruhigte ihn Opal. Tyler verdrehte die Augen, aber dann nickte er.

Der Ring um Opals Brust löste sich allmählich. »Nico?«

Er hielt ihrem Blick einen Herzschlag lang stand. »Also gut. Aber danach konzentrieren wir uns ganz auf die *Gegenwart* – herumstreunende Phantome und nervtötende Filmteams, die Rote Flut und stinkende Schwefelfürze. Abgemacht?«

»Abgemacht.« Opal spürte eine große Erleichterung. Alle kamen mit. »Zuerst zum Friedhof. Und danach, äh, alles andere.«

»Und dann: einkaufen«, sagte Tyler und fügte, als die anderen ihn mit fragenden Blicken bedachten, hinzu: »Was denn? Wir haben keine Cupcakes mehr.«

Logan setzte eine nachdenkliche Miene auf. »Ob wohl

schon jemand auf die Idee gekommen ist, Bestiencakes anzubieten?«

»Auf keinen Fall«, sagte Nico unwirsch. »Und was kommt danach? Bestienfahrräder?«

»Keine schlechte Idee«, murmelte Logan leise vor sich hin. Emma und Tyler lachten.

»Kommt schon, ihr Fackelträger«, sagte Opal mit frischem Selbstvertrauen. »Gehen wir diesem Rätsel ein für alle Mal auf den Grund.«

7.
Nico

Wie eine Kugel aus geschmolzener Lava senkte sich die Sonne ins Meer.

Nico saß zitternd auf seinem Fahrrad und sah, wie sich die letzten Strahlen in den blutroten Wellen rund um Razor Point spiegelten. Vorsichtig rollte er über den langgezogenen, holperigen Schotterpfad, der an den Klippen entlang zum vor ihm liegenden Strand hinunterführte. Dahinter, im Schatten von Fort Bulloch, lag die schmale Halbinsel mit dem alten Friedhof.

Nico machte sich große Sorgen.

Die Algenblüte war ja schon schlimm genug – so etwas kam im Bundesstaat Washington normalerweise überhaupt nicht vor, und die Wissenschaftler, die in den Nachrichten zu dem Thema interviewt wurden, standen vor einem Rätsel –, aber er musste andauernd an die Schwefelwolke denken, die aus dem Teich aufgestiegen war. Wo war die bloß hergekommen? Und warum ging der scheußliche Gestank nicht weg, sondern hing immer noch in der Luft? Nico befürchtete, dass in diesen unendlichen Tiefen sehr viel mehr vor sich ging, als sie bis jetzt wussten.

Reichte das Finstertief bis irgendwo an einen tatsächlich existierenden Ort oder war es nur so eine Art Riss in der Realität? Während der ersten Woche hatte das Finstertief ihn jedes Mal, wenn er hineingesprungen war, wieder im eiskalten Wasser des Teichs ausgespuckt, also auf der Insel. Doch an dem Abend, als es vollkommen überlastet gewesen war, hatte es ihn an einen ganz anderen Ort transportiert – in eine grenzenlose Schwärze, die mit absoluter Sicherheit nicht unter dem Hausboot gewesen war. Wo führte es also hin? Und war das Finstertief auch der Ausgangspunkt für den Faule-Eier-Gestank?

Sand knirschte unter Nicos Reifen und riss ihn zurück in die Gegenwart. Der Friedhof lag noch knapp hundert Meter entfernt auf einer Grasfläche zwischen zwei schmalen Strandstreifen. Nico sah, wie die Automatik des Leuchtturms zum Leben erwachte und er seine nächtliche Arbeit aufnahm.

Opal war dicht vor ihm. Ihr langer Zopf wippte auf und ab, während sie dem Razor Point entgegensauste.

Was machen wir eigentlich hier draußen?

Nico konnte die krampfhafte Besessenheit, die Opal für diesen seltsamen Militärorden und alles, was damit zusammenhing, an den Tag legte, nicht verstehen. Sicher, dass sie dieses Fackelsymbol auf der Plakette am Fort Bulloch entdeckt hatten, war sehr cool gewesen. Nico war beeindruckt, dass Opal den richtigen Riecher gehabt hatte – Charles Dixon war eindeutig entweder ein Fackelträger gewesen oder hatte in irgendeiner Verbindung zu ihnen gestanden. Aber das war doch alles längst Geschichte. Belanglos. Etwas, womit sie sich beschäftigen konnten, wenn sie ein bisschen Zeit übrig hatten.

Aber nicht jetzt. Die Ermittlungen des Sheriffs. Die wild gewordenen Phantome. Die aus den Fugen geratene Umwelt. Ein rücksichtsloses Filmteam, das überall seine neugierige Nase hineinsteckte. Es gab wirklich mehrere überaus gefährliche Brände zu löschen, also warum schlichen sie sich jetzt bei Nacht und Nebel auf einen Friedhof, und zwar nur, weil Opal eine Ahnung hatte?

Er knirschte mit den Zähnen, radelte aber dennoch weiter.

Weil es für Opal wichtig ist.

Sie kamen an das Eingangstor, bestehend aus zwei gusseisernen Flügeln, die in der Mitte von einem Vorhängeschloss zusammengehalten wurden. Der Friedhof war seit Stunden geschlossen. Eine niedrige Mauer lief rund um das Gelände, aber wer wirklich da hineinwollte, würde sich davon nicht abhalten lassen. Wer kam schon auf die Idee, in einen Soldatenfriedhof einzubrechen?

Logan rüttelte probehalber am Tor und stellte fest, dass das Schloss hielt. »Über die Mauer?«, schlug er wenig begeistert vor.

»Das dürfte kein großes Problem sein«, erwiderte Opal und lehnte ihr Fahrrad dagegen. »Kommt.«

Nico unterdrückte ein Seufzen, doch dann folgte er ihr wenige Meter zur Seite. Sie hatte recht – das Tor war die einzige Stelle der ganzen Begrenzung, die nicht so leicht zu überwinden war. Ansonsten war die Mauer gerade mal einen Meter fünfzig hoch, aus Backsteinen gebaut und mit Granitplatten gekrönt. Nur wenige Augenblicke später standen sie alle auf der anderen Seite und betrachteten die fein säuberlich angelegten Reihen aus weißen Grabsteinen.

»Hier vorne wurden die Gefallenen aus dem Skagit County bestattet«, gab Tyler ein wenig von seinem historischen Wissen preis. »Aber die Soldaten, die direkt aus Timbers stammten, die konnten auch einen Platz weiter hinten bekommen.«

»Hübsch«, sagte Emma, während am Himmel allmählich die Sterne erschienen, und betrachtete die stummen Reihen. »Und so friedlich.«

Ein bewaldeter Streifen zog sich bis zum Leuchtturm hinüber, und dort, zwischen den alten Bäumen, entdeckte Nico ein paar flache Steinhäuser. Über einer Gruppe breitblätteriger Ahornbäume lugte, umhüllt von Ranken, eine einsame Engelsstatue hervor. Das letzte Tageslicht zeichnete noch ein paar violette Flecken an den Himmel, bevor es endgültig erlosch. Es wurde noch kälter. Nico zog den Reißverschluss seiner Jacke zu.

Opal streifte ihren Rucksack ab und verteilte Taschenlampen an alle – Nico hatte beobachtet, wie sie vor dem Verlassen des Hausboots noch ein paar davon eingesteckt hatte. Sie wollte bei ihrer Suche nach Charles Dixons letzter Ruhestätte ganz eindeutig nichts dem Zufall überlassen. Nico konnte nicht verstehen, woher diese Entschlossenheit kam, aber er hatte nicht vor, sie danach zu fragen.

»Da hinten liegen die Grabmäler, von denen ich gesprochen habe.« Tyler deutete auf die Bäume und räusperte sich. »Dort wird es noch unheimlicher.«

»Da müssen wir hin«, platzte Opal heraus. Sie schien noch mehr sagen zu wollen, doch dann wandte sie sich ruckartig ab. Als sie wenige Augenblicke später weitersprach, war Nico sich ganz sicher, dass es nicht das war, was ihr gerade eben noch auf der Zunge gelegen hatte. »Ich meine, Dixon war doch bestimmt ein Einheimischer, oder?« Sie schlang sich ihre Tasche über die Schulter. »Immerhin hat er mit den Fackelträgern in Verbindung gestanden. Ich finde, wir sollten zuerst mal da hinten nachsehen.«

»Klingt einleuchtend«, meinte Emma. Sie und Opal knipsten ihre Taschenlampen an und liefen einen mit Muschelschalen ausgelegten Weg entlang, der auf die Bäume zuführte.

»Wieso sind die Mädchen eigentlich so irre?«, murmelte Tyler und schaltete seine eigene Lampe ein. »Die tun ja fast so, als wären wir nicht von lauter Toten umgeben. Wissen die denn gar nicht, dass Halloween vor der Tür steht?«

»Niemand hat gesagt, wir müssten ihnen hinterhergehen«, sagte Logan. »Wir könnten auch hier in der Nähe dieser sehr angenehmen Mauer bleiben und ein bisschen suchen.«

Nico knipste seine Taschenlampe an. »Nun kommt schon, Jungs. Je schneller wir Dixon gefunden haben, desto schneller können wir wieder verschwinden.« Er folgte den beiden schmalen Lichtstrahlen vor ihm. Murrend machten sich Tyler und Logan ebenfalls auf den Weg.

Der Bereich für die Einheimischen war kleiner und besaß weniger als ein Dutzend rasterförmig angelegte Reihen, umgeben von einem spitzen Zaun. Die meisten Gräber wurden von einem einfachen Grabstein geziert, aber auf der baumbestandenen Wiese gab es auch ein paar größere Grabmäler. Und Opal schien sich ausschließlich dafür zu interessieren.

»Wieso glaubst du eigentlich, dass Dixon in einer Krypta liegt?«, flüsterte Nico ihr zu, obwohl sie eindeutig ganz alleine hier waren. Er hörte, wie mächtige Brecher an die Uferfelsen des Razor Point ganz in der Nähe donnerten.

»Ist eben so«, fauchte Opal ihn an, bevor sie lange den Atem ausstieß. »Ich hab da so ein … Gefühl. Sieh dich nach einem weißen Grabmal um, mit aus Stein gemeißelten Blütenblättern links und rechts. Und frag nicht … vertrau mir einfach.«

»O-kay.« Tyler warf Nico einen Blick zu und hielt sich die Taschenlampe unters Kinn, so dass seine großen, besorgten Augen im Lichtkegel zu sehen waren.

Nico zuckte übertrieben mit den Schultern. Opal hatte eindeutig keine Lust auf Erklärungen.

Also hasteten sie von Krypta zu Krypta und begutachteten deren marmornes Äußeres. Logan und Emma suchten nach den Namen der Bestatteten, aber jedes Mal, noch bevor sie sie ausgesprochen hatten, wusste Opal, dass es das falsche Grabmal war, und ging weiter. Nico hatte das Gefühl, als wüsste sie genau, wonach sie suchte. Aber wie war das möglich?

Schließlich gelangten sie zur allerletzten Krypta in der hintersten Reihe. Sie lag unter einer riesigen Trauerweide. Die Vorderfront bestand aus einem steinernen Rechteck, etwa einen Meter zwanzig hoch und einen Meter achtzig breit. Darin befand sich eine winzige, tempelartige Tür, flankiert von zwei Säulen.

Tyler richtete den Strahl seiner Taschenlampe darauf. An jeder Säule rankten sich aus Marmor gemeißelte sternförmige Blüten mit langen dünnen Blütenblättern empor.

»Das ist es!«, sagte Opal aufgeregt.

»Stimmt«, bestätigte Logan und leuchtete die schwarzen Buchstaben an, die über der Tür eingraviert waren.

CHARLES DIXON

»Hier an der Seite steht noch was.« Auch Emma war die Aufregung deutlich anzuhören. »*Wachsam für immer.*« Sie leuchtete die restliche Krypta ab. »Aber keine Jahresangabe. Seltsam. Wie alt ist er wohl geworden?«

Da spürte Nico, wie sich eine Hand an seinem Ärmel festkrallte. Tyler starrte auf ein eingemeißeltes Symbol am Türsturz. »Schau dir das mal an.«

Eine erhobene Hand mit einer lodernden Fackel.

»Volltreffer«, keuchte Logan. »Genau wie auf der Plakette.« Dann kratzte er sich im Gesicht. »Und, äh … was nun?«

Eine ganze Weile sagte niemand ein Wort.

»Wir gehen rein«, beendete Opal schließlich das Schweigen.

Tyler stöhnte und legte die Hände vor die Augen. »Warum hab ich gewusst, dass sie das sagen würde?«

»Moment mal!« Nico fuhr sich mit den Fingern durch die zerzausten braunen Haare. »Wir haben festgestellt, dass Dixon wahrscheinlich ein Fackelträger war. Aber warum müssen wir dann noch in seine Krypta einbrechen?«

»In sein *Grab*!«, stieß Tyler entrüstet hervor und schlug sich mit der flachen Hand auf den Oberschenkel. »Ihr wollt ernsthaft die letzte Ruhe eines gefallenen Soldaten stören?«

Opal drehte sich zu den anderen um. In ihren haselnussbraunen Augen spiegelte sich der aufgehende Mond.

»Alle Hinweise haben uns hierhergeführt«, sagte sie mit großem Nachdruck. »Hier vor diese Tür. Das kann kein Zufall sein. Ich glaube, dass wir im Inneren dieser Krypta etwas finden oder erfahren sollen.« Sie fixierte den in den Stein geritzten Namen. »Ich glaube, Dixon würde auch wollen, dass wir sie öffnen.«

»Sehe ich genauso«, sagte Emma unvermittelt.

Als Tyler sie wütend ansah, erwiderte sie seinen Blick. »So was ist durchaus auch respektvoll möglich. Wir müssen ja nur kurz nachsehen.«

Tyler barg sein Gesicht in den Händen, aber Logan nahm bereits den Eingang unter die Lupe. Opal sah Nico an, und dieser nickte geschlagen. »Wir machen die Tür auf, werfen schnell einen Blick rein und machen sie wieder zu. Wir fassen nichts an.«

Opals Finger strichen über seine Hand. »Hilf mir mal.«

Gemeinsam näherten sie sich der Vorderfront der Krypta,

ohne auf Logans ärgerliches Knurren und Tylers gemurmelte Stoßgebete zu achten. Ein Schloss war nicht zu erkennen, und die Türangeln sahen sehr stabil aus.

Sie zogen kräftig an der Tür und waren verblüfft, als die schwere Marmorplatte ohne Widerstand aufschwang.

»Wir sind nicht die Ersten, die das versuchen!«, sagte Opal aufgeregt. »Diese Tür *will* geöffnet werden.«

»Okay, das ist interessant«, murmelte Tyler und griff sich an die Schläfe. »Was könnte das zu bedeuten haben?«

Fünf Köpfe schoben sich gleichzeitig durch die Öffnung, während Opal und Nico ihre Lampen ins Innere richteten. Das Licht traf auf einen rechteckigen Raum mit glatten Wänden, der fast an den Tresorraum einer Bank erinnerte. Nischen oder versteckte Winkel waren nicht zu erkennen, genauso wenig wie ein Sarg. Die Krypta war vollkommen leer.

»Tja.« Tyler richtete sich auf und stieß ein verdächtig erleichtert klingendes Seufzen aus. »Wie schade. Gehen wir.«

»Meint ihr, dass vor uns schon jemand hier war und die Krypta leer geräumt hat?«, fragte sich Emma verwundert. »Es sieht alles so ... gepflegt aus.« Sie nieste. »Bis auf den Staub.«

»Nein, nein, nein«, murmelte Opal leise, wie zu sich selbst. »Das kann nicht sein. Da stimmt was nicht. Ich war mir *sicher* ... es muss irgendwo ...« Ohne auf Nicos warnendes Zischen zu achten, krabbelte sie ins Innere des Grabmals.

»Opal, *nein.*« Tyler war so entsetzt über das, was sie da tat, dass er kaum ein Wort hervorbrachte.

»Schlechte Idee!«, spie Logan hervor. »Ganz *schlechte* Idee!«

Opal fuhr mit den Fingern über die Marmorwände. Sie neigte den Kopf und legte das Ohr auf den Fußboden, während sie mit einer Faust darauf klopfte. Dann drehte sie sich auf den Rücken und starrte an die Decke.

»Opal, bitte.« Nicos Stimme klang gefasst. Er versuchte, sich nicht anmerken zu lassen, welche Panik in ihm tobte. »Es ist doch alles in Ordnung. Wir sehen in der Bibliothek nach, wer Charles Dixon war. Ich bin mir sicher, dass wir noch viel mehr über ihn herausfinden können.«

Aber Opal hörte gar nicht zu. Sie kam auf die Knie und stemmte sich gegen die Decke. Verblüffenderweise verschwand ihre Hand im Stein. »Da ist ein Geheimfach«, rief sie.

Nico sah, wie sie etwas herausholte und dann rückwärts wieder nach draußen gekrochen kam. Tyler schob sich hinter Opal und klappte die Tür der Krypta zu. Dabei stieß er einen lang angehaltenen Atemzug aus. »Das wäre erledigt!«, sagte er mit Nachdruck und entfernte sich etliche Schritte von der Grabstätte.

»Was hast du entdeckt?« Emma richtete den Blick auf den kleinen Lederbeutel in Opals Hand.

»Ich weiß nicht.« Opal klemmte die Taschenlampe unter den Arm und machte sich an der Schnalle zu schaffen.

Zweige knackten im nächtlichen Dunkel.

Sie erstarrten.

Tyler wirbelte herum und richtete den Strahl seiner Taschenlampe den Pfad entlang. »Habt ihr das gehört?«

Gepresstes, gackerndes Gelächter hallte über ihre Köpfe hinweg.

Nico blickte auf, stolperte alarmiert rückwärts und landete auf dem Hintern. »Aufpassen, Leute!«

Auf der Krypta, direkt über dem Symbol der lodernden Fackel, stand eine Kreatur mit grüner Haut, drahtigen Gliedmaßen und großen, abstehenden Ohren. Rote Augen starrten, ohne ein einziges Mal zu blinzeln, auf Nico herab, während darunter scharfe, spitze Zähne hervorgrinsten.

Nicos Blick wurde starr, und sein Herz fing an zu rasen.

Emma stieß einen spitzen Schrei aus und prallte rückwärts gegen Tyler, der die Kreatur entsetzt und mit offenem Mund anglotzte, während Opal schrittweise zurückwich und sich dabei den Lederbeutel in die Tasche steckte.

»Was ist *das* denn für eine Gestalt?«, stieß sie keuchend hervor.

»Du meinst was *sind* das denn für Gestalten!« Tyler zeigte auf die Trauerweide hinter der Krypta. In ihren Zweigen hingen zwei weitere reptilienartige Wesen und stierten mit gehässig grinsenden Mäulern auf sie herab. Jetzt brach eines davon in schallendes Gelächter aus – ein durchdringender, ratternder Laut, der Nico das Blut in den Adern gefrieren ließ.

»Gremlins«, flüsterte Logan heiser. »Das müssen Phantome sein, die aus dem Finstertief entkommen sind. Aber was machen die hier?«

Noch bevor jemand etwas erwidern konnte, packte einer der Gremlins eine Ranke und schwang unter freudigem

Johlen zu ihnen herab, so dass Logan sich mit einem Hechtsprung gerade noch in Sicherheit bringen konnte. Da landete schon der nächste auf dem Boden und ging mit weit ausgebreiteten Armen auf Emma los. Sie wich ruckartig zurück, stolperte über Logan und landete unsanft auf dessen Rücken.

»*Uuufff!*«, stöhnte er. »Runter da.«

Der Anführer der Gremlins stand immer noch auf der Spitze der Krypta und lachte. Er schien die Vorstellung in vollen Zügen zu genießen. Wütend kam Nico auf die Beine. »Das sind doch bloß Phantome«, schrie er. »Los, verteilt euch!«

Er griff in seine Jackentasche, zog einen Fackelträger-Dolch heraus und hielt ihn dem Gremlin unter die Nase. Das Wesen streckte ihm die Zunge raus und stieß dabei ein irres Gackern aus. Die anderen Gremlins rückten vor, als wollten sie gleich zum Angriff übergehen, und die Fackelträger wichen erschrocken zurück. Doch dann huschten die Phantome zu Dixons Grab, bauten sich neben ihrem Anführer auf und machten alle gleichzeitig eine obszöne Geste.

»Also, jetzt reicht's aber wirklich!«, fauchte Opal wütend und zog ebenfalls ihren Dolch. »Los, du Angeber, häng dich ruhig noch mal an die Ranke – wenn du dich traust.«

Die Gremlins vollführten eine Art seltsamen Tanz, und Nico hatte das unbestimmte Gefühl, dass es sich auch dabei um eine sehr bewusste Beleidigung handelte, doch plötzlich hielten sie inne. Ihr Anführer schnüffelte. Dann riss er die Augen weit auf und keckerte den anderen etwas zu.

Im nächsten Augenblick schwangen sie sich gemeinsam in die Äste der Trauerweide und machten sich, begleitet von deutlich hörbaren Wimmerlauten, aus dem Staub.

Lächelnd nickte Logan Nico und Opal zu. »Gut gemacht. Ihr habt sie vertrieben.«

Ein lautes Stampfen dröhnte durch die Dunkelheit, und Nico spürte deutliche Vibrationen in den Beinen.

Er hielt den Atem an. Drehte sich langsam um.

»Äh, Leute?«, flüsterte Tyler. »Habt ihr das gehört?«

Ein zweites Stampfen ertönte, noch dichter als das erste. Nico spürte es bis in seine Knochen.

»Ich glaube, die sind gar nicht vor *uns* weggelaufen«, stieß Emma atemlos hervor.

Mit zitternden Fingern leuchtete Nico den Pfad entlang.

Zwei gewaltige glühende Augen starrten zurück.

8.
Opal

Die riesigen leuchtenden Augen sahen Opal an.

Ein überwältigender Geruch nach Tiefsee, nach uraltem Salz und Algen drang in ihre Nase, und dann stapfte etwas *Gewaltiges* in den Strahl ihrer Taschenlampen. Die Kreatur richtete sich auf und überragte Opal und die anderen weit, während sie sich neben Dixons Krypta kauerten. Lautes Gebrüll ließ die Erde erbeben.

Die Bestie.

Sie ist echt. Sie ist wirklich, wirklich echt.

»Wo kommt die denn her?«, piepste Emma und drückte sich noch enger an Opal. »Tyler hat das Phantom doch schon vor Wochen verjagt.«

Das Seeungeheuer war schwärzer als die Nacht in seinem Rücken. Nur dort, wo der Strahl der Taschenlampe auf seinen Körper traf, wurden glatte, indigoblaue Schuppen sichtbar. Opal hörte den rasselnden Atem des Monsters, und dann drang ein weiteres Geräusch an ihre Ohren – ein schnelles Rattern, wie von einem Presslufthammer. Erst nach einer ganzen Weile wurde ihr klar, dass das ihr eigener, völlig außer Kontrolle geratener Herzschlag war.

»Das ist kein Phantom«, würgte Nico mit bebenden Schultern hervor. »Das ist die echte Bestie.«

»Aber die gibt es doch gar nicht!«, heulte Logan. Er *wollte* das Ungeheuer, das sich da direkt vor seinen Augen befand, einfach nicht wahrhaben. »Das ist doch bloß ein Märchen!«

Das Monster stampfte erneut mit seinem gewaltigen Fuß auf und zog seine dicken Krallen durch die festgetrampelte Erde.

Nico schluckte. »Ich glaube, sie ist … wütend.«

»Ach, echt?« Tylers Stimme klang schrill. »Wie kommst du denn darauf?«

Die Bestie stieß erneut ein dröhnendes Gebrüll aus und kam immer näher.

Gemeinsam wichen sie zurück.

Tyler stammelte: »Ach, ü-ü-übrigens, i-i-ich hatte recht. Was da-da-das Aussehen angeht. W-w-wer hätte das gedacht, hmm?«

Opal ging behutsam noch einen Schritt zurück. Sie wollte die Bestie auf keinen Fall durch eine zu schnelle Bewegung provozieren. Dann fielen ihr die kleinen Unterschiede zwischen dem Phantom, das Tyler im Finstertief zum Leben erweckt hatte, und dem Wesen vor ihnen auf. Diese Bestie hier hatte einen etwas schmaleren Kopf, aber dafür kräftigere Beine und einen drahtigeren Körperbau. Doch das waren nur Nuancen. Die beiden waren weitgehend identisch.

Wie ist das denn möglich? Woher hat Tyler gewusst, wie sie wirklich aussieht?

Die Bestie senkte den Kopf und musterte sie aus klugen Augen. Dann wandte sie sich um und nahm etwas auf dem Pfad in den Blick. Für einen kurzen Augenblick dachte Opal, dass sie vielleicht wieder ins nahe Meer zurückkehren würde, doch der grässliche Schädel schwang bereits in ihre Richtung. Die Bestie riss das Maul auf und brachte zwei Doppelreihen mit messerscharfen Zähnen zum Vorschein. Sie klopfte mit dem Schwanz auf den Boden und kam langsam näher.

»Los!«, rief Nico.

Hastig verteilten sie sich zwischen den Krypten und Grabsteinen. Die hellen Strahlen ihrer Taschenlampen hüpften wie wild, während sie nach Deckung suchten. Opal duckte sich hinter Charles Dixons Grabmal und schaltete ihre Taschenlampe aus. Anschließend lugte sie mit zitternden Fingern um die Ecke.

Totenstille hatte sich über den Friedhof gelegt. Sogar die Insekten gaben keinen Laut mehr von sich. Das einzige Geräusch verursachten die dröhnenden Schritte der Bestie. Ganz langsam schob sie sich vorwärts, hielt immer wieder inne, um zu schnüffeln, als würde sie etwas Bestimmtes suchen. *Oder sich etwas zum Abendessen jagen.*

Dann sprang sie unvermittelt los, mit einem Satz, der für ein Wesen von dieser Größe unglaublich schnell und geschmeidig war.

Ein Schrei, dann Kampfgeräusche.

»Hilfe!«, ertönte Logans kreischende Stimme.

Opals Puls raste. Sie schaltete ihre Taschenlampe ein und

leuchtete um die Ecke. Die Bestie hatte Logan an der Kapuze gepackt und schüttelte ihn kräftig hin und her – wie ein Hund, der eine Ratte zwischen den Zähnen hält.

»Logan!«

Opal rannte los, doch dann blieb sie vor der Krypta stehen und sah hilflos zu, wie das Ungeheuer Logan in Richtung Meer schleifte. Nico kam hinter dem Grabstein, der ihm als Deckung gedient hatte, hervorgesprungen und fuchtelte mit seiner Taschenlampe herum, begleitet von Emma, die nur einen Schritt hinter ihm war. Die Bestie hielt inne. Ein tiefes Knurren drang zwischen ihren Zähnen hervor.

Logan zappelte, drehte sich hin und her und schaffte es tatsächlich, sich aus seiner Jacke zu winden. Er landete auf dem Boden und lief hastig zu seinen Freunden.

»Verteilt euch!«, schrie Opal. »Sonst sind wir viel zu leichte Beute!«

Die Bestie blockierte mit ihrem gewaltigen Körper den Rückweg zum neueren Teil des Friedhofs. Sie würden niemals an ihr vorbeikommen. Opal knipste ihre Lampe wieder aus, und die anderen taten es ihr nach. Erneut wurden die Gräber nur vom düsteren Mondlicht beschienen. Nervös betrachtete Opal den spitzen Zaun, der diesen Teil des Friedhofs umgab … sie konnten versuchen, darüber hinwegzuklettern, aber das war riskant und sie wären einem Angriff der Bestie schutzlos ausgeliefert. Ob sie es rechtzeitig schaffen würden?

Da stieß in der Dunkelheit jemand mit ihr zusammen,

und sie hörte eine leise Stimme sagen: »Sie ist echt, sie ist echt, sie ist echt, sie ist echt.«

Opal versuchte krampfhaft, ihre flatternden Nerven wieder in den Griff zu bekommen, und flüsterte zurück: »Ty?«

Stille. Dann erwiderte eine zitternde Stimme: »Ja.«

»Hast du irgendeine Idee, wie wir hier wieder rauskommen?«, zischte Opal ihm zu. »Wie wir uns vielleicht wehren können?« Tyler verbrachte schon sein ganzes Leben in schrecklicher Angst vor der Bestie. *Dann muss er doch auch irgendetwas wissen, was uns nützen kann, oder?*

Doch Tyler gab keine Antwort. Opal befürchtete schon, dass er völlig versteinert war.

Die Bestie kam näher und schnüffelte an Dixons Grabmal. Opal schubste Tyler um die nächste Ecke und huschte hinterher, unmittelbar bevor ein gigantisches Auge genau vor der Stelle auftauchte, an der sie sich gerade eben versteckt hatten. Sie liefen noch eine Ecke weiter und drückten sich dann mit dem Rücken an die Tür der Krypta. Opal hielt den Atem an, als der lange, muskulöse Schwanz der Bestie ganz in ihrer Nähe vorbeizuckte. Dann erschien deren riesiger Kopf über dem Dach der Krypta, aber zum Glück blickte sie nicht nach unten und sah sie nicht.

Jetzt machte sich Nico bemerkbar. »Kann mich jemand hören?«

»Ich«, zischte Logan.

»Ich auch«, flüsterte Emma.

»Tyler und ich auch.« Opal drückte sich dicht an den

Marmor, als die Bestie aufheulte und forschend in die Dunkelheit stierte.

»Am besten rennen wir alle gleichzeitig los«, rief Nico, der im Schutz der Nacht immer noch unsichtbar war. »Vielleicht können wir sie zwischen den Bäumen abschütteln. Seid ihr so weit?«

Aus mehreren Ecken ertönten zustimmende Laute.

Opal merkte, wie ihre Handflächen feucht wurden. Wen würde die Bestie wohl angreifen? *Nicht nachdenken. Einfach loslaufen.*

»Jetzt!«, rief Nico.

Opal hörte lautes Trampeln. Schemenhafte Gestalten huschten hinter der Bestie vorbei und rannten den Pfad entlang.

»Los!« Sie schob Tyler vor sich her, doch dann verhedderten sich ihre Füße, und sie gingen gemeinsam zu Boden.

Die Bestie wirbelte herum und brüllte ihren Triumph laut heraus. Sie beugte sich über die beiden und bleckte die Zähne. Speichel tropfte auf Opals Bein.

Das war's. Jetzt sind wir also offiziell Bestienfutter.

Da kam ein zuckendes Licht den Pfad entlanggesaust. Das war Nico. Seine Augen waren groß wie Suppenteller.

»Hierher!«, brüllte er und fuchtelte mit seiner Taschenlampe hin und her. »Los, schnapp mich doch, du fette, blöde Kröte!«

Opal rollte sich von Tyler herab, der auf allen vieren kniete. Sie holte Schwung und versetzte ihm mit beiden Beinen einen kräftigen Schubs, so dass er hinter Dixons Krypta landete, nicht ohne einen verblüfften Schrei auszustoßen. Dann knipste Opal ihre Taschenlampe an und leuchtet damit direkt in die Augen der Bestie. Das Seeungeheuer knurrte unwillig und zuckte zurück.

Doch es erholte sich rasch. Wütend schnappte es nach Opals Kopf.

Da sie keine andere Möglichkeit mehr sah, drückte sie sich wieder dicht an die Wand der Krypta, stieß die Tür auf, huschte hinein und zog die Klappe mit einem lauten Knall hinter sich zu.

Etwas Schweres prallte von außen dagegen und ließ das ganze Grabmal erzittern. Opal schrie auf und hörte ein frustriertes Knurren, als die Bestie erneut und noch kräftiger als zuvor gegen die Krypta hämmerte. *Ist das ihr Schwanz? Ob das Dach das aushält?* Doch die Tür hielt, und die Krypta fiel auch nicht in sich zusammen.

Opal hätte beinahe laut gelacht. Sie war in Sicherheit, aber gleichzeitig saß sie in der Falle. *Was soll ich jetzt machen?*

FEUER.

Ganz klar und deutlich hallte dieses Wort durch ihren Schädel, als hätte es jemand laut ausgesprochen.

Opal setzte sich auf und hätte sich beinahe den Kopf an der niedrigen Decke gestoßen.

Was war denn jetzt los? Hatte sie da eben eine Stimme in ihrem Kopf gehört?

Die Bestie rüttelte schon wieder an der Krypta, aber dieses Mal gaben die Wände ein besorgniserregendes Ächzen von sich. Staub rieselte aus den Spalten zwischen den Marmorsteinen in der Decke herab, drang ihr in die Augen und in die Kehle. Sie musste husten und röcheln.

FEUER.

Opal hatte solche Angst, dass sie nicht wagte zu hinterfragen, was hier eigentlich gerade passierte. »Okay. Geht klar. Aber wo soll ich denn hier *Feuer* herkriegen?«

GEHEIMFACH. LINKE SEITE.

Wer sagt das? Doch sie steckte die Hand in die Vertiefung in der Decke und tastete die Seiten ab. Ihre Finger streiften zwei knubbelige, längliche Stöcke. Einen furchtbaren Augenblick lang glaubte sie, es seien menschliche Knochen, und zuckte ruckartig zurück. Warum war die Krypta eigentlich leer?

Doch der nächste, erschütternde Schlag machte allen Überlegungen ein Ende. Sie holte einen der Stöcke heraus – ein längliches Holzstück, dessen eines Ende mit einem trockenen Tuchfetzen umwickelt war.

Eine Fackel.

Fackeln!

Opal zog auch die andere hervor und druckte die beiden uralten Feuerhölzer an ihre Brust. *Aber wie soll ich die anzünden? Ob sie überhaupt brennen?* Die Tuchfetzen fühlten sich steif und krümelig an, und außerdem rochen sie merkwürdig, wie in Salzwasser getauchte Algen.

»Opal!« Ein lauter Schrei ertönte. »Ist alles in Ordnung?«

Nico. *Wieso ist er denn nicht weggelaufen?* Opal konnte praktisch spüren, wie die Bestie sich ihm zuwandte. Sie musste schnell reagieren. »Wieso sollte man hier Fackeln hinlegen, wenn es keine Möglichkeit gibt, sie anzuzünden?«, murmelte sie düster.

Dann riss sie mit einem Mal die Augen auf. Ihr Rucksack! Darin lag doch das Zippo aus der Tunnelkammer. Opal wand sich hin und her, um in dem engen Raum den Rucksack abzusetzen, und wühlte so lange darin herum, bis sie ganz unten auf das Feuerzeug stieß. Beinahe hätte sie laut aufgekreischt vor Freude.

Draußen ertönte das laute Geheul der Bestie.

»Ach, du Scheiße«, hörte sie Nico sagen. Und dann: »Tyler, zurück!«

Keine Zeit mehr. Opal trat die Kryptatür auf und huschte ins Freie. Sie ließ sich auf die Knie fallen, klappte das Feuerzeug auf und drehte an dem kleinen Rädchen. »Bitte, bitte, bitte.«

Ein Funke sprühte, dann zuckte eine Flamme. Ohne den Blick zu heben, hielt Opal das Feuerzeug unter die Fackeln und sah das Feuer größer werden. Schon wenige Augenblicke später standen beide Fackeln in Flammen. Sie gaben einen seltsamen, organischen Duft ab.

Opal wirbelte herum. Die Bestie hatte sich zu ihr herabgebeugt, so dass ihre Gesichter sich beinahe berührten.

Zu Tode erschrocken stieß Opal einen spitzen Schrei aus und schwang die brennenden Fackeln wie zwei Keulen durch die Luft.

Die Bestie heulte laut und wich ein Stückchen zurück.

»Nico!«

Er und Tyler kauerten genau gegenüber auf der anderen

Seite der Bestie, und Opal eilte zu ihnen. Nico hielt seinen Dolch fest umklammert. Wilde Entschlossenheit sprach aus seiner verkrampften Miene. Tyler hatte einen Stein in der Hand, als wollte er dem Seeungeheuer damit eins überziehen. Der Blick, den er Opal zuwarf, war voller Angst, aber gleichzeitig unnachgiebig.

Die Bestie ließ ein tiefes Knurren ertönen und musterte Opal mit zusammengekniffenen Augen, während diese sich mit den Fackeln schützend vor die beiden Jungen stellte. Dann reichte sie Nico eines der brennenden Hölzer. Dieser nahm es mit leichenblasser Miene in die Hand und richtete sich auf.

Opal reckte ihre Fackel hoch in die Luft und machte zögerlich einen Schritt nach vorne. »Lass uns in Ruhe!«

Die Augen der Bestie funkelten, und ihre Schuppen schimmerten wie das Wasser der Tiefsee. Mit einem letzten, markerschütternden Schrei machte sie kehrt und verschwand in der Dunkelheit. Opal hörte ein lautes Knirschen, gefolgt von einem noch lauteren Platschen. Dann war das Ungeheuer verschwunden.

Ihre Beine gaben nach, und sie landete unsanft auf dem Boden. Tyler sackte neben ihr zusammen. Er zitterte am ganzen Körper.

»Wo hast du die denn her?« Nico starrte die Fackel in seiner Hand an. Sein Gesicht glühte im Schein des Feuers.

Opal wäre ihm am liebsten um den Hals gefallen. Er und Tyler waren zurückgekommen, um ihr zu helfen, und das, obwohl die Bestie sich ihnen in den Weg gestellt hatte. Sie holte einmal tief Luft und versuchte, ihren rasenden Puls wieder unter Kontrolle zu bekommen. »Die waren in der Krypta.«

Nico nickte. »Schnell reagiert. Woher hast du gewusst, dass du das Vieh damit vertreiben kannst?«

»Ich … hab's einfach gewusst.« Opal war sich nicht sicher, was sie sonst darauf antworten sollte. Der strenge Geruch der Bestie hing immer noch in der Luft.

Tyler hob ruckartig den Kopf. »Die Bestie. Sie ist *echt*. Daran kann es überhaupt keinen Zweifel mehr geben.«

Opal machte eine Handbewegung in die Richtung, in der das Monster verschwunden war. »Das war ein ziemlich eindeutiger Beweis, würde ich sagen.«

Schritte hallten von den umstehenden Grabmälern wider. Emma und Logan kamen den Pfad entlanggerannt. »Wo habt ihr denn gesteckt?«, rief Logan ihnen zu. »Wir haben euch zwischen den Bäumen gar nicht mehr gefunden.«

Während Nico ihnen erklärte, was gerade passiert war, blinzelte Opal ins Licht der Taschenlampen. *Wieso habe ich gewusst, dass die Fackeln da liegen?*

Sie konnte versuchen, das Ganze herunterzuspielen. Sie konnte behaupten, sie habe eben in der Krypta herumgewühlt und dabei die Fackeln entdeckt, sie habe einfach *vermutet*, dass ein Ungeheuer aus den trüben Tiefen des Meeres sich vor einer offenen Flamme fürchten würde. Sie brauchte die Stimme, die in ihrem Kopf ertönt war, ja gar nicht weiter zu erwähnen.

Aber so war es nicht gewesen. Irgend ein … *Ding* hatte

zu ihr gesprochen, genauso klar und verständlich wie an dem Tag, als sie das Glas auf dem Podest angeschaut und gesehen hatte, wie das grüne Wesen in seinem Inneren sie anlächelte.

Komm, Opal.

Komm und sieh, was ich für dich habe.

Opal stand auf und drehte sich langsam zu den anderen um.

»Lasst uns aufs Hausboot gehen«, sagte sie. »Wir müssen ernsthaft miteinander reden.«

In ihrem Rücken ertönte ein krachender Donnerschlag.

Und dann, völlig unvermittelt, begann es zu hageln.

2. TEIL
Fackelträger

9.
Nico

Nico rieb sich erschöpft die Stirn.

Was für ein verrückter Abend. Faustgroße Hagelkörner prasselten auf das Dach des Hausboots. Der Himmel, an dem vorhin noch der Mond zu sehen gewesen war, war jetzt von einem seltsamen, grünschwarzen Schleier überzogen. Nico wollte nur noch nach Hause, wollte sich in sein Bett schleichen und einschlafen, bevor sein Vater ihm alle möglichen Fragen stellen konnte. Doch Opal hatte darauf *bestanden,* dass sie zuvor noch einmal auf das Hausboot gingen. Also saßen sie nun hier, während der Zeitpunkt, zu dem er zu Hause sein musste, stetig näher rückte.

»Die Fackeln waren also in der Krypta versteckt?«, erkundigte sich Emma gerade, und Nico wandte seine Aufmerksamkeit wieder dem Gespräch zu. Sie saßen in einem unregelmäßigen Kreis im Ausstellungsraum auf dem Fußboden. Opal nickte und berichtete noch einmal, wo sie die lebensrettenden Feuerhölzer entdeckt hatte. Während sie sprach, glitt ihr Blick immer wieder über Nicos Schulter hinweg.

Er sah sich um, aber abgesehen von dem Podest mit dem

grünlich schimmernden Glas sowie dem versteckten Eingang ins Finstertief war dort nichts zu sehen. Sie hatten zur Sicherheit ein Bücherregal vor die Schiebetür gerückt.

»Es ist unfassbar, findet ihr nicht? Ganz im Ernst!« Tyler hatte sich auf die Ellbogen gestützt und den Blick hinauf an die Oberlichter in der Decke gerichtet. »Ich bin so unglaublich tapfer, dass ich nicht nur gegen das Phantom der Bestie, sondern auch gegen die Bestie selbst gekämpft habe. Was meint ihr, wer darf mich wohl in der Verfilmung spielen?«

»Bitte«, witzelte Logan und stieß Tyler so lange gegen die Schulter, bis dieser seitlich umkippte. »Welcher Schauspieler will sich schon während der entscheidenden Kampfszene hinter ein Grabmal kauern?«

Tyler richtete sich wieder auf und zog vorwurfsvoll die Augenbrauen in die Höhe. »Vielleicht hast du noch nicht mitbekommen, wie selbstlos ich mich in die Schlacht geworfen habe, Logan. Aber während du noch damit beschäftigt warst, dich irgendwo zwischen den Bäumen zu verstecken, da habe ich das Monster angegriffen, und zwar mit bloßen Händen. Und ein paar Steinen.«

Logan ließ die Augen zufallen und schnarchte vernehmlich.

»Diese Gremlins«, murmelte Nico und starrte mit gerunzelter Stirn auf den Holzfußboden. »*Das* waren Phantome, im Gegensatz zur Bestie. Und die laufen immer noch irgendwo da draußen rum.«

Tyler schnalzte mit der Zunge. »Wo kommen die bloß alle her?« Er warf einen Blick zum Fenster hinaus und zitterte.

»Also, Leute, ich glaube nicht, dass ich bei diesem …«, er machte eine Handbewegung, »… diesem Sturm oder was immer das da draußen sein soll, eine Monsterjagd durchhalte. Die Hagelkörner sind ja so groß wie Tennisbälle.«

Nico nickte düster. »Die Gremlins können wirklich überall sein, außerdem ist es stockdunkel und das Wetter total scheußlich. Die Fahrt nach Hause wird auch so schon ziemlich grässlich werden. Ich schätze, wir müssen uns später um die Viecher kümmern.«

Logan stieß den Atem aus. »Und hoffen, dass sie sich von der Stadt fernhalten.«

»Woher hast du eigentlich gewusst, wo du nach den Fackeln suchen musst?«, fragte Emma Opal mit neugierigem Blick. »Du warst doch vorher schon mal in der Krypta, und da hast du bloß diesen kleinen Beutel gefunden.«

Der Beutel.

Sie mussten seinen Inhalt unbedingt gründlich unter die Lupe nehmen, aber Opal schien es damit nicht eilig zu haben. Sie schien nicht einmal Emmas Frage gehört zu haben, und das, obwohl es doch ihre Idee gewesen war, zum Hausboot zu gehen.

»Können wir nicht wenigstens einen Blick reinwerfen?«, hakte Nico mit sanfter Stimme nach. »Vielleicht finden wir ja einen Hinweis oder so, verstehst du?«

Opal riss den Kopf nach oben. »Hmm? O ja. Na klar. Einen Moment.«

Sie holte das verblasste Ledersäckchen aus der Tasche und reichte es Nico.

»Also, dann mache ich es jetzt auf, oder?«, sagte er. Opal war so unkonzentriert, dass er sich fast ein bisschen Sorgen machte. *Es war ein aufregender Abend.*

Die anderen nickten, und Nico öffnete die Schnalle. Im Inneren des Beutels lag ein schmaler Kompass aus Messing. Nico holte das zerschrammte Ding heraus, wobei er feststellte, dass es noch funktionierte. Der Kompass war ungefähr so groß wie seine Handfläche. Die vier Himmelsrichtungen waren deutlich sichtbar in das Metall eingestanzt.

Aber es gab auch noch eine *fünfte* Markierung – das traditionelle Symbol der Fackelträger –, und zwar genau in der Mitte zwischen Ost und Süd, also auf der südöstlichen Position. Achselzuckend reichte Nico den Kompass herum, und alle betrachteten ihn ausführlich. Doch als er bei Opal angekommen war, warf sie nur einen flüchtigen Blick darauf und gab ihn dann weiter.

»Also gut, Opal«, sagte Nico, und sie erschrak sich mehr, als er gedacht hatte. »Raus mit der Sprache. Woran denkst du eigentlich die ganze Zeit?«

»Hmm?« Ihr Blick ging erst nach oben und dann nach rechts. »Was? Oh, gar nichts. Es ist ... ach, egal.«

»Nein.« Nico verschränkte die Arme vor der Brust. »Du wolltest aus einem ganz bestimmten Grund hierherkommen, aber eindeutig nicht, um den Beutel zu untersuchen oder über die Bestie zu reden. Irgendwas beschäftigt dich. Es wird Zeit, dass du deine Freunde einweihst.«

Opal schwieg lange Zeit, dann nickte sie bedächtig. Nachdem sie einmal tief Luft geholt hatte, richtete sie sich auf und sagte zu den anderen: »Ich habe die Fackeln gefunden, weil eine Stimme in meinem Kopf mir das Versteck verraten hat.«

Totenstille.

Opal sah die anderen der Reihe nach an, durchdringend und auffordernd zugleich.

Schließlich hielt Nico es nicht mehr länger aus. »Du meinst … also … deine Intuition?«

»Nein, ich meine, dass *etwas in meinem Kopf gesprochen hat.* Die Stimme hat mir gesagt, wo ich nachsehen soll.«

Tyler verspannte sich augenblicklich und sagte leise. »O nein. Ein Geist?« Er wandte sich den anderen zu. »Ich hab's doch *gleich* gesagt, dass wir so kurz vor Halloween nichts auf einem Friedhof zu suchen haben. Aber ihr wolltet ja nicht auf mich hören.«

»Das war kein Geist«, erwiderte Opal scharf. »Zumindest glaube ich das nicht.« Sie verstummte, und es schien, als würde sie einen inneren Kampf ausfechten. Schließlich sagte sie: »Und ich glaube, ich weiß auch, wer es war.«

Nico fuhr sich mit der Hand über den Mund. Damit hatte er beim besten Willen nicht gerechnet. Opal hörte Stimmen?

Emma schob sich dichter an Opal heran und nahm ihre Hand, aber sie schien es kaum zu bemerken.

»Und?«, sagte Logan. »Wer war es? Elvis? Casper?«

»Sei doch nicht so gemein«, fauchte Emma ihn an.

»Bin ich doch gar nicht«, verteidigte sich Logan. »Es ist bloß … ungewöhnlich. Dass man andere Leute reden hört. In seinem Kopf.«

Emma setzte sich so, dass sie Opal in die Augen sehen konnte. »Erzähl uns einfach, was passiert ist, okay? Und kümmere dich nicht darum, wie es sich anhört. Wir haben schon so viel durchgeknalltes Zeug erlebt, seit wir das alles hier entdeckt haben, dass es auf eine Sache mehr oder weniger auch nicht mehr ankommt. Ich meine, wir haben eben noch gegen ein *Seeungeheuer* gekämpft. Was soll da noch schiefgehen?«

Opal holte tief Luft und biss die Zähne aufeinander. Dann zeigte sie auf das Podest hinter Nico.

»Das Ding da. Das ... Ding im Glas.«

Alle drehten sich um. Träge schwebte die kleine, grüne Kreatur in der zähen Flüssigkeit.

»Du glaubst also, dass ein toter grüner Klops in deinem Kopf geredet hat«, sagte Tyler langsam. »Und zwar, als wir auf dem Friedhof waren.«

»Hört sich das vielleicht verrückt an?«, gab Opal aufgebracht zurück, machte sich von Emma los und zog die Knie an die Brust. »Ja, das tut es. Das ist mir vollkommen klar, keine Sorge. Darum habe ich es euch ja nicht erzählt. Aber das war nicht das erste Mal, dass es ... also, ich glaube ... ich glaube, es hat schon davor Kontakt zu mir aufgenommen. Ich habe jedenfalls schon öfter so was gespürt.«

Nico rieb sich den Nacken. *Ganz vorsichtig jetzt.* »Kannst du uns von ... von den anderen Malen ... erzählen?« Er machte eine unsichere Handbewegung.

Opal sah ihn aufmerksam an, dann nickte sie. »Der erste Kontakt, das war, während wir hier gefeiert und unsere Rettich-Vorführungen gemacht haben. Als wir uns den Film angesehen haben, da habe ich gespürt, wie mich jemand anschaut. Ich habe mich umgedreht, und ich schwöre, dieses Ding hat mir zugezwinkert und mich angelächelt. Dann habe ich seine Stimme im Kopf gehört: *Komm und sieh, was ich für dich habe.* Und dieselbe Botschaft habe ich davor schon mal … gespürt. An dem Tag, als wir das Hausboot entdeckt haben.«

Nico wäre beinahe zusammengezuckt. Wie Pfeilspitzen bohrten sich Opals Worte in seine Haut. Er hatte eine ganz ähnliche Erfahrung gemacht, als sie den Teich entdeckt hatten. *Nur, dass ich damals keine Stimme in meinem Kopf gehört habe. Es war eher ein … Gefühl.*

»Was noch?«, bohrte Tyler weiter. Alle warfen sie dem Glas forschende Blicke zu, aber es sah genauso aus wie immer.

Opal kaute auf ihrer Unterlippe herum. »Vor zwei Tagen hatte ich diesen unwiderstehlichen Drang, die Brotdose aufzumachen, und da lag dann dieser Orden drin. Es … Ich kann es schlecht erklären, aber vorher hat mich die Brotdose noch nie interessiert. Ich habe sie eigentlich kaum wahrgenommen. Aber dann, mit einem Mal, hatte ich das Gefühl, als hätte mich jemand absichtlich dahingelotst. Und als wir im Fort Bulloch waren, hatte ich wieder das gleiche Gefühl, und da haben wir die Plakette mit dem Namen von Charles Dixon entdeckt.«

»Deshalb wolltest du auch unbedingt zum Friedhof«, führte Emma den Gedanken zu Ende und drückte Opal die

Schulter. »Du bist einer Spur gefolgt.« Ihre blauen Augen wurden weich. »Opal, warum hast du uns nichts davon erzählt?«

»Weil ich mir nicht sicher war, ob es wirklich stimmt«, erwiderte Opal wie aus der Pistole geschossen. Draußen dröhnte der Donner, aber das Prasseln der Hagelkörner auf dem Dach ließ ein wenig nach. »Das kam mir alles so lächerlich vor – eine Stimme in meinem Kopf, die mich lenken will? Und später wusste ich dann nicht so genau, ob ihr mir wirklich glauben würdet.« Ihre Augen blitzten. »Manche glauben mir ja nicht einmal jetzt.«

Logan zuckte zusammen. Nico behielt seine neutrale Miene bei, aber er kam sich ein bisschen so vor, als hätte er ein Schild mit der Aufschrift »schuldig« um den Hals hängen.

»Ich glaube dir«, sagte Emma. »Ich weiß, dass du dir so was niemals ausdenken würdest.«

»Das ist doch klar«, warf Tyler giftig ein und verlagerte ein wenig sein Gewicht. »Aber trotzdem … du musst doch zugeben …« Er warf einen Blick auf das Glas. »Wenn das Ding da lebendig ist und in dein Gehirn eindringen kann, warum sieht es dann so tot aus?«

Opal starrte ihn einen Augenblick lang ausdruckslos an, dann senkte sie den Blick. »Verstehe … Ich bin mir ja nicht einmal sicher, ob ich mir selbst glauben würde.«

»Und warum hörst nur du die Stimme?«, wollte Nico wissen. »Hast du dafür irgendeine Erklärung?«

Opal schüttelte den Kopf.

Logan sprang auf, stellte sich vor das Glas und fing an, dagegen zu klopfen. »He, du da. Dingsbums. Aufwachen!«

»Logan, nicht!«, schrie Opal und rappelte sich ebenfalls auf. »Das ist nicht witzig.«

Logan drehte sich wieder um und kam zu Opal geschlendert. »Das sollte gar nicht witzig sein. Ich weiß, dass du glaubst, es gäbe diese Stimme wirklich, aber das stimmt nicht. Vor ein paar Wochen, als ich das erste Mal ein Phantom gesehen habe, da habe ich gedacht, ich würde den Verstand verliere. Der Stress hat mich fertiggemacht, und dann habe ich plötzlich alle möglichen Dinge gesehen und gehört, die gar nicht existieren. Meine Phantasie hat sich die irrsinnigsten Sachen ausgemalt. Dabei gibt es tatsächlich eine Erklärung für all das.« Seine Stimme wurde sanft. »Du hast mir geholfen, das zu erkennen. Und genauso möchte ich jetzt dir helfen.«

Opal wandte sich ab. Nico erhob sich und starrte Logan aufgebracht an. Dieser zuckte nur mit den Schultern und formte mit seinen Lippen den Satz: *Glaubst du ihr etwa?*

Nico hielt Logans Blick nicht stand. *Glaube ich ihr? Ich müsste es, ich möchte es, aber …*

»Leute, es wird langsam spät«, sagte Tyler leise. »Vielleicht sollten wir uns morgen wieder damit beschäftigen.«

»Da hast du recht«, sagte Logan mit einem gezwungenen Lachen. »Wir sind heute schließlich schon von einem Seeungeheuer angegriffen worden, und dann hat Opal es mit einer Fackel in die Flucht geschlagen. Wir haben uns alle eine kleine Pause verdient.«

Eine Geste der Versöhnung. Nico war gespannt auf Opals Reaktion. Würde sie darauf eingehen?

Sie drehte sich wieder zu den anderen um und wischte sich hastig übers Gesicht. »Ja, du hast recht. Gehen wir nach Hause. Danke, dass ihr mir zugehört habt. Vielleicht bin ich im Moment ein bisschen überreizt.«

Trotzdem registrierte Nico ein Funkeln in ihren Augen. Er war sich sicher, dass Opal selbst nicht glaubte, was sie da gerade gesagt hatte, aber jetzt war nicht der richtige Zeitpunkt, um nachzuhaken.

»Mit dem Friedhof hast du jedenfalls richtig gelegen«, sagte er. »Es gibt eindeutig eine Verbindung zwischen Charles Dixon und den Fackelträgern. Vielleicht können wir ja rauskriegen, worin die besteht.« Opal nickte stumm, wühlte das alte Notizbuch aus ihrem Rucksack hervor und vertiefte sich in die Seiten.

»Wenigstens hat sich dieses bescheuerte Filmteam nicht blickenlassen«, sagte Tyler. »Wenn die mich bei meinem Kampf gefilmt hätten, dann müsste ich jetzt für den Rest meines Lebens Autogramme schreiben.«

Nico grinste, und Logan schubste Tyler in Richtung Vorhang.

»Morgen ist mein erster Arbeitstag«, flötete Emma. »Keine Angst, ich werde schon dafür sorgen, dass sie in die falsche Richtung laufen.«

Sie sammelten ihre Sachen ein, und Opal nahm den Kompass wieder an sich. Tyler schnappte sich ein Buch aus einer der Truhen und murmelte etwas vor sich hin, was wie

»Recherche« klang. Die Mädchen steuerten gemeinsam den Ausgang an, und während sie sich durch den Vorhang schoben, tätschelte Emma Opal kurz den Arm. Nico verließ den Ausstellungsraum als Letzter. Er warf dem Glas auf dem Podest einen nachdenklichen Blick zu.

Was bist du wirklich?

Dann blies er achselzuckend die Laternen aus und tauchte den Raum in Dunkelheit. Er lief seinen Freunden hinterher und fand sie alle mit verwundertem Gesichtsausdruck auf der Eingangsterrasse stehend vor. Es hatte aufgehört zu hageln, aber Dutzende der eisigen Geschosse lagen auf den Treppenstufen.

Jetzt, wo der Niederschlag vorbei war, breitete sich der Schwefelgestank wieder mit enormer Wucht aus. Nico atmete durch den Mund und stellte sich neben Tyler. *Was ist denn das?* Er kniete sich hin und nahm einen Hagelbrocken in die Hand.

»Kann mir das vielleicht jemand erklären?«, flüsterte Tyler.

Nico schüttelte nur den Kopf. Die Eiskugel in seiner Hand war so groß wie eine Grapefruit, vollkommen rund und durch und durch massiv. Außerdem hatte sie eine mattrote Färbung und schien von innen heraus zu leuchten.

»Kann mir das jemand *erklären?*«, wiederholte Tyler.

»Die Rote Flut?«, wagte Logan sich vor. »Vielleicht ist sie irgendwie in die Hagelkörner reingeraten?«

»Ich glaube nicht, dass das möglich ist«, erwiderte Emma. »Zumindest habe ich so was noch nie gehört.«

Opal sagte nichts, aber in ihren Augen standen die verschiedensten Fragen.

Nico ließ die Hagelkugel fallen und trat zurück. Dabei wischte er sich die Hände an seiner Jacke ab. Anschließend warf er einen Blick in den unheimlichen grünschwarzen Himmel.

»Ich habe keine Ahnung, was hier vor sich geht«, sagte er leise. »Aber irgendwie gleitet uns alles aus der Hand.«

10.
Opal

Je länger Opal das Interview verfolgte, desto größer wurde ihr Ärger.

»Würdest du schon allein die Tatsache, in Timbers zu leben, als Akt der Tapferkeit bezeichnen?«, fragte Bridger mit hochgezogener Augenbraue.

»Ja«, antwortete Carson Brandt in vollem Ernst und kratzte sich dabei seine Sommersprossennase. »Ich schätze schon. Ich meine, vielleicht müssten wir an der Schule mal so Bestienalarmübungen machen, nur um sicherzugehen.« Er warf seinem Kumpel Parker Masterson einen Blick zu, und dieser nickte eifrig.

Opal verdrehte die Augen und zog die Kapuze noch etwas fester, um sich gegen den morgendlichen Nieselregen zu schützen. Sie stand auf dem Marktplatz der Stadt, am Fuß der winzigen Freilichtbühne, die anlässlich der morgigen Halloweenfeier mit Gespensterfiguren und Spinnweben geschmückt war. Das *Freakshow*-Team hatte den Platz in Beschlag genommen und machte sich die gruselige Dekoration zunutze. Bridger stellte den Passanten vor laufender Kamera bescheuerte Fragen, weil er – daran konnte es keinen Zweifel geben – auf bescheuerte Antworten hoffte. Und Carson hatte ihm gerade eben den Gefallen getan.

Ein feuchter, kalter Wind wehte vom Meer her durch das Städtchen und riss ein paar Papierfledermäuse mit sich. *Hoffentlich kriegt Bridger die an den Kopf.*

Opal hatte schlechte Laune, das war ihr klar. Sie hätte gerne mit Emma gesprochen – dem einzigen Menschen, der ihr glaubte –, aber Emma hatte mit ihrer Arbeit für das Filmteam zu tun. Vor zwanzig Minuten war sie im Kamerawagen verschwunden und seither nicht wieder aufgetaucht.

Bridger machte auf die Einheimischen großen Eindruck, weil er zwischen den Aufnahmen immer irgendwelche Sprüche klopfte und die Schaulustigen damit zum Lachen brachte. Aber auf Opal wirkte das alles, als würde jemand mit den Fingernägeln über eine Schultafel fahren. Merkten ihre Nachbarn denn gar nicht, dass Bridger sich über sie lustig machte?

Graue, tief hängende Wolken bedeckten den Himmel, und Nebel hüllte die umliegenden Hügel ein. Opal hatte eigentlich gedacht, dass an einem solchen Tag gar nicht gefilmt würde, aber die Düsternis schien dem Team sogar besonders gut zu gefallen.

»Das hat so viel Atmosphäre«, hörte sie den bärtigen Kameramann zufrieden ausrufen.

Die seltsamen Hagelkörner waren über Nacht vollständig geschmolzen, und von dem rötlichen Schimmer war nichts zurückgeblieben. Opal fragte sich, ob außer ihnen noch jemand das Phänomen bemerkt hatte. Sie zitterte, rieb die Hände aneinander und betrachtete mit schiefer Miene ihre alten Fausthandschuhe. Ihre neuen, trendigen Fingerhandschuhe hatte sie nirgends gefunden, darum war ihr nichts anderes übrig geblieben, als diese alten Kinderdinger anzuziehen. Mit den aufgenähten Glotzaugen und den lächelnden Mündern sahen ihre Hände aus wie sprechende Monster. *Eigentlich müsste ich Logan Bescheid sagen. Bestienhandschuhe würden sich bestimmt wie verrückt verkaufen.*

»He, Kleine«, sagte da eine Stimme hinter ihr. »Weißt du vielleicht, wo man diese WECK-DIE-BESTIE-IN-DIR-T-Shirts bekommt?«

Opal drehte sich um und stand dann einem dürren Collegestudenten mit Kopfhörern gegenüber. Er hatte einen Sonnenbrand, schien ein bisschen unsicher auf den Beinen zu sein und blickte sich mit offenem Mund um, als sei er gerade eben in einem riesigen Freizeitpark gelandet. Noch bevor sie ihm eine Antwort geben konnte, sagte er: »O Mann! Ist das da vorne nicht Colton Bridger?«

»Ja, genau.«

Opal wäre es am liebsten gewesen, wenn der Kerl sie in Ruhe gelassen hätte. Wenn alle Fremden einfach nach Hause gegangen wären. Auf der gegenüberliegenden Seite des Marktplatzes waren etliche Touristen damit beschäftigt, Selfies von sich und dem *Freakshow*-Kamerawagen zu machen.

»Ist echt cool hier«, sagte der Kopfhörer-Typ. »Du hast so ein Glück, dass du hier lebst.« Mit der weit nach oben gerutschten Skimütze sah er aus wie ein schlaksiger Kobold. »Du *lebst* doch hier, oder?«

»Mm-hmm.«

Opal beobachtete, wie Carson und Parker davonmarschierten und sich aufgeregt quatschend abklatschten. Bridger fuhr sich mit der Hand durch die kurz geschnittenen braunen Haare und sah sich um. In der Nähe der Freilichtbühne lungerten alle möglichen Leute herum, die auf ein Interview hofften, aber gleichzeitig möglichst natürlich wirken wollten. Da blieb Bridgers Blick an Opal hängen, und er setzte sich in Bewegung.

Na, toll.

»Die WECK-DIE-BESTIE-IN-DIR-T-Shirts gibt es vor dem Eisenwarenladen«, sagte sie zu dem Kopfhörer-Typen und zeigte auf einen kleinen Marktstand unter der grünen Markise in der Main Street. Erst heute Morgen hatte Logan dort seine zweite Verkaufsstelle eröffnet und mit neuer Ware bestückt. Sein Dad hatte dabei seine Beziehungen spielen lassen. »Die hat übrigens einer meiner Freunde entworfen.«

»Supi!«, sagte der Kopfhörer-Typ. »Ich kaufe grundsätzlich *nur* lokale Produkte.« Und damit hastete er davon.

Opal sah sich rasch nach einer Fluchtmöglichkeit um, doch Bridger kam lächelnd und winkend auf sie zu und machte jedes Entkommen damit unmöglich. »Hallo, da ist ja meine kleine Bekannte!«, rief er ihr zu. Der Kameramann sowie die einzige Frau im Team – sie schien für die Beleuchtung zuständig zu sein – kamen hinterher, gefolgt von Emma, die ein reumütiges Lächeln aufgesetzt hatte. *Ich schätze mal, sie hatte keine Lust mehr, immer nur im Wagen zu hocken.*

»Du und deine Freunde haben uns doch kürzlich den Weg gezeigt, stimmt's? Kann ich dich vielleicht interviewen?«

Noch bevor Opal etwas erwidern konnte, hatte Bridger seinem Team bereits zugenickt und fing an, sich die Haare glatt zu streichen. »Ich kann dir nicht versprechen, dass wir das Interview auch senden, aber ich möchte verschiedene Eindrücke sammeln, und du scheinst dafür genau die Richtige zu sein. Du hast so eine Ausstrahlung … als würdest du viel Zeit im Freien verbringen.«

Opal verspannte sich augenblicklich. Eine Ausstrahlung? Sie trug ein Sweatshirt, eine Jeans, Stiefel und eine Regenjacke. *Und dazu diese lächerlichen Monsterhandschuhe!* Sie steckte die Hände in ihre Jackentaschen. »Kann sein.« Sie wollte eigentlich wirklich nicht mit Bridger sprechen, aber sie wusste nicht, wie sie es hätte verhindern können.

»Sehr gut. Das mit der Einwilligungserklärung und so weiter regeln wir später.« Bridger bedeutete seinem Team, die Kamera einzuschalten, und hielt Opal ein Mikrophon vor die Nase. »Ich stehe hier mit …«

Er hielt inne und sah sie auffordernd an.

»Opal Walsh«, sagte sie.

»Opal Walsh, die ihre gesamte Kindheit hier in Timbers verbracht hat.« Bridger strahlte über das ganze Gesicht – aber nicht in Opals Richtung, sondern in die Kamera.

Opal spürte ihre Bedenken immer größer werden. Er ging wie selbstverständlich davon aus, dass sie ihr ganzes Leben hier in Timbers verbracht hatte. Er glaubte, dass er sie genau einschätzen konnte. Also setzte auch sie ein Lächeln auf, sobald der Kameramann sie ins Bild nahm. *Spielchen spielen kann ich auch.*

»Das stimmt, Colton«, erwiderte sie zuckersüß.

»Und bist du jemals …«, Bridger legte eine dramatische Pause ein, »… der Bestie begegnet?«

Er grinste hämisch, als wüsste er genau, was sie gleich sagen würde: *Nein, aber ich habe schon viel über sie gehört und ich glaube, einmal habe ich hinter der Aufzuchtstation für kleine Spechte, die meinem Daddy gehört, Spuren gesehen, und deswegen ist sie total und voll und ganz echt!* Was kleine Kinder eben so sagen, die einfach nur froh und glücklich sind, weil sie mal ins Fernsehen kommen.

Ja, sie war hier in Timbers geboren. Was das anging, hatte er recht. Aber das bedeutete nicht, dass er sie kannte.

»Selbstverständlich«, erwiderte Opal mit unbewegter Miene.

Bridger blinzelte. »Im Ernst?« Seine Stimme klang verwundert, aber er ließ sich ohne Zögern darauf ein. Seine Augen funkelten, als hätte er schon das Drehbuch für »Dämliche Göre Nummer zwei« vor Augen: *Ja, mein Herr, ich schwöre, ich habe das Seeungeheuer gesehen, einmal, gleich hinter dem Kettensägenladen, um Mitternacht. Es wollte meinen Hund fressen, der heißt Bello Bellermann. Ich hab mich furchtbar erschrocken!*

Colton beugte sich etwas dichter zu ihr. Ein paar Leute hatten sich um sie geschart, um das Interview zu verfolgen, und Opal sah, dass auch einige ihrer Klassenkameraden darunter waren.

»Wie hat das Monster denn ausgesehen?«, fragte Bridger mit theatralischer Stimme.

»Genau *SO*!« Opal riss die Hände aus den Jackentaschen und hielt Bridger die Monsterhandschuhe direkt vors Gesicht. Er stieß einen verblüfften Schrei aus und sprang mit einem Satz zurück. Gelächter ertönte. Emma lief knallrot an und musste alle Kraft aufbieten, um nicht ebenfalls laut loszuprusten.

Opal steckte die Hände wieder zurück in die Taschen. »*Oooch*. Jetzt haben sie Ihnen einen Schreck eingejagt.«

»Ha ha ha ha ha!« Bridger lachte laut und lächelte die Umstehenden an. »Das war super. Mann, wie ich Kinder liebe.« Dann schaute er seinen Kameramann an und zog den Zeigefinger quer über die Kehle. Der Bärtige schaltete die Kamera aus.

Opal unterdrückte ein Grinsen und warf ihren kichernden Klassenkameraden einen flüchtigen Blick zu. Sie hatte dem Interview ein schnelles Ende bereitet.

»Witzige Beiträge sind immer noch die besten«, sagte Bridger gerade und gab sich alle Mühe, nicht verärgert auszusehen. »Danke, Olivia. Sehr gut gemacht.«

»Ich heiße Opal.«

»Jederzeit.«

Bridger stapfte davon und murmelte etwas vor sich hin.

Sein Kameramann grinste und zwinkerte Opal belustigt zu, bevor er ihm folgte. Emma sah Opal an, nickte in Richtung des *Timbers Café* und formte mit den Lippen die Worte *fünf Minuten.*

Opal reckte die Daumen in die Höhe, und Emma hastete Bridger hinterher. Ein heißer Kakao war jetzt genau das Richtige, und außerdem wollte sie unbedingt erfahren, was das Filmteam vorhatte. Aber gerade als sie sich in Bewegung gesetzt hatte, tauchte wie aus dem Nichts der süße Neuntklässler Evan Martinez neben ihr auf.

»Das war zum Totlachen«, sagte er und zog an den Ärmeln seines Messi-Trikots. »Hast du die Handschuhe absichtlich angezogen?«

»Ja, na klar«, erwiderte Opal. »War alles geplant.«

Evans Augen blitzten. Er duftete umwerfend, nach Zimtstangen und … Gatorade? »Bridgers Gesicht … o Mann. *Unbezahlbar.* Gut zu wissen, dass es wenigstens einen Menschen in Timbers gibt, der nicht auf diesen ganzen *Freakshow*-Mist reinfällt.«

Opal wäre beinahe über die eigenen Füße gestolpert. »Dir gefällt das auch nicht?«

Evan presste die Lippen aufeinander. »Das ist grässlich. Und außerdem wohnen sie in der Pension meiner Eltern und gehen dort allen auf die Nerven. Sind die ganze Nacht wach und lärmen wie verrückt, und Bridger nennt mich ständig *Kumpel.* Der tut so, als wären wir alle die letzten Hinterwäldler. Der Ton-Typ hat sich sogar über unser Schulmaskottchen lustig gemacht.«

»Bääh«, sagte Opal. Obwohl sie, um ehrlich zu sein, das Fleißige Biberlein nie sonderlich gemocht hatte.

Evan knuffte mit der Faust gegen ihre Schulter. »Na ja, jedenfalls, gut gemacht. Bis dann, in der Schule.«

»Prima.«

Opal blieb noch einen Augenblick lang stehen und sah ihm nach, wie er die Straße entlangjoggte, dann huschte sie in das Café. Der Duft hier drin war wirklich unglaublich. Sie hatte genügend Geld für einen heißen Kakao und einen der Blaubeermuffins, für die das Café so berühmt war – eines der wenigen Dinge, die nicht nach der Bestie umbenannt worden waren.

Sie wartete an der Theke, bis Emma sich auf den Hocker neben ihr schob, und beugte sich dann dicht zu ihr. Das Café war voll besetzt, und sie wollte nicht belauscht werden. »Und? Wie läuft's?«, erkundigte sie sich mit leiser Stimme. »Hat irgendjemand über letzte Nacht gesprochen?«

Emmas Nase war vor Kälte ganz rot angelaufen. »Nein. Ich glaube, wir brauchen uns keine Sorgen zu machen.«

Opal atmete auf. Sie war heute Morgen zusammen mit Nico in aller Früh zum Friedhof gefahren, um nachzusehen, ob die Bestie irgendwelche Fuß- oder Schwanzspuren hinterlassen hatte, die sie vielleicht beseitigen mussten, aber der Hagelsturm hatte das meiste ohnehin verwischt. Und die wenigen Spuren, die zurückgeblieben waren … wer weiß, ob die überhaupt jemand bemerken würde.

»Aber die Stumme Bucht ist oft Thema«, sagte Emma

düster. »Colton weiß, dass viele Legenden über die Bestie dort spielen. Ich glaube, er will ein Boot chartern und die Bucht erkunden.«

»Mist.« Dann mussten sie etwas unternehmen. Das Filmteam durfte auf keinen Fall in der Bucht herumschnüffeln. »Hast du gerade Pause?«

Emma nickte, dann fingen ihre Augen an zu leuchten. »Colton hat mir seine Kreditkarte gegeben. Ich soll für das Team drei Becher Kaffee besorgen und für mich auch was.« Emma fuchtelte mit einer Platinkarte von American Express herum. »Unglaublich, oder?«

Opal betrachtete das fröhlich lächelnde Gesicht ihrer Freundin. Sie wusste, wie viel es Emma bedeutete, Mitglied eines Filmteams zu sein, ganz unabhängig davon, was sie dort zu tun hatte oder worum es ging. Schließlich träumte sie davon, eines Tages eigene Filme zu drehen. Da war es klar, dass sie aufgeregt war.

»Das ist toll, Emma«, sagte Opal mit neutraler Stimme. »Aber vergiss nicht – morgen ist Halloween. Gut möglich, dass Bridger zu diesem Anlass etwas geplant hat.«

Emma nickte und wurde schnell wieder ernst. »Ich wollte sowieso noch mit dir reden, weil wir keine Süßigkeiten einsammeln sollen. Ich habe den Verdacht, dass den Jungs das Hirn geklaut worden ist.«

Opal schnaubte leise und meinte achselzuckend: »Logan hat uns allen Einladungen zu Azra Alikhans Gespensterparty besorgt. Das bedeutet, wir könnten uns zumindest verkleiden. Was meinst du?«

Emma spitzte die Lippen. »Na ja, ich erschrecke gerne andere Leute. Und ich mag Kunstblut …«

Opal lachte. »Halt weiter die Augen offen, ja? Wir müssen ihnen immer einen Schritt voraus sein.«

Emma ließ die Knöchel knacken. »Auf jeden Fall.«

* * *

Opal kaufte sich noch etwas zu trinken und machte sich auf den Weg zum Anleger. Sie wollte wissen, ob das Filmteam sich schon ein Boot gemietet hatte. Außerdem war sie bei diesem regnerischen Wetter sehr gerne unten am Wasser, wo das Meer und der Himmel mit dem allgegenwärtigen Nebel zu verschmelzen schienen.

Unten angelangt stellte sie fest, dass fast niemand mehr dort war. Die Leute hatten sich alle auf dem Marktplatz versammelt, um das *Freakshow*-Team und die Vorbereitungen für die Halloweenfeier zu begaffen. Da keine Schule war, hatten auch viele Eltern einen Tag freigenommen, so dass es sich ein bisschen wie ein kleiner Feiertag nur für Timbers anfühlte.

Von einem seltsamen Drang getrieben, ging Opal hinaus auf den Anleger. Immer wieder musste sie an den Kampf auf dem Friedhof denken. Die Bestie. Sie war *echt*. Sie war an Land gekommen. Aber warum? Ihretwegen? Hatten sie irgendetwas gemacht? Oder lag es daran, dass sie irgendetwas *nicht* gemacht hatten? Dass sie ihrer Aufgabe als Fackelträger nicht gerecht geworden waren?

Sie fragte sich, was die Bestie wohl in Wirklichkeit war. Was sie wollte. *Gibt es vielleicht eine Verbindung zwischen dem Seeungeheuer und dem Finstertief?*

Und wo waren eigentlich diese Gremlins hergekommen? Wo hielten die sich jetzt gerade auf?

Sie sah zu, wie die graugrünen Ozeanwellen gegen die Holzpflöcke des Anlegers schwappten. Schwamm die Bestie womöglich ganz allein da unten in den undurchsichtigen Tiefen umher?

Überrascht merkte Opal, dass sie schon fast die Hälfte des Stegs erreicht hatte. Ein eisiger Wind brachte sie zur Besinnung. Was machte sie denn bloß hier draußen? Das hier war einer der kältesten Punkte in ganz Timbers. Sie drehte sich um und hatte vor, wieder in die Stadt zurückgehen, doch dann zog sie, ohne es eigentlich zu wollen, den Reißverschluss ihrer Jacke bis ganz nach oben zu und steuerte das hintere Ende des Anlegers an.

Die Planken waren alt, aber gepflegt und das Geländer, das seit vielen Jahren der Witterung trotzte, ausgeblichen und schartig. Ganz hinten angekommen, lehnte Opal sich gegen die Streben und schaute aufs Meer hinaus. Sie zitterte, und kleine Atemwolken umschwebten ihr Gesicht. Trotzdem hatte sie keine Eile, hier wieder wegzukommen. Sie senkte den Blick und entdeckte in einer Geländerstrebe eine seltsame Vertiefung, genau in der Ecke, wo die beiden Handläufe zusammentrafen. Es war ein rundes Loch mit ein paar eigenartigen Kerben an den Seiten.

Irgendwie sah es … vertraut aus.

In ihrem Kopf machte es klick.

Beinahe hätte sie den Becher ins Meer fallen lassen, als sie die Hand in die Tasche steckte und den Kompass herausholte, den sie in Dixons Krypta gefunden hatte. Vorsichtig schob sie ihn in die kreisförmige Vertiefung im Holz.

Er passte perfekt.

11.
Nico

Nico starrte den Kompass im Geländer an.

Es war keine Frage, dass er genau für diese Stelle vorgesehen war, so exakt passte er in das Loch.

»Du hast das *zufällig* entdeckt, als du über den Anleger spaziert bist?«, fragte Tyler mit gerunzelter Stirn. Er blickte Opal durchdringend an.

»Ja, genau«, fauchte Opal zurück. »Niemand hat zu mir … gesprochen, falls du das meinst. Ich war auf dem Anleger, und da ist mir dieses Loch aufgefallen, und es hat … es hat eben klick gemacht.« Sie wandte sich ab und schlang zum Schutz vor dem beißenden Wind die Arme um die Brust.

Nico sah, wie sie das Gesicht verzog, fast so, als sei sie sich selbst nicht sicher.

Tyler hob die geöffneten Hände. »War bloß eine Frage. Weil das schließlich geradezu unglaubliches Glück war.«

Opal, Tyler und Nico standen am hinteren Ende des Anlegers. Logan hatte mit seinem Bestienshirt-Handel alle Hände voll zu tun, während Emma mit dem *Freakshow*-Team in die Wälder nördlich von Timbers gezogen war, um ein paar Naturaufnahmen von der nordwestlichen Pazifikküste zu machen, zum Beispiel von den für diese Gegend so typischen Mammutbäumen. Emma hatte geschrieben, dass sie mindestens zwei Stunden lang unterwegs sein würden.

Nico musterte Opal, die geistesabwesend an ihrem Zopf herumspielte und das Geländer anstarrte. »Ich bin zum Anleger runtergegangen, weil ich wissen wollte, ob Bridger schon nach einem Boot sucht«, erläuterte sie verdrossen, »und dann habe ich eben beschlossen, ein Stück auf den Steg rauszugehen.« Sie wies auf den Kompass, der so wunderbar in die Vertiefung im Geländer passte. »Und mit einem Mal habe ich die Antwort, na ja, sozusagen *buchstäblich* vor mir gesehen.«

Nico nickte erleichtert. Er hatte schon befürchtet, dass Opal wieder irgendeine telepathische Nachricht empfangen hatte, und das wäre ihm eindeutig zu viel gewesen. Er trat dicht an das Geländer und tippte auf das Kompassglas. »Der passt hier rein, gar keine Frage. Aber was hat das zu bedeuten?«

»Siehst du die Markierungen rund um den Kompass?«, sagte Opal. »Da sind nicht nur die vier Himmelsrichtungen, sondern auch diese Kerbe da …« Sie zeigte auf eine Vertiefung im Holz. »Und die passt genau auf das Fackelsymbol, das in den Kompass eingraviert ist.«

Plötzlich hatte Nico einen Einfall. Er richtete sich unwillkürlich auf. »Schaut mal genau nach Süden. Da liegt Fort Bulloch.«

Tyler drehte sich um. »Und im Norden zeigt der Pfeil auf die alte Sägemühle. Seht ihr?«

Nico legte die Hand über die Augen. Tyler hatte recht. Genau im Norden befand sich die ehemalige Sägemühle. Dort war Timbers einst gegründet worden. Das klobige Gebäude wurde heute als Museum genutzt und vermittelte seinen Besuchern einen Einblick in die Geschichte der Nantes Timber Company sowie der wilden und gesetzlosen Anfangsjahre der Stadt.

Opal hatte jetzt ebenfalls Feuer gefangen. »Nach Westen liegt das Meer«, sagte sie und kaute auf ihrer Unterlippe herum. »Und im Osten …«

Wie auf Kommando drehten sich alle gleichzeitig um und blickten die Main Street entlang, die hinauf ins Stadtzentrum führte.

Genau im Osten, an einer Ecke des Marktplatzes, befand sich das Rathaus.

Tyler klatschte aufgeregt in die Hände. »Die alte Sägemühle, Fort Bulloch und das Rathaus, das sind *mit Abstand* die drei ältesten Gebäude in Timbers. Das kann kein Zufall sein. Und das Fackelsymbol … Opal hat recht. Es liegt genau neben dieser Kerbe. Das bedeutet, dass der Kompass an der richtigen Stelle sitzt.« Er wurde ganz ruhig und presste nachdenklich die Lippen aufeinander. »Aber was bedeutet das? Es kommt mir fast so vor …«

Nico hob den Kopf. »Und wenn die Kerbe auch eine bestimmte Richtung anzeigt?«

»Genau!«, stieß Tyler atemlos hervor und packte Nico an der Schulter. »Sieh doch – sie zeigt genau nach Südwesten. Was ist denn da?«

Sie starrten alle drei in dieselbe Richtung, auf das Hafenviertel. Und dann hielten sie gemeinsam den Atem an.

»Wieso ist mir das bis jetzt noch nie aufgefallen?«, stieß Tyler hervor.

»Mach dir nichts draus«, lachte Nico. »Ich hab's ja sogar gewusst und trotzdem nicht dran gedacht.«

Opal meinte: »Tja, aber jetzt sind sie nicht mehr zu übersehen.«

Knapp hundert Meter von ihrem Standort entfernt erhob sich in der Mitte der Coast Street das alte Zollamt mit seiner Kuppel und der kupfernen, hellgrün angelaufenen Glocke. Früher hatten die Fischer hier, unter den wachsamen Blicken eines Zollinspektors, ihren Fang gewogen. Heute waren hier mehrere Behörden untergebracht, darunter auch die Nationalparkverwaltung, bei der Nicos Dad angestellt war.

Aber in den äußeren Rand der Kuppel waren winzige, sternförmige Blüten eingraviert.

»Astern!«, platzte Opal heraus. Als die Jungen sie ratlos anstarrten, holte sie ihr Handy aus der Tasche. Der letzte Link, den sie angeklickt hatte, führte auf eine Website mit dem Titel *Die bekanntesten Blumen des Bundesstaats Washington.* »Ich habe die Blumen auf Charles Dixons Krypta gegoogelt.« Sie zeigte ihnen ein Foto. »Seht ihr? Die sehen genau aus wie die da oben am Zollamt.« Opal holte das ledergebundene Notizbuch heraus, das sie inzwischen immer dabeihatte, und deutete auf eine der winzigen Blumenskizzen. »Und hier drin sind auch überall Astern abgebildet,

Dutzende davon. Das Buch habe ich auf dem Hausboot gefunden.« Ihre Stimme klang triumphierend.

Nico kratzte sich am Hals. »Das Zollamt, hmm?«

»Das ist ja auch schon ganz schön alt«, meinte Tyler.

»Sehen wir mal nach«, sagte Opal bestimmt. »Vielleicht finden wir dort einen Hinweis auf die Fackelträger.«

»Aber da arbeitet mein Dad.« Nico legte die Hand vor den Mund. »Und der ist kein großer Freund von spontanen Besuchen.«

»Dann sagen wir ihm einfach nicht Bescheid«, erwiderte Opal. »Nennen wir es eine Geheimmission.«

Nico starrte das alte Gebäude und das runde Dutzend Menschen an, das dort geschäftig ein und aus ging.

»Supergeheim wäre noch besser«, murmelte er leise.

* * *

»Das wird nicht funktionieren«, knurrte Tyler und trat nervös von einem Bein auf das andere. Er hatte sich ein nagelneues Kapuzenshirt mit der Aufschrift *BESTIE GRÜSSE* übergestreift.

»Aber sicher wird es das«, entgegnete Opal scharf. Sie trug eine große Touristensonnenbrille und einen kratzig wirkenden *DU-BIST-DIE-BESTIE*-Pullover. Die Sachen hatten sie sich von Logan geborgt, der ihnen eine eindringliche Ermahnung mit auf den Weg gegeben hatte, ja nichts schmutzig zu machen. Falls doch, müssten sie alles bezahlen. Er hatte große Zweifel an ihrem Vorhaben geäußert und war darum nicht mitgekommen. Außerdem wollte er seine Geschäfte nicht gefährden.

Sie saßen dicht aneinandergedrängt auf einer Bank, nur eine Querstraße vom Zollamt entfernt. Nico hatte sich Logans lächerlichste Kreation angezogen – einen schwarzen Anorak mit der Aufschrift *MUTTI IST DIE BESTIE* und eine dazu passende Jogginghose mit Bestienlogo.

»Um diese Jahreszeit ist hier normalerweise nicht besonders viel los, schon gar nicht an einem Freitag.« Nico zupfte an der Hose, damit sie endlich bis über seine Socken fiel. Hatte Logan ihm womöglich absichtlich eine zu kleine gegeben? »Aber der Wachmann schmeißt uns natürlich trotzdem wieder raus, wenn er glaubt, dass wir etwas Verbotenes im Schilde führen. Die haben das ganze Gebäude im Auge.«

»Warum sollen wir dann überhaupt jetzt da rein?«, gab Tyler zu bedenken. »Wir könnten doch abwarten, bis alle nach Hause gegangen sind und dann wiederkommen.«

»Weil wir jetzt hier sind«, entgegnete Opal ungerührt. »Ich will keine Zeit mehr verlieren, und ich habe auch keine Lust, in ein geschlossenes Gebäude einzubrechen. Also hör auf zu jammern und benimm dich wie ein Tourist.«

Tyler war beleidigt. »Und wie macht man das genau? Soll ich so tun, als hätte ich mich verlaufen. Soll ich alle zwanzig Schritte ›Bestie vor, noch ein Tor!‹ brüllen?«

»Nun kommt schon«, zischte Nico. »Die Luft ist rein.« Sie erhoben sich, huschten über die Straße und sahen sich in alle Richtungen um, wie drei auswärtige Besucher auf der

Jagd nach einem Seeungeheuer. Als sie dicht vor dem Zollamt waren, machte Opal ein Foto und zoomte es groß, um die Einzelheiten erkennen zu können. »An der Fassade gibt es sonst nichts, was irgendwie interessant wäre.«

»Was hast du denn erwartet?«, maulte Tyler, der ein Stückchen zurückhing. »Eine Riesenhand mit einer Fackel, wie bei der Freiheitsstatue?«

»Ich bin eben gründlich«, fauchte Opal verärgert zurück. »Du könntest dich auch nützlich machen, anstatt immer nur rumzumeckern.«

Tyler verschränkte die Arme vor der Brust. »Hier auf der Straße erfahren wir nichts Neues. Irgendjemand muss da reingehen.«

Er und Opal drehten sich zu Nico um.

Dieser erwiderte ihren Blick mit gerunzelter Stirn. »Hatte ich erwähnt, dass mein Dad da sein Büro hat? Ich bin mir ziemlich sicher, er würde mich erkennen.«

»Er würde uns alle erkennen«, erwiderte Opal. »Aber du warst schon öfter da drin. Du weißt den Grundriss, und wenn dich jemand sieht, dann hast du eine gute Ausrede. Tu einfach so, als müsstest du deinen Dad was fragen.«

»Weil das ja so prima funktionieren wird.« Nico kniff die Augen zusammen und seufzte. »Wartet hier.«

Er holte tief Luft, und dann marschierte er direkt auf die Eingangstür zu. Als er das Foyer betrat, umhüllte ihn die warme Luft wie eine fürsorgliche Umarmung. Er blickte sich nach allen Seiten um, suchte nach irgendeinem Hinweis auf die Fackelträger.

Schritte kamen die breite Treppe aus dem ersten Stock herab. Nico huschte instinktiv in den Schatten unter den Stufen, und schon eine Sekunde später spazierte Warren Holland mit einem Stapel Papieren unter dem Arm und einem vollen Kaffeebecher in der Hand über die Bodenfliesen.

Nico hielt die Luft an. Sein Vater summte vor sich hin und befestigte mehrere Schriftstücke an einem Schwarzen Brett, das direkt gegenüber von Nicos Versteck, keine vier Meter entfernt, an der Wand hing. Mit wild pochendem Herzen stand Nico da und hätte sich am liebsten unsichtbar gemacht. Wenn sein Dad sich jetzt umdrehte, dann konnte er gar nicht anders, als seinen eigenen Sohn ohne jeden ersichtlichen Grund unter der Treppe des Zollamts kauern zu sehen.

Ein leises Brummen signalisierte, dass Warren Holland fertig war, und er begann, sich umzudrehen. Doch dann bimmelte der steinalte Fahrstuhl neben dem Schwarzen Brett, und er hielt inne. Die Tür ging auf, und eine Frau im Anzug trat heraus. Sie nickte ihm freundlich zu und hielt ihm die Tür auf.

»Hallo, Warren. Willst du nach oben? Ich weiß, dass du lieber die Treppe nimmst, als auf den Fahrstuhl zu warten, aber jetzt ist er ja schon mal da.«

Nicos Dad erwiderte das Grinsen. »Manchmal hat man eben Glück. Danke, Brenda.«

Er betrat den Fahrstuhlkäfig und war kurz darauf verschwunden.

Nico machte die Augen zu. Er ließ sich mit dem Rücken an die Wand sinken, flüsterte ein Dankgebet und lehnte den Kopf an den kühlen Marmor. Die Steinfliese fühlte sich seltsam uneben an. Nico drehte sich um, sah sich die Wand in seinem Rücken etwas genauer an … und hätte sich beinahe verschluckt. In den Stein war ein Kompass eingemeißelt, der genauso aussah wie der, den sie in Dixons Krypta gefunden hatten. Und der Pfeil zeigte senkrecht nach unten.

Nico huschte unter der Treppe hervor und wieder ins Freie. Auf der Eingangstreppe blickte er sich nach seinen Freunden um und winkte ihnen aufgeregt zu. Er brachte sie ins Innere, führte sie an den beengten Platz unter der Treppe und zeigte an die Wand.

»Wow«, flüsterte Tyler anerkennend. »Gute Arbeit, Nicolas.«

Opal drückte seine Hand. »Wie hast du das denn gefunden?«

»Och, na ja. Durch Aufmerksamkeit und sorgfältige Analysen.«

»Ich wette, er hat sich hier drunter vor seinem Dad versteckt«, sagte Tyler, ohne sich vom Kompass abzuwenden.

»Eindeutig«, pflichtete Opal ihm bei. Nico warf ihnen einen grimmigen Blick zu.

»Also gut. Ich schätze mal, das bedeutet, dass wir … nach unten gehen sollen.« Tyler blickte Nico an. »Wie machen wir das?«

»Gibt es hier vielleicht einen Keller oder so was?«, erkundigte sich Opal.

Nico schüttelte den Kopf. »Bloß einen alten Heizungskeller mit einem riesigen Sicherungskasten, sonst nichts.«

Opal biss die Zähne zusammen. »Dann müssen wir irgendwas übersehen haben.«

Da ließen Schritte im Flur sie verstummen. Regungslos verharrten sie, während eine Gruppe Angestellter durch das Foyer schlenderte und sich über die *Freakshow* unterhielt. Anschließend ertönten sehr viel bewusster gesetzte Schritte. Nico streckte den Kopf nach draußen und sah, wie der Wachmann prüfend die Hand an die Türklinke eines Lagerraums legte.

Leicht panisch zog er sich wieder zurück. »Der Wachmann entdeckt uns bestimmt, wenn wir hierbleiben. Was sollen wir machen? Er kennt meinen Dad.«

»Wir drücken uns dicht an die Wand!«, flüsterte Opal und ließ ihren Worten sofort Taten folgen.

Im nächsten Augenblick war sie verschwunden.

Nico und Tyler standen mit offenen Mündern da. Die Schritte kamen näher.

»He, Leute!«, drang Opals Stimme zwischen Nicos Füßen nach oben. »Hier unten!«

Nico sah, dass eine Bodenfliese aufgeklappt war. Sie musste offensichtlich ein verstecktes Scharnier besitzen. Und etwa zwei Meter unterhalb, in einem schmalen, staubigen Gang, lag Opal langgestreckt auf dem Boden.

»Ich hab den Weg nach unten gefunden«, ächzte sie und rieb sich den Ellbogen.

Die Schritte waren jetzt direkt über ihnen. Nico blickte

Tyler an und schob ihn in Richtung der Fliese. Er fiel schon, während Opal sich noch zur Seite rollte.

Eine raue Stimme rief: »Ist da jemand?«

Nico schluckte, und dann hüpfte er seinen Freunden hinterher, sprang jedoch gleich wieder auf, um die Bodenfliese an Ort und Stelle zu schieben. Mit einem leisen Klicken klappte sie zu. Etliche Sekunden lang hielten die Freunde den Atem an, aber nichts passierte. Schließlich war Nico sich sicher, dass der Wachmann weitergegangen war oder zumindest die Falltür nicht entdeckt hatte. Bedächtig sah er sich um.

»Da oben an der Wand habe ich einen Widerstand gespürt«, sagte Opal immer noch schweratmend nach ihrem unvermittelten Sturz. »Ich glaube, ich habe einen geheimen Schalter ausgelöst, als ich mich an den Kompass gedrückt habe.«

»Wo sind wir denn bloß gelandet?«, wollte Tyler mit Flüsterstimme wissen.

»Genau da, wo wir hinwollten.« Nicos Stimme bebte vor Aufregung. Er zeigte nach vorne. »Seht mal.«

Am anderen Ende des Flurs befand sich eine massive Holztür. Darauf war eine Schnitzerei zu erkennen.

Eine hochgereckte Hand mit einer brennenden Fackel und darüber die Worte *ACCIPERE VICTUS.*

Akzeptieren, um zu überwinden.

Das Motto der Fackelträger, das sie auch schon auf dem Tisch in der geheimen Tunnelkammer gesehen hatten.

»Wir haben sie wiedergefunden, Leute«, sagte Nico. Opal und Tyler grinsten freudig.

Sie gingen den Flur entlang, und Nico drückte die Türklinke. Sie ließ sich ohne weiteres öffnen, und sie traten ein.

12.
Opal

Staub wirbelte vom Boden auf, und Opal musste niesen.

»Wie viele von der Sorte gibt es eigentlich *noch*?« In dem düsteren, muffigen Raum hörte sich Tylers Stimme seltsam gedämpft an.

Mal im Ernst. Zuerst hatten sie auf einer Insel in der Stummen Bucht ein verlassenes Hausboot entdeckt. In einem versteckten, unterirdischen Tunnel waren sie auf die geheime Kammer der Fackelträger gestoßen. Das Finstertief verbarg sich hinter einer verschiebbaren Wandverkleidung, und jetzt waren sie buchstäblich durch den Fußboden des Zollamts gefallen und in einem *weiteren* Geheimzimmer gelandet. So langsam fing Opal an zu glauben, dass sie ihre Heimatstadt nicht einmal annähernd kannte.

Aber jetzt wissen wir mehr über Timbers als alle anderen. Und das betrifft nicht bloß die geheimen Zimmer. All die verrückten Dinge, von denen sie als kleines Kind geträumt hatte – Zauberwesen, übernatürliche Portale, andere Welten –, das alles erschien ihr längst nicht mehr unmöglich, ganz im Gegenteil. Sie versteckten sich ja hinter jeder Ecke. Man musste nur wissen, wo man suchen musste.

Und eben deshalb konnte sie einfach nicht begreifen, wieso die Jungs immer noch anzweifelten, dass das Ding tatsächlich in ihrem Kopf gesprochen hatte. Warum war ausgerechnet *das* die große Undenkbarkeit, die sie nicht akzeptieren konnten, nach allem, was sie gemeinsam durchgestanden hatten?

»Wo sind wir denn hier?« Neugierig blickte Tyler sich um.

Nico erwiderte kopfschüttelnd: »Irgendwie fühlt es sich anders an als die anderen Fackelträger-Verstecke. Weniger … förmlich?«

Der Raum war nicht so feucht und schleimig wie die Tunnelkammer, aber über und über mit Spinnweben bedeckt. Und mit Staub. Also, es gab *wahnsinnig viele* Spinnweben und *wahnsinnig viel* Staub. Opal nieste noch einmal und ließ dann eine achtfache Salve folgen.

»Gesundheit«, sagte Tyler und zauberte ein Paket Taschentücher aus seiner Tasche.

Nico strich mit den Händen über die Wand, so dass sich noch mehr Staub und Schmutz lösten. Als er gegen einen Schalter stieß, schnäuzte sich Opal. Nico legte den Schalter um, und an der Decke erwachte eine alte Lampe zum Leben, tauchte den Raum in einen müden, gelblichen Schimmer.

»Da drüben ist auch ein Licht.« Tyler hinterließ deutlich sichtbare Fußspuren im Staub, während er zu einem kleinen Tischchen trat und die Stehlampe darauf einschaltete.

»Die Tunnelkammer muss so was wie der altehrwürdige Zeremonienort der Fackelträger sein.« Nico machte eine

Handbewegung. »Aber das hier kommt mir eher so vor wie …«

»Ein Büro?«, schlug Opal vor. »Oder vielleicht ein Sitzungszimmer?«

»In Büros gibt es auch *Akten*«, sagte Tyler aufgeregt und rieb sich die Hände.

Ein persischer Läufer lag auf dem Fußboden, und das Tischchen mit der Lampe wurde von zwei mottenzerfressenen Liegesesseln flankiert. Am hinteren Ende des Zimmers befand sich ein alter Sekretär, aber den Mittelpunkt bildete ein großer, ovaler, von Stühlen umgebener Tisch. Vor einer Wand standen zwei Bücherregale und nahmen eine mächtige Schrankkommode in die Mitte. An einer anderen Wand waren mehrere, eindeutig industriell gefertigte Aktenschränke zu erkennen. Das schummerige Licht verlieh der ganzen Einrichtung einen altmodischen bräunlich gelben Farbton.

»Die haben wohl nicht viel von Computern gehalten«, witzelte Nico.

Eine große Wanduhr war um 12.31 Uhr stehen geblieben. Opal fragte sich, ob dieser Zeitpunkt eine Bedeutung hatte oder ob einfach nur die Batterie leer gewesen war. Direkt darunter befand sich ein quadratischer Metallkasten mit einem Schild, auf dem stand: *IM NOTFALL SCHEIBE EINSCHLAGEN.* Das Glas war bereits zerbrochen, und die Scherben waren weitgehend weggeräumt worden. Was immer in dem Kasten gewesen sein mochte – ein Feuerlöscher vielleicht? –, war nirgendwo zu sehen.

Nico zog ein Buch aus einem der Bücherregale und schlug es auf. »Sehr schön. Keine Schnecken weit und breit. Vielleicht erfahren wir ja tatsächlich etwas, was uns weiterhilft.«

Tyler durchwühlte den Schreibtisch. »Jede Menge schöner Sachen hier. Stifte, Büroklammern, Klebstoff ...«

»Du immer mit deinem Büromaterial«, murmelte Opal. Tyler schnaubte beleidigt und setzte seine Suche fort.

Opal trat vor die Schrankkommode und zog am Griff. Die obere Schublade öffnete sich unter leisem Quietschen. Darin lagen ein paar nautische Signalflaggen, ähnlich wie die, die sie in der Tunnelkammer entdeckt hatten. Und an der Wand über der Kommode hing ein Gemälde.

Opal hatte genügend Kunstunterricht genossen, um eine Vorstellung davon zu haben, was »gute Malerei« war. Aber dieses Bild gehörte mit Sicherheit nicht dazu. Ihre Mutter hätte es als »Grußpostkartenkunst« abgetan – total kitschige und unechte Motive, obwohl sie besonders realistisch sein wollten, zum Beispiel Katzen oder Felder oder Blumen oder Reetdachhäuser oder nebelumwaberte Schlösser.

Dieses Bild hier zeigte eine Meerlandschaft. Opal konnte beinahe hören, wie ihre Mutter, die Geschäftsführerin der Timbers Spar- und Kreditanstalt, Kathryn Walsh, es auseinandernahm. *Wo kommt denn das Licht her? Wo sind die Schatten? Daran erkennt man, dass da ein Amateur am Werk war – der Künstler definiert ja nicht einmal eine Lichtquelle.*

Opal kaute auf der Innenseite ihrer Wange herum. Gegenstand des Gemäldes war die Küste vor Timbers. Im Vordergrund war deutlich das Fundament des Leuchtturms im alten Hafen zu erkennen. Die schwerfälligen Wolkenwirbel verliehen dem Himmel ein stürmisches Aussehen. Die Farben waren sehr kräftig und unrealistisch – leuchtendes Rot und Blau, dazu tiefstes Schwarz.

Ein Grinsen malte sich auf Opals Lippen, nur um im nächsten Moment wieder in sich zusammenzufallen.

Das Bild war schlecht. *Sehr* schlecht.

Also, warum hing es hier?

Leuchtend rot ergoss sich ein vollkommen unmöglicher Sonnenuntergang über das Wasser. Es sah fast ein bisschen aus wie die Algenblüte am Razor Point. Und in der hinteren Ecke, weit draußen auf dem Meer, war mit undeutlichen, wirren Strichen etwas Dunkles hingekleckst worden. Opal rückte näher, bis ihre Nasenspitze beinahe die Leinwand berührte. Auf den ersten Blick erinnerte die schwarze Gestalt an ein Alien-Raumschiff auf dürren Stelzen, doch dann wurde Opal mit einem Mal klar, was sie da vor sich hatte.

Eine alte Ölbohrinsel. Und zwar eine dieser wackeligen, in Ufernähe errichteten Anlagen aus der Anfangszeit der Hochseeölförderung.

Opal spürte, wie ein kräftiger Schlag durch ihren ganzen Körper zuckte.

Drei Wörter hallten ihr durch den Schädel.

GEH DA HIN.

Verblüfft sprang sie zurück.

»He, Leute!«, rief Tyler und starrte in eine Schreibtischschublade. »Ich glaube, ich habe was gefunden!«

Opal hörte, wie Nico zu ihm ging, konnte den Blick aber nicht von dem Gemälde losreißen.

Diese Wörter.

Geh da hin.

Die stammten nicht von ihr.

»Was meinst du? Ob das für uns sein soll?«, fragte Tyler gerade Nico. »Eine Botschaft für die Nachfolger, sozusagen?«

Wer bist du?, formulierte Opal in Gedanken. Sie wollte Kontakt aufnehmen. Sie hob ihre zitternden Hände und fuhr damit über den Bilderrahmen.

Nichts. Keine Antwort.

»Opal, hier, sieh mal.« Nico konnte seine Begeisterung einfach nicht unterdrücken. »Ich glaube, genau danach haben wir gesucht.«

Opal riss sich von der Leinwand los. »Was?«

Tyler hielt einen stark verblassten, braunen Briefumschlag in der Hand. Darauf stand in schwarzen, fein säuberlich geschriebenen Druckbuchstaben: *FALLS DER SCHLIMMSTE FALL EINTRETEN SOLLTE*. Unter dieser geheimnisvollen Warnung war in Schönschrift *An die Fackelträger* zu lesen.

»Er ist zugeklebt.« Mit einem Zipfel seines Bestienshirts wischte Tyler den Staub von dem Umschlag. »Sollen wir ihn aufmachen?«

Nico zuckte mit den Schultern und schien sich nicht so recht wohl in seiner Haut zu fühlen. »In der Schlucht auf der Insel haben wir das Skelett von Roman Hale gefunden. Er ist der letzte Fackelträger, von dem wir wissen, und bei ihm ist *eindeutig* der schlimmste Fall eingetreten.«

»Hier steht ›An *die* Fackelträger‹«, sagte Tyler. »Plural.«

Opal schob ihre panische Angst beiseite und kam zu ihnen. »Vielleicht war Hale ja nicht der einzige.«

Nico legte die Stirn in Falten. »Aber das Hausboot war seit Jahren verlassen, als wir es entdeckt haben, ganz eindeutig. Warum hätten die anderen Fackelträger das Finstertief alleine lassen sollen, falls es sie tatsächlich gegeben hat?«

Da ertönte über ihren Köpfen ein dumpfer Schlag, und sie erschraken.

Nico warf einen Blick auf seine Armbanduhr. »O Mist. Wir sollten lieber verschwinden. Wenn sie uns einschließen, dann können wir gleich hier übernachten. Nimm den Brief mit. Den machen wir auf, wenn Logan und Emma dabei sind.«

»Aber ich möchte trotzdem bald wiederkommen.« Tyler stopfte den Umschlag in die Tasche seines Kapuzenpullovers. »Hier gibt es noch jede Menge Schränke zu durchsuchen.« Er folgte Nico bis zur Tür.

Opal rührte sich nicht vom Fleck. Sie hatte den Blick wieder auf das Gemälde gerichtet.

Geh da hin? Auf eine alte Bohrinsel mitten im Pazifischen Ozean?

»Opal? Alles in Ordnung?«, erkundigte sich Nico. Irgendetwas an ihrem Gesichtsausdruck hatte ihn wohl erschreckt. Er trat einen Schritt zurück.

»Hast du noch was entdeckt?« Jetzt sah auch Tyler sie aufmerksam an.

Opal musste an das letzte Mal denken, als sie die Stimme erwähnt hatte. Sie wollte diese skeptischen Blicke nicht schon wieder ertragen müssen. Nicht, solange sie nicht mehr wusste. *Nicht, solange ich mir nicht sicher bin.*

»Nein«, antwortete sie leise und knipste die Tischlampe aus. »Nichts.«

Dann ging sie an den beiden vorbei und verließ das Zimmer.

13.
Nico

Sie waren bereits auf der Eingangstreppe, als in ihrem Rücken eine Stimme ertönte.

»Sofort stehen bleiben!«

Opal und Tyler erstarrten augenblicklich. Nico drehte sich um, während ihm das Herz bis zum Hals schlug. Sie hatten am anderen Ende des geheimen Fackelträger-Gangs eine sehr raffiniert getarnte Tür entdeckt, durch die sie in den alten Heizungskeller des Zollamts gelangt waren. Von dort hatten sie so schnell wie möglich den Weg nach draußen gesucht. *Wenn der Wachmann gesehen hat, wie wir uns aus dem Untergeschoss geschlichen haben …*

Doch dann wurde alles noch viel schlimmer. Warren Holland kam, groß wie ein Baum und mit strenger Miene, die Treppe heruntergeschlendert.

»Der sieht aber wütend aus, Alter«, flüsterte Tyler.

Nico schluckte. »Findest du?«

»Hallo, Mr Holland«, stieß Opal hastig hervor und lächelte über das ganze Gesicht. »Arbeiten Sie hier?«

Warren Holland nickte freundlich. »Guten Tag, Opal, und dir natürlich auch, Tyler. Ich hoffe, in der Familie sind alle wohlauf. Ja, richtig, Opal, die Nationalparkverwaltung besitzt ein Büro im zweiten Stock. Ich bin zwar nicht oft hier, weil ich viel lieber draußen in der Natur arbeite, aber es ist sehr praktisch, so dicht in der Nähe einen Platz für all den Papierkram zu haben.«

Dann glitt sein Blick zu Nico, und seine Stimme wurde etliche Töne tiefer. »Was machst du hier, mein Junge? Das ist doch kein Spielplatz. Die Leute versuchen zu arbeiten.«

Nico machte den Mund auf, doch er hatte keine Ausrede vorbereitet, darum blieb er stumm. Warren Holland nickte, als hätten seine schlimmsten Befürchtungen sich bestätigt. »Opal, Tyler … Nico kommt später nach. Ich wünsche euch einen schönen Abend.«

Nicos Freunden blieb nichts anderes übrig, als sich zu verabschieden und die Main Street anzusteuern. Das musste er jetzt alleine regeln.

»Nico, das ist wirklich nicht der geeignete Zeitpunkt, um in der Nähe meines Büros zu spielen«, schimpfte Warren Holland, nachdem die anderen außer Hörweite waren. Der Himmel verdunkelte sich immer mehr, und heftige Böen wehten Tannennadeln über den Bürgersteig. »Ich habe dir doch gesagt, dass die Frage meiner Versetzung noch nicht endgültig geklärt ist. Ich weiß, dass du sehr gerne in Timbers bleiben möchtest – genau wie ich übrigens –, aber das bedeutet, dass wir uns nichts erlauben dürfen, was ein schlechtes Licht auf mich werfen könnte. Hast du mich verstanden?«

»Ja, Sir«, murmelte Nico.

»Gut. Und jetzt verrätst du mir, was du so spät am Abend noch im Zollamt zu suchen gehabt hast.«

Urplötzlich hatte Nico eine Idee. »Ich wollte dich fragen, was es mit der Roten Flut auf sich hat.«

Warren Holland richtete sich auf und sah seinen Sohn mit gerunzelter Stirn an. »Die Algenblüte? Wieso? Was ist denn damit?«

Nico musste improvisieren, aber das war eine Frage, die ihn *tatsächlich* interessierte. »Na ja, meine Freunde und ich, wir haben im Meer so einen breiten, roten Streifen gesehen, als wir … mit den Fahrrädern unterwegs waren.« *Nicht etwa, als wir unerlaubt ins Fort Bulloch eingedrungen sind.* »Von den Klippen aus, meine ich. Kommt so etwas hier in der Gegend öfter vor? Mir ist das nämlich bis jetzt noch nie aufgefallen.«

Warren Hollands Schultern entspannten sich. »Nein, Tatsache ist, dass so etwas hier eigentlich gar nicht vorkommt. Ich bin gerade dabei, eigene Recherchen in dieser Sache anzustellen. Solche Naturphänomene sind in unserer Region äußerst selten. Im Skagit Sound wurde seit über zwei Jahrzehnten keine Blüte des *Alexandrium catenella* mehr festgestellt.«

»Und was glaubst du, was die Ursache dafür sein könnte?«, wollte Nico wissen.

Warren Holland legte seine breite Stirn in Falten. »Wir können immer noch nicht mit Sicherheit erklären, wie eine Rote Flut entsteht. Normalerweise kommt so etwas nur in warmen, ruhigen Meeren mit niedrigem Salzgehalt vor, oftmals nach mehrtägigem Regen und anschließendem Sonnenschein. Aber das alles hatten wir hier nicht. Eine Algenblüte kann auch vom Wind weitergetrieben oder von einem Sturm großräumig verteilt werden. Es ist auch denkbar, dass ein Überschuss an bestimmten Elementen – Eisen zum Beispiel oder eine übermäßige Menge an Phosphor und Nitrogen – Bedingungen schafft, die ein explosives Algenwachstum fördern. Ich persönlich glaube aber eher, dass die Flut dadurch entstanden ist, dass gewisse Schiffe Chemikalien in den Sound gepumpt haben, die wiederum der Auslöser für die Rote Flut waren. Und wenn ich rauskriege, wer das war, dann werden sie es bereuen.«

Nico überlegte. »Wird bei einer Algenblüte eigentlich Schwefel freigesetzt?«

»Schwefel?« Warren Holland sah seinen Sohn misstrauisch an. »Ich glaube nicht. Durch die Rote Flut sinkt der Sauerstoffgehalt im Wasser, was eine Bedrohung für den Fischbestand und andere Lebewesen nach sich zieht. Darüber hinaus schüttet diese spezielle Art auch noch ein gefährliches Gift aus. Das Ganze ist ein sehr bedauerliches Problem, und wir können nichts anderes tun als abwarten. Zum Glück scheint der Teppich nicht mehr weiterzuwachsen und sich auf die Gegend rund um Razor Point zu beschränken.«

Nico dachte an den fürchterlichen Gestank beim Hausboot. Nachdem er ein bisschen nachgeforscht hatte, war er sich fast sicher, dass das, was da nach faulen Eiern stank, Schwefel war. Er riskierte noch eine letzte Frage. »Wodurch könnte denn dann ein dicker, fetter Schwefelfurz entstehen?«

Warren Holland schnalzte tadelnd mit der Zunge – *keine Kraftausdrücke!* –, aber seine Miene wurde besorgt. »Heißt das, dass du irgendwo durchdringenden Schwefelgeruch wahrgenommen hast? Das könnte nämlich ebenfalls auf eine illegale Müllentsorgung hindeuten.«

»Nein, das war gar nicht im Mee…« Nico unterbrach sich und täuschte einen Hustenanfall vor, während sein Vater ihn neugierig ansah. »Wir haben in Physik einen Film darüber gesehen«, fuhr Nico hastig fort, »aber nach der Hälfte war die Stunde zu Ende, und ich habe nicht erfahren, wie so was überhaupt zustande kommt.«

Warren Holland nahm seinen Parkwächterhut ab und drehte ihn nachdenklich in den Händen. »Schwefelblasen sind in der Regel vulkanischen Ursprungs. Sie können giftig, ja sogar tödlich sein. Ich bin sehr erleichtert, dass du nichts dergleichen in unserer Nähe erlebt hast.«

Nico spürte, wie eisige Kälte sich auf seinem Rücken ausbreitete. *Vulkanisch? In der Stummen Bucht?*

Nicos Dad setzte seinen Hut wieder auf. »Ich muss jetzt noch zu der Beobachtungsstation am Gobbler Ridge und den Gasvorrat überprüfen. Kommst du mit dem Essen alleine klar?«

Das war eine rhetorische Frage. Nico kam fast jeden Abend alleine klar, es sei denn, sein großer Bruder Rob hatte gerade Collegeferien. »Na klar.«

»Dann geh jetzt nach Hause. Ich komme später nach.«

Warren Holland zögerte kurz, bevor er Nico die Schulter drückte. »Morgen suche ich im Netz ein paar Forschungsartikel über die Rote Flut zusammen. Je mehr man erfährt, desto faszinierender wird das Ganze.«

»Das hört sich gut an.« Nico wandte sich zum Gehen. Mit ein bisschen Glück konnte er Opal und Tyler noch erwischen.

»Ach, eine letzte Sache«, rief sein Dad ihm nach.

Nico blieb stehen. Drehte sich um.

»Heute früh hat Sheriff Ritchie mir einen Besuch abgestattet. Er wollte wissen, wo du zum Zeitpunkt der Rettich-Festival-Katastrophe gewesen bist. Ich habe gesagt, dass du zu Hause warst und fest geschlafen hast.« Er blickte Nico durchdringend an. »Das stimmt doch, mein Junge, oder? Du warst an diesem Abend doch tatsächlich zu Hause?«

Eher nicht, Dad. Ich habe nämlich auf dem Marktplatz gegen einen Yeti und seine durchgeknallten Phantomkumpel gekämpft. Und wahrscheinlich habe ich Timbers vor der kompletten Zerstörung gerettet.

»Na klar.« Nico lachte laut und falsch. »Wo denn sonst?«

Sein Dad blickte ihn ein klein wenig länger an, als es angenehm war, bevor er nickte. »Na dann, ab nach Hause.«

Gemächlich schlenderte Nico zurück in die Innenstadt. Sein Vater sah ihm hinterher. Doch kaum hatte dieser sich umgedreht, um nach seinem verbeulten Range Rover zu suchen, bog Nico in eine Seitenstraße und lief den Hügel hinauf. Er wollte so schnell wie möglich die anderen finden. Nachdem er fünfmal die Richtung gewechselt hatte, landete er auf dem Marktplatz. Opal und Tyler waren zwar nirgendwo zu entdecken, aber auf der Stoßstange am Heck des *Freakshow*-Transporters sah er Emma sitzen.

Sie winkte ihm zu, und er lief zu ihr. »Hallo, Nico!«, rief sie überlaut, während sie mit weit aufgerissenen Augen auf die geöffnete Schiebetür wies. »Wie schön, dass du da bist! Ich war den ganzen Tag unterwegs. Es war *suuuuper*. Wir haben die Bestie gesucht.«

Nico sah sie erst verwirrt an, doch dann begriff er. »Das ist ja toll, Emma!«, erwiderte er genau so laut wie sie. »Und wie gefällt es dem Filmteam in Timbers?«

Colton Bridger kam mit einem Klemmbrett in der Hand aus dem Transporter geklettert. Er las noch kurz weiter, dann hob er den Blick und nickte. »Oh, hallo ... Nico, stimmt's? Dein Vater ist doch der Nationalparkwächter, oder? Wir haben für heute zwar schon Feierabend, aber ich würde dich trotzdem gerne später noch interviewen.« Ein missmutiger Zug umspielte seine Lippen. »So langsam gehen mir die Leute aus, und das, was wir bis jetzt haben, ist ziemlich ... unvollständig.«

»Morgen fahren wir *ganz raus* bis zur Stummen Bucht«, sagte Emma und starrte Nico dabei durchdringend an. »Ich habe Colton gesagt, dass es auf der ganzen Welt nichts Langweiligeres gibt, aber er hat sogar schon ein Boot gemietet.«

»Zur Stummen Bucht?« Nico lachte ein wenig unsicher und beobachtete Bridger aus den Augenwinkeln. »Reine Zeitverschwendung. Da gibt es doch nichts außer Felsen, Nebel und gesunkenen Booten.«

»Das hat meine neue Produktionsassistentin mir auch schon erzählt«, gab Bridger säuerlich zurück. »Aber mir fällt nichts Besseres mehr ein, und die Geschichte hat sich nicht so entwickelt, wie ich es gehofft hatte. Kein Mensch hat in der ›Nacht der Bestie‹ *wirklich* etwas gesehen, und bis jetzt habe ich kein einziges Foto von dieser sogenannten Legende zu Gesicht bekommen, nicht einmal ein unscharfes. Keine Surfbretter mit Bissspuren, keine Geschichten, wie jemand haarscharf dem Tod entronnen ist, nichts, was auch nur annähernd spannend genug wäre, um es vor die Kamera zu ziehen. Es kommt mir fast so vor, als wäre euer Ungeheuer ein höfliches kleines Seepferdchen, das niemandem etwas zuleide tut.«

Nico hätte beinahe laut gelacht. *Ja, ganz bestimmt.*

Jetzt hüpfte die einzige Frau des Teams aus dem Kamerawagen. Sie trug eine dick gefütterte Jacke, sagte leise etwas zu Bridger, nickte Emma freundlich zu und fixierte dann Nico.

»Das ist Jacqueline«, sagte Emma. »Professionelle Beleuchterin.« Sie blickte zu der groß gewachsenen Frau empor. »Alles klar für eine stürmische Seefahrt? Beim Razor Point kann es sehr kabbelig werden. Da wird man blitzschnell seekrank.«

»Wir kriegen das schon hin.« Ein überhebliches Lächeln umspielte Jacquelines Lippen. »Colton hat uns beim Dreh schon öfter in kniffelige Situationen gebracht, da kommt es auf eine mehr oder weniger nicht an. Und bis jetzt haben wir es jedes Mal geschafft.«

Bridger verzog das Gesicht. »Sag Jake, dass er die Steadicam mitbringen soll. Und jede Menge Kotztüten. Du weißt doch, dass er auf dem Wasser überhaupt nicht klarkommt.«

Emma sah Nico an, aber er konnte keinen klaren Gedanken fassen. Er wusste beim besten Willen nicht, was er sagen sollte. *Das ist eine Katastrophe.*

Bridger gähnte in seine geballte Faust. »Ich lege mich mal aufs Ohr. Hat mich gefreut, dich kennenzulernen, Nico. Ein Freund von Elizabeth …« Er winkte Nico geistesabwesend zu und schlurfte zu dem Bed and Breakfast am Ende des Häuserblocks. Jacqueline verabschiedete sich ebenfalls und verschwand im Inneren des Transporters.

Nico warf Emma einen verstohlenen Blick zu. *Elizabeth?*

Emma verdrehte die Augen. »Na, komm, ich hab genug für heute.« Sie überquerten die Straße und gingen an der westlichen Seite des Parks entlang. Bei einer Bank, die freie Sicht auf das Meer bot, blieben sie stehen.

»Du solltest doch dafür sorgen, dass sie sich von der Stummen Bucht *fernhalten*«, platzte Nico heraus.

»Ich versuch's ja.« Sie blies sich eine Haarsträhne aus dem Gesicht. »Aber es klappt nicht. Bridger ist ein angeberischer Wichtigtuer, aber er geht den Dingen auf den Grund. Er hat die Gerüchte gehört, dass die Bestie angeblich hier in der Gegend haust, und wird nicht eher abreisen, bis er zumindest alles überprüft hat.«

»Emma, wenn er die Insel entdeckt …«

»Ich weiß! Aber was soll ich denn noch machen? Die lassen sich doch von einer Siebtklässlerin, die dazu da ist, die Kabel zu sortieren, nicht vorschreiben, was sie machen sollen und was nicht.«

Nico ballte die Fäuste. Er musste sich unbedingt etwas einfallen lassen, wie sie die *Freakshow* vom Finstertief fernhalten konnten. Aber was?

Da flackerte gelbliches Licht über den Himmel und ließ sie beide zusammenzucken.

Emma blinzelte. »Hast du das gesehen?«

Nico nickte. »Da zieht wohl ein Sturm auf. Vielleicht löst er ja die Algenblüte auf.«

Emma hörte ihm nicht zu. Sie starrte aufs Meer hinaus. Lichtblitze spiegelten sich in ihren weit aufgerissen Augen.

Nico drehte sich um und klappte den Mund sperrangelweit auf.

Blitze. Dutzende Blitze. Die gleißenden Zacken zielten alle auf eine düstere, nebelverhangene, etliche Kilometer entfernte Stelle im Meer. Etwas näher am Ufer war ein schmales Band mit schimmernden, blaugrünen Algen aufgetaucht, das sich bis zum Horizont erstreckte. Die Blitze wurden davon reflektiert. Ein heißer, vibrierender Wind fegte über den Platz, brachte die Halloween-Dekoration durcheinander und warf billige Plastikstühle um. Eine ganze Minute dauerte das knisternde Feuerwerk, dann war es schlagartig vorbei.

»Was war denn das?«, keuchte Nico. Sein Puls raste, als hätte er gerade einen Zwei-Kilometer-Lauf hinter sich.

Emma packte ihn am Kragen. »Es hat überhaupt nicht gedonnert, Nico. Nur geblitzt, und zwar immer und immer wieder. Und hast du gesehen, wie die Algen darauf reagiert haben? Als würden sie den Blitzen antworten.«

Nico nickte, während sich ein dicker Kloß in seiner Kehle bildete. Vor Aufregung brachte er keinen klaren Gedanken mehr zustande.

»Wir müssen Opal und Tyler suchen. Und Logan. *Schnell.* Ich habe das ungute Gefühl, dass es, abgesehen von den Phantomen, noch ganz andere Dinge gibt, über die wir uns Sorgen machen müssen.«

Sie rannten los.

14.
Opal

Opal kam von der Kasse zu den anderen gerannt.

»Habt ihr das gesehen?«, stieß sie atemlos hervor.

»Du meinst diesen zerstörerischen Supersturm, der gerade eben den Pazifik unter Strom gesetzt hat?« Tyler starrte immer noch zum Fenster des *Timbers Café* hinaus. »Ähm, ja. Haben wir gesehen.«

Logan blinzelte wie ein Maulwurf. »Ich hätte nicht direkt in die Blitze schauen sollen.«

Opal setzte sich und warf einen Blick zur Tür, in der Hoffnung, dass Nico oder Emma gleich auftauchten. Tyler und sie waren zu Logans Bestiensouvenirstand gelaufen und hatten ihn einfach mitgeschleift. Es gab *eine Menge* zu besprechen, aber Opal wollte zuerst alle beisammen haben. Hoffentlich hatte Nicos Vater ihn nicht direkt nach Hause geschickt.

Das Café war voll besetzt, und zwar mit Touristen und Einheimischen. Viele hatten sich hierhergeflüchtet, um dem stürmischen Wind zu entkommen. »So ein Wetter habe ich ja noch nie erlebt«, sagte ein Mann am Tresen zu seiner Frau. Beide schüttelten den Kopf.

Die Bedienungen kritzelten Bestienburgerbestellungen in ihre Blöcke. Bridgers Kameramann stand vor den Toiletten und schälte sich aus seinem Anorak. Dabei grinste er über das ganze Gesicht, weil er die Blitze tatsächlich auf Film gebannt hatte. »Genau so was haben wir gesucht!«, sagte er jedem, der ihm zuhörte.

Die Türglocke bimmelte. Opal sah, wie Nico und Emma eintraten, und ballte die Faust. »*Na endlich*. Los geht's, Leute!« Alle drei sprangen gleichzeitig auf. Logan legte Geld auf den Tisch, während Opal sich durch die Menge schlängelte und Emma am Arm packte. »Ihr habt es auch gesehen, oder?«

»Die Open-Air-Lasershow?« Emma nickte und holte tief Luft.

Nico schnaubte. »Das hat man bestimmt bis Vancouver mitgekriegt.«

»Wo können wir uns unterhalten?«, fuhr Opal fort. »Ich … ich muss euch nämlich noch was sagen.«

»Bei mir zu Hause?«, schlug Tyler vor. »Mein Dad ist in Astoria, und meine Mom und Gabrielle müssten eigentlich beim Yoga sein. Meine Schwester schleppt sie jede Woche da hin.«

»Perfekt. Gehen wir.«

* * *

»Bist du sicher, dass alle weg sind?« Mit diesen Worten setzte Opal sich auf einen Stuhl am Küchentisch. Auf dem ganzen

Weg bis zum Haus der Watsons im Norden der Stadt, gar nicht weit entfernt vom Haus, in dem Nico und sein Vater wohnten, war der Regen auf sie eingeprasselt.

»Absolut«, sagte Tyler und legte ein paar Kekse in eine Schale. »Wir haben mindestens eine Stunde Zeit. Nach dem Yoga gehen sie jedes Mal noch ein Eis essen.«

Emma durchwühlte Tylers Kühlschrank, holte verschiedene Dips heraus und roch prüfend daran. Schließlich entschied sie sich für »Französische Zwiebel«, griff sich aus der Speisekammer eine Packung Chips und ließ sich auf einen Stuhl zwischen Logan und Nico fallen. »Und? Was gibt's?«

Nico musterte Opal misstrauisch, während Logan sich zwei Doppelkekse auf einmal in den Mund stopfte.

Opal rutschte näher an den Tisch heran. »Ihr habt doch alle den Sturm gesehen, oder?«

»*Ja*, Opal«, tönten vier Stimmen gleichzeitig.

Sie ging nicht auf ihren genervten Tonfall ein. »Und davor die Algenblüte, und dann war da ja noch das Gas, das aus dem Teich entwichen ist.«

»Außerdem hatten wir rot glühenden Hagel und ziemlich viel Wolken und Wind«, sagte Tyler. »Willst du uns die ganze Woche noch mal vor Augen führen?«

»Habe ich irgendwas verpasst, als ich beim Außendreh war?«, erkundigte sich Emma mit Unschuldsmiene, bevor sie ein strahlendes Grinsen sehenließ. »Den Satz wollte ich schon immer mal sagen.«

»Ach, kaum«, erwiderte Opal. »Wir haben im Zollamt ein geheimes Fackelträger-Büro entdeckt.«

»Was?«, platzten Emma und Logan einstimmig heraus. Ihre Blicke begegneten sich. Logan war sprachlos und überließ Emma das erste Wort.

»Wann?«, wollte sie entgeistert wissen. »Wie? Was war da drin?«

»Vor einer Stunde«, erwiderte Opal ruhig. »Hinter der Haupttreppe gibt es eine verborgene Klappe. Ich zeige sie euch später, versprochen. Wir haben jedenfalls ein Zimmer entdeckt, das so aussieht, als hätten die Fackelträger dort ihre Treffen abgehalten, aber dann mussten wir schnell wieder los, sonst wären wir nämlich eingesperrt worden. Die gute Nachricht ist, dass wir dort auch einen Brief entdeckt haben, der uns vielleicht helfen könnte, endlich einige Zusammenhänge zu begreifen. Lass doch mal sehen, Ty.«

Tyler legte den großen, zerknitterten Briefumschlag auf den Küchentisch. Gemeinsam starrten sie auf die Beschriftung.

FALLS DER SCHLIMMSTE FALL EINTRETEN SOLLTE.

»Warum habt ihr mir nicht gleich Bescheid gesagt?« Verärgert sah Logan Opal und Tyler an.

Tyler zuckte schuldbewusst mit den Schultern. »Tut mir leid, aber wir wollten nicht alles zweimal erklären.«

»Noch haben wir den Umschlag ja nicht einmal aufgemacht.« Opal starrte den Briefumschlag an, als könnte er jeden Moment zubeißen. »Wir wollten abwarten, bis wir alle zusammen sind.«

»Und das sind wir jetzt.« Nico rieb sich das Kinn. »Was meint ihr? Ist der schlimmste Fall eingetreten?«

»Jedenfalls sind die Fackelträger alle tot«, sagte Emma. »Also was könnte schlimmer sein?« Blitzschnell schnappte sie sich den Umschlag, riss ihn auf und brachte ein einzelnes Blatt Papier zum Vorschein. »Ich lese laut vor …« Emma unterbrach sich. Erst jetzt registrierte sie die entsetzten Gesichter der anderen. »Was denn?«

»Du hast den geheimnisvollen Briefumschlag aufgerissen, einfach so.« Tyler stöhnte laut und schlug die Hände vors Gesicht. »Und dabei hast du schon jede Menge Horrorfilme gesehen. So was geht doch *nie* gut.«

Emma verdrehte die Augen. »Also, *bitte*! Als hätten wir den Brief ernsthaft zugelassen.« Sie hob das Blatt hoch und wedelte sanft damit hin und her. »Soll ich es euch jetzt vorlesen oder nicht? Sieht so aus, als wäre es mit einer Schreibmaschine getippt worden.«

Logan beugte sich vor und knackte mit den Fingerknöcheln. »Lies vor.«

Opal und Nico nickten.

»Also gut.« Emma räusperte sich. »*An die tapfere Seele, die diesen Brief geöffnet hat: Wenn du diese Worte liest, sind alle Fackelträger von uns gegangen. Eine unaussprechliche Gefahr ist nun ohne jede Bewachung. Das Ende der Welt steht möglicherweise kurz bevor.*« Emma hielt inne und leckte sich die Lippen. »Vielleicht hätten wir ihn doch nicht öffnen sollen.«

»Dafür ist es jetzt zu spät«, stieß Tyler hervor.

»Also hat es tatsächlich in der Regel mehr als einen Fackelträger gegeben«, sagte Opal.

Emmas Augen fingen an zu leuchten. »So wie uns!«

»Das erklärt auch das geheime Büro im Stadtzentrum«, sagte Nico. »Das war ihr Treffpunkt.«

»Könnten wir uns vielleicht wieder der Stelle mit dem ›Ende der Welt‹ widmen?«, schaltete sich Logan ein. Seine Stimme klang angespannt.

»*Moment* mal …« Tyler holte hörbar Luft. »Leute! Stopp! Wir haben das Problem doch schon längst gelöst! In dem Brief geht es bestimmt um das Finstertief!«

Nicos Augen wurden groß. »Gut möglich.« Logan nickte heftig.

Opal hob die Hände. »Wie wär's, wenn ihr Emma zu Ende lesen lasst? Danach sind wir bestimmt schlauer.«

»Genau.« Emma wandte sich wieder dem Brief zu. »*Das Siegel über der Kluft* – das Wort KLUFT ist mit Großbuchstaben geschrieben – *muss um jeden Preis erhalten bleiben. Jene, die sich des Wappens der Fackelträger als würdig erweisen, werden tun, was notwendig ist, um die Katastrophe zu verhindern.*«

»Seht ihr?«, sagte Tyler. »Diese Kluft, von der da die Rede ist. Das muss doch das Finstertief sein, oder nicht?«

»Nein«, meinte Opal, während sich ihr Magen zusammenballte und sie an die Worte dachte, die sie auf einer von Schneckenschleim überzogenen Buchseite gelesen hatte. »Im *Index*, der sich an die Liste der Fackelträger anschließt, hat das Finstertief einen anderen Namen. Du hast ihn auch gelesen, Ty, erinnerst du dich? Dort nennen sie es *Die Tiefe.*« Opal schluckte. »*Die Kluft*, das muss etwas anderes sein.«

Tylers Grinsen erstarb. »Oh, Mist. Du hast recht.«

Emma schnipste ungeduldig mit den Fingern und las weiter. »*Indem ihr diesen Brief lest, liegt die Verantwortung nun auf euren Schultern. Suchet die Plattform. Heget das Siegel. Haltet den Reisenden fest und wahret das Gleichgewicht! Werdet nicht müde, bis das Portal in Regungslosigkeit erstarrt. Viel Glück!*« Emma hob den Blick. »Und ganz unten steht noch mal in Großbuchstaben: *IHR DÜRFT NICHT SCHEITERN.*« Sie drehte das Blatt um, doch die Rückseite war unbeschriftet. »Das war's. Das war alles.«

»Was? Das kann doch nicht dein Ernst sein!« Logan schlug mit der Faust auf den Tisch. »Das hilft uns doch kein bisschen weiter! Mann, es wird ja jedes Mal schlimmer!«

»Gibt es nicht vielleicht irgendwo noch so was wie … na ja, eine Anleitung oder so?«, erkundigte sich Opal mit Hoffnung in der Stimme. »Einen Hinweis darauf, was wir jetzt unternehmen sollen?«

Emma schüttelte den Kopf. »Vielleicht war da ja noch eine Seite, die aber verlorengegangen ist.«

»Und wer ist der Reisende?«, murmelte Nico nachdenklich. Die anderen zuckten mit den Schultern.

Tyler zog den Kopf ein. »Das hört sich übel an, genau wie alles andere, was wir bisher erlebt haben.« Er stöhnte frustriert. »Der Briefschreiber geht offensichtlich davon aus, dass wir schon wissen werden, wie wir das Problem lösen sollen, dabei wissen wir nicht einmal, was die Kluft ist. Oder was überhaupt das Problem sein soll!«

Nico griff nach dem zerknitterten Blatt Papier. »Wenn das Finstertief nicht die Kluft ist, vielleicht ist es dann das Portal, das in dem Brief erwähnt wird. Was meint ihr?«

»Vielleicht haben wir es ja gar nicht wirklich ruhig gestellt«, sagte Tyler düster. »Vielleicht sieht es nur ruhig aus.«

Opal hörte ihn kaum. Ihr Herz wummerte wie verrückt. Sie musste an das Gemälde mit der Meerlandschaft im geheimen Büro der Fackelträger denken. An das Gefühl, das sie bei dessen Anblick empfunden hatte. An die Worte, die ihr durch den Kopf und den gesamten Körper gehallt waren.

Suchet die Plattform, hieß es in dem Brief.

War damit die Ölbohrinsel auf dem Gemälde gemeint?

Geh da hin, hatte eine Stimme ihr befohlen.

Das Ding?

Die Plattform. Wie sollten sie die bloß finden? Und wann? Jetzt sofort?

Na klar. Ihr schnappt euch ein Boot und fahrt damit mitten in einen tosenden Gewittersturm. Tolle Idee, Opal.

Sie machte die Augen zu. Wenn sie versuchte, Kontakt aufzunehmen, konnte das Ding ihre Gedanken hören? Würde es antworten?

Opal konzentrierte sich und formulierte eine Frage. *Bohrinsel?* Mit angehaltenem Atem und pochendem Herzen wartete sie auf eine Antwort, doch sie fühlte nichts. Ausgerechnet jetzt, wo sie so dringend darauf angewiesen war, ließ sich keine Stimme in ihrem Kopf vernehmen.

Sie stellte sich das Ding vor und wie es in seinem Glas schwebte.

Was mochte es wissen? Was mochte es sehen?

Was mochte es *sein*?

»Also, nur damit ich es richtig verstehe«, sagte Logan und holte sie wieder in das Gespräch zurück. Er begann, an den Fingern abzuzählen. »Aus irgendeinem Grund ist jede Menge Schwefelgas aus dem Teich geblubbert. Dann ist eine riesige Algenblüte vor der Stummen Bucht entstanden, und jetzt gibt es noch mehr Algen am Strand, wenn auch in einer anderen Farbe. Gleichzeitig ist der Himmel ausgeflippt, und zwar auf ungefähr drei verschiedene Arten.« Er reckte den zweiten Finger in die Höhe. »Praktisch zur selben Zeit entdeckt Opal einen Tapferkeitsorden, der sie nach Fort Bulloch lockt, also sind wir dahin gefahren und sind auf eine Plakette gestoßen, auf der der Name Charles Dixon und daneben eine seltsame Fackel eingraviert waren. Diese Plakette hat uns zum Friedhof mit Dixons Krypta geführt. Im Inneren der Krypta hat Opal einen Kompass entdeckt, der genau in eine Vertiefung des Geländers am Anleger gepasst hat, wodurch wir zum Zollhaus geleitet wurden, wo es im Untergeschoss ein geheimes Fackelträger-Büro gibt. Dort haben wir diesen Brief gefunden.«

Pause.

»Richtig«, sagte Nico.

»Vergiss nicht die wild gewordenen Phantome«, fügte Tyler hinzu. »Diese dämlichen Gremlins am Razor Point. Ach ja, *und übrigens*, die Bestie existiert wirklich. Sie wollte uns sogar als Mitternachtssnack verspeisen, während ein Volltrottel mit einem Kamerateam sich in der Stadt herumtreibt, um das ganze Spektakel auf YouTube hochzuladen.«

»Das ist doch ein einziges riesiges Durcheinander.« Logan zog eine Grimasse. »Mal ehrlich: Ich habe keinen Schimmer, was wir eigentlich machen sollen.«

»Geht mir auch so«, meinte Emma niedergeschlagen. Tyler nickte.

Sogar Nico wirkte ziemlich geknickt. »Das *Freakshow*-Team will morgen früh mit einem Boot in die Stumme Bucht fahren«, sagte er nervös. »Sie wollen unbedingt den geheimnisvollen Unterschlupf der Bestie enthüllen.«

Logan sprang auf. »Das dürfen wir nicht zulassen. Überlegt doch mal, was sie da alles entdecken könnten.«

»Das Problem müssen wir morgen lösen.«

Opal hatte nur leise gesprochen, aber trotzdem drehten sich alle zu ihr um. »Heute Abend«, fuhr sie fort, »stehlen wir das Boot, das Bridger gemietet hat, und fahren irgendwo anders hin.«

Tyler riss den Mund sperrangelweit auf. »Wir machen was?«

»Du hast mich schon verstanden.« Opal sah jedes Mitglied der Gruppe einzeln an. »Ich weiß, das klingt verrückt, aber das Ding hat mir verraten, wo wir hinmüssen. Und der

Brief hat das noch einmal bestätigt. Etwas Furchtbares ist hier im Gang, und wir Fackelträger müssen uns dem entgegenstellen.«

Stille. Dann lehnte Nico sich zurück und spreizte die Hände. »Ich höre. Erklär's uns.«

Opal hielt inne. Würden sie ihr glauben? *Ich muss es versuchen.* »Im Büro der Fackelträger hängt ein Gemälde. Darauf ist eine Meerlandschaft mit einer versteckten Ölbohrinsel zu erkennen. Als ich das Bild bemerkt habe, hat das Ding mit vollkommen klarer Stimme zu mir gesprochen und gesagt, dass ich da hingehen soll.« Sie kniff für einen Moment die Augen zusammen. Als sie sie wieder aufschlug, sagte sie: »Und? Vertraut ihr mir oder nicht?«

Emma sprang auf, nahm ihre Jacke vom Haken und setzte sich ihre Skimütze auf. Dann baute sie sich mit vor der Brust verschränkten Armen vor dem Tisch auf.

Die Jungen saßen stumm und erschüttert da. Schließlich ließ Tyler die Schultern sinken. »Du willst, dass wir ein Boot stehlen«, sagte er in resigniertem Tonfall. »Und das, wo der Sheriff uns sowieso schon im Nacken sitzt.«

»Opal …« Logans Stimme klang flehend. »Bei Nacht mit einem Boot aufs Meer zu fahren, das ist *wahnsinnig* gefährlich. Und dazu noch der Sturm! Niemand ist so verrückt, sich bei so einem Wetter da rauszuwagen.«

»Das Ende der Welt ist noch gefährlicher. Ihr habt doch alle den Brief gelesen! *Spürt* ihr denn gar nichts? Wir haben keine Zeit mehr!« Opal holte tief Luft. »Das Finstertief ist nur ein kleiner Teil des Ganzen, todsicher! Wir haben noch viel mehr zu tun.« Sie suchte und fand Nicos Blick. »Ihr müsst mir glauben!«

Nicos Schweigen hielt lange an. Schließlich sagte er mit heiserer Stimme: »Okay, Opal. Ich bin dabei.«

Opal wäre vor Erleichterung beinahe zusammengebrochen. Sie drehte sich zu Tyler und Logan um und haspelte: »Ihr braucht nicht mitzukommen. Tyler, dein Dad ist der Hafenmeister! Er würde dir bei lebendigem Leib die Haut abziehen, wenn du erwischt werden würdest, wie du an seinem Anleger ein Boot klaust. Und Logan, du hast sowieso schon Probleme mit dem Sheriff. Ich möchte auf keinen Fall, dass du noch mehr Schwierigkeiten bekommst. Wir kommen bestimmt auch ohne euch klar.«

»Auf keinen Fall.« Ein rötlicher Schimmer legte sich über Logans Wangen, dann holte er die Fackelträger-Kette unter seinem Shirt hervor. »Wir halten zusammen. Stimmt's, Ty?«

Tyler nickte und blies durch die Nase den Atem aus. »*Wir bewachen das Finstertief und beschützen einander*. Das waren nicht nur leere Worte. Das war ein Schwur. Ich bin dabei.«

Opal wurde von einer Woge der Dankbarkeit erfasst. »Wir schaffen das, Leute. Ich kann uns lotsen. Ich finde den Weg.«

Nur nickende Köpfe, einige etwas zögerlicher als die anderen, aber sie waren alle mit ihrem Plan einverstanden. Sie *vertrauten* ihr. Und das war das Entscheidende.

Sie standen auf und schlüpften in ihre dicken Jacken. Opal führte ihre Freunde hinaus in die stürmische Nacht und versuchte, Selbstvertrauen auszustrahlen.

Es wird funktionieren.

Das Ding hat uns schon einmal geholfen. Es wird uns wieder helfen.

Sie hatten die richtige Entscheidung getroffen. Die einzig *mögliche* Entscheidung für echte Fackelträger.

Der Wind wurde noch ein wenig stärker, so dass Opals langer schwarzer Zopf kräftig hin und her baumelte. Sie machten sich auf den Weg zum Anleger und wurden von der Dunkelheit verschluckt.

Bitte, bitte, bitte lass es wahr sein.

15.
Nico

Das Boot, das sie stehlen mussten, war eindeutig zu erkennen.

»Ich schätze mal … das da«, flüsterte Emma und unterdrückte ein Kichern.

Nico schüttelte den Kopf. »Muss der Typ eigentlich immer so maßlos übertreiben?«

Salzverkrustete Scheinwerfer tauchten den Hafen in trübes Licht. Nico hatte den Blick auf einen leuchtend blauen Schandfleck gerichtet, der in dem kleinen Hafenbecken, das sich etwas abseits des Hauptanlegers befand und für Privatboote reserviert war, festgemacht hatte. Am Fahnenmast im Heck hing eine riesige *Freakshow*-Flagge.

»Ich hab es richtig vor mir, wie Bridger sich in George-Washington-Pose vorne in den Bug stellt«, witzelte Tyler und schlug den Kragen seines Anoraks hoch, als eine eiskalte Brise durch den Hafen fegte. »Und wie er zu Emma sagt, sie soll darauf achten, dass immer nur seine gute Seite im Bild ist.«

Opal blickte sich nach allen Richtungen um wie eine Geheimagentin, dann sprang sie mit einem Satz auf das Boot.

»Das ist eines von Sammies Schnellbooten.« Sie steckte die Hand unter den Kapitänssitz, lächelte und zog eine lilafarbene Hasenpfote mit einem Schlüsselring hervor, an dem zwei Schlüssel baumelten. »Kleinstädte sind wirklich super.«

»Au Mann, wenn mein Dad jemals davon Wind kriegt ...« Tyler landete kopfschüttelnd neben Opal. »Eine Spritztour auf einem Schnellboot, das in *seinem* Hafen festgemacht war? Erbarmen.«

Emma kam als Nächste und tätschelte ihm beruhigend die Schulter. »Wir besorgen dir einen neuen Pass und ein bisschen Schwarzgeld.« Sie hob den Blick und betrachtete die niedrigen, dickbauchigen Wolken, die sich aus Westen heranschoben. Irgendwo darüber hing der Mond und strahlte sie an, so dass sie von innen heraus zu leuchten schienen. »Wenigstens regnet es gerade nicht.«

Tyler schauderte. »Und vielleicht noch einen falschen Bart.«

»Was glaubt ihr? Ob es auffällt, dass das Boot nicht mehr da ist?«, flüsterte Nico und starrte suchend in die Dunkelheit, während er zusammen mit Logan die Leinen löste. Sie sprangen beide an Bord, und das Boot trieb vom Anleger weg.

»Ich glaube nicht«, erwiderte Emma. »Das *Freakshow*-Team hat Feierabend gemacht, Tys Dad ist auch nicht mehr da und Sammie, die wohnt auf der anderen Seite der Stadt. Bevor irgendjemand was merkt, sind wir wieder da.«

Tyler zeigte mit dem Finger auf die anderen. »Wenn wir erwischt werden, werden wir verhaftet, das ist euch doch klar, oder? Das hier ist kein harmloser Streich mehr, das ist was anderes, als ein Haus mit Klopapier einzuwickeln oder so. Ein Bootsdiebstahl ist wie ein Autodiebstahl, und wir haben ja nicht mal einen Bootsführerschein.«

»Wer braucht den schon?«, erwiderte Logan wie aus der Pistole geschossen. »Mein Dad hat auch ein Motorboot, und damit kann ich fahren, seit ich acht bin.«

Nico sah das ähnlich – in Timbers, wie in den meisten Küstenorten, konnte jedes Kind ein Motorboot steuern –, aber er wusste auch, was Tyler damit sagen wollte. Sie begingen eine *Straftat.* Und zwar eine schwere. »Zumindest werden sie merken, dass Treibstoff fehlt«, murmelte er. »Aber das können wir nicht ändern.«

Der Kapitänssitz war immer noch frei. Keiner von den anderen hatte sich daraufgesetzt. Nico spürte, wie die Zündschlüssel gegen seine Brust prallten, und fing sie auf. Er hob den Blick und sah, dass Opal ihn mit einem breiten Grinsen und hoffnungsvoll nickend ansah.

Nico schnaubte und setzte sich hinter das Steuer. »Wird schon schiefgehen.« Er steckte den Schlüssel ins Zündschloss und drückte den Starterknopf. Der Motor erwachte keuchend zum Leben, und alle zuckten zusammen. »Tut mir leid, aber das muss sein. Wir wollen schließlich nicht auf einen Felsen treiben.«

Sie glitten vom Anleger weg und durch das winzige Hafenbecken. Schon wenige Minuten später hatte das Schnellboot die Hafenmauer hinter sich gelassen und war auf dem offenen Meer. »Okay«, sagte Nico und drückte den Gashebel nach vorne. »Und was die Richtung angeht, da bist du dir sicher, Opal?«

Opal hatte den Blick starr auf das Echolot gerichtet, damit sie nicht auf eine der versteckten Sandbanken unter der Wasseroberfläche aufliefen. »Nach der Satellitenkarte liegt die Plattform gut sechs Kilometer westlich, in einem flachen Abschnitt mit einem Unterwasserriff.«

Tyler warf Opal einen skeptischen Blick zu. »Im Westen, hmm?«

»Ja, wieso?«

»Die Stelle, wo wir den Kompass ins Geländer eingesetzt haben, liegt genau im Schnittpunkt von drei geraden Linien aus Norden, Osten und Süden. Diese Linien führen zu den drei ältesten Gebäuden in Timbers, und dazu das Fackelsymbol mit dem Zollamt im Südwesten. Aber im Westen, da ist nichts als das Meer.« Er zuckte mit den Schultern. »Und genau da fahren wir jetzt hin. Vielleicht ist diese Ölbohrinsel ja unser fünfter Orientierungspunkt.«

Nico riss die Augen auf. »Vielleicht hast du wirklich recht! Vielleicht wollten die Fackelträger genau darauf hinweisen.«

Opal grinste begeistert. »Finden wir es raus.«

»Was wissen wir denn darüber?«, rief Logan ihnen über den lauter werdenden Wind hinweg zu.

Opal erwiderte: »Bei Wikipedia steht, dass die Plattform in den späten zwanziger Jahren des 20. Jahrhunderts von Ölsuchern erbaut worden ist. Sie heißt *Broken Shoals*, also *Zerbrochene Sandbänke* oder so was in der Art. Eines Tages nach einem heftigen Sturm ist unter dieser kleinen Insel eine

Ölquelle aufgebrochen, und da das Meer an dieser Stelle relativ flach war, war es kein Problem, eine Pipeline bis ans Ufer zu legen. Es ist zwar ziemlich weit draußen, aber die Wassertiefe beträgt in der ganzen Umgebung nicht mehr als zwei Meter. Wir müssen mit dem Boot gut aufpassen, wenn wir in der Nähe sind.«

Nico nickte. »Ich will auf keinen Fall auf Grund laufen.« Er zitterte. »Ich kriege ja schon Schiss, wenn ich bloß an das Telefonat denke, das ich dann führen müsste.«

»Es war eine der ersten Offshorebohrinseln überhaupt«, schaltete sich Tyler ein und starrte auf sein Smartphone, während das Schnellboot durch die kabbeligen Wellen schnitt. »Aber sie haben nur zehn Jahre lang Öl gefördert, und anschließend hat sich niemand mehr darum gekümmert. Irgendeine Firma hat das Ding dann vor Jahrzehnten mal gekauft, ohne irgendwas zu unternehmen.«

Allmählich verschwanden die Lichter der Stadt aus ihrem Blickfeld. Die dichte Wolkenwand über ihren Köpfen riss auf, so dass hinter einem dünnen Nebelschleier der Mond zum Vorschein kam und das Meer in ein unwirkliches Schummerlicht tauchte. Gelegentlich platschte ein sturzbachartiger Regenschauer auf sie herab, ohne dass daraus ein dauerhafter Regenguss wurde. Das seltsame schwärzlich violette Schimmern am Himmel war selbst in der Dunkelheit noch gut zu erkennen.

Nico hatte noch nie so etwas gesehen – es kam ihm vor wie eine düstere, seitenverkehrte Spielart des Nordlichts. Eine heftige Spannung lag in der Luft, als ob der Himmel den

Atem anhielt. Alles fühlte sich merkwürdig an. Falsch. Aus dem Gleichgewicht. Das Meer wirkte ruhig, aber wie lange noch? *Wenn es noch mal zu so einem Blitzgewitter kommt, während wir hier draußen sind …*

Die Fahrt verlief ohne nennenswerte Zwischenfälle. Opal hatte die Zielkoordinaten in das Navigationssystem eingegeben, so dass Nico lediglich der blinkenden Linie folgen musste. Die kräftigen Scheinwerfer an der Reling des Schnellboots bohrten sich wie zwei Laserstrahlen in die vor ihnen liegende Dunkelheit.

»Da!«, sagte Emma plötzlich und streckte die Hand aus. »Ich kann sie sehen!«

Wie ein verwunschenes Schloss traten die Umrisse der Ölbohrinsel aus der Dunkelheit hervor, eine mächtige, stählerne Plattform, umgeben von einem hölzernen Zaun. Die Außenwände fielen senkrecht ab bis ins Wasser, so dass von der kleinen Insel, auf der sie standen, nichts zu erkennen war. An einem Ende des Bauwerks war eine von Menschenhand errichtete Reihe aus Felsblöcken und Steinen zu sehen, die sich ins Meer hinaus erstreckte.

»Hier wird es immer seichter«, sagte Nico, ohne das Echolot aus den Augen zu lassen. »Ich weiß gar nicht, wie ich dicht genug rankommen soll.«

»Da!« Opal zeigte auf eine Lücke in den Steinen, wo eine alte Boje auf dem Wasser tanzte. »Da können wir das Boot festmachen und auf die Mole klettern.«

Tyler kratzte sich wie wild am Hals und hob den Blick

zum Himmel. »Wer immer da oben auch sein mag, bitte beschütze mich vor dem Wahnsinn meiner Freunde!«

Nico lenkte das Schnellboot behutsam in die Lücke neben die Boje und stellte den Motor ab. Während Logan und Emma die Leinen festmachten, ließ er ein zitteriges Lächeln sehen. »Kinderspiel«, murmelte er und wischte sich die Schweißperlen von der Stirn, die sich trotz der Kälte gebildet hatten. »Obwohl – eher eine Strafexpedition für schrecklich ungezogene, grässlich ekelhafte Kinder.«

Sie kletterten gemeinsam auf die Mole und arbeiteten sich vorsichtig bis zu dem quadratischen Gebäude vor. Nachdem sie sicher dort gelandet waren, leuchtete Logan mit einem der tragbaren Scheinwerfer, den er vom Boot mitgenommen hatte, auf eine verrostete Eisentreppe, die etwa bis zur Hälfte der Außenwand emporführte. »Ob man den Stufen trauen kann?«, fragte er die anderen. »Die sehen ehrlich gesagt ganz schön … vernachlässigt aus.«

Nico gab keine Antwort. Ein leises Summen drang an seine Ohren. »Hört ihr das?«

Die anderen nickten. »Klingt wie eine Waschmaschine«, meinte Tyler. »Im Schleudergang.«

»Das kommt von da oben.« Emma zeigte auf die Tür, und dann rümpfte sie plötzlich die Nase. »O nein. Nicht schon wieder dieser Gestank.«

Nico zuckte zusammen. Aus dem Gebäude drang ihnen ein gammeliger Faule-Eier-Geruch entgegen. »Wie bei unserem Teich«, flüsterte er den anderen zu.

»Aber wir haben doch kein Boot gestohlen und Kopf und

Kragen riskiert, nur um jetzt den Schwanz einzuziehen.«
Opal ließ die Schultern kreisen und stellte den Fuß auf die erste Stufe. »Wartet hier, bis ich oben bei der Tür bin.«

Sie fing an zu klettern, zunächst sehr behutsam, doch dann, als sie merkte, dass die Leiter hielt, mit immer mehr Selbstvertrauen. Oben angelangt, winkte sie die anderen zu sich.

Als Nico vor der Tür stand, fiel ihm auf, dass das Geräusch hier oben viel lauter war als unten. Die Töne kamen eindeutig aus dem Inneren des Gebäudes und klangen sehr kreischend und schrill.

Alle fünf starrten die Tür an. Der Gestank war deutlich schlimmer geworden.

»Was, genau, soll das hier eigentlich sein?« Tyler hielt sich die Nase zu.

»Ein ganz einfacher Bohrsaal, der zum Wasser hin offen ist«, erwiderte Opal. »Die Bohrinsel ist eine ziemlich primitive Konstruktion. Die Außenwand dient lediglich als Wetterschutz für die Ausrüstung.«

»Das heißt also, dass wir … jetzt reingehen«, sagte Emma, ohne sich einen Zentimeter von der Stelle zu rühren.

Das Summen wurde zu einem Dröhnen.

Logan stand ebenso regungslos da wie sie. »Genau.«

»Ich könnte ja mal am Türknauf drehen«, schlug Nico vor, aber seine Füße waren wie angewurzelt.

Opal stöhnte ungeduldig. Sie richtete sich auf, spannte die Muskeln und zog an dem Knauf.

Er gab nicht nach.

Tylers Hände zitterten. »Also, ist doch auch nicht schlimm. Nehmen wir's einfach als Zeichen, okay?«

Opal blickte Nico an. Er nickte und holte tief Luft. Dann packten sie gemeinsam den Türknauf und zogen daran. Mit wütendem Ächzen ging die Tür einen Spaltbreit auf. Das Dröhnen wurde noch lauter. Nico legte die Finger an die Kante und zog die Tür mit einem kräftigen Ruck auf. Nachdem sie alle einmal tief Luft geholt hatten, schoben sie sich vorsichtig durch die Öffnung auf einen Gittersteg, der rund um die Innenwand lief und von dem man freie Sicht auf die Mitte des Raums hatte.

Es war der reinste Albtraum.

Vom Gittersteg aus blickte man direkt in einen gewaltigen Strudel hinein, der wie ein rostroter Tornado um die eigene Achse wirbelte. Er wurde von einem Zylinder aus dicken Eisenwänden umgeben, der mindestens zehn Meter Durchmesser hatte und den brodelnden Wasserwirbel vom grauggrünen Ozean trennte, der von außen in gleichmäßigen Wellen gegen die Barriere schwappte. Im Inneren des Zyklons zuckten Lichtblitze. Auf seiner Oberfläche zischten Funken. Die Luft war heiß, feucht und stank nach Schimmel und vergammelten Eiern. Nico spürte, wie sein Mund trocken wurde. *Schwefel.*

Niemand rührte sich von der Stelle.

Niemand sagte ein Wort.

Nicos Herz wäre um ein Haar stehen geblieben.

Im Inneren des Strudels huschten vage vertraute Gestalten mit Gesichtern so glatt wie Halloween-Masken umher.

Sie stießen immer wieder gegen die Wasseroberfläche, als wollten sie ausbrechen.

Nico sah Opal erschrocken an, und sie erwiderte seinen Blick.

»Ich glaube, wir haben die Kluft gefunden«, stieß sie atemlos hervor. Nico musste all seine Kraft zusammennehmen, um wenigstens ein Nicken zustande zu bringen.

Diese Gesichter. Nico und Opal hatten eines davon ganz aus der Nähe gesehen, im Inneren des Finstertiefs, als sie einer Kreatur begegnet waren, die das Wasserbecken im Keller des Hausboots dazu benutzt hatte, ihren finstersten Ängsten eine Gestalt zu verleihen.

Aber hier gab es sogar … Dutzende davon.

»O Mann«, wimmerte Logan. »Wir sind so was von am Arsch.«

»Was sollen wir denn bloß machen?« Tyler fasste sich an den Kopf. »Schau dir die Dinger doch mal an!«

Jede einzelne Zelle in Nicos Körper war in Schockstarre verfallen. Er wusste nicht, was er denken sollte. Wie er reagieren sollte. Auf so etwas waren sie nicht vorbereitet. Dann ertönte eine dröhnende Stimme in seinem Schädel und vertrieb alles andere daraus.

REPARIERT DAS SIEGEL.

»Was war denn das?«, kreischte Emma und presste sich die Hände auf die Ohren.

Logan drehte sich hastig um die eigene Achse und starrte überallhin. Tyler sah aus, als würde er jeden Augenblick in Ohnmacht fallen.

Nico wich einen Schritt zurück und fing an, unkontrolliert zu zittern.

Opal krallte sich an seinen Unterarm. »Du hast es auch gehört?« Aus irgendeinem Grund schien sie sich sehr darüber zu freuen.

Nico nickte und kam sich gleichzeitig vor wie von Gespenstern verfolgt. Er hatte es *eindeutig* gehört. Und dann tauchte für einen Sekundenbruchteil ein kleines grünes Wesen vor seinem geistigen Auge auf. Ein Klops mit geöffneten Augen.

Nico geriet ins Taumeln und musste sich am Geländer festhalten. Unter ihm versuchten die Kreaturen weiterhin ununterbrochen, dem Strudel zu entkommen.

»Wir sollen das Siegel reparieren?«, brüllte Logan. »Was soll das denn bedeuten?«

Nicos Magen verknotete sich, und er hätte sich beinahe übergeben. Dann kniff er die Augen fest zusammen und dachte mit aller Kraft, die er aufbieten konnte:

Wir wissen nicht, was das bedeutet!

16.
Opal

Opal sah, wie Nico mit geschlossenen Augen etwas vor sich hin stammelte.

Er hat es gehört. Sie haben es alle gehört!

Endlich hatte das Ding zu allen gesprochen.

Unter ihnen tobte der Strudel wie ein flüssiger Feuersturm, durchzuckt von elektrischen Blitzen. Dazwischen schlängelten sich gespenstische Gestalten, wie Hunde, die an ihren Leinen zerren. Es schien, als würde der rot-orange Mahlstrom jeden Augenblick über den Rand des stählernen Tanks schwappen. Was würde geschehen, wenn diese Flut sich ins Meer ergoss?

Wir müssen dafür sorgen, dass das nicht geschieht, und zwar hier und jetzt!

»Hilf uns, Ding!«, rief Opal und hoffte, dass ihre Verbindung immer noch bestand. »Wir wissen nicht, was wir machen sollen!«

SCHRANK.

»Ein Schrank!«, rief Emma mit bebender Stimme. »Habt ihr gehört, Leute?«

»Ja!«, erwiderte Opal. Sie sah, wie Tyler nickte und

schluckte, während Logans Blick bereits die Gitterstege entlangglitt.

»Wo ist der Schrank?«, fragte Opal die geheimnisvolle Stimme, so ruhig sie nur konnte. *Das Ding. Das Ding kann irgendwie mit uns reden.*

ANDERE SEITE.

BEEILT EUCH.

Nico riss die Augen auf. Opal sah, wie er einen Gittersteg entlangsauste, der quer über den Bohrsaal hinwegführte. Die anderen folgten ihm. Es stank nach Schwefel, und überall stiegen gelbliche Dampfwolken auf. Opals klappernde Schritte mischten sich mit dem Dröhnen des tosenden Wassers.

BEEILT EUCH.

»Ich *beeil* mich ja!«, keifte Tyler zurück und wäre beinahe mit Nico zusammengeprallt, der jetzt auf einer Plattform an der gegenüberliegenden Seite des Bohrsaals stand. Er kniff sich in den Nasenrücken. »'tschuldigung, mein Fehler. Diese Geisterstimme … Hab wohl kurz ein bisschen durchgedreht.«

Logan starrte wie gebannt hinab auf die tobende Kluft. »Das sieht ja aus wie ein gedoptes Finstertief.«

»Da!« Opal deutete auf einen großen würfelförmigen Kasten aus Metall an der Wand. »Ein Lagerraum!«

Nico biss die Zähne aufeinander. »Das muss es sein!«

Der Lagerwürfel sah aus wie eine kleine Garage und wirkte neuer als der Rest der rostigen Bohrinsel. Opal lief hinüber und versuchte, das Rolltor zu öffnen.

»Kann das Ding uns eigentlich hören?« Emma keuchte so heftig, dass Opal befürchtete, sie könnte gleich anfangen zu hyperventilieren. »Weiß es, was wir denken? Das macht mich wahnsinnig!«

»Ich bin mir nicht sicher«, erwiderte Opal wahrheitsgemäß. »Bis jetzt hat es mir noch nie eine Antwort gegeben. Aber es ist echt.«

Daran konnte nun kein Zweifel mehr bestehen. Für niemanden von ihnen.

»Das Ding hat aber nur dir geantwortet.« Logan ließ ein unsicheres Lachen hören. »Du bist wohl sein kleiner Liebling.«

Die Kluft dröhnte. Die grässlichen Fratzen verschwanden für einen kurzen Augenblick in den Wellen, bevor sie zurückkehrten. Waren sie womöglich in der Flut gefangen, so wie Baumstämme in einem Strom? Oder waren sie gar die *Urheber* dieser Turbulenz? Opal zitterte. Sie sahen jedenfalls genauso aus wie die Gestalt, die sie und Nico in der Leere des Finstertiefs bekämpft hatten. Und wenn ihnen dabei nun ein Fehler unterlaufen war? *Wenn wir noch mehr von der Sorte angelockt haben?*

»Geht das Tor auf?«, brüllte Nico, um das Brausen des Strudels zu übertönen.

Opal senkte den Blick und nahm erst jetzt den Riegel wahr. Sie klappte ihn beiseite und zog erneut an dem Tor, das nun mühelos nach oben glitt. »Ist nicht abgeschlossen.«

Logan prustete los. »Ich glaube kaum, dass es hier draußen viele Einbrecher gibt.«

BEEILT EUCH.

SCHNELLER.

»*Was* sollen wir schneller machen, Ding?«, stieß Opal zwischen zusammengebissenen Zähnen hervor.

VERSIEGELT DIE KLUFT.

»Jetzt reicht's aber!« Nico blickte die anderen hilflos an. »Gibt's hier vielleicht irgendwo … Versiegler?«

Ein lautes Dröhnen drang aus den Tiefen des Strudels empor. Der Wasserspiegel stieg. Augen starrten unter der tosenden Oberfläche zu ihnen herauf.

»Nun kommt schon, verschwinden wir von hier!«, heulte Tyler. Seine Zähne klapperten. »Wir nehmen das Boot, fahren auf dem schnellsten Weg wieder nach Hause und alarmieren die Küstenwache oder so. Wir schaffen das nicht!«

BEEILT EUCH. BEEILT EUCH. BEEILT EUCH.

Opal packte Tyler am Arm. »Was immer wir auch brauchen, um die Kluft zu verschließen, es muss irgendwo *hier* sein. Also schau dich um!«

Er stieß einen tiefen Seufzer aus. »*Also gut.* Aber bitte, wir müssen uns beeilen. Es kommt mir so vor, als wäre der Strudel *wahnsinnig* wütend.«

Der Wasserwirbel erzeugte ein heulendes Geräusch, das von der stählernen Hülle zurückgeworfen und verstärkt wurde. Hastig betrat Opal den Lagerraum und sah dort Holzkisten, Laternen, Werkzeuge, ein Rettungsfloß und ein Dutzend übergroßer Plastiksäcke. Einer war an der Ecke aufgerissen. Davor hatte sich ein Häufchen aus silbrig-grauem Staub gebildet.

»Vorsichtig«, mahnte Nico und zeigte mit dem Finger auf ein rotgelbes Warnsymbol auf dem Sack. »Wir wissen nicht, was da drin ist.« Die Aufschrift war in einer Sprache, die Opal nicht einmal ansatzweise verstehen konnte.

DIE KLUFT.

SCHÜTTET ALLES HINEIN.

»Wir sollen die Säcke in die Kluft schmeißen?« Tyler fasste sich mit beiden Händen an den Kopf. »Das soll es sein? Das soll die Lösung sein?«

Logan versuchte, einen der Säcke anzuheben. »Uuuff. Die sind aber schwer.« Mit gerunzelter Stirn blickte er an die Decke. »Bist du dir da auch ganz sicher, du dämlicher Klops?«

»Du darfst das Ding nicht beleidigen«, fauchte Opal ihn an. »Es hilft uns schließlich!«

Logan sah sie ungerührt an. »Wir haben doch keinen Schimmer, was hier eigentlich gerade passiert, Opal.«

»Das Ding aus dem Einmachglas *spricht mit uns.*« Aufgebracht schlug Opal die Faust in ihre Handfläche. »Das ist unsere einzige Chance, also mach gefälligst, was es sagt.«

»Ist ja gut, ist ja gut.« Logan wuchtete einen der schweren Säcke auf seine Schulter. »'tschuldigung, du kleiner Schwamm-Typ! Ich wollte nur sichergehen!«

ALLES.

BEEILT EUCH.

»Na super.« Mit zusammengebissenen Zähnen betrachtete Nico die Säcke, die sich vor ihnen auftürmten. »Echt suuuuper. Legen wir los.«

BEEILUNGBEEILUNGBEEILUNGBEEILUNG.

Opals Herz raste. Sie, Logan und Nico schleppten die Säcke nach draußen auf den Gittersteg, wo Emma sie aufriss und Tyler sie schließlich in den Strudel kippte. Die Kluft zischte laut, als die ersten silbrigen Partikel hineinregneten und in ihrem wirbelnden Schlund verschwanden. Dicke Blasen stiegen auf und zerplatzten.

Der Wirbel verlangsamte seine Drehung. Die Blitze erloschen allmählich.

Der Strudel senkte sich.

Das Wasser wurde lila, dann dunkelviolett. Der gesamte Raum schien aufzuatmen.

Emma sah Opal an und grinste. »Das Ding scheint sich ja auszukennen.«

Opal lächelte erschöpft. »Dazu sind Freunde da. Sieh mal ... die Kluft beruhigt sich langsam.«

Emma neigte neugierig den Kopf. »Ihr seid also schon Freunde geworden? So schnell?«

Opal zuckte mit den Schultern. Sie konnte es zwar nicht erklären, aber sie hatte das Gefühl, als ob sie das Ding kannte, zumindest ein bisschen. In gewisser Weise bestand schon seit Wochen eine eigenartige Verbindung zwischen ihnen. Hatte das Ding sie vielleicht auch dazu gebracht, am Nachmittag auf den Anleger hinauszugehen? Hatte es sie auf die Vertiefung im Geländer aufmerksam gemacht oder sie dazu gedrängt, dem Zollamt einen Besuch abzustatten? Opal konnte das alles nicht mit Sicherheit sagen ... aber sie hatte einen Verdacht.

»Das war's«, rief Logan und leerte den letzten Sack. Als sich die restlichen Pulverkörner in der Kluft aufgelöst hatten, begann die Oberfläche des Strudels zu vibrieren.

Nico runzelte die Stirn und trat etwas dichter an den Rand. »Das Wasser wird schon wieder so … seltsam.«

Dann sahen sie, wie eine Rauchfahne aus der Mitte der Kluft in die Luft schoss und wie ein Springbrunnen wieder in sich zusammenfiel.

Es wurde still.

»Wir haben es geschafft!«, jubelte Emma. »Eins zu null für das Ding in unseren Köpfen!«

ZU SPÄT.

Opal zuckte zusammen. »Zu spät? Aber der Strudel hat sich doch beruhigt.« Sie warf einen Blick über das Geländer nach unten. Die Fratzen waren verschwunden. Die Kluft drehte sich gemächlich um die eigene Achse, obwohl ununterbrochen grelle Farben in der Tiefe aufleuchteten. »Nein, es hat funktioniert. Alles in Ordnung! Wir sind nicht zu spät gekommen!«

Das Ding schwieg.

Jetzt stellte die Kluft unterhalb des Gitterstegs jede Bewegung ein. Kein Laut war mehr zu hören.

Opal starrte in das Wasser, das eine fahle, lila-rötliche Färbung angenommen hatte, wie eine faulige Pflaume. Ein ohrenbetäubendes Summen ertönte in der Tiefe. Die Kluft fiel in sich zusammen, so wie das Gesicht schwerkranker Menschen.

»Läuft das Wasser jetzt ab?«, wollte Emma wissen.

Nico krallte sich an das Geländer, so dass seine Knöchel kalkweiß wurden. »Ich habe ein ganz schlechtes Gefü …«

Die Kluft explodierte.

Eine Wassersäule schoss senkrecht in die Luft, prallte gegen die Decke des Bohrsaals und regnete dann auf sie alle herab. Jeder einzelne Tropfen war hart und kalt und stechend wie Trockeneis. Opal hielt schützend die Hände vors Gesicht. Emma kreischte laut.

ZU SPÄT ZU SPÄT ZU SPÄT ZU SPÄT.

Fratzen erschienen unter der Oberfläche und starrten mit leeren Augenhöhlen daraus hervor. Höhlenartige Münder, weit aufgerissen vor Hunger … oder Überraschung?

FLIEHT.

»Los!« Opal schubste Tyler vor sich her und rannte über den Gittersteg zurück. Die anderen waren dicht hinter ihr. Noch mehr stechende, eiskalte Wassertropfen wurden aus der Kluft hervorkatapultiert. *Lasst mich in Ruhe!* Opal rieb ihre Arme, während ihre Gedanken sich überschlugen. Sie konnte sich noch gut daran erinnern, wie das Finstertief sie hinabgezogen hatte. Konnte die Kluft das etwa auch?

Gemeinsam stürmten sie durch die Außentür, trampelten die Eisentreppe hinunter und rannten über die Mole zu ihrem Schnellboot. Dunkle Wellen tanzten auf dem Meer, als sich direkt über der Bohrinsel ein glühender elektrischer Feuerball bildete. Spannung erfüllte knisternd die Luft, und Opals Zopf hätte sich beinahe senkrecht aufgerichtet.

Die Blitze, schoss es ihr voller Entsetzen durch den Kopf. *Das ist die Stelle, wo vorhin die Blitze eingeschlagen sind!*

Zitternd vor Angst warf sie einen Blick zurück. Gleißendes Licht drang zu den Ritzen und Ecken der Bohrinsel heraus.

FLIEHT.

SOFORT.

Gleichzeitig drängten sie auf das Boot, verhedderten sich, stolperten übereinander. Emma und Tyler lösten die Leinen, während Logan die Scheinwerfer wieder an der Reling anbrachte. Nico ließ den Motor an, Opal fuhr das Navigationsgerät hoch, und dann stießen sie sich so kräftig, wie sie nur konnten, von der Boje ab. Das Boot trieb von der Mole weg, und Nico gab Vollgas, so dass es einen engen Kreis beschrieb und davonjagte.

DURCHBRUCH.

Dieses eine Wort dröhnte durch Opals Schädel. Ihre Freunde machten sehr grimmige, angespannte Gesichter.

»*Komm schon, komm schon, komm schon*«, flüsterte Nico und lenkte das Schnellboot durch die Brandung. Mit halsbrecherischem Tempo jagten sie einen halben Kilometer dahin, sprangen von Welle zu Welle, bevor er schließlich ein etwas mäßigeres Tempo anschlug.

»Alles in Ordnung?«, erkundigte sich Opal und blickte sich um. Emma und Logan nickten erschüttert.

»Ich glaube, mir wird schlecht«, stöhnte Tyler, bevor er sich über die Seitenwand beugte und seine Ankündigung in die Tat umsetzte.

In ihrem Rücken war ein Geräusch zu hören, eine Art tiefes Husten, als hätte das Meer Fehlzündungen. Opal stellte sich ans Heck, um nachzusehen.

Eine mächtige, leuchtend rotviolette Wassersäule wurde zum Himmel geschleudert, so dass die Bohrinsel dahinter nicht mehr zu erkennen war. Der gigantische Geysir schimmerte im Licht der Sterne und ließ rund um die kleine Insel leuchtende Tropfen regnen. Dann hörte Opal ein gewaltiges Platschen, und ihr wurde klar, dass das Dach der Bohrinsel eingestürzt war. Die Fontäne erstarb, und alles war wieder ruhig.

Opal brauchte niemanden – auch kein Ding –, um zu wissen, was das zu bedeuten hatte.

Wir haben versagt.

3. TEIL
Das Ding

17.
Nico

Auf Zehenspitzen schlich Nico in den Ausstellungsraum des Hausboots.

Opal und Emma befanden sich nur wenige Schritte hinter ihm, während Logan in der Nähe des zerfledderten Samtvorhangs stehen geblieben war. Tyler hatte sich komplett geweigert, den Raum zu betreten – er ging im Foyer auf und ab, unfähig, die im Glas schwebende Kreatur auch nur anzusehen.

Das Ding, das in meinem Kopf gesprochen hat.

Nico schauderte.

Möglichst behutsam näherte er sich dem Podest. Es war noch früh, höchstens eine Stunde nach Sonnenaufgang. *Heute ist Halloween. Wie gruselig ist das denn?* Nico hatte bei Tyler übernachtet – sein Dad war ohne jede Diskussion damit einverstanden gewesen, und das, obwohl Nico viel später als gewöhnlich um Erlaubnis gefragt hatte. Logan war ebenfalls dabei gewesen, und sie hatten die ganze Zeit in Tylers Zimmer gehockt und endlos darüber debattiert, was dort draußen bei der Kluft schiefgelaufen sein könnte. Emma hatte bei Opal übernachtet, und dann waren sie bei

Tagesanbruch gemeinsam zur Stummen Bucht hinausgeradelt.

Sie mussten es mit eigenen Augen sehen. Sie mussten es wissen.

Und jetzt waren sie also hier. Nico hatte keine Ahnung, warum er wie ein Einbrecher durch den Raum schlich – ehrlich gesagt, er hatte keinen Schimmer, was er hier eigentlich wollte –, aber er war ein einziges Nervenbündel, darum schien in jedem Fall äußerste Vorsicht angebracht. Er trat vor das Glas, schluckte und spähte hinein.

Das Ding hing in der zähen Flüssigkeit und sah genauso friedlich aus wie immer.

Keine Bewegung. Kein Anzeichen von Leben.

Nico richtete sich auf und legte die Stirn in Falten. Allmählich kam er sich sehr, sehr bescheuert vor.

Logan, Opal und Emma drängten sich hinter ihn und starrten über seine Schulter hinweg. »Nichts«, schnaufte Nico und wusste nicht so recht, ob er erleichtert oder enttäuscht sein sollte. »Alles wie immer.«

Das Ding machte die Augen auf.

Hallo.

»Waaaaah!« Nico wich zurück und stieß so heftig mit Logan und Opal zusammen, dass sie alle drei zu Boden gingen.

Nur Emma blieb stehen. Sie starrte das Ding an, das ihren Blick in aller Seelenruhe und sanft lächelnd erwiderte. Dann winkte es ihr mit seinem dünnen Ärmchen zu.

»Cool«, flüsterte Emma und schob sich ganz langsam näher.

»Weg da, Emma!«, rief Tyler, der kaum mehr als seine Nasenspitze durch den Vorhang gesteckt hatte.

»Wieso denn?« Emma ließ das Podest keine Sekunde lang aus den Augen. »Das Ding lebt in einem Glas, Ty. Was soll es mir schon tun?«

»Stell doch nicht solche Fragen!«, zischte Tyler zurück. »Weil die Aliens da nämlich nur drauf warten, und dann zeigen sie dir ganz genau, was sie dir alles antun können. Dir das Gesicht wegschmelzen zum Beispiel.«

»Es hat in meinen Gedanken gesprochen«, flüsterte Nico und rappelte sich auf. »Das ist furchterregender als alles, was ich mit den bisherigen Phantomen erlebt habe.« Opal und Logan kamen ebenfalls wieder auf die Beine, auch wenn Logan die Knie leicht gebeugt hatte, um jederzeit fliehen oder sich wehren zu können.

»Phantome?« Opal nahm den Blick von dem Glas auf dem Podest und sah Nico neugierig an. »Wie meinst du denn das?«

Nico erwiderte achselzuckend: »Was soll es denn sonst sein?«

Ich bin kein Phantom, hallte nun eine Stimme durch Nicos Schädel.

Er erstarrte. »Hat das außer mir noch jemand gehört?«

»Ja«, stieß Logan heiser hervor und griff sich an den Hemdkragen.

»Ich auch.« In Opals Stimme schwang leise Begeisterung mit.

Das kleine, grüne Wesen neigte leicht den Kopf. *Ja, ich*

glaube, ihr habt mich alle gehört. Ich werde zu euch allen gleichzeitig sprechen, um die Dinge zu vereinfachen. Und bitte verzeiht, wenn ich mich ein wenig müde anhöre. Ich habe seit Jahren nicht mehr geredet und habe in dieser Woche bereits eine gewaltige Menge Energie verbraucht.

Nico starrte regungslos geradeaus. Das Ding schwebte mit blitzenden, schwarzen Augen in der Mitte des Glases. Es war mit einem Mal quicklebendig geworden, als hätte es die ganzen Wochen zuvor, seitdem sie das Hausboot entdeckt hatten, in einer Art Koma zugebracht.

Ich nehme an, ihr fragt euch, warum ich nicht schon früher euch alle kontaktiert habe.

»Kannst du womöglich Gedanken lesen?«, witzelte Logan … und wurde gleich darauf leichenblass.

Hinter dem Vorhang war Tylers leises Wimmern zu hören.

Nico schluckte. *O Mann, hat das Ding tatsächlich gerade Logans Gedanken gelesen?*

Die Antwort auf deine Frage, Nico, lautet: Nein, ich habe gerade nicht Logans Gedanken gelesen.

Nico verkrampfte sich.

Das Lächeln des Dings wurde ein wenig scheu. *Genauso wenig, wie ich die deinen gelesen habe. Manche Sorgen sind sehr leicht zu erraten.*

»Aber du hast schon öfter mit *mir* gesprochen«, schaltete Opal sich ein, und ihre Augen glühten. »Und du … du hast mir Sachen gezeigt. Du hast mich zum Beispiel zu diesem Tapferkeitsorden geführt.«

Das Ding in der grünen Flüssigkeit nickte. Es war ein seltsamer Anblick.

Das stimmt, Opal. Die Verbindung zu dir kam am schnellsten zustande. Zum ersten Mal habe ich mich während deiner wundervollen Rettich-Zeremonie an dich gewandt, doch der Versuch hat mich stärker erschöpft, als ich angenommen hatte. Ich war gezwungen, mich auszuruhen, und konnte dir nur Bilder und Eindrücke schicken, während die Kluft fortwährend an Stabilität verlor. Sag mir eines: Gibt es denn gar keine Fackelträger mehr, die sich ihrer annehmen können?

»Nur uns«, schaltete Nico sich ein und wies mit dem Kinn auf die anderen. »Wir sind jetzt die Fackelträger.«

Das Ding nickte graziös. *Ein sehr ehrenhaftes Vorhaben, wenn auch nicht besonders hilfreich in unserer momentanen Lage, da ihr anscheinend gar nicht wisst, was geschehen ist oder wie sich die Situation wieder ins Lot bringen lässt.*

»Was machst du eigentlich überhaupt hier?« Tyler hatte sich inzwischen zu den anderen gesellt, die jetzt einen lockeren Halbkreis um das Podest bildeten. Das Ding stand schwebend in der Mitte und zog sämtliche Blicke auf sich.

Ich lebe hier, Tyler.

Tyler schüttelte ein wenig ärgerlich den Kopf. »Nein, ich meine ... warum bist du in einem Glas auf diesem Hausboot gelandet?«

Das ist eine lange Geschichte, und ich frage mich, ob dies wirklich der beste Zeitpunkt ist, sie zu erzählen.

»Oh, das ist ein sehr guter Zeitpunkt.« Logan schlenderte zu einer Bank in der hinteren Ecke des Raums, hob sie hoch und zog sie bis vor das Podest. Dann setzten sie sich darauf und sahen das Glas an. Nur Tyler baute sich mit verschränkten Armen hinter den anderen auf.

Logan zeigte mit dem Finger auf das Ding. »Bitte. Leg los.«

Wie ihr wollt. Aber es ist eine komplizierte Geschichte, darum beschränke ich mich vorerst auf die entscheidenden Dinge. Um mit dem einfachsten anzufangen: Ich stamme ursprünglich nicht von diesem Planeten.

»Wow.« Emmas Lider flatterten, und sie sah das Ding aus blauen Augen fasziniert an. »Wo kommst du denn her?«

Am einfachsten ist es wohl, wenn ich es als eine andere Dimension bezeichne. Ich stamme aus demselben Reich wie jenes furchteinflößende Wesen, dem Nico und Opal vor einigen Wochen in der Tiefe begegnet sind. Und gestern Abend habt ihr draußen bei der Kluft noch mehr davon gesehen. In unserem Reich nennen wir sie die Greifer.

»Du bist einer von *denen?*« Nico versuchte, sich sein Schaudern nicht anmerken zu lassen. Die Kreatur, der er im Inneren des Finstertiefs begegnet war, hatte ihm einen beinahe tödlichen Schrecken eingejagt.

Nein, ich bin kein Greifer. Ihr würdet mich vielleicht als … als Entdecker beschreiben. Kurz nachdem die Kluft entstanden ist, bin ich hier gestrandet. Ich habe in meiner Welt eine identische Öffnung entdeckt und beschlossen zu erforschen, was mich auf der anderen Seite erwartet. Zu meinem großen Entsetzen musste ich feststellen, dass ich eure Atmosphäre nicht ertragen kann. Ich war schon so gut wie tot, bevor mich jemand fand und mich in eine flüssige Lösung steckte, in der ich überleben konnte. Und seitdem bin ich hier.

»Moment mal.« Tyler kniff die Augen zu schmalen Schlitzen zusammen. »Woher hat derjenige denn gewusst, was er mit einem sterbenden Alien anstellen muss?«

Das Ding ließ ein schmales Lächeln sehen. Nico spürte im Inneren seines Kopfes etwas, was sich wie ein Prusten anfühlte. *Es war eine Sie, und sie hat nichts dergleichen gewusst. Sie hat mich vielmehr in eine ganz einfache Einbalsamierungsflüssigkeit gelegt, um meinen Leichnam gründlicher zu studieren, doch dann hat diese Flüssigkeit mich am Leben erhalten. In den folgenden Jahren haben wir die Mischung immer weiter verfeinert, bis wir schließlich den Formaldehyd-Cocktail gefunden hatten, der nun mein Zuhause ist.*

Logan rümpfte die Nase. »In diesem Zeug bewahrt Miss Kress die Frösche auf, die wir immer sezieren müssen.«

»Da hast du aber Glück gehabt«, sagte Emma, ohne auf Logans Worte einzugehen. »Wer war denn deine Retterin?«

Das war die erste Fackelträgerin. Ihr Name lautete Yvette Dumont. Wir haben eine Abmachung getroffen. Die Kluft war zu jener Zeit völlig außer Kontrolle geraten und eine Bedrohung für alles in ihrer Umgebung. Sie hatte beispielsweise das Schiff, mit dem Yvette unterwegs gewesen war, sehr weit vom Kurs abgebracht und zu guter Letzt für seinen Untergang gesorgt. Dutzende Menschen mussten dabei ihr Leben lassen. Aber was noch schlimmer war: Dutzende Wesen von meiner Seite – wie etwa die Greifer – hatten mitbekommen, dass es diese Öffnung gab, und wollten in eure Welt eindringen. Yvette und ich haben gemeinsam entdeckt, wie man die Kluft versiegeln kann, nämlich indem man die chemische Zusammensetzung des Meerwassers in der Umgebung verändert. Dadurch bildet sich eine Barriere, die zwar nicht sehr belastbar ist, aber immerhin dafür sorgt, dass nichts von der einen Seite auf die andere gelangen kann. Anschließend hat sie mich hergebracht. Seither lebe ich hier inmitten der Sammlung und mache mich nützlich, so gut ich eben kann.

Nico starrte die kleine Kreatur an. »Dann bist du also auch ein Fackelträger.«

Das Ding zwinkerte. *Danke, Nico. Das ist eine sehr freundliche Feststellung.*

»Was hat es eigentlich mit dem Finstertief auf sich?«, erkundigte sich Opal unvermittelt. »Ist das dasselbe wie die Kluft?«

Das Ding schüttelte den Kopf. *Dasselbe ist es nicht, aber die Tiefe ist mit der Kluft verbunden. Es ist schwer zu erklären.*

»Warum hast du uns das alles nicht schon erzählt, als wir das erste Mal auf dem Hausboot waren?« Tylers Blick war immer noch grimmig und misstrauisch. »Wir hätten beinahe alles kaputt gemacht, weil wir wie die Idioten immer wieder in das Finstertief gesprungen sind. Und du hast schließlich gewusst, dass das keine gute Idee war, oder?«

Da war ich noch gar nicht wach, Tyler. Meine Flüssigkeit ist seit fast zehn Jahren nicht mehr erneuert worden. Als Roman seine Besuche unvermittelt aufgegeben hat, musste ich eine Entscheidung treffen. Ich habe beschlossen, mich in Tiefschlaf zu versetzen, in der Hoffnung, dass irgendwann ein an-

derer Fackelträger eintreffen und mich aufwecken würde. Und erst durch die plötzliche Aktivierung der Tiefe wurde ich aus meinem Schlaf gerissen.

Nico fuhr sich mit der Hand übers Gesicht. »Als wir hierhergekommen sind … Das war überhaupt kein … Da warst du bloß ein kleiner, glibberiger Klops in einem Glas.«

Im Zustand des Tiefschlafs bin ich vollkommen von mir selbst abgeschnitten. Es hat eine ganze Woche gedauert, bis ich mich geformt hatte, und bis dahin hattet ihr das Problem bereits selbst gelöst und die Tiefe vom Einfluss der Greifer befreit.

Opal bohrte die Fingerspitzen in ihre Handfläche. »Du hast mir immer wieder Hinweise geschickt und mich Schritt für Schritt zu dieser Bohrinsel gelotst. Warum?«

Die Kluft muss beaufsichtigt werden. Wenn die Fackelträger nicht gewisse Aufgaben erfüllen, dann kann es geschehen, dass das Siegel bricht und eine Verbindung zwischen unseren Welten entsteht. Dann würden scheußliche Kreaturen versuchen, hier einzudringen, von denen einige, im Gegensatz zu mir, überall überleben können, ganz egal, wie die Bedingungen sind. Ein feierlicher Ausdruck legte sich über die verkniffene Miene des Dings. *Auf meiner Seite der Kluft gibt es sehr viel Schlimmeres als die Greifer.*

Tyler stockte der Atem. »Die Bestie!«, platzte er heraus. »Dort kommt sie her. Und deswegen lebt sie hier in unserer Gegend.«

Das Ding richtete seine funkelnden Augen auf ihn. *Sehr richtig, Tyler. Der Leviathan stammt aus meiner Dimension. Er war das erste Wesen, das den Wechsel in diese Welt voll-*

zogen hat, noch vor mir. Die Gewässer rund um die Kluft sichern sein Überleben.

Der Reisende!, dachte Nico. *Der, vor dem die Fackelträger in ihrem Brief gewarnt haben.* Doch bevor er diese Schlussfolgerung laut äußern konnte, meldete sich Tyler wieder zu Wort.

Er drückte die Hände auf die Ohren und sagte: »O Mann. Ich halte das nicht länger aus. Soll das heißen, dass die Bestie ein Dämon ist?«

Das Ding schien kurz zu überlegen. *Eine durchaus passende Bezeichnung.*

Emma beugte sich dicht vor das Glas. »Gestern Abend hat die Kluft richtig durchgedreht. Wir haben alles genauso gemacht, wie du gesagt hast, aber der Strudel war einfach nicht zu beruhigen, ganz im Gegenteil. Was ist denn da passiert?«

Das Ding runzelte die Stirn. *Ich habe euch veranlasst, Eisenpulver in den Strudel zu schütten, um das chemische Gleichgewicht wiederherzustellen, doch die Kluft war bereits völlig außer Kontrolle. Das Siegel ist gerissen. Es ist möglich, dass sich schon bald ein Verbindungspfad zwischen unseren Dimensionen herausbildet.*

Nico stöhnte. »Dann sind wir also tatsächlich zu spät gekommen?«

Das Ding spitzte die Lippen. *Nicht … ganz.*

Opal beugte sich nach vorne. »Was soll das heißen?«

Es gibt noch eine Möglichkeit, die Kluft erneut zu versiegeln, aber sie ist nicht ohne Risiko. Könnt ihr mir sagen, ob sich in letzter Zeit Erscheinungen auf der Insel manifestiert haben?

»Du meinst Phantome?« Nico nickte bestimmt. »Im Lauf der letzten Wochen haben wir drei Stück gestellt und verjagt, aber es müssen immer noch drei Gremlins irgendwo da draußen unterwegs sein.« Er ließ die Schultern sinken. »Noch ein Problem mehr, mit dem wir uns beschäftigen müssen.«

Das hatte ich bereits befürchtet. Die Tiefe – oder das Finstertief, wie ihr es nennt – ist mit der Kluft direkt verbunden. Nicht einmal ich verstehe genau, wie das funktioniert, aber sie scheint die Eigenschaft eines Überdruckventils zu haben. Und wenn die Kluft ihre Stabilität verliert, dann wird auch das Finstertief unberechenbar.

»Aber wie ist das Finstertief mit der Kluft verbunden?«, wollte Logan wissen.

»Und wie können wir das Siegel reparieren?«, platzte Opal gleichzeitig hervor.

Das Ding verzog das Gesicht. *Ich werde müde. Im Augenblick müsst ihr lediglich wissen, dass wir das Finstertief neutralisieren müssen, um die Kluft versiegeln zu können.* Es musterte sie der Reihe nach mit seinen schwarzen Kulleraugen. *Ihr müsst sehr tapfer sein.*

Tyler starrte das Einmachglas aufgebracht an. »Ich kann bloß hoffen, dass du damit nicht sagen willst, wir sollen noch mal in dieses unheimliche Bassin springen. Weil ich davon nämlich die Schnauze gestrichen voll habe.«

Wir sprechen uns bald wieder. Haltet gründlich Ausschau

nach den Phantomen. Jetzt, wo das Siegel zerstört ist, werden noch mehr davon hier erscheinen. Sie dürfen uns unter keinen Umständen bei der Ausführung unserer Aufgabe stören.

Nico kam auf die Beine. »Wann tauchen die hier auf? Und was sollen wir jetzt mit der Kluft anstellen?«

Doch er erhielt keine Antwort.

Das Ding hatte die Augen geschlossen und schwebte regungslos in seinem Glas mit der Einbalsamierungsflüssigkeit.

18.
Opal

Opal blickte den Fernsehreporter mit gerunzelter Stirn an.

»Endlich ist Halloween, und Timbers erobert das Netz«, sagte der Mann in die Kamera und ließ dabei seine überkronten Zähne blitzen. »Während sich immer mehr unbeantwortete Fragen vor uns auftürmen und die Spannung ins Unermessliche steigt, wird klar, dass das Bestienfieber dieses kleine Städtchen am Ufer des Nordwestpazifiks weiterhin fest im Griff hat. Weit und breit ist keine Heilung in Sicht.«

»Mann, ist das bescheuert«, knurrte Tyler leise. »Hat er sich diesen Schwachsinn etwa spontan ausgedacht?«

Es war ein stürmischer Samstagvormittag, und die ganze Stadt schien sich am Hafen versammelt zu haben. Opal und ihre Freunde waren vom Hausboot direkt hierhergeradelt und versuchten jetzt, sich unauffällig unter die dichte Menge zu mischen. Ob irgendjemand merken würde, dass sie sich das *Freakshow*-Boot »ausgeborgt« hatten? Immer höher kletterte die Sonne an einem unverschämt blauen Himmel, doch gegen die Kälte konnte sie nichts ausrichten.

»Wir haben gar keine Pläne für heute Abend gemacht«,

sagte Emma verdrossen. »Heute ist Halloween, aber ich weiß immer noch nicht, ob ich mich heute wirklich amüsieren kann. Ich habe ja nicht mal ein Kostüm. Diese dämliche Kluft kann sich auf was gefasst machen.«

»Ich könnte dir einen Schokoriegel anbieten«, erwiderte Opal. »Würde dir das helfen?«

»Nicht mal ansatzweise.« Emma seufzte, ohne dass sich an ihrer mürrischen Miene etwas änderte. »Na gut. Ich muss jetzt arbeiten.« Sie machte sich auf den Weg zu dem Kamerateam, das sich dicht zusammengedrängt hatte, mit den Füßen stapfte und in die Hände pustete, um sich ein wenig aufzuwärmen. »Ich melde mich, sobald ich kann!«, rief sie den anderen noch zu.

Logan machte sich auf die Suche nach seinem Dad. »Ich muss meine neuen T-Shirts abholen«, sagte er zur Erklärung. Nico und Tyler zogen sich an den Rand der Menschenmenge zurück. Opal hatte Evan Martinez mit ein paar seiner Fußballkumpels entdeckt, die als Teen Titans verkleidet waren.

Er sah sie mit ernster Miene an und nickte. »Wer hätte das gedacht, Opal. Wir sind jetzt richtig berühmt.«

Opal verschränkte die Arme vor der Brust. »Berühmt?«

»Hast du's etwa noch gar nicht gesehen?« Evan zog eine Augenbraue in die Höhe, was sein cooles Robin-Kostüm noch ein bisschen reizvoller machte. »Dann bist du womöglich die einzige Person in der ganzen Stadt.«

»Was denn?«

»Seit gestern Abend stehen die ersten drei *Freakshow-*

Folgen über die Bestie im Netz. Und sie sammeln Klicks ohne Ende.«

Opal spürte ein Ziehen im Magen. »Wie schlimm ist es?«

Evan zog die Augenbrauen zusammen. »Unfassbar schlimm. Aber ehrlich gesagt … wenn ich nicht in Timbers wohnen würde, dann wäre ich wahrscheinlich auch begeistert, so bescheuert diese Sendung auch ist.«

Noch bevor Opal ihn fragen konnte, wie er das meinte, brachten die Umstehenden sie mit lautem Zischen zum Schweigen. Opal stellte sich auf die Zehenspitzen und versuchte zu erkennen, was in der Nähe des Piers gerade vor sich ging, und sah, wie Colton Bridger von einer Reporterin interviewt wurde.

Kate O'Conner von den Channel 5 News hatte ihren ernsthaftesten Tonfall gewählt. »Ich stehe hier bei Colton Bridger, dem Moderator des YouTube-Erfolgs *Freakshow*, dessen Boot in der vergangenen Nacht zur Zielscheibe einer äußerst geheimnisvollen Attacke geworden ist.«

»Ach, du Scheiße.« Opal ließ Evan stehen und huschte auf direktem Weg zu Tyler und Nico. Dort angekommen flüsterte Tyler ihr zu: »Das ist *ganz* schlecht. Was haben wir denn bloß mit dem Boot angestellt?«

»Gar nichts!«, flüsterte sie zurück, und genauso war es auch. Nico hatte es an exakt der Stelle festgemacht, wo es gelegen hatte. Sicher, sie hatten ziemlich viel Benzin verbraucht, aber das konnte man ja wohl nicht als »Attacke« bezeichnen. Sie hatten dem Boot keine einzige Schramme zugefügt.

»Unser Flaggschiff …« Bridger sprach mit lauter Stimme, so dass sie über die erwartungsvolle Menschenmenge hinwegschallte. »… war bereit, die nächste gefährliche Herausforderung anzunehmen – eine gründliche Untersuchung jener geheimnisvollen Wildnis, in der sich die Bestie aufhalten soll.« Er hielt inne und verlieh den folgenden Worten dadurch noch mehr Gewicht. »Der Stummen Bucht.«

»Sei still, sei still, sei still«, murmelte Tyler und sah in die gespannten Gesichter der Umstehenden. »Weitergehen. Hier gibt es nichts zu sehen.«

Hinter Bridger erwachten nun zwei große LED-Monitore zum Leben und zeigten Bilder vom Glasfiberrumpf des Schnellboots. Die grelle blaue Lackierung war zerkratzt und verbeulte. Die Reling sah irgendwie … angenagt aus.

Opal war so schockiert, dass sie sich erst verzögert fragte, was diese Monitore hier eigentlich sollten, die hinter Bridger aufragten, als sei er der Star auf einem Rockkonzert. Sie sah, wie der *Freakshow*-Kameramann das Team der Reporterin umkreiste und ebenfalls filmte.

»Das ist doch ein abgekartetes Spiel«, grollte Nico. »Bridger hat sein eigenes Boot demoliert, damit es so aussieht, als hätte die Bestie es angegriffen.«

Jetzt kam Logan mit einer riesigen Sporttasche in der Hand und schweratmend zu ihnen gerannt. Auf den Monitoren war jetzt die versammelte Menschenmenge zu erkennen.

»Wow«, sagte Tyler. »Das werden ja immer mehr.«

»Seht ihr, wie viele Leute meine Shirts tragen?« Logan

platzte fast vor Stolz. »Das ist eine unbezahlbare Werbung!«

»Konzentration!«, zischte Opal. »Bridger will die Leute aufstacheln, damit er noch bessere Bilder bekommt. Die Frage ist: Will er immer noch in die Stumme Bucht oder nicht?«

»Das ist ja nicht mal sein Boot!« Tyler war außer sich vor Wut. »Das gehört doch Sammie. Den Schaden muss er jedenfalls bezahlen!«

Logan zupfte sich am Ohrläppchen. »Mutwillig ein Mietfahrzeug zu beschädigen, das ist eine Straftat. Würde Bridger wirklich so weit gehen, nur um mehr Klicks zu bekommen?«

Opal stieß den Atem aus. »Auf jeden Fall!«

O'Conner hatte jetzt ihr *besorgtes* Gesicht aufgesetzt. »Hier in der Gegend häufen sich in letzter Zeit die Berichte über seltsame Phänomene«, sagte sie zu Bridger. »Vor der Küste wurde eine Rote Flut gesichtet, gefolgt von dem bizarren Gewittersturm gestern sowie einem blaugrünen Algenteppich, der sämtliche Strände in Besitz genommen hat. Und jetzt gibt es sogar einen einheimischen Zeugen, der behauptet, dass er in der gestrigen Nacht über dem Skagit Sound eine lilafarbene Säule gesehen hat.« Sie hielt kurz inne, um die Spannung noch ein bisschen zu erhöhen. »Sind Sie bei Ihren ausgedehnten Reisen rund um die Welt schon jemals einer solchen Häufung von mysteriösen Ereignissen begegnet?«

Bridger blickte direkt in ihre Kamera und dann in seine

eigene. »Während meiner ganzen Karriere habe ich noch nie etwas Vergleichbares erlebt.«

O'Conner hielt ihm das Mikrophon noch dichter unter die Nase. »Bitte, werden Sie ein wenig konkreter.«

»Tut mir leid.« Bridger zwinkerte ihr verschwörerisch zu. »Aber das muss ich mir für die nächste Folge unserer Reihe *Freakshow – Die Bestie* aufsparen.«

Die Menge stieß ein kollektives, enttäuschtes »Ooooch« aus.

»Ich ertrage das nicht mehr länger.« Opal schüttelte energisch den Kopf. »Ich muss hier weg.«

»Frühstück?«, schlug Logan vor. »Wir könnten uns ins Café setzen und die anderen Gäste belauschen. Würde mich brennend interessieren, was die Leute sich zu erzählen haben.«

»Von mir aus«, erwiderte Nico. »Aber es ist bestimmt ziemlich voll. Auf dem Markplatz hat gerade der Halloween-Rummel angefangen.«

»Wir könnten uns ja während der Wartezeit die *Freakshow*-Folgen anschauen«, meinte Tyler, und als Nico ihm einen finsteren Blick zuwarf, zuckte er mit den Schultern. »Wir müssen doch wissen, was Colton von sich gibt. Und ich muss mich unbedingt ablenken, damit ich in Gedanken nicht ständig bei diesem explodierenden Riss im Raum-Zeit-Kontinuum nur sechs Kilometer vor unserer Küste bin. Oder bei diesem Alien, das in meinem Kopf gesprochen hat, bevor es sich zurückgezogen hat, um sich ein Nickerchen zu gönnen.«

Opal musste an die furchterregenden Greifer denken. Wer konnte ahnen, was in diesem Augenblick womöglich die Reise durch die Kluft antrat?

Ding, dachte sie. *Wach auf.*

Nichts.

Bridger hatte das Interview beendet und schlenderte über den Anleger. Dabei reckte er seinem Kameramann beide Daumen entgegen und flüsterte ihm etwas zu. Dann brachen sie beide in schallendes Gelächter aus.

Opal legte die Stirn in Falten und machte auf dem Absatz kehrt. »Los, verschwinden wir.«

* * *

Im *Timbers Café* drängten sich Einheimische und Touristen, von denen viele kostümiert und grell geschminkt waren. Außerdem trugen eine Menge Leute Logans Bestienklamotten. Nico meldete sich für den nächsten frei werdenden Tisch an und setzte sich zusammen mit den anderen auf eine Bank neben der Tür. Tyler holte sein Handy aus der Tasche. Widerstrebend rückte Opal dicht an ihn heran, dann sahen sie sich gemeinsam alle drei aktuellen Folgen der *Freakshow* an.

Als sie fertig waren, ließ Tyler sich gegen die Lehne sinken und schlug die Hand vor die Augen. »Ich bin sprachlos.«

»Grässlich«, murmelte Logan. »Wir sehen aus wie eine Stadt voller Idioten.«

Opal brachte keinen Ton heraus. Die Sendung kam ihr vor wie ein endloser Witz, und Timbers war die Pointe.

»Nico Holland? Dein Tisch ist jetzt frei.«

Sie standen auf und trotteten zu einer Sitznische im hinteren Teil des voll besetzten Cafés.

»Wo kommen denn die ganzen Leute her?«, knurrte Tyler und schob sich auf die Sitzbank aus rotem Vinyl. »Ich dachte, die sind alle unten beim Anleger. Aber zurzeit gibt es hier ja mehr Touristen als Einheimische.«

Nachdem Opal die Speisekarte aufgeschlagen hatte, bemerkte sie, dass der Bestienburger nicht mehr im Angebot war. Sie blickte auf, als Melanie, die Mitbesitzerin des Cafés, mit einem Krug Wasser und Gläsern zu ihnen an den Tisch trat. Melanie arbeitete schon länger hier als Opal auf der Welt war.

»Gibt es keine Bestienburger mehr?«, erkundigte sich Opal.

»Schätzchen, mir reicht's.« Melanie tippte mit ihrem kurzen Bleistiftstummel auf ihren Bestellblock. »Diese ganzen Fremden, die bloß hierher kommen, um sich über uns totzulachen, weil sie uns für einen Haufen Trottel halten. Die interessieren sich bloß für die Bestie, obwohl unser Städtchen so viele andere liebenswerte Dinge zu bieten hat. Ich will mit diesem Schwachsinn nichts mehr zu tun haben.«

»Aber ist der Rummel nicht gut fürs Geschäft?« Logan blickte sie erstaunt an, und Opal fragte sich insgeheim, wieviel er mit seinen Shirts wohl verdiente.

»Ich habe auch vorher schon genügend verdient, vielen Dank auch«, erwiderte Melanie schnippisch. »Und mehr will ich gar nicht haben, wenn ich dafür keine Touristen ertragen muss, die ständig irgendwelche Bestientheorien von sich geben und meine Servietten stehlen. Also, was kann ich euch bringen?« Sie notierte ihre Bestellung – Pancakes, Pancakes, Pancakes, Arme Ritter – und fügte mit gerunzelter Stirn hinzu: »Diese lächerliche Internetsendung hat mir den Rest gegeben. Noch nie im Leben habe ich so viele Lügen auf einmal zu hören bekommen.«

»Das stimmt«, meinte Nico leise.

Melanie rauschte schnaubend davon, nicht ohne Nico einen Gruß an seinen Vater mit auf den Weg zu geben.

»Was sollen wir jetzt wegen Bridger unternehmen?«, wollte Logan wissen, nachdem sie wieder allein waren. »Ich glaube nicht, dass er seine Idee mit der Stummen Bucht einfach fallenlassen wird – nicht jetzt, wo die Sendung so ein Erfolg geworden ist. Er macht garantiert weiter.«

»Ich habe, ehrlich gesagt, nicht damit gerechnet, dass die Sendung so gut gemacht ist«, sagte Opal jetzt leise.

»Gut gemacht?« Tyler sah sie mit zusammengekniffenen Augen an. »*Wie bitte?*«

Auch Nico starrte sie ungläubig an. »Opal, das war doch eine Katastrophe. Bridger hat ganz Timbers wie eine Ansammlung von Vollpfosten hingestellt.«

Opal machte eine Handbewegung und versuchte, ihre Gedanken zu ordnen. »Evan Martinez hat gesagt, dass er auch begeistert wäre, wenn er nicht in Timbers leben würde, und ich verstehe, was er damit sagen will. Diese Sendung wird ein absoluter Hit! Die einzelnen Folgen sind spannend und zwar die ganze Zeit über. Solide Kameraarbeit, und Bridger kommt sogar ganz sympathisch rüber, wenn man ihm nicht schon mal in echt begegnet ist.« Sie holte tief Luft. »Wir haben ein Problem, Leute. Ich befürchte, dass *Freakshow* ein Riesenerfolg werden wird.«

Logan nickte unglücklich. »Ich fürchte, du hast recht. Die Leute lieben so was.«

Dann wurde ihr Frühstück serviert, und sie fingen schweigend an zu essen. Nico spießte ein Stück Arme Ritter auf seine Gabel. »Überall auf der Welt glauben die Leute jetzt, dass Timbers so ist, wie Bridger es dargestellt hat – ein Hinterwäldler-Städtchen irgendwo hinter dem Mond mit einer bescheuerten Monsterlegende. Dabei ist es … dabei ist es ganz anders.«

»Und das ist noch nicht mal unser größtes Problem«, schaltete Tyler sich ein. »Die Stumme Bucht, wisst ihr noch?«

Logan stöhnte und schob sich einen ganzen Pancake in den Mund.

»Emma kann uns helfen«, sagte Opal. »Vielleicht kann sie die Bootsfahrt noch irgendwie sabotieren.«

Nico blickte Opal an. »Aber jetzt ist sie gerade bei Bridger und hilft ihm, noch mehr von diesem Schwachsinn zu filmen.«

Opal seufzte. Nachdem sie ein paar Folgen gesehen hatten, war ihr klargeworden, dass Emma stärker in die Produktion eingebunden war, als sie zugegeben hatte. Sie war ja sogar vor der Kamera aufgetaucht, als beherzte, hilfsbereite Einheimische namens »Elizabeth«.

In einer Szene hatte »Elizabeth« mit Bridger an einem Lagerfeuer gehockt, Marshmallow-Sandwiches gegrillt und ihm irgendeine frei erfundene Geschichte über die Bestie erzählt. Opal hatte keine Ahnung, wo sie das Ganze gefilmt hatten.

Das Bestürzendste aber war gewesen, dass Emma in der dritten Folge Bridger und Sammie persönlich miteinander bekanntgemacht und die Sache mit der Bootsvermietung eingefädelt hatte. War dieser angebliche Schaden durch die Bestie womöglich im Voraus geplant gewesen? *Hat sie über alles Bescheid gewusst, ohne uns was davon zu sagen?*

»Emma spielt doch bloß eine Rolle«, nahm Tyler sie in Schutz. »Sie führt sie in die Irre, genau wie abgesprochen. Das ist alles.«

Opal wusste, dass Tyler immer nur das Beste von Emma dachte. Und sie wusste auch, dass Emma ihnen niemals bewusst Probleme machen würde. Aber eine richtige Filmproduktion übte eine gewaltige Anziehungskraft auf sie aus, das war auch klar. Und sie machte ihre Sache wirklich gut – wirkte fröhlich, interessant und schlau.

»Was sollen wir jetzt machen?«, wandte Nico sich schließlich an die anderen. »Wir haben so viele Probleme, dass ich gar nicht mehr weiß, wo wir anfangen sollen.«

Noch bevor irgendjemand antworten konnte, bimmelte die Türglocke. Mit einem lauten Knall schlug die Tür gegen die Wand, weshalb Opal und Tyler die Köpfe hoben.

»O nein«, stieß Tyler mit erstickter Stimme hervor.

Ein Gremlin betrat das Café.

19.
Nico

Nicos Schädel fühlte sich an, als wäre er kurz vorm Platzen.

Nein nein nein nein nein nein!

Die Kellnerin taumelte mit einem lauten Aufschrei rückwärts, während der Gremlin den Blick in aller Seelenruhe durch das Café schweifen ließ. Er war klein und untersetzt, hatte schuppige, grüne Haut und eine gelbliche Platzwunde quer über der Stirn. Nico konnte sich gut erinnern. Er war der Anführer der Bande gewesen, die auf dem Friedhof gewütet hatte, bevor die Bestie dort aufgetaucht war.

Das Wesen grinste. »Mjam, mjam, mjam«, schmatzte es.

Nico bekam keine Luft mehr. Ein Phantom stand tatsächlich hier vor ihnen, am helllichten Tag, inmitten eines voll besetzten Cafés im Zentrum von Timbers, so dass alle es sehen konnten. *Wir sind erledigt. Jetzt ist die Katze aus dem Sack. Das ganze Café wird ausflippen.*

Der Gremlin mit der gelben Platzwunde sprang auf die Bank neben der Eingangstür, fletschte seine spitzen Zähne und stieß ein schrilles, trillerndes Gackern aus, bevor er anfing, auf der Stelle zu tanzen.

Tyler riss die Augen weit auf und legte die Hände an die

Schläfen. »So ein blöder Angeber. Der soll sofort aufhören damit.«

Das ganze Café befand sich in Schockstarre. Der Gremlin streckte seine Krallenhand aus und schubste wie beiläufig einen Zuckerstreuer auf den Fußboden. Dann hüpfte er die Bank entlang und sprang mit einem Flickflack über eine schreckensstarre alte Dame hinweg. Es war nicht zu fassen, aber ein paar der Gäste fingen jetzt tatsächlich an zu lachen.

Opal packte Nico so kräftig an der Schulter, dass er garantiert einen blauen Fleck bekommen würde. »Die glauben, das ist ein Halloween-Kostüm!«, zischte sie ihm zu. »Oder ein Trick.«

Logan war kreidebleich geworden. »Wir müssen etwas unternehmen. Und zwar schnell.«

»Raus! Raus aus meinem Café!« Melanie steckte ihren Block in eine Schürzentasche und stürmte zur Eingangstür. »Hier drin hat dieser ganze Halloween-Unfug nichts zu suchen. Und außerdem siehst du der Bestie kein bisschen ähnlich. Also los, *hau ab*!«

Nico sprang so hastig auf, dass er sich beinahe die Knie an der Unterseite des Tisches gestoßen hätte. Er taumelte nach vorne und schrie: »Jack, lass doch den Quatsch! Du solltest doch auf dem Marktplatz beim Rummel sein!«

Mehrere Köpfe drehten sich zu ihm um. Stirnen wurden gerunzelt. Augenpaare starrten ihn an. Der Gremlin verharrte, stemmte die Hände in die Hüften und blickte Nico düster an. »*Fackelträger.*« Dann wirbelte er herum und jagte zur Tür hinaus. Draußen ertönte ein verblüffter Schrei, gefolgt von einer ganzen Reihe ausgesprochen übler Schimpfwörter.

»Das ist nicht witzig, Kleiner!«, brüllte jemand.

»Tut mir leid, Leute«, sagte Nico hastig und steuerte den Ausgang an. Opal und Tyler waren ihm dicht auf den Fersen, während Logan zur Kasse hastete, sich dabei seine Tasche über die Schulter warf und mit einem Geldschein wedelte.

»Das, äh … das war mein Cousin. Jack. Er … er ist wahnsinnig aufgeregt, weil es doch gleich Süßigkeiten gibt.« Nico biss die Zähne zusammen und hoffte inständig, dass die Leute ihm seine Geschichte abnahmen.

»Ich habe diesen Cousin noch nie hier gesehen, Nicolas Holland«, fauchte Melanie und verschränkte ihre fleischigen Arme vor der Brust. »Aber mein Café ist kein Spielplatz. Du sagst diesem Bürschchen, dass er auf keinen Fall noch einmal so ein Theater hier abziehen darf, verstanden?« Sie schüttelte den Kopf. »Das Bestienfieber lässt die Leute ja regelrecht durchdrehen. Wie die Brummkreisel.« Aber noch während sie sich zum Tresen umdrehte, hörte Nico sie leise murren: »Trotzdem, gutes Kostüm. Die sehen wirklich jedes Jahr echter aus.«

Nico riss die Tür auf. »Jawohl, Madam. ’tschuldigung!« Er rannte nach draußen und ließ den Blick über die belebte Straße schweifen.

»Da!« Tyler zeigte in Richtung Marktplatz, wo sich drei grüne Gestalten auf den Ästen einer ausladenden Eiche lümmelten und die Fußgänger mit Eicheln bewarfen.

»Alle drei«, sagte Opal niedergeschlagen. »Ich weiß echt nicht, ob das gut oder schlecht ist.«

»Jetzt hört endlich auf.« Nico lief in den kleinen Park und wich dabei diversen Eicheln aus. »Lasst das!«, rief er den grünen Monstern zu.

Die Gremlins lachten nur, und der größte von ihnen machte eine ziemlich unanständige Handbewegung.

»Oh, *vielen Dank auch.*« Nico hätte sich beinahe zu einer Revanche-Geste hinreißen lassen. »Das sind die unverschämtesten Phantome aller Zeiten.«

Die Fußgänger beobachteten, was da vor sich ging, und verzogen die Gesichter oder schüttelten die Köpfe. Ein Junge mit einem *Iron-Man*-Kostüm und einem Plastikkürbis voller Süßigkeiten kam vorbei. Der Bäcker, Mr Ellis, sah Nico und die anderen unter dem Baum stehen und rief ihnen etwas zu.

»Tyler Watson, bist du das?« Mr Ellis kam näher. Seine buschigen weißen Augenbrauen verliehen ihm einen strengen Ausdruck, und jetzt hätte er beinahe noch eine Eichel an den Kopf bekommen. »Tyler, wenn du die Kinder da oben im Baum kennst, dann sag ihnen, dass sie sofort mit diesem Unfug aufhören sollen. Ich hätte gute Lust, auf der Stelle Sheriff Ritchie zu verständigen. Dieser verfluchte Halloween-Irrsinn.«

»Jawohl, Sir. Tut mir leid! Das sind eigentlich total normale Kinder da oben, die einfach unheimlich gerne Streiche spielen.« Tyler drehte sich zu seinen Freunden um. »Also gut. *Panik!* Was fangen wir mit diesen Gestalten an, ohne unsere Tarnung auffliegen zu lassen? Wir können sie ja wohl kaum hier und jetzt in die ewigen Jagdgründe schicken. Seltsame Kreaturen, die sich vor dem Rathaus in Luft auflösen, lassen sich nicht so gut erklären, das ist euch doch klar, oder?«

Logan klopfte in rasendem Takt mit dem Fuß auf den Boden, während er die ruhelosen Gremlins anstarrte, die mittlerweile alle Eicheln weggeworfen hatten und jetzt die Baumrinde kauten. Frustriert hieb er sich auf den Oberschenkel. »Irgendwie müssen wir sie verscheuchen.«

Nico biss sich auf die Innenseite seiner Wange und dachte fieberhaft nach. Die Menschenmenge wurde stetig größer, und etliche Leute musterten die Gremlins mit entsetzten Blicken. Er wusste wirklich nicht, wie lange sie noch verhindern konnten, dass die Wahrheit ans Licht kam. Sie mussten handeln, und zwar sofort.

»Essen«, sagte Opal unvermittelt. »Gremlins sind gefräßig, stimmt's? Vielleicht können wir sie ja vom Baum runterlocken.«

»Ich habe ein paar Süßigkeiten dabei!« Logan zog den Reißverschluss seiner Tasche auf und holte eine Schachtel mit Ahornsirupbonbons heraus. »Die wollte ich eigentlich neu verpacken und als Bestienenergiespender verkaufen. Vielleicht klappt es ja damit.«

Tyler sah ihn kopfschüttelnd an. »Gibt es eigentlich auch was, was du nicht tun würdest, nur um dir ein paar Dollar extra zu verdienen?«

Logan erwiderte achselzuckend: »Ich bin Geschäftsmann.

Man muss Heu machen, solange die Sonne scheint.« Er ließ den Blick über die Menge wandern. Ein paar Touristen warfen Mr Ellis belustigte Blicke zu und lachten laut, während sie irgendwelches Einwickelpapier auf den Boden warfen. »Obwohl mir dieses ganze Bestienfieber so langsam auf den Zeiger geht.«

»Gib her.« Nico schnappte sich zwei Bonbons und schwenkte sie über seinem Kopf. »He, du da, mit dem Loch im Kopf! Ich hab was für dich!«

Der Gremlin erstarrte, krabbelte auf einen tieferen Zweig und schnupperte neugierig. Speichel tropfte ihm aus dem Mund. *»Mjam, mjam.«* Dann rutschten alle drei Gremlins am Stamm herab, ohne die Leckereien, die Nico in der Hand hielt, auch nur eine Sekunde aus den Augen zu lassen.

»Äh … Jungs?«, sagte Tyler und wich einige Schritte zurück. »Vielleicht haben wir das Ganze nicht bis zu Ende gedacht.«

»So ist es brav«, lockte Nico und wich immer weiter zurück. »Kommt und holt euch eure Leckereien.« Opal und die anderen nahmen Nico in ihre Mitte, während er vorsichtig über den Rasen des kleinen Parks ging. Der Halloween-Rummel war bereits in vollem Gang. Der ganze Marktplatz stand voll mit Buden und Spielständen und Gespensterkiosken, sogar ein Geisterkürbisfeld war zu sehen. Mit offenem Mund sahen Eltern und Kinder zu, wie die Fackelträger und die Phantome an ihnen vorbeizogen – Nico und die anderen rückwärts, die Gremlins im Gleichschritt vorwärts, die Reptilienaugen unverwandt auf die Süßigkeiten in Nicos Hand gerichtet. Auch drei kleine Mädchen in *Fortnite*-Kostümen hörten auf, Ringe zu werfen, und starrten sie an.

Da sagte ein Fußgänger mit schwerer Zunge: »Find ich *super*, dass sie sogar Schauspieler engagiert haben. Komisches Städtchen, aber echt cool, das muss man zugeben.«

Jemand anders schnaubte abfällig. »Aber nächstes Mal müssen sie ein bisschen mehr in die Kostüme investieren. Die Monster da sehen so falsch aus, dass es nicht mal mehr witzig ist.«

Die Gremlins verfolgten die Fackelträger bis zu einem Klettergerüst auf der Nordseite des Platzes. Dahinter erstreckte sich ein dichtes Waldgebiet weiter hinauf in die Hügel. »Passt gut auf. Gleich rennen wir los und schlagen uns zwischen die Bäume«, flüsterte Nico seinen Freunden zu.

Diese nickten. Der Anführer der Gremlins kam immer näher. Seine langen Krallen hinterließen tiefe Furchen im Gras. Jetzt waren sie beinahe am hinteren Ende des Parks angelangt. Ein paar Zuschauer, die dachten, die Vorführung sei zu Ende, spendeten vereinzelten Applaus. Sie hatten ja keine Ahnung …

Nico zählte im Stillen.

Drei … zwei … eins …

»Los!«

Wie ein Vogelschwarm jagten sie auf den Waldrand zu.

»Meins!«, kreischte der Anführer-Gremlin.

Wütendes Knurren folgte.

Nico rannte unter dem Klettergerüst hindurch über einen

Parkplatz in den Wald und jagte einen steilen Hügel hinauf, bis er zu einer Lichtung gelangte, die vom Park aus nicht mehr zu sehen war. Dort blieb er stehen. Keuchend trafen auch die anderen ein, und Logan warf völlig außer Atem seine Tasche auf den Boden.

»Jetzt ist Schluss mit Weglaufen«, sagte Nico grimmig und zückte seinen Fackelträger-Dolch.

Logan tat es ihm gleich.

»Habt ihr die jetzt eigentlich ständig dabei?«, wollte Tyler verdutzt wissen.

Nico ließ den Weg, den sie gekommen waren, nicht aus den Augen. »Seit dem Glutexo immer.«

Logan wühlte in seiner Sporttasche herum. »Ich habe noch ein paar.« Er warf Tyler und Opal je einen Dolch zu. »Ich habe mir überlegt, dass ich vielleicht welche aus Plastik nachmachen lassen könnte, als Spielzeug, und dann verkaufen.« Er lächelte dümmlich. »Miese Idee, ich weiß.«

»Logan!«, schimpfte Opal und blitzte den groß gewachsenen Jungen wütend an. »Das ist doch kein Spiel. Die Fackelträger-Sachen gehen niemanden etwas an.«

Logan nickte mit brennenden Ohren. »Tut mir leid. Du hast ja recht.«

Jetzt waren auch die Gremlins zu sehen. Sie sprangen über Baumwurzeln und Büsche hinweg und waren einander andauernd im Weg. Der Anführer mit der Platzwunde blieb drei Meter vor den Fackelträgern stehen.

»*Süßigkeiten*«, hechelte er und legte den Kopf schief. »*Nicht mehr laufen?*«

»Ihr gehört nicht hierher.« Nico machte einen Schritt nach vorne und legte die Faust fest um seinen Dolch. »Es wird Zeit, dass ihr verschwindet.«

Der Anführer sah die Klinge an, dann huschte sein Blick zu Logan, der sich neben Nico aufbaute. Opal und Tyler wichen zur Seite aus und kreisten die Phantome ein.

Die Augen des Anführers wurden zu schmalen Schlitzen. *»Fackelträger-Abschaum.«* Er stürmte auf Nico los und wollte ihm das Gesicht zerkratzen.

Nico war vorbereitet. Er duckte sich unter den Klauen des Angreifers hindurch und rammte dem Gremlin mit einem triumphierenden Schrei den Dolch in die Seite. Doch die Klinge fuhr ohne jeden Widerstand durch den Körper des Phantoms hindurch. Nico geriet ins Straucheln und landete auf dem Bauch. *Was?* Er kam auf die Füße, die Augen vor Entsetzen weit aufgerissen.

Der Gremlin mit der Platzwunde war immer noch da.

Der Dolch hat nicht funktioniert!

Der Gremlin sprang unter lautem Geheul zurück. Laut fauchend wie eine Katze wirbelte er herum, packte seine beiden Begleiter am Kragen und schleifte sie zum Rand der Lichtung. Dort verharrte er noch einmal und starrte die verdutzten Freunde an. *»Bald schon … keine Fackelträger mehr.«*

Und noch bevor jemand reagieren konnte, waren die Gremlins im aufgewirbelten Laub verschwunden.

20.
Opal

Opal hastete den Weg entlang, ohne auf die herrliche Aussicht zu achten.

Da ertönte zu ihrer Linken eine laute Stimme. »He, du da, was machst du denn da? Wir drehen hier!«

Opal zuckte zwar zusammen, wurde aber nicht langsamer, als sie den *Freakshow*-Transporter passierte. »Ich suche jemanden.«

Der Panoramapfad, der durch den Orca Park führte, bot immer wieder spektakuläre Ausblicke auf den Pazifik. Vermutlich hatte Bridger sein Team genau aus diesem Grund hierhergebracht. Opal war sehr erleichtert darüber gewesen, dass sie nur eine Querstraße von ihrem Haus entfernt zu drehen begonnen hatten. Sie hatte schon befürchtet, dass das Team bereits auf dem Weg zur Stummen Bucht war.

Aber jetzt musste sie unbedingt mit Emma reden. Irgendwie mussten sie dieses ganze Riesendurcheinander wieder in Ordnung bringen.

»He, Mann, das ist mein Ernst!« Ein Typ mit knallrotem Gesicht und einem Oregon-Ducks-Sweatshirt kam hinter dem Kamerawagen hervor und lief ihr nach. Die fusseligen braunen Haare hatte er auf dem Kopf zu einem Dutt zusammengebunden. »Du musst warten, okay? Wir machen hier nämlich unsere Arbeit.«

Opal blieb mit verschränkten Armen stehen. »Das ist hier aber öffentlicher Grund und Boden.«

Vom Meer her krochen Nebelschwaden heran, und der Himmel verdüsterte sich stetig, je näher der Nachmittag rückte. Am Ende des Pfads sah sie Bridger, der wild mit den Armen fuchtelte. Emma und die beiden anderen Teammitglieder hörten ihm zu. Sie hatten mehrere Picknicktische beiseitegeschoben, um Platz für ihre Ausrüstung zu machen.

»Hör zu, Kleine …«

Opal zeigte auf Emma. »Ihre Mutter möchte sie sprechen, und zwar sofort.«

Der Kerl mit dem Dutt ließ sich davon nicht beeindrucken. Opal änderte ihre Strategie.

»Weiß das Bürgermeisteramt eigentlich, dass ihr Minderjährige ohne Bezahlung für euch arbeiten lasst?«

Seine Miene wurde hart. »Die *Freakshow* beschäftigt keine Kinder«, fauchte er sie an.

Opal verdrehte die Augen. »Aber Emma steht doch direkt da vorne.«

»Hä?« Er kratzte sich am Kopf. »Du meinst Elizabeth?«

Opal schnaubte. Sie hatte keine Lust, dieses Gespräch fortzusetzen. »Ich gehe jetzt da hin. Tschüs.«

»Warte!« So leicht ließ er sich nicht abschütteln. »Jake will gleich wieder drehen. Kannst du nicht mit ihr reden, wenn sie fertig sind? Ich verspreche dir, dass es nicht lange dauern wird.« Dann fingen seine Augen an zu funkeln, und er schnipste mit den Fingern. »Ich hab eine Idee! Willst du dir die Szene vielleicht live anschauen? Ich wette, du hast noch nie gesehen, wie es bei so einer richtig echten Filmproduktion zugeht.«

Opal kochte vor Wut. *Ich habe der Bestie in die Augen gesehen, gegen eine Kakerlake so groß wie ein Omnibus gekämpft und ein Wesen aus einer anderen Dimension in die Flucht geschlagen. Dein fahrbares Fernsehstudio beeindruckt mich kein bisschen.*

Aber laut sagte sie nur: »Prima.«

Der Typ mit dem Dutt führte sie um das Fahrzeug herum zu einem verbeulten Rollwagen aus Metall. Darauf standen zwei Monitore, von denen sich ein unübersichtliches Kabelgewirr ins Innere des Transporters schlängelte. Direkt neben Opal befand sich ein verbogener, schmutziger Campingstuhl, den sie auf keinen Fall berühren wollte. Mit einem Blick auf den linken Bildschirm stellte sie fest, dass die Kamera bereits lief. Emma sagte gerade etwas zu Bridger.

»Hier.« Der Typ mit dem Dutt reichte ihr einen klobigen Kopfhörer. »Damit kannst du sie hören. Ich heiße übrigens Derek.«

Opal setzte sich den Kopfhörer auf, und schon hatte sie Emmas trällernde Stimme im Ohr. Es hörte sich an, als würde sie ein vorgegebenes Manuskript herunterrasseln, und wieder spürte Opal diese Angst. Wann hatte Emma vorgehabt, ihnen zu erzählen, dass sie aktiv an der Entstehung der *Freakshow* beteiligt war?

»Nun, Elizabeth, diese Frage muss ich dir einfach stellen.« Bridger setzte seine warme Du-kannst-mir-vollkommen-vertrauen-Moderatorenstimme ein. »Glaubst du an die Existenz der Bestie? Treibt sie tatsächlich irgendwo in diesen Gewässern ihr Unwesen?«

Emma nickte und deutete auf die Meeresbucht. »Natürlich«, sagte sie. »Am Rand unserer Welt. Sie ist irgendwo da draußen.«

»Sie ist irgendwo da draußen«, wiederholte Colton Bridger und starrte mit dramatischem Blick in die Kamera. Diesen Satz hatte Opal schon mehrfach gehört, und zwar in den Folgen, die sie im Café zusammen gesehen hatten. Bridger sagte ihn jedes Mal gegen Ende einer Folge.

»Und ... Schnitt!«, rief er jetzt.

Emma wechselte ein begeistertes Lächeln mit Jacqueline, der Beleuchterin, aber Bridger stapfte grußlos davon. Sein Funkmikrophon war immer noch eingeschaltet.

»Der Schluss funktioniert nicht«, keifte er. »Kein Knalleffekt, keine Spannung. Ich wollte in der Stummen Bucht filmen, aber *nein* ... diese grässliche Hexe wollte ja unbedingt ihr Boot zurückhaben. Meine Kaution hat sie auch einbehalten!« Er kickte einen Stein über die Klippenkante. »Und wieso hatte das blöde Ding plötzlich keinen Sprit mehr?«

Opal schüttelte den Kopf. Was sie da vor sich sah, das war ein trotziges Kleinkind mit einem Wutanfall.

»Ist mir auch ein Rätsel«, murmelte Emma. »Tut mir wirklich leid, dass ihr heute Morgen nicht rausfahren konntet.

Und trotzdem war das Boot beschädigt, hab ich das richtig verstanden?«

Bridger zuckte zusammen. »Das war aber nicht *meine* Schuld. Bloß dass wir jetzt keine vernünftigen Bilder für den Schluss haben. *Aaaah.* Ich würde glatt meine beiden Arme für eine Bestienhöhle oder einen riesigen Fußabdruck opfern. *Alles.*«

»Können wir nicht selber ein paar Fußspuren machen?«, schaltete sich der bärtige Kameramann ein. »Ich könnte irgendwo ein paar Dinofüße in den Schlamm malen.«

Jacqueline richtete sich auf und legte die Stirn in Falten. Opal sah, wie Bridger hinter Emmas Rücken den Zeigefinger über seine Kehle zog. Draußen auf dem Meer bildete sich jetzt eine Gewitterwolke. Man konnte richtig sehen, wie eine gewaltige, graue Säule aus dem Wasser emporstieg.

»Wir *erfinden* doch nichts, Jake.« Bridgers Stimme klang eiskalt, und sein Blick huschte kurz zu Emma. »Mit solchen Betrügereien haben wir hier bei der *Freakshow* nichts am Hut.«

»Wir betrachten die Realität aus einer neuen Perspektive und mit absolut offenem Blick!«, trällerte Emma freudig einen Werbeslogan der Sendung heraus.

»Ganz genau«, sagte Jacqueline wohlwollend. »Jake hat keine Ahnung. Der filmt ja bloß.«

»Aber wenn es irgendwo seltsame Fußspuren gäbe …« Bridger sah seinem Kameramann direkt in die Augen, »… dann müssten wir sie unbedingt aufnehmen. Die Bestie muss ja schließlich ab und zu an Land kommen, stimmt's?«

Emma setzte eine grüblerische Miene auf. Opal sah, wie Jacqueline unruhig wurde und sich an ihren Scheinwerfern zu schaffen machte, Eine kalte Bö fegte durch das improvisierte Aufnahmestudio, rüttelte an den Aufbauten und brachte Bridger aus dem Gleichgewicht, so dass er einen Schritt zur Seite treten musste. Mit einem Mal versteifte er sich und steckte die Hände in die Hosentaschen.

»Was ist mit dem Boot?«, sagte Jake und packte seine Sachen zusammen. »Wir könnten doch auch die Schäden am Rumpf und an der Reling als Schlussbild nehmen.«

Bridger sah Emma an. »So haben wir es heute Morgen vorgefunden«, sagte er hastig. »Sieht auf jeden Fall so aus, als hätte ein wildes Tier da seine Spuren hinterlassen.« Doch dann schüttelte er ärgerlich den Kopf. »Aber das reicht nicht als Abschluss der Serie. Die ersten Folgen waren ein Riesenerfolg, und ich habe dem Publikum ein spektakuläres Finale versprochen. Wir brauchen etwas Gewaltiges, etwas Schockierendes, einen wahrhaft würdigen Höhepunkt.«

»Das Ende ist *natürlich* der wichtigste Teil einer Serie«, sagte Emma bedächtig. »Wir müssen also einen krönenden Abschluss finden.«

»Wir?« Bridger unterdrückte ein verächtliches Grinsen. »Nein, du hast recht. Die *Freakshow* hat Timbers im ganzen Land bekanntgemacht. Aber ohne einen zufriedenstellenden Schluss fällt das alles auseinander. Die Zuschauer wenden sich ab, ich gewinne nie wieder einen Clicky-Award, und die ganze Serie wird zum Misserfolg. *Freakshow: Die*

Bestie, vom Hit zum Flop, einfach *so*.« Er klatschte laut in die Hände.

Opal sah, dass Emma von dieser Prophezeiung bis ins Mark getroffen war.

»Das dürfen wir *auf keinen Fall* zulassen«, sagte sie jetzt. »Was brauchst du, damit das nicht passiert?«

»Die leibhaftige Bestie, zum Beispiel, das wäre schon mal was«, meinte Bridger abfällig, worauf Jake in lautes Lachen ausbrach. »Ohne etwas Außergewöhnliches, etwas Konkretes, sind wir nur eine von vielen Web-Serien, die spektakulär angefangen haben, aber genauso schnell wieder verschwunden sind.«

Emmas Gesichtsausdruck ließ Opal allmählich unruhig werden. »Was genau würde uns denn weiterhelfen?«, wollte sie jetzt wissen. »Du hast vorhin von einer Höhle gesprochen?«

»Na ja, klar.« Bridger lehnte sich gegen einen Lattenzaun und verschränkte verärgert die Arme vor der Brust. »Oder irgendwas, mit dem kein Mensch rechnet. Eine unheimliche Kulisse oder ein mysteriöses Beweisstück. Alles, wodurch wir die Zuschauer dazu bringen können, an die Existenz der Bestie zu glauben.

»Sei bloß vorsichtig, Emma«, flüsterte Opal und fixierte den Monitor mit starrem Blick.

Erneut wehte der Wind über sie hinweg. Hinter ihr fing Derek hastig an, die Sachen im Kamerawagen zu verstauen.

Emma blickte hochkonzentriert zu Boden. Dann riss sie den Kopf nach oben. Begeisterung sprach aus ihren Augen.

»Ganz dicht bei der Einfahrt in die Stumme Bucht gibt es diese Brandungshöhlen! An klaren Tagen kann man sie sogar von der Insel aus sehen. Und manche von denen sind echt richtig gruselig!«

Emma, nein!

Kaum hatte sie die Worte ausgesprochen, riss Emma die Augen weit auf und schlug die Hand vor den Mund.

»Insel?« Bridgers Brauen bildeten ein dickes V. »Welche Insel?«

Opal warf den Kopfhörer weg und raste den Pfad entlang. Emma sah sie kommen und wurde knallrot im Gesicht.

»Emma!«, brüllte Opal. »Wir müssen los. *Sofort!*«

»Eine düstere, mysteriöse … *tödliche* Insel.« Bridger nickte nachdenklich, aber er wurde mit jeder Sekunde aufgeregter. »Verborgen im Herzen des Unterschlupfs der Bestie … Wir könnten über dem Nebel *und* darunter filmen. *Sehr gut*, Elizabeth. Könnte sein, das das genau das ist, was wir brauchen.«

Emma drehte sich zu Opal um. Sie konnte die Tränen nur mit Mühe zurückhalten. Opal konnte genau hören, was ihre Freundin jetzt dachte, als würde sie es ihr laut entgegenbrüllen.

Was habe ich nur getan?

21.
Nico

Nico rannte den schmalen Pfad entlang. Der starke Wind, der zuvor geherrscht hatte, hatte sich wieder gelegt. Trotzdem: Nico war schon einmal die steile Kante zu seiner Linken hinabgestürzt und im eisigen Wasser der Stummen Bucht gelandet – eine Erfahrung, die er auf keinen Fall ein zweites Mal machen wollte –, aber er hatte solche Panik, dass er mehr riskierte, als eigentlich gut gewesen wäre.

Was hat Emma sich bloß dabei gedacht?

Nico war klar, was für ein furchtbar schlechtes Gewissen sie hatte. Sie war zusammen mit Opal bei Logans Bestienverkaufsstand im Eisenwarenladen aufgetaucht und hatte kaum ein Wort herausgebracht, hatte nur die Hände vors Gesicht geschlagen, während Opal berichtet hatte, dass Bridger sich wieder ganz auf die Stumme Bucht konzentrieren wollte. Er hatte sich vorgenommen, mit seinem Team bis hinunter zum Fuß der Felsenbucht zu klettern.

Wenn sie die Insel entdecken …

Nico wollte nicht einmal darüber nachdenken.

Und warum hat mein Dolch nicht funktioniert? Das konnte er sich beim besten Willen nicht erklären. Der Anführer-

Gremlin hatte kaum gezuckt, als Nico ihm die Klinge durch den Unterleib gestochen hatte. *Was ist denn da los?*

Er erreichte Höhle und stürmte in den Geheimgang, lief die Serpentinen hinab, die bis tief unter die Bucht führten. Seine Gedanken überschlugen sich, während er die Höhlenkammer der Fackelträger durchquerte. Vielleicht übersah Bridger ja den Anfang des Pfads, oder ihn verließ am Höhleneingang der Mut. Die Chance, dass er tatsächlich einen Weg auf die Insel fand, war nicht besonders groß.

Keine Panik. Womöglich verläuft das ganze Vorhaben im Sand.

Doch Nico hatte das unbestimmte Gefühl, dass das nicht passieren würde.

Mit bebender Stimme hatte Opal berichtet, wie versessen Bridger darauf war, das perfekte Ende für seine kleine Timbers-Serie zu finden. Er hatte seinen Zuschauern einen Knüller versprochen, und jetzt musste er liefern. Bridger war clever und wusste, was er tat, das musste Nico zähneknirschend zugeben. Wenn er gründlich genug nach einem Weg zum Fuß der Klippen suchte, dann würde er auch einen finden.

Genau deshalb hatte Nico das Ruderboot unter dem Felsvorsprung vor dem Höhleneingang vertäut. Er wollte nicht, dass das Filmteam im Inneren der Höhle herumschnüffelte – der Tunnel der Fackelträger war zu offensichtlich von Menschenhand gebaut worden. Nur ein paar wenige Aufnahmen davon würden schon reichen, um die Einschaltquoten in die Höhe schnellen zu lassen. Die Leute würden in Scharen zu der Höhle strömen, weil sie wissen wollten, wieso es dort einen Geheimgang gab.

Aber wenn Bridger und seine Leute mit dem Ruderboot losfuhren, dann verloren sie in dem dichten Nebel vielleicht die Orientierung und bekamen die Insel nie zu sehen. Und selbst wenn, würden sie am Strand landen und vielleicht gar nicht über den Bergrücken steigen, hinter dem der Teich mit dem Hausboot lag.

Das sind aber ziemlich viele Vielleichts.

Nico biss die Zähne zusammen, stieg am anderen Ende des Tunnels wieder nach oben und gelangte an die frische Luft. Ohne innezuhalten, kletterte er den Bergrücken hinauf. Dichter Nebel hüllte die Insel ein, so dass das Hausboot von hier oben nicht zu erkennen war. Nico hätte beinahe geweint vor Erleichterung. *Wir schaffen das. Wir können das Finstertief immer noch beschützen.* Er machte sich auf den Weg zu den Trittsteinen, die durch den Teich führten.

Die anderen waren bestimmt schon dicht hinter ihm. Opal, Logan und Tyler hatten die Aufgabe übernommen, den Kamerawagen zu beobachten, in der Hoffnung, dass Bridger sein Vorhaben doch noch fallenließ. Emma war wieder zum Filmteam zurückgekehrt. Es hatte zahlreiche Umarmungen und Versicherungen gebraucht, bis sie sich wieder einigermaßen im Griff gehabt hatte, aber im Augenblick war sie die wichtigste Fackelträgerin von allen. Sie war ein Teil des *Freakshow*-Teams. Sie konnte die Suche beeinflussen, sie womöglich sogar irgendwo anders hinlocken.

Nico rannte die Eingangstreppe des Hausboots hinauf

und stürmte durch das Foyer. Im Ausstellungsraum angekommen, versicherte er sich als Erstes, dass die Holzvertäfelung vor der Treppe, die zum Finstertief hinunterführte, immer noch von einem Bücherregal verdeckt war. Es war nicht sehr wahrscheinlich, dass der Eingang zufällig entdeckt wurde, aber wenn Bridger das Hausboot filmte, dann war es nur eine Frage der Zeit, bis noch mehr Leute hier auftauchten. Und irgendwann würde jemand einen Blick hinter das Bücherregal werfen und die Treppe finden. Die Treppe, die zum Finstertief führte.

Nein, nein, nein. Das lasse ich nicht zu.

Nico trat einen Schritt zurück und drehte sich um die eigene Achse, überlegte angestrengt, was er tun konnte, um die Sammlung zu schützen.

Stimmt etwas nicht?, hörte er eine Stimme in seinem Kopf sagen.

Beinahe wäre ihm das Herz stehen geblieben. Das Ding starrte ihn aus seinem Glas auf dem Podest mit besorgter Miene an.

»Du … du bist wieder da.«

Nico schluckte. Er war nicht gerne mit dem Ding, das in sein Innerstes blicken konnte, allein.

Ich war nie weg, Nico. Ich brauchte nur ein wenig Ruhe. Es war nicht einfach für mich, eine Gestalt anzunehmen, die ihr Menschen wahrnehmen könnt. Aber jetzt fühle ich mich viel besser. Das Ding unterbrach sich, dann hob sich die Haut über seinem linken Auge in die Höhe. *Du scheinst betrübt zu sein.*

Nico starrte sein Gegenüber einen Augenblick lang an und lachte laut. »Ein Filmteam ist auf dem Weg in die Stumme Bucht, um nach dieser Insel zu suchen. Dir ist doch klar, was das bedeutet, oder?«

Das Ding runzelte die Stirn. *Das ist mir klar. Soll ich dir vielleicht behilflich sein?*

Nico fuhr sich mit der Hand übers Gesicht. Es fiel ihm immer noch schwer, mit einem außerirdischen Klops, der in einem Einmachglas schwamm, ein telepathisches Plauderstündchen abzuhalten. »Wie denn?«

Noch bevor das Ding ihm antworten konnte, wurde der Vorhang beiseitegerissen. Opal kam herein, gefolgt von Tyler und Logan. »Sie haben unser Ruderboot gefunden!«

Nico verlor allen Mut. »Sind sie schon in der Bucht?«

Opal nickte grimmig. »Wir sind ihnen gefolgt und haben uns immer über dem Nebel gehalten, so dass sie uns nicht sehen konnten. Aber wir haben gehört, wie sie zum Wasser runtergeklettert und losgerudert sind. Sie können jetzt absolut überall sein.« Opal räusperte sich. »Emma ist auch dabei.«

»Meinst du etwa Elizabeth?«, platzte Logan heraus, aber niemand lachte. Draußen heulte der Wind wie ein ganzes Wolfsrudel. Das Wetter war durch den Gewittersturm, der vom Pazifik herüberdrängte, sehr schnell schlechter geworden.

»Gut so«, meinte Tyler. »Dann kann sie sie ja von der Insel fernhalten.«

Nicos und Opals Blicke begegneten sich. *Aber wird sie es*

auch tun? Würde Emma es tatsächlich über sich bringen, das Filmteam hinters Licht zu führen, obwohl es schon immer ihr Traum gewesen war, für eine Filmproduktion zu arbeiten?

Sie sind hier.

Alle zuckten zusammen. Logan entfernte sich einen Schritt von dem Ding.

»Hier?« Nico sah zum Vorhang hinüber. »Auf dem Hausboot?«

Nein. Auf der Insel. Sie haben am Strand angelegt und starren nun in den Wald. Emma hat ihnen erzählt, dass zwischen den Bäumen tollwütige Fledermäuse herumschwirren. Der bärtige Mann baut ein Stativ auf.

Tyler ließ einen erstickten Laut hören. »Wir sind geliefert. Die werden das Hausboot finden und alles zunichtemachen.«

Opal schob sich dicht vor das Einmachglas. »Ding, kannst du vielleicht doch ihre Gedanken lesen?«

Das Ding wand sich in seiner lindgrünen Flüssigkeit hin und her. *Nein, das nicht. Aber ich kann ihre Gespräche verfolgen. Ich kann – ein besseres Wort fällt mir nicht ein – hören, wenn jemand die Insel betritt. Jetzt gerade spricht der braunhaarige Mann direkt in eine Kamera. Er sagt … Du meine Güte. Wie kommt er darauf, dass der Leviathan hier haust?*

»Das ist eine lange Geschichte.« Nico kratzte sich mit allen zehn Fingern den Kopf. »Vielleicht reicht ihnen das ja? Bridger steht am Strand und erzählt ein bisschen was über die Bestie?« Ihm war klar, dass seine Worte nichts weiter waren als Wunschdenken und dass sie sich auch genauso anhörten.

Das Ding bereitete seiner Hoffnung ein schnelles Ende. *Sie haben beschlossen, den Grat zu erklimmen. Emma sagt, dass dort überall Schlangen sind, aber sie schenken ihr keine Beachtung. Warum nennt dieser Bridger sie unentwegt Elizabeth?*

Opal hatte die Hände vors Gesicht geschlagen und linste nun zwischen ihren Fingern hindurch. »Die Schlinge zieht sich zu, Leute. Mir fällt beim besten Willen nichts mehr ein.«

Soll ich sie vielleicht in die Irre leiten?

»Schaffst du das denn?«, platzte Nico heraus und betrachtete nervös das Glas. Tyler fing an, im Raum auf und ab zu gehen.

Ich kann Bilder in ihren Geist schicken und versuchen, sie vom Weg abzubringen. Auf diese Weise habe ich auch Opal dazu bewogen, den Friedhof aufzusuchen. Soll ich es versuchen?

»Ja, du Klops!«, rief Logan. »Bitte lass nicht zu, dass sie uns hier finden, wo unsere Gedanken mit deinen verschmelzen, während wir gleichzeitig eine Wasserrutsche in eine andere Dimension im Keller haben.«

Das Ding machte die Augen zu. Stille legte sich wie eine schwere Decke über den Raum. Einige Sekunden lang wagte niemand, auch nur mit einem Muskel zu zucken. Dann schlug das Ding die Augen auf und runzelte dabei die Stirn.

Dieser Bridger ist ein sehr starrsinniger Mensch. Er hat sich etwas Bestimmtes in den Kopf gesetzt, und ich kann ihn allem Anschein nach nicht davon abbringen. Er glaubt, dass sich auf der anderen Seite des Bergrückens etwas Unglaubliches verbirgt.

Nico brachte kaum einen Ton heraus. »Was bedeutet das, Ding?«

Es bedeutet, dass sie hierherkommen. Ich kann sie nicht aufhalten.

22.
Opal

Opal duckte sich, um nicht von einem regenbogenfarbenen Lichtstrahl getroffen zu werden.

»Wo kommen *diese* dämlichen Phantome denn schon wieder her?«, stieß sie verärgert hervor und brachte sich ungefähr auf halber Höhe zwischen dem Grat und dem Teich hinter einem Busch in Sicherheit. Es war beißend kalt hier draußen – seitdem sie überstürzt das Hausboot verlassen hatten, um das *Freakshow*-Team irgendwie abzulenken, war die Temperatur um etliche Grad gefallen.

Die Jungs waren ein ganzes Stück weiter vorne und vertrieben gerade eine Gruppe pastellfarbener Teddybären vom Grat. Opal sah, wie der grüne sich umdrehte und Logan anknurrte. Dann stemmte er die Tatzen in die Hüften und ließ einen kleeblattförmigen Laserstrahl aus dem Muster auf seinem Bauch hervorschießen. Logan schrie auf und landete im Schlamm, als der Strahl an ihm vorbeizischte.

»Glücksbärchis sollen eigentlich lieb sein!«, beschwerte sich Tyler und stapfte auf einen leuchtend gelben Teddy mit einer Sonne auf der Brust zu. Das Phantom knurrte und wollte ihn beißen, doch Tyler versetzte ihm einen Fußtritt, und es verzog sich ins Gebüsch.

»Sieh zu, dass sie auf dieser Seite des Bergrückens bleiben!«, brüllte Nico, während er einem orangefarbenen Bärchen nachjagte, auf dessen Brust sich zwei Blumen kreuzten. »Wenn Bridger auch nur einen davon zu sehen bekommt, dann sind wir im Arsch.«

Unvermittelt wirbelte das Wesen herum, schlug mit seinen scharfen Krallen nach Nico und hätte ihm um ein Haar die Augen ausgekratzt. Nico versetzte dem bösartigen Teddy mit beiden Händen einen Schubs, so dass er den Hügel hinunterkullerte.

Alles in allem waren es fünf Glücksbärchis. Sie hatten sich ein kleines Stück unterhalb des Grats in einem Kreis aus abgebrochenen Felsblöcken zusammengerottet und starrten ihre Verfolger böse an. Opal befürchtete, sie würden einen gemeinsamen Angriff starten und noch mehr Laserstrahlen aus ihren Symbolen abschießen. Sie wollte gar nicht wissen, was diese Strahlen anrichten konnten, wenn sie ihr Ziel trafen.

»Wie werden wir die Viecher wieder los?«, knurrte sie. »Ich habe in meinem ganzen Leben noch nie das Bedürfnis gehabt, einen Teddybären zu erdolchen, aber wenn es nicht anders geht ...«

Fragst du mich?, meldete sich das Ding in Opals Gedanken zu Wort. *Ich dachte, ich soll Bridger im Auge behalten.*

»Ja, nicht aufhören«, erwiderte Opal laut. »Wir müssen unbedingt wissen, wo er ist, und zwar ununterbrochen.«

Dichter Nebel hing zwischen den Bäumen, weshalb sie nur wenige Meter weit sehen konnten.

»Redest du schon wieder mit dem außerirdischen Labberklops?« Tyler schüttelte den Kopf. »Wisst ihr noch, wie es früher war, als wir Dinosaurier-Charade gespielt haben und das das Verrückteste war, was wir uns vorstellen konnten?«

»Wir müssen diese kleinen Monster unbedingt loswerden.« Opal breitete die Arme aus und versuchte, die Glücksbärchis zu verscheuchen. Sie reagierten, indem sie ihre kurzen, spitzen Zähne fletschten. Der braune mit dem Herzchen auf der Brust schien drauf und dran zu sein, Opal den Arm abzunagen. Sie hielt inne und wischte sich den Schweiß von der Stirn. »Also gut, so langsam wird es unheimlich.«

Sie warf einen Blick zum Teich hinab. Der Nebel löste sich allmählich auf – sie konnte sogar schon das Dach des Hausboots erkennen. *Wenn Bridger und sein Team bis hierher kommen, dann sehen sie es auch.* Und wie sollte Opal ihnen erklären, warum sie auch auf der Insel war?

Logan stieß ein tiefes, sehr überzeugendes Knurren aus, machte sich so groß wie nur möglich und stapfte wie Frankensteins Monster auf die Phantome zu. Die Glücksbärchis wichen alle gleichzeitig zurück und verzogen sich dann hüpfend und torkelnd in den tiefer gelegenen Wald. Der beißende Wind trug ihr wütendes Geschrei bis zu den Freunden hinauf.

»Nicht schlecht«, sagte Nico und stützte sich auf die Knie, um wieder zu Atem zu kommen.

»Kein Problem«, erwiderte Logan. »Ich bin der natürliche Feind aller Kuscheltiere. Als ich klein war, habe ich kein einziges heil gelassen.«

Opal lauschte angestrengt, um sicherzugehen, dass die ungezogenen Bären auch wirklich verschwunden waren. »Und wenn sie in unserem Rücken doch noch bis zum Strand kommen? Die Viecher können wir unmöglich als Halloween-Streich abtun.«

»Emma hat einen Dolch dabei«, erwiderte Logan. »Sie weiß, was zu tun ist.«

»Aber das wird ihr nichts nützen, weißt du noch?« Zitternd stand Tyler im eisigen Wind. »Ich habe ja auch einen von den Glücksbärchis erwischt, aber die Klinge ist einfach durch ihn durchgegangen wie durch ein Gespenst. Das kleine Mistvieh hat mir die Zunge rausgestreckt und ist einfach abgehauen.«

Opal verzog das Gesicht. Genau wie der Gremlin im Wald. Sie begegnete Nicos Blick und sah darin dieselben Sorgen. *Wenn unsere Dolche tatsächlich nicht mehr wirken …*

»Aber mit dem Glutexo sind wir doch auch fertiggeworden«, murmelte Nico leise. »Irgendwie passt das alles nicht zusammen.«

»Später.« Opal strich sich ein paar Haarsträhnen hinter die Ohren. »Wir müssen uns auf Bridger konzentrieren. Wenn Emma vor seiner Kamera gegen eine Bande Teddybären mit Laserkanonen kämpfen muss, dann ist alles verloren.«

Nico schlug mit der flachen Hand seitlich an seinen Oberschenkel. »Also gut. Wir können nur hoffen, dass wir bald mal eine Pause bekommen.«

Opal schnaubte. *Genau. Davon hatten wir bis jetzt ja jede Menge.*

Logan stöhnte verdrossen. »Das wäre alles nicht passiert, wenn Emma die Klappe gehalten hätte.«

Opal funkelte ihn mit blitzenden Augen an. »Sie hat es nicht mit Absicht getan, Logan.«

Er verschränkte die Arme vor der Brust. »Das weiß ich. Aber trotzdem! Emma hat Riesenmist gebaut, und jetzt ist alles, wofür wir gekämpft haben, in Gefahr.«

Opal gab keine Antwort. Was hätte sie auch sagen sollen? Logan hatte recht. Sie schlang zum Schutz vor der beißenden Kälte die Arme um den Brustkorb.

Da ertönte die Stimme des Dings. *Die Fremdlinge lassen sich nicht abschrecken. Sie kommen direkt auf euch zu.*

»Mist.« Nico wischte die feuchten Handflächen an seiner Jeans ab. »Wir werden sie irgendwie aufhalten müssen.«

»Und was sollen wir sagen?« Tyler starrte in den düsteren Wald ringsherum. »He, Leute, gebt euch keine Mühe, wir haben schon nach der Bestie gesucht, aber da ist sie nicht.«

Opal schüttelte den Kopf. »Bridger will doch unbedingt eine spektakuläre Sensation für seine Sendung haben. Das Einzige, was ihn vielleicht weglocken könnte, ist …«

»Die Bestie höchstpersönlich!«, fiel Nico ihr ins Wort, und eine plötzliche Erleuchtung blitzte in seinen Augen auf. »Opal, denkst du das Gleiche wie ich?«

Opal lachte nervös. »Ich weiß nicht. Was glaubst du denn, was ich denke?«

»Dass das Ding für uns die Bestie herbeirufen könnte.«

Opal blinzelte. »Du meinst, dazu ist das Ding in der Lage?«

Nico rieb sich den Nacken. »Keine Ahnung. Aber der kleine Klops scheint … ganz schön viel … zu können.«

Tyler klatschte laut und vernehmlich in die Hände. »Leute! Moment mal. Ihr wollt die Bestie *absichtlich* hierherlocken? Auf diese Insel? Könnt ihr mir vielleicht verraten, wie uns das weiterhelfen soll?«

»Bridgers größter Wunsch sind authentische Aufnahmen von der Bestie«, gab Opal zurück. »Wenn das Monster also irgendwo anders auftauchen würde … draußen in der Bucht zum Beispiel … dann würde er es vielleicht verfolgen.«

»Oder das Ungeheuer beschließt, mal eben kurz an Land zu kommen und uns alle zu verspeisen«, heulte Tyler. »Das ist ein total mieser Plan!«

Logan zuckte mit den Schultern. »Aber es ist wenigstens *etwas*. Sie können jeden Augenblick hier sein.«

Ding, wo ist Bridger gerade?, fragte Opal stumm.

Zunächst erhielt sie keine Antwort. War das Ding überhaupt noch da? Konnte es noch antworten?

Dicht unterhalb des Grats, auf der anderen Seite.

Opal blickte die anderen an. »Habt ihr das gehört?«

»Ja«, murmelten die Jungen einstimmig.

Opal stieß den Atem aus. »Okay, wir machen Folgendes.

Ding, du rufst die Bestie in die Stumme Bucht und lässt sie dort hin und her schwimmen. Sobald das Filmteam sie entdeckt hat, schickst du sie wieder weg. Kriegst du das hin?«

Ja. Aber die Eindringlinge sind bereits sehr nahe. Ihr müsst sie aufhalten. Sofort.

Dieses Mal fragte Opal nicht, ob die anderen die Worte des Dings gehört hatten. Sie rannte zum Grat hinauf und dann auf der anderen Seite bergab, wo sie um ein Haar mit Bridger zusammengestoßen wäre. »Zurück!«, rief Opal, wobei er erschrocken zusammenzuckte. Tyler packte Emma am Arm und flüsterte ihr aufgeregt etwas ins Ohr.

Ihr plötzliches Erscheinen hatte Bridger sprachlos gemacht. Wie ein aufgescheuchter Vogel blinzelte er Opal an.

Opal packte ihn am Ärmel. »Beeilung! Da entlang!«

Nico und die anderen rannten an ihnen vorbei in Richtung Strand. Jake ließ die Kamera sinken und sah Jacqueline und Derek an. Dann wandten sich alle drei Bridger zu, der Opal mit offenem Mund anstarrte.

»Was macht ihr denn hier?«, stammelte er schließlich.

»Das ist Ihre Chance!« Opal zeigte auf den davoneilenden Nico. »Jetzt kriegen Sie die Bilder Ihres Lebens!« Sie ließ ihn los und rannte den Abhang hinunter, ohne sich noch einmal umzudrehen.

Colton Bridger hatte genug gehört. »Hinterher!«, rief er und lief los. Nur mit Mühe konnte sein Team ihm folgen, während sie den gleichen Weg zurückliefen, den sie gerade eben gekommen waren. Emma und die Jungen standen bereits am Ufer, zeigten in den Nebel und hüpften aufgeregt auf und ab. Nachdem das Kamerateam bei ihnen angelangt war, bauten sie hastig ihre Ausrüstung auf. Bridger versuchte, seine Blicke überall gleichzeitig zu haben.

Okay, Ding, dachte Opal. *Dein Einsatz.*

»Das Ungeheuer ist hier?«, brüllte Bridger, doch dann senkte er seine Stimme. »Es existiert *tatsächlich*? Es *gibt* eine Bestie in der Stummen Bucht?«

Opal versuchte, möglichst erschüttert zu klingen. »Ich schätze schon. Kann sein. Ich weiß nicht! Aber irgendwas ist uns vom Skagit Sound her gefolgt.«

»Wo habt ihr denn euer Boot?«, wollte Jacqueline misstrauisch wissen. »Hier ist ja weit und breit keins zu sehen.«

Doch noch bevor Opal eine Antwort geben konnte, ließ etwas Dunkles, Schweres die spiegelglatte Wasseroberfläche der Bucht erzittern. Sie verstummten, während eine Welle an den Strand der Insel rollte. Opal lief zu ihren Freunden, so schnell sie konnte.

»O Mann«, schnaufte Tyler. »Jetzt stecken wir aber richtig in der Scheiße.«

»Da ist es!«, rief Bridger, um anschließend seinen Kameramann mit starrem Blick zu durchbohren. »Sag, dass du das drauf hast!«

»Ich war noch nicht so weit!«, jaulte Jake und fummelte am Batteriefach der Kamera herum. »Das Ding hier ist schließlich kein Smartphone.«

Tief enttäuscht heulte Bridger auf. »*Ins Boot!* Es darf uns nicht noch mal entwischen. Und wenn es sein muss, dann *nimm* eben ein verdammtes Smartphone.«

Das *Freakshow*-Team kletterte in das Ruderboot, obwohl Jacqueline Opal und den anderen, die dicht zusammen standen, einen skeptischen Blick zuwarf. »Ich hoffe bloß, ihr wollt uns nicht verarschen«, sagte sie mit drohendem Unterton, doch dann rief Bridger ihr etwas zu und sie half mit, das Boot ins Wasser zu schieben.

Ein tiefes Rumpeln hallte von den Klippenwänden der Stummen Bucht wider. Sie erstarrten alle. Dann glitt eine zweite Welle an ihnen vorbei, dieses Mal in Richtung offenes Meer.

»*Hast du das drauf?*«, brüllte Bridger, während sie von der Insel wegruderten.

»He!«, rief Emma ihnen hinterher. »Und was ist mit mir?«

Das Ruderboot verschwand bereits im Nebel, da machte Bridger eine abweisende Handbewegung. »Tut mir leid, Elizabeth, aber für dich ist das zu gefährlich. Deine Freunde sollen dich nach Hause bringen!«

Das Wasser war nun wieder ruhig und unbewegt. Welches Ziel würde die Bestie ansteuern? Timbers? Die Kluft? Erst jetzt wurde Opal klar, dass Bridger und sein Team ein echtes Seeungeheuer aus einer anderen Dimension verfolgten, und zwar in einem gebrechlichen, alten Ruderboot. »Ich würde an Ihrer Stelle nicht da rausfahren!«

»Soll das ein Witz sein?« Bridger lachte wie wahnsinnig auf. »Das sind genau die Momente, für die ich lebe!« Sein Gesicht leuchtete vor Aufregung, als das *Freakshow*-Team im Nebel verschwand, aber selbst dann waren ihre Stimmen noch laut und deutlich zu hören.

»Ich hab's auch gesehen, Chef!«, plapperte Derek aufgeregt. »Was kann das wohl sein, was so eine Welle macht?«

»Ich hab auch ... was gesehen«, pflichtete Jacqueline ein wenig zögerlicher bei. »Aber ich weiß nicht, was es war.«

»Danke noch mal für den Tipp, Elizabeth!«, rief Bridger herüber. Dann waren sie verschwunden.

Opal wandte sich zu den anderen um und stieß einen lang anhaltenden Atemzug aus. Sie war jetzt schon vollkommen erschöpft, dabei hatte Halloween noch gar nicht richtig angefangen. Eigentlich hätte sie jetzt Süßigkeiten knabbern und sich zusammen mit ihren Freunden einen Gruselfilm anschauen sollen. Doch stattdessen war aus ihrem Leben selbst ein Gruselfilm geworden.

»Ding«, sagte sie leise. »Hast du die Bestie weggeschickt?«

Ja. Allerdings gibt es da ein kleines Problem.

Opal schlug die Hände vor die Augen. »Und das wäre?«

Sie gehorcht mir nicht mehr. Und jetzt kommt sie zurück.

23.
Nico

Nico ließ sich in den Sand plumpsen.

Die Sonne versank hinter den Klippen und tauchte die Bucht in ein gespenstisches Halbdunkel.

»Was hast du da gesagt, Ding?« Er war schlicht und ergreifend zu müde, um sich mit einer zusätzlichen Bedrohung auseinanderzusetzen. Das Ruderboot war nicht mehr zu sehen – die Bestie hatte Bridger, folgsam wie ein gut erzogener Hund, von der Insel weggelockt. Dafür hatte das Ding gesorgt. Aber jetzt …

»Also …« Tyler stand neben ihm und rieb sich die Augen. »Ein telepathisches Glibberwesen in einem Einmachglas … hat gerade eben ein sagenumwobenes Seeungeheuer als Komplizen eingesetzt … um den mysteriösen Strudel in unserem geheimen Hausboot zu schützen, der gleichzeitig als Portal zwischen verschiedenen Dimensionen dient.« Er unterbrach sich kurz. »Habe ich das richtig zusammengefasst?«

Nico fuhr sich mit beiden Händen übers Gesicht. »Im Großen und Ganzen, ja. Nur dass sich das Seeungeheuer jetzt anscheinend nicht mehr bändigen lässt.«

»Nico, das ist doch der totale Wahnsinn.«

»Welchen Teil meinst du genau?«

Logan ließ ein sarkastisches Lachen hören. »Habt ihr die Welle gesehen, die dieses Albtraumwesen hinter sich hergezogen hat? Die Bestie ist ganz schön schnell unterwegs.«

»Und sie kommt wieder zurück«, machte Tyler düster weiter. »Du hast doch gehört, was der grüne Klops gesagt hat. Und was machen wir? Hängen hier am Strand rum und halten ein Plauderstündchen ab.«

Doch Nico war immer noch so überwältigt, dass er sich nicht von der Stelle rühren konnte. Opal wollte sich schon neben ihn setzen, doch dann überlegte sie es sich noch einmal, als ob ihr sogar das zu anstrengend war. Sie waren seit dem ersten Morgengrauen auf den Beinen und total erschöpft. Dieses Halloween überbot schon jetzt sämtliche Rekorde.

Emma kam mit schweren Schritten zu ihnen. Sie hob die Schultern und ließ sie wieder fallen. »Das ist meine Schuld, Leute. Es tut mir wirklich leid. Ich hätte die Stumme Bucht niemals erwähnen dürfen, mit keiner Silbe. Ich … ich wollte nur …« Ihre Stimme brach.

Nico stand auf und nahm sie in den Arm. »Das wissen wir, Emma. Bei einer YouTube-Sendung mitzumachen war eben dein allergrößter Wunsch. Du hast dich mitreißen lassen. Das verstehen wir.«

Emma räusperte sich. »Aber damit ist jetzt Schluss. Ich habe genug von der *Freakshow.*« Sie zog ein grimmiges Gesicht. »Die haben mich hier einfach sitzenlassen. Uns alle. Auf einer verlassenen Insel, die von einem Seeungeheuer umkreist wird. Bridger ist, ohne mit der Wimper zu zucken, abgedüst.«

Da raschelte es in den Bäumen hinter ihnen.

Opal warf einen Blick über ihre Schulter und verdrehte die Augen. »Na, super. Schaut mal, wer da ist.«

Nico war so erschöpft, dass es ihm beinahe egal war. Doch dann drehte er sich trotzdem um und entdeckte in den Zweigen der nächsten Tanne einen gedrungenen grünen Schatten. Zwei weitere kamen dazu, und dann fingen die drei an, wie verrückt zu gackern.

»Diese Typen schon wieder?« Tyler fasste sich an den Nasenrücken. »Großartig. Absolut phan-*tastisch.*«

Nico starrte mutlos hinüber, während der Anführer mit der Platzwunde ihnen seinen Hintern entgegenstreckte. »Ich kann diese Gremlins echt nicht ausstehen.«

Emma sah die drei Gestalten stirnrunzelnd an. »Die halten jetzt schon zwei ganze Tage lang. Wie kann das denn sein?«

Dürfte ich um eure ungeteilte Aufmerksamkeit bitten?

Nico biss sich auf die Zähne. Ganz egal, wie oft er das schon erlebt hatte, er würde sich nie daran gewöhnen, dass das Ding einfach so in seine Gedanken eindringen konnte.

Wir haben … ein echtes Problem.

Opal seufzte. »Was ist denn los? Ist die Bestie wieder in der Bucht?«

Nicht nur das. Das Finstertief zeigt neue Aktivitäten. Ich kann das Brodeln unter mir spüren. Ich … ich glaube … ihr solltet da draußen sehr vorsichtig sein.

Nico schüttelte den Kopf, um seine Erschöpfung zu vertreiben. *Keine Zeit für Müdigkeit.* Er warf einen Blick zu den Gremlins hinüber, aber die verharrten ebenfalls mit gespitzten Ohren. Allmählich erlosch auch der letzte Rest Tageslicht.

Regungslos stand Logan da, während sich eine plötzliche Stille über die Insel legte. »Was ist denn jetzt schon wieder lo…?«

»*Pssst.*« Mit einem Mal schlug Nicos Gefahrenradar an. »Hört ihr das?«

Ein lauter Knall. Dann noch einer.

Die Insel begann zu vibrieren, zunächst nur sanft, doch dann fing der Sand unter ihren Füßen an sich zu bewegen.

»Ist das ein Erdbeben?«, platzte Tyler heraus. Hastig blickte er zur hinter einem Nebelvorhang versteckten Mündung der Stummen Bucht hinüber. »Leute, wenn das ein Erdbeben ist, dann gibt es keinen schlechteren Ort für uns als diesen hier. Wir stehen ja praktisch in Tsunami-City!«

Das Beben endete schlagartig.

Niemand rührte sich von der Stelle.

»Ich glaube nicht …«, flüsterte Nico, ohne seinen Satz zu Ende zu bringen. Stattdessen starrte er in den Wald.

»Es hat sich eher angefühlt wie ein …« Logan brach ab, als Tyler ihm die Fingernägel in den Oberarm bohrte. »Was soll denn das, Ty?«

Mit zitternden Fingern deutete Tyler auf die Bucht hinaus.

Eine geschmeidige Rundung schob sich durch das schiefergraue Wasser, deutlich schneller als vorhin, als sie sich entfernt hatte. Und die Welle kam direkt auf sie zu.

Fackelträger! Ich habe, wie es scheint, den Kontakt zu dem Leviathan verloren.

Nico schluckte. »Wir haben ihn entdeckt, Ding.«

»Er hat uns entdeckt«, presste Emma hervor.

Ach du Schreck. In diesem Fall schlage ich vor, dass ihr den Strand unverzüglich verlasst.

»Das musst du mir nicht zweimal telepathieren!« Tyler drehte sich um und wollte sich zwischen den Bäumen in Sicherheit bringen, doch Nico hielt ihn fest.

»Das ist kein Erdbeben«, krächzte er und starrte in den nebelverhangenen Wald.

Die drei Gremlins hockten in den Zweigen eines hohen Baums und fingen an zu singen.

Eine gigantische Gestalt stapfte durch den Wald.

Die Kreatur überragte sogar die Baumkronen, und ihr Kopf befand sich an die zwanzig Meter über dem Boden. Die Haut des Phantoms war tiefrot und sah aus, als wäre sie flüssig. Dampf stieg von seinem Körper auf, als es die dicken Finger um den Stamm einer Erle legte, die daraufhin sofort Feuer fing.

Die Gremlins hörten auf zu singen und begannen stattdessen zu johlen und zu schreien.

Opal stand mit offenem Mund da. »Was ist denn *das*?«

Nico brachte keinen Ton heraus. Der Flammenriese starrte auf sie herab, als hätte er ihre mickrige Existenz gerade erst bemerkt.

Logan riss sich vom Anblick des rauchenden Waldes los und wandte den Blick der näher kommenden Welle zu. »Die Bestie ist fast da! Aber … also … dieses Feuermonster da sieht auch nicht gerade liebenswürdig aus.«

Emma zog ihren Dolch und packte ihn so fest, dass ihre Fingerknöchel kreidebleich wurden. Ein trockener, heißer Wind fegte jetzt vom Wald her über sie hinweg, während sie sich in den Sand kauerten.

»Wie sollen wir denn so ein Riesending verjagen?«, stöhnte Emma. »Man kommt ja nicht mal in seine Nähe!«

Jetzt schwappte eine gewaltige Welle auf den Strand und durchnässte sie bis zu den Knien. Der rundliche Schädel der Bestie erhob sich aus dem seichten Wasser, bevor sie, begleitet von donnerndem Gebrüll, das Maul aufriss. Auf breiten, muskulösen Beinen stapfte das Seeungeheuer an Land. Logan und Emma warfen sich flach in den Sand, als sein kräftiger Schwanz über ihre Köpfe hinwegpfiff. Tyler war zur Salzsäule erstarrt.

Opal kauerte neben Nico, und ihre Blicke begegneten sich. Sie waren eingeklemmt zwischen Feuer und Wasser, und es gab kein Entrinnen.

Da hatte Nico eine Idee. Da er nicht wusste, wie er das Ding am besten erreichen konnte, rief er die Worte einfach in den immer stärker werdenden Wind. »Ding, die Bestie hasst Feuer! Mach sie auf das Phantom im Wald aufmerksam.«

Opal blickte Nico verwundert an. »Wie soll sie das denn übersehen?«

Sehr gut, Nico. Ich weise den Leviathan darauf hin.

Das Feuermonster fuhr mit einer Hand über die Baumwipfel. Funken sprühten unter seinen Fingern hervor. Das Gelächter der Gremlins verwandelte sich in entsetztes Geschrei, als sie merkten, dass auch ihr Ausguck Feuer gefangen hatte. Hastig kletterten sie nach unten und brachten sich in Sicherheit, nicht ohne dem roten Riesen noch schnell mit den Fäusten zu drohen.

Die Bestie richtete sich auf, die glänzenden schwarzen Augen fest auf das Wesen im Wald gerichtet. Dann fletschte sie ihre rasiermesserscharfen Zähne und ließ ein tiefes, kehliges Knurren ertönen. Allerdings … plötzlich duckte sich das Seeungeheuer und verschwand im seichten Wasser.

Nico wusste nicht, was er davon halten sollte. *Die Bestie will flüchten?*

Doch schon schnellte sie wieder aus dem Wasser hervor und spuckte einen dicken Salzwasserstrahl auf das Feuerwesen.

Dampfwolken hüllten die feurige Haut des Phantoms ein. Deutlich dunkler als zuvor brüllte die Kreatur laut auf und riss einen Baum aus dem Erdboden. Sie hielt den Stamm so lange umklammert, bis er Feuer gefangen hatte, dann schleuderte sie ihn mit aller Kraft auf die Bestie, die sich mit einem lauten Schrei und einem Sprung in Sicherheit brachte. Das Feuermonster knurrte und ging in die Knie, als wollte es jeden Moment abspringen.

»Ich finde es hier ziemlich ungemütlich!«, schrie Nico. Er packte Tyler am Arm und zerrte ihn in Richtung Strand. »Opal! Logan! Emma! Weg hier!«

Der Leviathan ist außer Kontrolle. Er hasst Feuer, aber er wird sein Territorium nicht kampflos aufgeben.

»Sein *was?*«, rief Nico und taumelte rückwärts über den Sand. »Die Bestie lebt tatsächlich in der Stummen Bucht? Warum haben wir sie hier dann noch nie zu Gesicht bekommen?«

Keine Zeit. Bringt euch in Sicherheit, solange die Kreaturen miteinander beschäftigt sind.

Nico wirbelte herum und übernahm die Führung. Die Bestie kauerte im Wasser, fauchte ununterbrochen und schnappte mit den Zähnen. Das Feuerphantom hatte sich am Strand aufgebaut. Der Sand unter seinen Füßen schmolz zu Glas. Jetzt entwickelte sich ein sehr turbulentes Duell – die eine Kreatur heulte und spie Wasserstrahlen nach allen Seiten, während die andere mit Feuerzungen schoss.

Nico wusste nicht, was er tun sollte. Überall im Wald hatten sich Feuer gebildet, die immer mehr um sich griffen. Er machte die Augen zu und dachte fieberhaft nach.

Ding, wir brauchen Hilfe. Das Flammenmonster brennt die ganze Insel nieder, wenn wir es nicht aufhalten können.

Ich verstehe, Nico. Ich kann versuchen, den Leviathan noch weiter aufzustacheln, aber das ist nicht einfach.

Einen Augenblick später rollte die Bestie sich zusammen und schoss einen mächtigen Wasserstrahl auf die rote Kreatur ab. Während das Phantom noch abgelenkt war, ging die Bestie zum Angriff über und bohrte ihre spitzen Zähne in das Bein des Feuermonsters. Dampfwolken stoben zwischen ihren Kiefern hervor, und sie wich, begleitet von einem lauten Schmerzensschrei, ruckartig zurück. Damit brachte sie den glühenden Riesen aus dem Gleichgewicht. Bevor er sich von der Attacke erholen konnte, packte die Bestie wieder zu und schleifte ihre Beute ins Wasser.

Das Meer kochte. Das Feuerwesen kreischte laut, dann wurde es schwarz wie Asche. Einen Wimpernschlag später war es verschwunden.

»Okay«, stieß Tyler atemlos hervor. »Das war heftig.«

Das Seeungeheuer wand sich mit verbranntem blutendem Kiefer im Wasser hin und her. Dann wirbelte es herum und nahm Nico und seine Freunde in den Blick, die sich in die Dunkelheit verkrochen hatten.

»Auweia«, keuchte Emma. »Vielleicht hat es nach so einem anstrengenden Kampf ja Hunger.«

Die Bestie kam langsam auf sie zu gestapft. Rote Flüssigkeit triefte ihr aus dem Maul. Voller Entsetzen sah Nico, wie sie zwei verkohlte, schwarze Zähne ausspuckte.

Tylers Augen wurden tellergroß. »Ich glaube, sie ist verletzt.«

»Viel mehr als das!«, heulte Logan. »Sie ist wahnsinnig *wütend*, und wir sind die Einzigen, die noch übrig sind.«

In diesem Augenblick geriet die Bestie ins Straucheln und blieb stehen, um eine Brandwunde an ihrem Vorderbein zu beschnuppern. Dann stieß sie ein lautes Geheul aus, das sich anhörte, als sei sie zutiefst enttäuscht. Nach einem letzten Blick auf die Menschen, die sich zitternd vor Angst dicht zusammengedrängt hatten, machte das Ungeheuer kehrt und stapfte ins Meer zurück. Kurz darauf lag die Bucht wieder still und friedlich da.

»Ha!«, sagte Emma mit zitternder Stimme. »Genau wie geplant.«

»Gut gemacht, Ding!«, rief Logan, während sich ein erleichtertes Lächeln auf seinem Gesicht zeigte. »Das war phantastisch.«

Das kleine, grüne Wesen gab keine Antwort. Nico sah Opal an, und sie erwiderte seinen Blick mit gerunzelter Stirn.

Ein lauter Donnerschlag ertönte. Seltsames Licht durchdrang den Nebel und tauchte die ganze Umgebung in einen kränklichen, gelben Schimmer. Es fing an zu nieseln, aber schon bald entwickelte sich daraus ein kräftiger Regenguss. Tyler drückte die Fäuste an seine Schläfen. »Mann, dieser Tag kann doch unmöglich noch schlimmer werden, oder?«

»Nein!« Emma klatschte fröhlich in die Hände. »Das ist doch prima! Der Regen löscht das Feuer im Wald.«

Sie hatte recht. Nico sah, wie die restlichen Flammen unter den Regentropfen verglommen.

»Ich schnappe mir jetzt diese Gremlins«, knurrte er und wischte sich den nassen Sand aus den Haaren. »Von denen hab ich endgültig die Schnauze voll!«

Als hätten Nicos Worte ihn herbeigerufen, tauchte der

Anführer mit der Platzwunde auf der Stirn jetzt unter den tropfenden Zweigen auf. Er grinste und richtete einen seiner langen Krallenfinger auf die Freunde. »*Mjam, mjam, mjam.*«

Nico zog den Dolch aus seiner Jackentasche. »Na los, komm doch her, du dämliche Echse. Wenn es sein muss, dann schlage ich dir mit meinem Messergriff den Schädel ein.«

Da stimmt etwas nicht. Kehrt unverzüglich zum Hausboot zurück.

Der Befehl war so eindeutig, dass Nico richtiggehend ins Straucheln geriet. Er merkte, wie ihm das Blut aus dem Gesicht wich.

Die Botschaft des Dings … es hatte sich angefühlt wie … Wut?

Im selben Augenblick bemerkte Nico hinter den Gremlins eine Bewegung. Eine *Menge* Bewegungen!

»Nico«, sagte Opal leise, fast so, als hätte sie Angst, das, was sie sah, auszusprechen. »Da sind nicht bloß Gremlins hier am Strand.«

Emma hielt den Atem an.

Tyler und Logan schlugen die Hand vor den Mund.

Zwischen den regennassen Bäumen hinter dem Anführer-Gremlin tauchten zähnefletschende Gestalten auf.

Hunderte.

Nico drehte sich ruckartig zu den anderen um. In ihren Blicken spiegelte sich die gleiche Angst, die auch er empfand.

Er rief das einzige Wort, das seine zugeschnürte Kehle hervorbringen konnte.

»Lauft!«

24.
Opal

Opal schlug die Tür hinter sich ins Schloss.

»Habt ihr das gesehen?«, stöhnte Tyler und schob sich rückwärts durch das Foyer des Hausboots. »Habt ihr gesehen, wie viele Phantome da draußen rumlungern?«

Emmas Brust hob und senkte sich wie ein Blasebalg. *»Hunderte!«*

»Wir hätten in den Tunnel flüchten sollen!« Logan fuchtelte mit den Händen herum. Er war außer sich vor Wut. »Jetzt sitzen wir in der Falle!«

Nico rannte in den Ausstellungsraum, und die anderen folgten ihm. »Sie können jeden Augenblick hier sein«, sagte er und holte einen Dolch aus einem verschrammten Sarg voller Waffen. »Los, nehmt euch auch was, damit ihr euch wehren könnt. Sofort!«

Keine gute Idee.

Opal hielt inne. Es war das zweite Mal, dass das Ding in diesem Ton mit ihnen redete. Seine Stimme bohrte sich mitten in Opals Gehirn. Sie wirbelte herum und starrte das Glas an. Das Ding erwiderte ihren Blick. Es schwebte in seiner Lösung und beobachtete sie.

»Was soll das denn heißen?«, sagte Opal. »Da draußen steht eine ganze Armee von Phantomen. Wir müssen uns schütz…«

Nein.

Wie ein Messer schnitt dieses eine Wort in ihren Geist, und Opal geriet unter seiner Wucht ins Taumeln. Die anderen griffen sich an die Köpfe.

»Ding, lass das«, sagte Opal, während ihr ein ungutes Gefühl über den Rücken lief. »Du brauchst nicht so zu … zu *brüllen*, oder was das sein soll. Wir können dich hören.«

Dann hallte ein neues Geräusch durch ihren Kopf. Leise und mit viel Echo.

Ein Kichern.

Die Härchen auf Opals Unterarm richteten sich auf.

Das Ding lachte. Aber worüber? Über sie?

Entschuldige. Der Mund des Dings verzog sich zu einem zufriedenen Grinsen. *Aber heute wird nicht mehr gekämpft.*

»Wieso denn nicht? Sind sie weg?« Logan trat ans Fenster und spähte hinaus in die Dunkelheit. Dann verspannte er sich, und ein banger Ausdruck legte sich auf sein Gesicht. »Sie sind überall. Sogar auf den Trittsteinen. Aber sie … sie bewegen sich überhaupt nicht.« Mit ängstlichem, verwirrtem Blick drehte er sich wieder um. »Sie stehen einfach nur da und beobachten das Hausboot. Als … als würden sie auf etwas Bestimmtes warten.«

Opal spürte einen dicken Knoten in der Magengegend. Sie sah Nico an, und dann hasteten sie wie auf Kommando gleichzeitig zurück ins Foyer. Mit zitternden Fingern stieß Opal die Haustür auf. Albtraumkreaturen mit leuchtenden Augen und Zähnen umringten den Teich. Manche schwebten im Wasser sanft auf und ab, andere bevölkerten die Wiese oder die umgebenden Klippen. Die Gremlins hockten mit gefletschten Zähnen auf dem ersten Trittstein.

Adrenalin pumpte durch Opals Blutbahnen. Sie zog die Tür ins Schloss und versuchte, sie zu verriegeln.

Kommt wieder zurück in den Ausstellungsraum. Bitte.

»Komm mit«, flüsterte Nico. »Irgendetwas stimmt hier nicht.« Sie schoben sich wieder durch den Vorhang und gesellten sich zu Emma und Tyler, die vor dem Podest standen, allerdings mit einem ganzen Schritt mehr Abstand als zuvor.

Logan blieb am Fenster stehen. »Wir brauchen einen Späher.«

Unnötig. Ich halte die Phantome in Schach.

Die Miene des Dings wurde immer unfreundlicher.

Oder soll ich es mir anders überlegen?

Wilde Schläge prasselten gegen die Eingangstür. Monströse Fratzen drückten sich gegen das Erkerfenster, so dass Logan schreiend zurückwich. Auf dem Dach ertönten stampfende Schritte, während sich dürre Gestalten über die Oberlichter beugten. Angesichts dieser vielen, bedrohlichen Kreaturen da draußen fing Opals Haut an zu kribbeln.

Logans Atem ging schnell, und er hatte sich von Kopf bis Fuß verkrampft. Tyler und Emma standen Schulter an Schulter beisammen. Nico wurde aschfahl im Gesicht, und sein Blick huschte zu der Wandverkleidung, hinter der sich das Finstertief verbarg. Opal fühlte sich gefangen zwischen den grässlichen Gestalten draußen und dem kleinen grünen Wesen im Einmachglas, das ihr allem Anschein nach nun nicht mehr freundlich gesinnt war.

Und was war das eigentlich für ein Geräusch?

Es klang wie Wellen, die gegen zerklüftete Felsen schlugen. Ein lebhaftes Brummen, das sie irgendwie an die Kluft erinnerte.

O nein.

Das war Dings Stimme in ihrem Kopf.

Das Finstertief erhebt sich, meine Freunde. Ist das nicht wundervoll?

Logan sprang mit einem großen Satz auf das Podest zu und packte das Glas, in dem das Ding schwamm, mit beiden Händen. »Was geht hier vor?«, wollte er wissen.

Das Ding lächelte ohne jede Fröhlichkeit oder auch nur den Hauch von Wärme. Stattdessen starrte es Logan aus seinen schwarzen Perlenaugen durchdringend an. *Eine seit Jahrhunderten bestehende Ungerechtigkeit wird nun endlich gerade gerückt, Menschlein. Und nun tritt zurück, bevor du dir wehtust.*

»Ich hab keine Angst vor dir!«, schrie Logan das Ding mit brechender Stimme an. »Hör sofort auf damit, ganz egal, was du gerade machst, sonst … sonst wirst du's bereuen. Du bist bloß ein dämliches … *Ding* … in einem beschissenen *Einmachglas*!« Seine Fingerknöchel waren ganz weiß geworden.

Das Ding verzog das Gesicht zu einer hämischen Grimasse und wirkte dabei so feindselig, dass Opal zu zittern begann.

Für einen kurzen Moment leuchteten Logans Hände rot auf, und er zuckte mit einem Schrei zurück.

»Das ist nicht gut«, keuchte Tyler und entfernte sich Schritt für Schritt von dem Podest. »Das ist sogar ganz, ganz schlecht.«

Du hast doch nicht ernsthaft geglaubt, du könntest mir etwas antun, Logan, oder? Das Ding änderte seine Blickrichtung. *Tyler, bleib stehen, sonst geschieht etwas, was dir mit Sicherheit nicht gefallen wird.*

Tyler erstarrte, und Nico stellte sich vor seinen zu Tode verängstigten Freund.

»Ding, was ist denn bloß los?«, sagte er leise. »Was ist das für eine Ungerechtigkeit, von der du gerade gesprochen hast?«

Emmas Augen funkelten im Licht, das sich in dem Glas spiegelte. »Ich … ich dachte, du wärst ursprünglich auch ein Fackelträger gewesen.«

Das Ding drückte seine winzigen Hände gegen das Glas. Seine Stimme bekam einen zornigen Klang. *Nein. Ich war ihr Gefangener.*

»Gefangener?«, wiederholte Tyler mit gerunzelter Stirn. »Habe ich das richtig verstanden?«

»Los, zerbrechen wir das Glas«, zischte Logan. »Wenn das Ding die Phantome da draußen unter Kontrolle hat, dann verschwinden sie vielleicht, wenn wir es kaputt machen.«

Die Lippen des Dings bekamen einen hämischen Ausdruck. *Lass es sein, Menschlein. Meine Geduld ist so gut wie am Ende.*

»Aber wir haben dir geholfen!«, stieß Emma hervor und stampfte mit dem Fuß auf. »Wir haben alles gemacht, was du wolltest, um die Kluft zu versiegeln. Wieso bist du jetzt plötzlich gegen uns?«

Erneut ertönte dieses grauenerregende Kichern. Opal hielt sich die Ohren zu, aber dadurch wurde es nur noch schlimmer. Das Geräusch war ja *in* ihrem Kopf.

Das Ding betrachtete Emma ruhig. *Ich bin plötzlich gegen euch? Nein. Das hast du falsch verstanden.*

Emma zitterte. Opal nahm sie an der Hand.

Das Bücherregal, das sie vor die Wandverkleidung gerückt hatten, fiel um. Die verborgene Tür zum Finstertief öffnete sich. Ein lautes Tosen hallte durch das Treppenhaus nach oben und ließ sogar die Dachbalken vibrieren. Opal hörte, wie Flüssigkeit gegen die Eisenstufen klatschte.

Ich kann mich nicht gegen euch stellen, weil ich nie mit euch zusammengearbeitet habe.

Opal hielt den Atem an. Sie sah, wie Nico den Kopf hängen ließ. Tyler schlug die Hand vor die Augen.

Ich gehöre nicht hierher. Ich bin schon viel zu lange in dieser Welt gefangen. Es wird Zeit, dass ich endlich nach Hause gehe.

»Aber gern!«, platzte Logan heraus. »*Geh!* Wieso bist du überhaupt hergekommen?«

Ich war neugierig. Könnt ihr das nicht nachvollziehen? Ich wollte wissen, was auf der anderen Seite ist, doch dann konnte ich nicht wieder zurück.

Eine große Traurigkeit ergriff von Opal Besitz, und dann erwachte eine schmerzhafte Erinnerung aus Kindertagen in ihr zum Leben. Einmal hatte sie in einem überfüllten Freizeitpark ihre Eltern verloren. Sie war ganz allein gewesen und hatte schreckliche Angst gehabt. Seit Jahren hatte sie nicht mehr an dieses Erlebnis gedacht.

Ja. Alleine.

Doch im nächsten Satz des Dings schwang Zorn mit.

Wegen der Fackelträger.

»Die Fackelträger gehören zu den Guten!«, entgegnete Nico mit blitzenden Augen. »Wenn sie nicht das Finstertief bewachen würden – und die Kluft auch, nehme ich an –, dann wäre die Erde ständig in Gefahr. Das haben wir doch selbst gesehen!«

Die Fackelträger sind nicht die, wofür ihr sie haltet.

Yvette Dumont hat mich gefunden und mich in dieses Glas gesteckt. Zugegeben, sie hat mir dadurch das Leben gerettet, wenn auch unabsichtlich. Gemeinsam haben wir alles dafür getan, um diese Welt vor der Zerstörung zu bewahren, aber dann hat sie mich zu ihrem Gefangenen gemacht. Und seitdem muss ich hier in diesem Glas …

Stille. »Wie lange?«, wollte Opal schließlich mit Flüsterstimme wissen.

Seit Jahrhunderten. Yvette hat sich meinen andauernden Bitten verweigert, genau wie ihre Nachfolger, Jahrzehnt um Jahrzehnt. Immer haben sie behauptet, dass es ihnen nur um das Wohl der Allgemeinheit ginge, aber letztendlich war ich derjenige, der den Preis dafür zahlen musste.

Erneut spürte Opal die große Trauer des Dings, doch die Wut, die immer wieder hinter der Trauer hervorbrach, war doppelt so stark. Eine Wut, die sich im Inneren des kleinen Klopses angestaut hatte, weil er nie eine Möglichkeit gehabt hatte, sie loszuwerden.

Die Fackelträger benötigten meine einzigartigen Fähigkeiten, um das Finstertief zu beherrschen und die Versiegelung der Kluft zu erhalten. Die Kluft ist eine grausame Wunde zwischen unseren Dimensionen – eine vergiftete Verbindung. Der Greifer, den du mit Nico im Inneren des Finstertiefs bekämpft hast … von dieser Sorte warten Tausende auf der anderen Seite. Sie alle wollen das Portal durchschreiten. Sie wollen diese Welt in Besitz nehmen. Und ich habe keine Lust mehr, für euch den Retter zu spielen.

»Warte«, sagte Opal hastig. Trotz aller Furcht spürte sie auch eine große Neugier. Das Rauschen im Untergeschoss wurde stetig lauter. »Du hast uns doch geholfen, die Kluft zu versiegeln. Wir sind zu der Bohrinsel rausgefahren und haben das Eisenpulver hineingeschüttet, so wie du gesagt hast. Wir haben alles …«

Das Lachen des Dings schallte durch ihre Köpfe.

Ihr habt die Kluft doch gar nicht versiegelt, Kindchen. Ihr wart mir vielmehr behilflich, sie zu öffnen. Die Eisenmenge, die ihr dem Wasser zugefügt habt, hat das empfindliche chemische Gleichgewicht der Elemente zerstört, das die Grundlage für die Barriere war.

Tyler verzog das Gesicht und kniff die Augen zusammen. »Wir haben dir also genau in die Hände gespielt.«

Sehr richtig. Dank euch, meine kleinen Fackelträger, ist jetzt alles bereit. Das Siegel ist für alle Zeiten zerstört und kann nicht wiederhergestellt werden. Der Weg durch die Kluft ist nun frei. Was fehlt, ist nur noch ein letzter Ruck von unserer Seite.

Das Hämmern an der Tür, am Fenster, auf dem Dach wurde lauter.

Diese Phantome gehören zu mir. Ich habe sie selbst aus dem Finstertief hervorgeholt.

»Auch die Bestie?«, stieß Tyler hervor.

Das Ding schüttelte seinen winzigen Kopf. *Ich habe nicht gelogen. Der Leviathan ist kein verirrter Gedanke. Er ist ein Wesen aus meiner Welt. Auch er ist hier gestrandet.*

Draußen ertönten gierige Schreie. Eigentlich wollte Opal nichts anderes, als sich irgendwo verstecken, doch der eiskalte Blick des Dings hielt sie fest und sie blieb wie angewurzelt stehen.

Opal. Du hast mir als Erste zugehört, darum hör mich jetzt an. Ich möchte niemandem wehtun, aber solltet ihr euch mir in den Weg stellen, habe ich keine andere Wahl. Ich gehe jetzt nach Hause, und nichts und niemand wird mich davon abhalten.

»Du hast gesagt, die Kluft sei eine … Wunde.« Opal drückte sich eine Hand an die Schläfe. »Und dass die Fackelträger dich hier gefangen gehalten haben, damit sie nicht wieder aufbricht. Wofür haben sie dich überhaupt gebraucht?«

Das ist nicht länger von Bedeutung. Es reicht, wenn ihr wisst, dass ich mit meiner Gegenwart die Kluft neutralisiert habe, auch wenn von Zeit zu Zeit das eine oder andere Wesen hindurchgeschlüpft ist. Aber das alles spielt nun keine Rolle mehr.

Logan ächzte vernehmlich. »Und was passiert, wenn du wieder zurückgehst?«

Meine Rückkehr wird das Portal weit aufreißen, und ihr werdet nicht in der Lage sein, es wieder zu schließen.

»Aber dann kommen all diese Kreaturen aus deiner Welt in unsere!«, rief Nico. »Und ohne dich können wir sie nicht in Schach halten. Dann sind wir alle dem Untergang geweiht.«

Das ist nun nicht mehr mein Problem. Ihr könnt mich nicht daran hindern, eure Welt zu verlassen.

Opal hörte, wie die Eingangstür krachend aufflog. Der Vorhang wehte beiseite, und eine ganze Schar Phantome strömte in den Ausstellungsraum. Gnome, gehörnte Teufel, ein Drache mit einer Rauchwolke um den Hals. Der Gremlin mit der Platzwunde kam laut gackernd auf den Schultern eines riesigen Trolls mit Insektenaugen hereingeritten.

In das Untergeschoss, bitte. Dort werdet ihr so lange bleiben, bis ich in meine Welt zurückgekehrt bin. Und dann … viel Glück.

Die Phantome kamen näher. Unvermittelt zuckte Emmas Hand nach vorne, und ein Fackelträger-Dolch flog auf den Insektentroll zu. Die Klinge fuhr direkt durch seinen Schädel, prallte gegen die dahinter liegende Wand und fiel zu Boden.

Das Ding legte die Stirn in Falten. *Das wird euch gegen die*

Armee, die ich geschaffen habe, nichts nützen. Aber nun ist meine Geduld am Ende.

Die Kreaturen kamen wieder ein Stück näher. Opal und die anderen flüchteten zur Treppe. Da unten wartete zwar das Finstertief auf sie, aber wenigstens blieben sie dort von den Phantomen, die das Ding erschaffen hatte, verschont. Nico schob die Wandverkleidung zu und verriegelte sie von innen. Die Phantome trommelten gegen das Holz, begleitet von lautem Heulen und Gelächter. Inmitten des Lärms war das Lachen des Dings deutlich zu hören.

Da flammte eine plötzliche Wut in Opal auf. Sie saßen in der Falle. Unter ihnen, am Fuß der Treppe, nahm das sprudelnde Wasser des Finstertiefs den Keller in Besitz. Opal blickte die anderen an, die sich auf den immer nasser werdenden Treppenstufen zusammenkauerten.

Sie kannte die grausame Wahrheit, noch bevor das Ding sie in ihrem Kopf aussprach.

Jetzt seid ihr meine *Gefangenen.*

4. TEIL
Die Kluft

25.
Nico

Stufe für Stufe nahm das tintenschwarze Wasser die Treppe in Besitz.

»Wir müssen hier raus!«, rief Nico und knipste die elektrische Laterne an, die sie in einer kleinen Nische neben der Schiebewand deponiert hatten. Dahinter hörte er die Phantome lachen und geifern und dazwischen immer wieder lautes Klirren oder Splittern. Das Hausboot war voller blutrünstiger Kreaturen, die sich köstlich zu amüsieren schienen.

»Ist das das Finstertief?«, schrie Tyler mit weit aufgerissenen Augen und starrte auf die blubbernde, zischende Flut. »Oder geht das Hausboot womöglich gerade unter? *Versinkt es im Finstertief?*«

Logan schluckte. »Oh, Mann, daran habe ich noch gar nicht gedacht.«

Opal kaute auf ihrer Unterlippe herum, während ihre Augenbrauen ein besorgtes V formten.

Der Weg durch den Ausstellungsraum war ihnen versperrt – dort warteten Dutzende Ungeheuer nur darauf, ihnen den Kopf abzureißen, und dazu hockte das Ding in seinem Einmachglas wie ein König auf dem Thron. Aber was war mit der gurgelnden Flüssigkeit unter ihnen? War es immer noch möglich, durch das Finstertief in den Teich zu gelangen? Und selbst wenn … was würde sie am Ufer des Teichs wohl erwarten?

Das Wasser hatte mittlerweile die Mitte der Treppe erreicht. »Soll ich es anfassen?«, fragte Emma die anderen.

»Nein!«, rief Tyler und fuchtelte verzweifelt mit den Armen.

»Es muss doch einen Ausweg geben«, sagte Opal, während sie die Finger abwechselnd spreizte und zu Fäusten ballte. »Wir dürfen nicht zulassen, dass das Ding seinen Plan in die Tat umsetzt. Wir müssen verhindern, dass die Kluft aufreißt, bevor es zu spät ist.«

»Hast du mal einen Blick nach draußen geworfen?«, sagte Logan. »Es ist ja jetzt schon zu spät! Selbst wenn keine weiteren Phantome mehr dazukommen, wie sollen wir die aufhalten, die bereits da sind? Sie reagieren ja nicht mal auf unsere Dolche!« Logan knirschte mit den Zähnen – er war offensichtlich kurz vor einem Nervenzusammenbruch. »Über kurz oder lang finden sie auch den Tunnel und können die Insel verlassen, und dann ist Timbers verloren. Ein paar von diesen Viechern können ja sogar schwimmen!« Er hielt inne, und es war ihm deutlich anzusehen, wie er versuchte, sich wieder einigermaßen in den Griff zu bekommen. »Es ist Halloween. Überall sind verkleidete Kinder unterwegs, um Süßigkeiten einzusammeln, aber diese Monster da draußen, die sind echt!«

Opal erblasste. Ihr fiel genau so wenig ein wie Nico. Wie sollten sie eine ganze Armee aufhalten, wenn sie nicht wussten, wie sie sie bekämpfen sollten?

Tyler schnipste mit den Fingern. »Die Phantome! Die gehören doch zum Ding!«

Nico blinzelte seinen Freund verwundert an. »Das Ding hat gesagt, dass es sie erschaffen hat. Aber was spielt das für eine Rolle?«

Tyler, die Augen weit aufgerissen, zuckte mit den Schultern. »Keine Ahnung, aber die Dolche funktionieren ja offensichtlich nicht mehr. Vielleicht hat das Ding … ich weiß auch nicht … eine andere *Art* von Phantomen erschaffen. Schließlich ist es ja ein Alien oder so was.«

Opal umklammerte Tylers Unterarm. »Ja, genau! Diese Phantome da stammen nicht aus einem menschlichen Gehirn, darum benehmen sie sich auch anders als die, die wir erschaffen haben. Das klingt logisch! Jetzt müssen wir nur noch rauskriegen, wie wir sie verjagen können.«

»Super.« Verzweifelt warf Logan die Hände in die Luft. »Und wie sollen wir das anstellen?«

Mit einem Mal riss Emma die Augen weit auf. »Au Mann, heute Abend ist wirklich ein sehr schlechter Zeitpunkt für eine Epidemie der Phantome. Bridger hat irgendetwas vor. Wenn wir nicht …«

Im Mittelpunkt der Wassermasse bildete sich ein Geysir. Eine dunkle Welle schwappte an den Rand des Raums und zwang sie, noch ein paar Stufen höher zu klettern. Dann versiegte die Fontäne wieder, und das Wasser beruhigte sich.

Eine unangenehme Stille legte sich über das Kellergeschoss des Hausboots. Von den Zerstörungsgeräuschen hinter der Wandvertäfelung war nun ebenfalls nichts mehr zu hören.

»Da ist irgendwas passiert«, flüsterte Tyler.

Behutsam entriegelte Logan die Schiebetür, doch sie ließ sich nicht von der Stelle bewegen. »Die Tür klemmt. Ich krieg sie nicht auf.«

Das Wasser gurgelte noch einmal und wurde dann glatt und schimmernd wie Obsidian. Die Flut stieg zwar nicht mehr weiter an, aber sie saßen in der Falle.

Nico ballte die Fäuste. Er musste jetzt eine Entscheidung fällen, und es gab nur eine einzige Möglichkeit.

»Ich zuerst«, sagte er und schob sich an den anderen vorbei bis zur Wasserkante.

Bist du das Finstertief, das aus seinem Bassin entkommen ist? Bringst du mich einmal mehr ins Nichts?

»Mmhmm«, sagte Tyler und stellte sich, wenn auch zögerlich, neben Nico. »Hier geht niemand alleine irgendwohin.« Er holte einmal tief Luft und sagte dann mit kläglicher Stimme. »Nicht mal … da rein. Ich komme mit, Nicolas. Wir erledigen das gemeinsam. Du und ich.«

»Diesen Macho-Quatsch könnt ihr euch sparen«, schaltete sich Opal ein und stellte sich auf die Treppenstufe hinter ihnen. »Wenn ihr springt, dann springe ich auch. Keine Widerrede.«

Nico sah sie an und wollte gerade etwas einwenden, da sagte Emma: »Gilt auch für mich. Fackelträger halten zusammen.«

»So wie damals, vor Jahrhunderten, als sie das Ding in ein gläsernes Gefängnis gesteckt haben?«, bemerkte Logan sarkastisch, doch dann wand er sich unter Emmas starrem Blick und sagte: »Also gut. Klar, springen wir alle zusammen.« Er warf einen angewiderten Blick auf die trübe Flüssigkeit vor Tylers Füßen. »Ich bleibe ganz bestimmt nicht alleine hier.«

Nico war zwar gerührt, aber in diesem Fall hatten seine Freundinnen und Freunde unrecht. Er musste ihnen deutlich machen, dass sie sich irrten.

»Leute, ich springe da rein, aber als Einziger.« Bevor die anderen etwas entgegnen konnten, hob er abwehrend die Hand. »Wir haben keine Ahnung, was das da ist oder ob das Finstertief überhaupt noch funktioniert. Wir wissen ja nicht mal, ob man immer noch in den Teich kommt, wenn man hier reinspringt. Warum sollten wir das zu fünft riskieren, nur um uns dann unter Wasser irgendwie zu verheddern?« *Oder womöglich dort unten in irgendeinen tödlichen Schrecken eingesaugt zu werden.* Doch diesen Satz sagte er nicht laut.

»Aber warum willst ausgerechnet du das Risiko eingehen?«, erwiderte Opal wie aus der Pistole geschossen. »Ich bin eine sehr gute Schwimmerin. Ich kann das doch machen.«

»Du bist von uns allen die beste Schwimmerin, aber ich brauche dich, falls du eine Rettungsmission auf die Beine stellen musst. Falls ich nämlich aus dem Teich ausgespuckt werde und auf der Wiese lande, wo die Phantome mich dann auf den Grill legen wollen.« Er versuchte zu lächeln, aber ihm war klar, dass das sehr gezwungen wirkte. »Wenn ich in fünf Minuten nicht wieder zurück bin, dann kommt auf keinen Fall nach. Brecht irgendwie die Wand auf und versucht euer Glück gegen das Ding.«

Nico spürte das Zögern der anderen, obwohl Logan eindeutig erleichtert wirkte, auch wenn er versuchte, es sich nicht anmerken zu lassen. Das Wasser bedeckte inzwischen das gesamte Untergeschoss und sah aus wie ein glänzender Spiegel.

»Überlass das mir«, sagte Nico leise. »Jetzt bin ich mal an der Reihe.«

In Opals Gesicht zuckte es, aber dann nickte sie. »Okay, Nico. Zeig uns den Weg.« Hastig stieß sie die folgenden Worte hervor. »Aber wenn du nicht schnell wieder da bist, springe ich hinterher, also beeil dich lieber und sieh zu, dass du fertig wirst.«

Nico nickte knapp. Dann spürte er, wie Tyler ihm den Arm drückte und Emma ihn mit beiden Armen von hinten umschlang. Logan knuffte ihm gegen die Schulter. Nico streifte seine Jacke und nach kurzem Überlegen auch seine Jeans ab. Er wollte nicht noch schwerer werden als nötig. Seine Ohren brannten wie Feuer, während Emma und Opal absichtlich in eine andere Richtung blickten. Die Kälte im Raum traf ihn wie ein Faustschlag.

Es gibt keinen Grund, es länger rauszuzögern.

Nico holte dreimal tief Luft, hielt den letzten Atemzug an und sprang in das schwarze Nass.

Es war so kalt, dass es ihn beinahe lähmte. Er stieß sofort sämtliche Luft aus den Lungen und mühte sich krampfhaft, in dem lichtlosen Dunkel irgendetwas zu erkennen. Er schwamm nach unten, dorthin, wo er das Loch im Boden vermutete. Wo das Finstertief an seine Grenze gestoßen war, bevor es übergelaufen war.

Seine Gliedmaßen fühlten sich nun immer leichter an. Die Kälte fiel allmählich von ihm ab. Ob er langsam ohnmächtig wurde? Drohte ihm eine Unterkühlung? Nico schwamm noch kräftiger, drang noch weiter in die Dunkelheit vor.

Farbige Blitze zuckten durch sein Gehirn. Violett und rot, dazwischen gelbe Streifen. Ihm war klar, dass das kein normales Wasser war. Seine Fingerspitzen streiften den Holzfußboden, und als er ihn mit kreisförmigen Bewegungen abtastete, stieß er gegen die Kante des Bassins. Mit brennenden Lungen zog er sich hinein.

Die Farben wurden noch intensiver. Eigenartige Töne erklangen um ihn herum.

Mutiger, als ich gedacht hätte, sagte eine Stimme, die ihm nah und gleichzeitig auch sehr fern vorkam. *Aber du solltest im Moment lieber nicht zu tief in das Finstertief vordringen. Dort herrscht eine … sehr elektrifizierende Atmosphäre. Außerdem hat meine Phantomarmee sich einen neuen Zeitvertreib erdacht, der dich durchaus interessieren könnte. Den Einwohnern von Timbers steht jedenfalls ein ganz besonderer Abend bevor.*

Ohne auf die Stimme zu achten, schwamm Nico durch das Loch im Boden. War er schon unter dem Hausboot? In der grenzenlosen Leere des Finstertiefs? Wo endete diese Welt, und wo begann die nächste?

Er bekam nun keine Luft mehr. Licht drang durch seine geschlossenen Augenlider. Er machte den Mund auf und atmete Salzwasser ein. Die Panik brachte ihn fast um den Verstand.

Nico fing an zu sinken und stieß einen lautlosen Schrei aus.

Nein.

Etwas zog an ihm …

Eine Kraft packte ihn an den Hüften. Sie war kalt und stark und voller Bösartigkeit. Er versuchte, sich aus dem Griff zu winden, wurde aber immer weiter hinabgezogen. Kein Sauerstoff mehr. Keine Kraft mehr. Beißender Schwefelgestank hüllte ihn ein.

Nico sank immer tiefer und näherte sich einer eiskalten … *Präsenz*. In seinem Kopf drehte sich alles. Es fühlte sich anders an als damals, als er gemeinsam mit Opal in die Leere des Finstertiefs gesprungen war. Stärker. Älter. Sein Körper bebte unter dieser vernichtenden Berührung. Nico nahm all seine verbleibende Kraft zusammen, trat aus und wand sich hin und her, wollte sich frei kämpfen.

Die erbarmungslose Kraft ließ ihn los.

Er schwebte nach oben, ohne die Energie zu haben, sich dagegen zu wehren.

Plötzlich spürte er eine gewaltige Hitze.

Dann wurde er bewusstlos.

* * *

Nico kam am Teichufer zu sich.

Er rollte sich auf die Seite und spuckte keuchend und röchelnd fünf Liter Wasser auf die Wiese. Seine Zähne klapperten, ohne dass er etwas dagegen tun konnte, und die eiskalte Luft über der Stummen Bucht brachte seine Haut zum Kribbeln. *Ich brauche unbedingt was zum Anziehen.* Aber er lebte. Er war durch das Bassin in den Teich gelangt, wie so viele Male zuvor. Aber was war ihm da unten in der schwarzen Tiefe begegnet? Was hatte dort an ihm gezerrt?

Später. Jetzt muss ich meinen Freunden helfen.

Es hatte aufgehört zu regnen, und die finstere Nacht war angebrochen. Mühsam rappelte Nico sich auf und blickte sich um.

Nichts. Keine Phantome weit und breit.

Wie lange war er bewusstlos gewesen? Er musste an Opal denken und daran, dass sie nach ihm in das düstere Wasser springen wollte. Bei dem Gedanken hätte er sich beinahe noch einmal übergeben.

Nico entdeckte die Lichter des Hausboots und rannte, so schnell er konnte, zu den Trittsteinen. Zögerlich näherte er sich der Eingangstür, bis er sah, dass sie offen stand. Kein Geräusch war zu hören. Es sah so aus, als sei das Boot leer. Nico nahm all seinen Mut zusammen, stürmte ins Foyer und weiter in den Ausstellungsraum. Er würde das Einmachglas mit dem Ding vom Podest stoßen, so dass es in tausend Scherben zerbrach.

Doch dann blieb er abrupt stehen. Das Podest war leer,

und es war nichts als ein kreisrunder Fleck darauf zurückgeblieben.

Das Ding war verschwunden, genau wie die Phantome.

Keine Zeit darüber nachzudenken. Nico rannte zu der verborgenen Schiebetür, die von einem massiven Kleiderschrank verdeckt wurde. Den mussten die Phantome dorthingeschoben haben. Unter Aufbietung aller Kräfte versuchte Nico, ihn wegzuschieben, doch das gewaltige Möbelstück rührte sich nicht vom Fleck. Er trommelte mit den Fäusten gegen die Wandverkleidung.

»Opal! Tyler! Könnt ihr mich hören?«

»Ja!«, ertönte Logans gedämpfte Stimme. »Beeil dich, Nico! Das Wasser … es … es glüht!«

Nico wirbelte herum, lief zu dem Waffensarg und entdeckte darin eine alte Lanze. Er schnappte sich die Waffe, dann kehrte er wieder zur Tür zurück. »Logan, da steht ein riesiger Kleiderschrank vor der Schiebetür. Den kriege ich allein nicht bewegt. Ich kann versuchen, ihn wegzurücken, aber dazu brauche ich deine Hilfe. Ich zähle bis drei, und dann drückst du von innen dagegen, so stark du nur kannst, okay?«

Logan sagte »Okay«, und Nico stemmte die Spitze der Lanze hinter die Kommode.

»Eins … zwei … *drei.*«

Nico stemmte ein Bein gegen die Wand und zog an der Lanze, spannte sämtliche Muskeln an. Von der anderen Seite der Verkleidung war lautes Ächzen zu hören. Einige wenige quälende Sekunden lang passierte gar nichts, doch dann rutschte die Kommode zwei, drei Zentimeter nach vorne. Die Verkleidung wurde ein Stückchen verschoben, und in dem Spalt kamen Logans Augen zum Vorschein.

»Es funktioniert!«, sagte Nico. »Weitermachen.«

»Beeilung, Nico! Das Wasser steigt schon wieder.«

Noch einmal strengten sie alle ihre Kräfte an. Noch einmal gewannen sie zwei, drei Zentimeter. Nico holte tief Luft, dann stemmte er sich mit beiden Füßen gegen die Wand und zog mit aller Kraft, die er aufbieten konnte, an der Lanze. Der Schrank kippte um und landete krachend auf dem Fußboden. Nico ebenfalls, so dass ihm sämtliche Luft aus der Lunge gepresst wurde.

Emma schlängelte sich durch die Öffnung und hielt etwas in den Händen. »Alles okay? Hier, äh, da ist deine Hose.«

»Alles bestens«, schnaufte Nico mit hochrotem Gesicht, kam hastig auf die Beine und schlüpfte in seine Jeans. »Ist mir nie besser gegangen. Hilf mir mal.«

Gemeinsam schoben sie den umgekippten Kleiderschrank noch einmal dreißig Zentimeter zurück. Nico ging in die Knie, wischte sich den Schweiß von der Stirn und sah sich dann Auge in Auge Tyler gegenüber, der ihn bei seiner Flucht von der Treppe beinahe über den Haufen gerannt hätte.

»Es ist schon fast ganz oben!«, schrie Tyler aus voller Kehle und verdrehte die Augen wie ein zu Tode erschrecktes Pferd. »Das Finstertief will uns holen!«

Als Nächstes kam Opal, gefolgt von Logan, der sich so schmal wie möglich machte, um durch die Lücke zu passen.

Dann schob er die Verkleidung wieder an Ort und Stelle. »Ich hoffe bloß, dass das wasserdicht ist«, keuchte er mit zweifelndem Blick.

»Nur eine Minute später …«, sagte Opal und gab Nico seine Jacke und seine Turnschuhe. Dabei lächelte sie ein wenig zu gequält. »… und wir wären auch reingesprungen.«

Nico ließ sich auf die Bank fallen und legte die Hände auf die Knie. »War gar kein Ding«, murmelte er, bevor er in seine Schuhe und in die wärmende Jacke schlüpfte.

Logan ließ den Blick durch den leeren Ausstellungsraum schweifen. »Wo sind denn all die Phantome hin?«

Nico riss den Kopf nach oben. »Das Ding hat gesagt, sie hätten einen anderen Zeitvertreib gefunden, der mich vielleicht interessieren könnte. Hat jemand eine Idee, was das sein soll?«

Emma wurde leichenblass. »Ich.«

Alle Blicke wandten sich ihr zu. Sie raufte sich mit beiden Händen die Haare. »Wie gesagt, heute ist ein ganz schlechter Zeitpunkt für einen Ausbruch der Phantome.«

»Was soll das nun wieder heißen?«, erkundigte sich Tyler. »Wann wäre denn ein guter Zeitpunkt?«

»Du kapierst es nicht«, stieß Emma mit weinerlicher Stimme hervor. »Vorhin, als ich noch zum Team gehört habe, hat Bridger nämlich über eine neue, großartige Idee gesprochen. Sie wollen am Strand eine Szene nachstellen. Es soll so aussehen, als würde die Bestie angreifen oder so was in der Art. Sie haben die Suche nach der echten Bestie sicher längst aufgegeben und sind zu ihrem alten Plan zurückgekehrt.«

»O nein.« Opal schlug die Hand vor den Mund. »Das heißt, die wollen filmen, während überall diese wild gewordenen Phantome rumlaufen?«

»Das ist noch nicht alles.« Emma schluckte »Bridger hat gesagt, dass er der Bürgermeisterin und ein paar anderen Einheimischen schon Bescheid gesagt hat. Das bedeutet, dass es sich mittlerweile in der ganzen Stadt rumgesprochen hat, und wahrscheinlich wollen viele runter zum Strand gehen und zuschauen, wie sie das drehen. Ich glaube, dass Colton genau das beabsichtigt hat. Er will möglichst viele Zuschauer haben. Er spekuliert darauf, dass an Halloween alles passieren kann.«

Nico starrte Emma entsetzt an. »Wo wollen sie das denn drehen?«

Emma kniff die Augen fest zusammen. »Direkt vor Razor Point.«

Bebend holte Logan Luft. »Das ist gerade mal einen Kilometer von hier entfernt. Und dann stehen sie alle direkt am Wasser. In der Dunkelheit.«

Nico nickte. Die folgenden Worte brachte er nur mit größter Mühe heraus.

»Da sind sie eine ganz leichte Beute.«

26.
Opal

Opal stand auf der Klippenspitze und spähte hinab.

»Da!« Sie streckte den Finger aus. »Die Lichter am Strand. Das müssen sie sein.«

Emma zitterte so sehr, dass die elektrische Laterne in ihrer Hand auf und ab hüpfte. »Wir müssen sie irgendwie aufhalten.«

Opal nickte und holte Luft, bereitete sich innerlich auf den nächsten Sprint vor. Sie waren bereits durch den ganzen Tunnel unter der Stummen Bucht hindurchgerannt und anschließend, mit vor Angst und Erschöpfung pochenden Herzen, den schmalen Pfad hinauf und an Fort Bulloch vorbei bis zum Razor Point gelaufen. Unterhalb erstreckte sich der breite, festgetretene Sandstrand vom Leuchtturm bis zu mehreren hohen Klippen, die nur noch anderthalb Kilometer von Timbers entfernt waren.

Dieser Strandabschnitt war nur über zwei Wege erreichbar. Der eine begann da, wo sie jetzt standen, der andere am hinteren, näher an der Stadt gelegenen Ende. Jetzt nahm Opal dort unten eine Bewegung wahr. Am Rand des von Scheinwerfern beleuchteten Bereichs hatte sich eine

Menschenmenge versammelt. Leises Murmeln war zu hören.

Nico stieß einen unterdrückten Fluch aus. »Die halbe Stadt muss hier rausgekommen sein. Will dieses Jahr eigentlich niemand Süßigkeiten sammeln?«

Logan schlug sich mit der flachen Hand gegen die Stirn. »O Gott. Ich glaube, da ist mein Dad. Ob der Sheriff womöglich auch da ist? Ich hab echt keine Lust, zu all dem auch noch verhaftet zu werden.«

»Und ich hatte gehofft, dass Bridger das Ganze abbläst und stattdessen lieber die Bestie verfolgt«, stieß Nico düster hervor. »Aber offensichtlich klebt uns das Pech ständig an den Sohlen.«

Opal sah, wie Bridger in das gleißende Scheinwerferlicht trat und mit den Armen fuchtelte, während er seinem Team irgendwelche Anweisungen zubellte, aber sie waren zu weit entfernt, um seine Worte zu verstehen. »Na los. Gehen wir. Colton sieht ziemlich aufgeregt aus. Wer weiß, was er vorhat, jetzt, wo er glaubt, dass er ein echtes Seeungeheuer entdeckt hat.«

»Na ja, hat er ja«, wandte Tyler ein. »Das ist ja das Verrückte.«

Opal ging voraus und führte die anderen den Pfad hinunter. Am hinteren Ende der Menge angelangt, schlängelten sie sich Stück für Stück weiter nach vorne. Opal erkannte viele bekannte Gesichter – Bürgermeisterin Hayt, Megan Cook, ihre Mom und sogar Mrs Johnson, die steinalte Bibliothekarin aus der Stadtbücherei. Carson und Parker kauerten neben einem Kamerastativ, und es war ihnen anzusehen, dass sie der Versuchung, irgendeinen Blödsinn anzustellen, nur mit Mühe widerstehen konnten. Dazu kamen *massenhaft* Teenager. Evan Martinez stand neben einem Mädchen in einem *Wonder-Woman*-Kostüm, das ihm gerade etwas ins Ohr flüsterte und anschließend kicherte. *Igitt!*

Dann entdeckte Logan Sheriff Ritchie und lenkte die Gruppe in eine andere Richtung.

Die Schaulustigen beobachteten die Vorbereitungen des Filmteams mit unterschiedlich großer Begeisterung. Manche schienen regelrecht fasziniert von den Scheinwerfern und der fast mit Händen zu greifenden Aufregung. Andere musterten mit sichtbarem Missfallen den Kamerawagen, der auf einem für Autos gesperrten Strandabschnitt parkte. Bridger rannte hierhin und dorthin, probierte verschiedene Winkel aus und achtete nicht auf das, was um ihn herum vorging. Eines war jedenfalls sicher: Das hier war ein Halloween-Abend, den niemand in Timbers je wieder vergessen würde.

»Platz da, bitte!«, rief Emma laut. »Lasst die Kameraassistentin durch!«

Zögerlich bildete sich eine Gasse, und die Freunde drängten sich bis ganz nach vorne. Sie stiegen über zwei orangefarbene Warnkegel und näherten sich den Kameras.

Jake zog die Augenbrauen in die Höhe. »Du bist wieder da.«

»Ja, genau«, fauchte Emma ihn an. »Vielen Dank auch! Wir sind die ganze Strecke bis hierhin gepaddelt. Und von wegen geheime Insel … auf der anderen Seite des Bergrückens ist ein Treffpunkt für irgendeine bescheuerte Jugendgruppe, die Bogenschießen trainiert. Ich hab doch gleich gesagt, dass es in der Stummen Bucht stinklangweilig ist.«

Jake zuckte nur mit den Schultern und wies mit dem Kopf auf Bridger, der gerade Derek zusammenstauchte, weil der das Mikrophon falsch platziert hatte. »An deiner Stelle würde ich ihn jetzt lieber in Ruhe lassen. Seit dieses … was immer es auch gewesen sein mag … uns entkommen ist, steht er unter Hochspannung.« Jake schauderte. Offensichtlich dachte er an die Welle, die sie bis in den Skagit Sound verfolgt hatten. »Beim Verlassen der Bucht haben wir einen Felsen gestreift, und das Ruderboot wäre beinahe untergegangen. Bridger war stinksauer. Als wir dann wieder am Strand waren, wollte er, dass wir zu unserem alten Plan zurückkehren und die Szene nachstellen, weil wir sonst überhaupt kein Material für das Finale haben. Und deswegen muss ich jetzt an Halloween arbeiten.«

Emma und Opal gingen auf Bridger zu, der gerade ein Mikrophon an seinem Kragen befestigte. Er hob den Blick, sah die beiden Mädchen und zuckte so heftig zusammen, dass er um ein Haar das Gleichgewicht verloren hätte, da er mit einem Arm in seinem Hemd feststeckte. Er fixierte Emma.

»Wie schön, dass du wieder da bist, Elizabeth. Ich dachte schon, du hättest gekündigt.«

Emma klappte der Unterkiefer nach unten. »Ihr habt mich einfach *stehenlassen*!«

»Pfff.« Bridger machte eine wegwerfende Handbewegung. »Ich hab doch gewusst, dass du dir was einfallen lässt.« Dann beugte er sich mit funkelnden Augen nach vorne und sagte in leisem, dringlichem Tonfall. »Beinahe hätte ich das Seeungeheuer vor die Kamera bekommen. Es war *gewaltig*. Hast du es auch gesehen?«

»Ich habe nur eine Welle gesehen«, sagte Nico betont beiläufig, während er sich neben Emma stellte. »So was kommt im Meer gelegentlich vor. Vielleicht hat sich ja auch ein Orca in die Bucht verirrt.«

Tiefe Falten zeigten sich auf Bridgers Stirn. »Unsinn. Das muss die Bestie gewesen sein. Es … es gibt sie *wirklich.*« Das letzte Wort sagte er leise, fast wie zu sich selbst, so als könnte er es kaum glauben. »Wir geben Vollgas. Der Titel dieser Produktion lautet Besti-O-Ween! Eine nervenzerfetzende, anschauliche Darstellung von Augenzeugenberichten. Wir haben Requisiten besorgt und alles, was man sonst noch dafür braucht.«

Jetzt bemerkte Opal ein längliches, lilafarbenes Plastikteil, das am Transporter lehnte, und daneben ein zweites Stück, von dessen Spitze mehrere Tentakeln herabbaumelten. Derek hatte sich inzwischen in einen Neoprenanzug gezwängt und schnallte sich gerade mit mürrischem Gesicht das erste Plastikteil um.

»*Das* soll Ihre Bestie sein?« Logan schnaubte verächtlich.

»Wenn wir die Bilder erst mal bearbeitet haben, sieht es prima aus«, fauchte Bridger zurück. »Und jetzt verzieht euch. Hier wird gearbeitet. Ich habe die Pflicht, etwas Magisches zu erschaffen.« Er stapfte davon und brüllte lauthals um Ruhe.

Opal rannte ihm nach. »Colton, bitte! Sie müssen die Aufnahmen abbrechen. Wenn Sie weitermachen, bringen Sie die Menschen in Gef…«

Bridger fuhr ruckartig herum. »Abbrechen? Was soll das denn heißen?« Er legte die Spitzen seines Daumens und seines Zeigefingers aufeinander. »Ich bin *so* dicht davor, Geschichte zu schreiben. Ein echtes, *leibhaftiges* Seeungeheuer! Wir drehen hier eben diese eine Szene, als reine Vorsichtsmaßnahme, und dann suche ich dieses Wesen und mache Aufnahmen, die … die *alles* verändern werden. Nichts kann mich daran hindern.«

Opal starrte ihn an. Bridger hatte fast Schaum vor dem Mund. Ob er vielleicht durch die Tatsache, dass er die Bestie beinahe mit eigenen Augen gesehen hätte, irgendwie übergeschnappt war? Jetzt jedenfalls wich er zurück, legte die Hände an die Lippen und brüllte: »Ruhe am Strand!«

Nico tippte Opal auf die Schulter. »Wir haben es versucht. Jetzt können wir nur noch hoffen, dass er ni…«

Irgendwo weit draußen auf dem Meer ertönte ein Geräusch. Ein feuchtes, zischendes Pfeifen.

Opal spürte, wie ein Schauder ihren ganzen Körper erfasste. »O nein.«

Eine einsame Welle klatschte an den Strand und schickte ihren glitzernden Schaum bis unter die Scheinwerfer. Das Filmteam wich aufgeschreckt zurück.

»Wir sind zu spät gekommen!«, flüsterte Nico.

Augen schälten sich aus der Dunkelheit. Mächtige Schatten.

Bridger kniff verwirrt die Augen zusammen. »Was ist denn da los? Ich habe doch noch gar nicht *Action* gesagt. Wieso ist Derek schon im Wasser?« Doch dann sah er Derek neben dem Transporter stehen und sich den Kopf kratzen. Als Bridger sich wieder dem Meer zuwandte, war sämtliche Farbe aus seinem Gesicht gewichen.

Schattengestalten krochen träge aus den Fluten. Opal spürte, wie ihr das Blut in den Kopf schoss.

»Leute.« Logans Stimme klang brüchig. »Ich glaube, wir sollten schleunigst von hier verschwinden.«

»Ganz genau.« Tyler wich bereits zurück und stieß mit Emma zusammen, die wie angewurzelt dastand.

Opal konnte nicht anders, als unentwegt in die Finsternis zu starren. Gleich würde das Schlimmste seinen Lauf nehmen, und sie konnten nicht das Geringste dagegen unternehmen.

Die Phantome des Dings hatten das Ufer erreicht.

Es war, als würden sie das Ende der Welt miterleben.

Eine ganze Armee stürmte aus dem Wasser an Land. Die Phantome, die nicht schwimmen konnten, sprangen von den Rücken der anderen.

Überall waren schrille Schreie zu hören, und dann brach am Strand das nackte Chaos aus. Im harten Licht der Scheinwerfer sah man kreischende Menschen fliehen, bis die ganze Konstruktion ins Wanken geriet und die umgekippten Lichter gruselige Schatten in alle Richtungen warfen. Phantome flitzten hierhin und dorthin und verbreiteten schiere Panik unter den zu den Klippen fliehenden Einwohnern der Stadt.

Opal war am Rand der Hysterie. *Sie sind überall! Das können wir niemals vertuschen.*

Auch der Gremlin mit der Platzwunde war wieder da, immer noch auf dem Rücken des riesigen Insektentrolls. Von einem wilden, gackernden Lachen begleitet, fing der unerträgliche Kerl an, die alte Lady Johnson über die Dünen zu jagen. Jacqueline, Derek und Jake rannten den Strand entlang, ohne noch einen Gedanken an die Kameras und den Rest der Ausrüstung zu verschwenden.

»Wo ist Bridger?«, rief Opal.

Nico schüttelte den Kopf und warf sich anschließend ruckartig zur Seite, als eine Riesenspinne über den Sand geschlittert kam. Auf ihrem Rücken hockte ein himmelblaues Glücksbärchi und schoss pokalförmige Laserstrahlen aus seiner Brust. Tyler und Logan waren zu Salzsäulen erstarrt und verfolgten das wilde Wirrwarr mit offenen Mündern.

Ganz im Gegensatz zu Emma. Sie rannte wie von der Tarantel gestochen zum *Freakshow*-Transporter.

Opal konnte es kaum glauben. Sie hatte Emma noch nie vor irgendetwas weglaufen sehen, aber jetzt riss ihre Freundin die Heckklappe des Fahrzeugs auf, sprang hinein und schlug die Klappe hinter sich wieder zu.

Tyler schüttelte sich. »Emma! *Warte!* Was machst du denn da?« Er lief zum Transporter und hämmerte mit den Fäusten dagegen. Die Heckklappe ging einen Spaltbreit auf. Tyler brüllte etwas, dann wurden seine Augen groß. Er kletterte ins Innere und machte die Tür wieder zu.

Nun waren sie beide verschwunden.

Tyler und Emma waren abgehauen.

Opal, Nico und Logan wechselten ein paar ungläubige Blicke, während um sie herum die Phantome heulten. Die Wege, die vom Strand wegführten, waren voller Menschen in Panik. Bedrohliche Gestalten staksten in Richtung Klippen.

Opal packte Nico am Arm. »Wir müssen etwas unternehmen!«

Noch bevor er eine Antwort geben konnte, nahm Opal eine Bewegung auf dem Vordersitz des Transporters wahr. Die Räder begannen sich zu drehen, Sand wirbelte auf, ohne dass das Fahrzeug sich von der Stelle bewegte. Im Inneren gab zwar jemand Vollgas, doch der Wagen steckte fest, und die Reifen gruben tiefe Rillen in den Strand.

Opal machte ein paar Schritte auf den Transporter zu. *Ob Emma am Steuer sitzt?*

Da kam direkt vor ihr ein zweiköpfiger Pegasus aus den Wellen galoppiert. Wasser spritzte nach allen Seiten, während Flammen zwischen seinen Kiefern hervorzüngelten. Das wilde Flackern fiel auf die Windschutzscheibe des Transporters, und Opal erkannte Colton Bridger auf dem Fahrersitz. In wilder Panik hantierte er mit dem Schalthebel.

Er wollte fliehen.

Er wollte sein Team im Stich lassen.

Im selben Augenblick ertönte dicht hinter Opal ein lauter Schrei, und sie fuhr herum. Carson Brandt stolperte, landete im Sand und rollte sich zu einer Kugel zusammen, während sich eine fauchende Sphinx mit leuchtend roten Augen über ihn beugte. Das Phantom streckte seine Krallen nach ihm aus und riss das Maul mit den spitzen Reißzähnen weit auf.

Logan rammte das Wesen mit voller Wucht beiseite, riss Carson auf die Füße, und dann wichen sie gemeinsam zurück, während das erboste Phantom noch versuchte, das Gleichgewicht wiederzuerlangen. Rauch quoll aus den Nasenlöchern der Sphinx. Mit flatternden Flügeln machte sie sich zum Angriff bereit.

Da landete ein Stein an ihrer Schläfe. Die Sphinx schnaubte wütend und musste noch einen zweiten Schläfentreffer einstecken. Sekunden später traf ein drittes Geschoss ihre breite Nase. Das Phantom heulte auf vor Schmerz, machte kehrt und flog davon.

Opal warf einen hastigen Blick nach links. Nico suchte bereits mit zitternden Fingern nach dem nächsten Stein.

»Was war denn *das*?«, heulte Carson. Er warf Logan einen panischen Blick zu und rannte weg, noch bevor ihm jemand antworten konnte.

Logan wandte sich an Opal. Seine pulsierende Halsschlagader war überdeutlich zu erkennen. »Wir müssen diesem Wahnsinn ein Ende setzen, bevor er sich zu einem Blutbad auswächst!«

Die Angst ließ Opals Stimme bitter klingen. »Wie denn?

Wir haben diese Phantome schließlich nicht gemacht, sondern das Ding!«

Logan zuckte hilflos mit den Schultern.

Im Augenwinkel nahm Opal jetzt einen Schatten wahr, doch als sie sich umdrehte, um nachzusehen, huschte er bereits wieder aus ihrem Blickfeld. Dann sah sie, wie sich ein ganzes Knäuel schuppiger, aalartiger Kreaturen über den Sand schlängelte. Sie zog den Dolch aus ihrer Tasche, obwohl sie gleichzeitig wusste, dass er absolut nichts bewirken würde.

»Dicht beieinanderbleiben«, sagte Nico und leckte sich die Lippen, während er ebenfalls seine Klinge zückte. »Wenn es sein muss, erledigen wir sie einen nach dem anderen.«

Logan schlug sich mit der geballten Faust auf den Oberschenkel. »Die Dolche *funktionieren* aber nicht, Nico! Wir sind machtlos!«

Nico ließ ein verzweifeltes Seufzen hören. »Aber was sollen wir sonst machen?«

Jetzt kam der Gremlin mit der Platzwunde wieder in Sicht. Er jagte gerade die *Freakshow*-Crew den Strand entlang und lachte dabei so heftig, dass er beinahe vom Rücken des Insektentrolls gefallen wäre.

Die Räder des Kamerawagens drehten sich erneut. Opal konnte schon verbranntes Gummi riechen und sah, wie Bridger sich auf dem Fahrersitz umdrehte und versuchte, rückwärts zu entkommen. Sie rannte zu ihm und klopfte gegen die Scheibe. »Steigen Sie aus und helfen Sie uns!«

Bridger saß mit hochgezogenen Schultern da und schüttelte wie wild den Kopf. Dann warf er einen Blick über Opals Schulter und riss die Augen weit auf.

Opal wirbelte herum.

Direkt hinter ihr stand die Sphinx.

27. Nico

Mit weit ausgebreiteten Armen ging Nico auf die Sphinx zu.

Opal drückte sich mit dem Rücken an den Transporter und fuchtelte wie wild mit dem Dolch herum. Die Klinge fuhr jedoch einfach durch den Körper der Kreatur hindurch, ohne die geringste Spur zu hinterlassen. Das Phantom fauchte und hüpfte davon. Zurück blieben tiefe Abdrücke im Sand.

Wieso funktionieren bloß die Dolche nicht mehr?

»Lass sie in Ruhe!«, schrie Nico noch und hob seine Klinge, auch wenn er sich dabei ziemlich hilflos vorkam. Aber dann dröhnte eine schrille Stimme durch das ganze Chaos, und alle blieben wie angewurzelt stehen.

»GROSSARTIG! Ganz großes Kino, vielen Dank an alle!«

Die Sphinx verharrte und starrte in Richtung der Stimme. Nico warf einen Blick auf den Kamerawagen und ihm fiel die Kinnlade runter.

Emma stand auf dem Dach des Fahrzeugs. Sie hielt ein Mikrophon in der einen Hand und hatte sich ein zusammengeknülltes Sweatshirt unter den anderen Arm geklemmt.

Das Mikrophonkabel führte bis zur geöffneten Heckklappe und von dort ins Wageninnere. Tyler hatte ein ganzes Kabelknäuel in der Hand und streckte den Kopf zur Öffnung heraus.

»Was macht sie denn da?«, keuchte Logan. Nico, der neben ihm stand, schüttelte nur den Kopf.

»HALLO!«, dröhnte Emma erneut, während ihre Stimme von weiteren Lautsprechern verstärkt wurde. Tyler beugte sich nun über ein Mischpult im Inneren des Transporters, fummelte an verschiedenen Reglern herum und murmelte nervös vor sich hin.

Etliche Phantome starrten Emma verwundert an. Die völlig verängstigte Menschenmenge verharrte in entsetztem Schweigen, und alle wurden sie von einer eigenartigen Starre ergriffen.

»Das habt ihr wirklich *phantastisch* gemacht!«, rief Emma fröhlich, aber Nico hörte das leise Zittern in ihrer Stimme. »Absolut perfekte Szene. Aber jetzt passt gut auf: Es folgen die nächsten Anweisungen.«

Emma klemmte sich das Mikrophon unters Kinn und nahm das zusammengeknüllte Sweatshirt unter ihrem Arm in die Hand. Dann faltete sie es auseinander und hielt im nächsten Moment ein schimmerndes Einmachglas in der Hand. »Seht mal, was ich hier habe«, flötete sie in singendem Tonfall. Nico wurde sofort klar, dass die nun folgenden Worte an die Phantome gerichtet waren. »Was meint ihr? Soll ich es fallen lassen?«

Nico starrte Emma an.

Sie hatte das Ding in der Hand? Wie hatte sie das bloß geschafft?

Jetzt hob sie das Glas hoch über ihren Kopf. Es war zwar immer noch zum Teil verdeckt, aber die Phantome starrten das schimmernde Gefäß fasziniert an. Die Sphinx neigte den Kopf und stieß ein gruseliges Wimmern aus. Nico hörte, wie ein paar Einheimische etwas weiter entfernt am Strand in hellem Entsetzen irgendwelche Worte von sich gaben. Ohne auf sie zu achten, setzten die Phantome sich nun in Bewegung und näherten sich dem Kamerawagen.

Nico sah, wie Opal zur Heckklappe huschte und zu Tyler in den Wagen sprang. Bridger saß immer noch auf dem Fahrersitz. Jetzt verriegelte er mit einer schnellen Handbewegung die Türen, um anschließend so weit wie möglich nach unten zu rutschen und sich unsichtbar zu machen.

Emma tat so, als würde sie das Glas fallen lassen. Die Phantome erstarrten. Sorgten sie sich um das Ding? Wussten sie, wer sie erschaffen hatte?

»Einwohner von Timbers, die Dreharbeiten sind hiermit offiziell beendet!«, sagte Emma etwas mühevoll in das immer noch zwischen ihrem Kinn und ihrer Brust eingeklemmte Mikrophon. »Danke, dass Sie an dieser exklusiven *Freakshow*-Inszenierung teilgenommen haben. Colton Bridger wollte lediglich sicherstellen, dass Ihre Angst auch wirklich authentisch ist, aus Gründen der … ähm … Authentizität. Wir bedauern, wenn wir Sie erschreckt haben sollten!«

Die Phantome wurden unruhig und ließen das schimmernde Glas nicht aus den Augen, während sie immer näher kamen. Nico blickte sich um. Die meisten Einheimischen hatten Emmas Ansage genutzt, um im Laufschritt auf die Klippen zu flüchten. Manchen war die Verärgerung deutlich anzusehen, und sie warfen dem Kamerawagen immer wieder düstere Blicke zu.

Auf Emmas Schläfen bildeten sich dicke Schweißperlen, während der Kreis der Phantome immer enger und enger wurde. »Liebe Einwohner von Timbers, wir können es kaum erwarten, Ihnen in Kürze diese unglaublichen Aufnahmen zu zeigen!«, machte sie unverdrossen weiter. »Aber jetzt sollten Sie bitte alle nach Hause gehen, und zwar auf dem schnellsten Weg. Und, äh, vielleicht lasst ihr das mit dem Süßigkeiten sammeln dieses Jahr sein und schließt euch in euren Häusern ein. Wir wünschen euch noch einen schönen Abend!«

Nico ließ ein nervöses Lachen hören. Ob irgendjemand Emma glauben würde? Es hatte immerhin mehrere Verletzte gegeben. Sie hatten Auge in Auge einer wütenden Monsterhorde gegenübergestanden. Aber ob sie ihr nun glaubten oder nicht, jedenfalls war der Strand schon wenige Augenblicke später menschenleer. Nicht einmal das *Freakshow*-Team war noch zu sehen, nur die fünf Fackelträger und Colton Bridger.

Und natürlich eine wutschnaubende Ansammlung von extrem aufgebrachten Albtraumkreaturen.

»Leute?«, flüsterte Tyler zur Heckklappe des Transporters heraus. »Ich glaube, ihr solltet so langsam mal reinkommen.«

Nico nickte. Vorsichtig schoben er und Logan sich in

Richtung des Fahrzeugs. Die Phantome fixierten derweil Emma ununterbrochen mit gierigen Blicken. Der Gremlin mit der Platzwunde glotzte grimmig von seinem gruseligen Schlachtross herab. Seine gute Laune schien sich in Luft aufgelöst zu haben. Jetzt verlor Nico die Geduld. Es waren nur noch wenige Schritte, aber er rannte los und sprang mit einem einzigen großen Satz ins Wageninnere. Logan kam direkt hinterher und hätte ihn beinahe unter sich begraben, dann knallte Tyler die Klappe zu.

Nico sah, wie Emma das Mikrophon losließ, mit der Hand, die das Glas hielt, ausholte und es dann mit aller Kraft wegschleuderte. Während das Glas in hohem Bogen in die Nacht hinaussegelte und irgendwo auf dem dunklen Strand zerschellte, sprang sie durch das Sonnendach in den Transporter. »Colton, gib Gas!«, brüllte sie.

»Ich versuch's ja!«, gab Bridger durch das Schiebefenster zwischen Fahrerkabine und Laderaum zurück. »Aber wir hängen fest!«

Draußen ertönte Gebrüll. Der Transporter begann zu zittern und zu beben, während die Kreaturen ihn hin und her schubsten.

»Jetzt ist es endgültig aus«, stöhnte Tyler. »Wir sind verloren, verdammt bis in alle Ewigkeit.«

Doch dann hörte das Schaukeln plötzlich auf. Nico lauschte, atmete schwer.

»Vielleicht suchen sie ja nach dem Ding«, flüsterte Opal. »War das wirklich sein Glas?«

»Nein«, krächzte Emma, und es klang, als sei sie mit den

Nerven am Ende. »Das waren leuchtende Algen. Ich habe heute Morgen ein bisschen was davon gesammelt und in ein paar Plastikflaschen hier im Wagen verstaut. Ich dachte, wir würden damit vielleicht einen schönen Effekt bekommen.« Wildes Kichern drang aus ihrer Kehle. »Haben wir ja auch, stimmt's? Es hat jedenfalls ausgereicht.«

Nachdem Nicos Augen sich an die Dunkelheit im Laderaum gewöhnt hatten, sah er in einer Ecke noch mehr schimmernde Flaschen liegen.

»Das war genial.« Opal drückte Emmas Arm. »Weißt du vielleicht auch, wie man einen festgefahrenen Transporter wieder aus dem Sand befreit?«

»Tut mir leid.« In Emmas Stimme lag aufrichtiges Bedauern. »Aber darauf war ich nicht vorbereitet.«

Nico brach in unsicheres Lachen aus. »Na ja, einen Versuch war's Wert.«

»He!«, flüsterte Bridger ihnen vom Fahrersitz aus zu. »Ich glaube … die Monster … also … die … *die verziehen sich.*«

»Echt?« Hastig krabbelte Tyler zum Schiebefenster und blickte durch die Windschutzscheibe. »Nehmen sie das Glas mit?«

»Nein«, flüsterte Bridger. »Sie … sie gehen einfach weg.« Erleichterung mischte sich in seine Flüsterstimme. »Sie gehen den Pfad hoch, der vom Strand wegführt. Alle!«

Emma stieg auf eine Kiste und streckte den Kopf zum Schiebedach hinaus.

»Emma!« Opal zog an ihrem Hosenbein und versuchte, sie zum Absteigen zu bewegen.

»Die verziehen sich tatsächlich«, berichtete Emma ein wenig verwirrt. »Ich hoffe bloß, dass niemand mehr oben auf den Klippen geblieben ist. Weil sie sonst nämlich bald Gesellschaft bekommen.«

»Aber wieso machen die das?« Tyler gesellte sich wieder zu den anderen. »Und wo ist das Ding, wenn nicht bei seiner Armee? Ob es vielleicht schon ...« Er warf einen Blick nach vorne, wo Bridger sich allmählich wieder aus der Deckung wagte, und senkte die Stimme. »Ob das Ding schon zu diesem *anderen Ort* gegangen ist, den wir entdeckt haben?«

Nico überlegte. Die Kluft? Schlagartig wurde er nervös. *Aber wo sonst könnte das Ding sein?*

»Darüber können wir uns später noch Gedanken machen.« Logan stellte sich an die Heckklappe. »Jetzt sollten wir erst mal von hier verschwinden, und dazu müssen wir den Transporter ausgraben. So bewegt er sich ja keinen Meter vorwärts.«

»Warte«, flüsterte Emma, die immer noch durch das Schiebedach spähte.

Da war Bridgers weinerliche Stimme zu hören. »Was ist denn das?«

»Was ist was?« Nico stellte sich neben Emma auf die Kiste und streckte ebenfalls den Kopf nach draußen. Sie hatte den Blick starr auf die Brandung gerichtet. Zunächst wusste er nicht, was genau sie dort sah.

Aber dann.

Zwei pechschwarze Kreise, die im Mondlicht schimmerten.

Augen.

»*Die Bestie.*«

Nico merkte gar nicht, dass er es laut ausgesprochen hatte, bis er hörte, wie Tyler den Atem anhielt.

»Bist du sicher?«, erkundigte sich Opal von unten.

Emma und Nico stiegen von der Kiste. Sie hörten Bridgers panisches Schnaufen auf dem Fahrersitz.

»Fackeln!«, sagte Logan. »Wir müssen uns ein paar Fackeln machen, wisst ihr noch?« Er riss sich sein Bestienkapuzenshirt vom Leib. »Wir könnten das da in Streifen reißen und um ein paar Treibholzstücke binden. Dann brauchen wir nur noch was zum Anzünden.«

Er richtete den Blick nach vorne. »Bridger! Gibt es hier irgendwo einen Ersatzkanister? Eine Flasche Aceton? Irgendwas Brennbares? Wir könnten auch ein bisschen Benzin aus dem Tank ablassen.«

»Du weißt, wie man das macht?«, zischte Tyler ihm zu.

Logan schüttelte den Kopf. »Ich hatte gehofft, du weißt das.«

Vom Fahrersitz kam keine Reaktion. Bridger hockte hinter dem Steuer und rührte keinen einzigen Muskel. Er war erstarrt wie ein Reh im Scheinwerferkegel eines heranrasenden Autos.

»Und wenn wir uns einfach wegschleichen?«, flüsterte Opal. »Und den Kamerawagen als Deckung nehmen?«

Nico nickte. »Zur Heckklappe.«

Behutsam stieß Emma die Tür auf. Opal glitt auf den Sand, gefolgt von Nico und Logan.

»Tyler«, flüsterte Emma. »Ty! Komm jetzt!«

Nico drehte sich um. Tyler saß vollkommen regungslos in der Ecke neben den schimmernden Plastikflaschen. Das schummrige, türkisfarbene Licht tauchte sein Gesicht in ein unheimliches Leuchten.

»Ty.« Emma rutschte zu ihm und legte ihm eine Hand auf den Arm. »Alles okay?«

»Es will mich holen!«, kreischte Bridger, und noch bevor jemand reagieren konnte, legte er die Hand an den Türgriff und sprang nach draußen.

Bei dem Knurren, das jetzt ertönte, krampften sich Nicos Eingeweide zusammen. Er schlich nach vorne und spähte um die Ecke des Fahrzeugs.

Gut zehn Meter entfernt, im Licht der Scheinwerfer, kauerte die Bestie. Sie starrte Colton Bridger an, der zitternd und schlotternd vor ihr stand. Die Bestie blinzelte mit ihren schwarzen Augen und beugte sich nach vorne. Speichel triefte ihr aus dem Maul, und ihre gewaltigen Zähne blitzten. Dann stieß das Ungeheuer ein grässliches Gebrüll aus.

Bridger machte sich in die Hose.

Nico wurde von hinten angeschubst. »Was ist denn …«

Tyler rannte mit einer schimmernden Flasche in der Hand an ihm vorbei. Unterwegs riss er Logan noch das Kapuzenshirt aus der Hand und kam dann schlingernd neben Bridger zum Stehen. Mit zitterigen Knien bückte Tyler sich nach unten und hob ein Stück Treibholz vom Strand auf.

Die Bestie starrte ihn an.

»Tyler! Was machst du …«, fing Nico an, doch noch bevor er seinen Satz zu Ende bringen konnte, hatte Tyler das Sweatshirt um das Holzstück gewickelt und kippte jetzt den Inhalt der Plastikflasche darüber. Glitschige, biolumineszente Algen breiteten sich über dem Stoff aus.

Die Bestie scharrte mit dem Fuß, wie ein aufgebrachter Stier kurz vor dem Angriff. Nico hörte, wie ihr Schwanz auf den Sand schlug.

Und jetzt – was war denn das? – machte Tyler tatsächlich einen Schritt auf das Seeungeheuer zu.

Nico stand mit offenem Mund da.

»*TYLER!*« Emma wollte zu ihm laufen, doch Nico und Logan hielten sie an den Schultern fest.

Opal trat unschlüssig von einem Bein aufs andere. Ihr Mund klappte auf und zu, ohne dass ein Laut nach außen drang.

»Lasst mich zu ihm!«, kreischte Emma.

»Er hat schreckliche Angst vor der Bestie, und trotzdem ist er zu ihr gegangen«, flüsterte Nico ihr eindringlich zu. »Wir müssen ihm vertrauen!«

»Bleibt, wo ihr seid!«, rief Tyler, ohne das Ungeheuer auch nur eine Sekunde aus den Augen zu lassen. Seine Stimme hatte einen gebieterischen Tonfall.

Emma stellte ihre Gegenwehr ein und kaute stattdessen auf ihrer Faust herum.

»Übrigens«, sagte Tyler zu der Bestie. »Ich hab *schreckliche* Angst vor dir, nur dass du Bescheid weißt.« Mit zitterndem Arm reckte er seinen glimmenden Kapuzenstock in die Höhe, aber nicht als Drohung oder als Waffe. Eher so, als wollte er, dass die Bestie ihn sehen konnte. »Ich heiße Tyler. Ich bin ein Fackelträger, okay?«

Die Bestie jaulte leise, griff ihn aber nicht an. Stattdessen folgte sie mit ihrem Blick der schimmernden Fackel. Bridger stand, angespannt und ohne einen Muskel zu rühren, hinter Tyler.

»Sollen wir sie angreifen?«, flüsterte Logan. »Tyler hat sie abgelenkt, also könnten wir vielleicht …«

»Nein.« Emma blinzelte und leckte sich die Lippen. »Du hast recht, Nico. Tyler denkt sich irgendwas dabei.«

Schimmernde Algen tropften von der seltsamen, blaugrünen Fackel, die Tyler sich gebastelt hatte. Nico hatte das Gefühl, als sei sein Freund ein ganzes Stück gewachsen. Er war jedenfalls so ruhig wie noch nie.

Die Bestie senkte den Kopf zu Tyler herab, schnüffelte einmal und schnaubte dann. Im sanften Schimmer der Biolumineszenz sahen sie einander in die Augen.

Dann drehte die Bestie sich um und verschwand im Meer.

28.
Opal

Zum ersten Mal seit etlichen Minuten holte Opal wieder Luft.

Sie eilte zu Tyler, der nach dem Rückzug der Bestie an Ort und Stelle zusammengebrochen war. »Alter, du bist der totale Held!«

Sie umringten ihn, während Bridger sich einige Meter abseits schwer in den Sand plumpsen ließ und das Gesicht in den Händen barg.

Tyler zitterte am ganzen Körper. »Es hat funktioniert«, sagte er leise, wie zu sich selbst.

»Und wie!« Logan zog Tyler auf die Füße und nahm ihn fest in den Arm. Dann trat er einen Schritt zurück und musterte seinen deutlich kleineren Freund mit bewundernden Blicken. »Was … äh … hmm … was hast du eigentlich gemacht?«

»Die Fackel«, erwiderte Tyler schlicht. Sie sahen das sanft türkis schimmernde Ding im Sand an. »Danke, ihr Algen.«

»Mann, die Bestie hat ja echt vor allem Schiss, stimmt's?«, witzelte Logan.

»Das war keine Angst«, sagte Opal. Sie musste an den Moment denken, als Tyler und die Bestie einander in die Augen gesehen hatten. *Da ist irgendwas passiert.* »Tyler, warum hast du Algen genommen und kein Feuer angezündet?«

»Ich habe ein bisschen recherchiert«, antwortete Tyler, während Bridger sich mühsam aufrappelte und auf die Beine kam. »Ihr kennt doch dieses Sprichwort: Du musst deinen Gegner kennen, um ihn zu besiegen.« Er fuhr sich mit der flachen Hand über den Kopf. »Nach unserem Besuch auf dem Friedhof, als ihr versucht habt, mehr über Charles Dixon rauszukriegen, da habe ich mich hingesetzt und alle Informationen über die Bestie gesammelt, die ich auftreiben konnte. Um bereit zu sein.«

»Was redest du denn da?« In Bridgers Stimme schwang unüberhörbar Hysterie mit. Er starrte Tyler entsetzt an. »Was geht denn hier vor sich? Woher kennst du dieses Monster?«

Opal warf Nico einen Blick zu, den dieser kopfschüttelnd erwiderte. Er hatte kein Interesse, Colton Bridger ins Vertrauen zu ziehen, genauso wenig wie sie.

Emma bemerkte die stumme Übereinkunft. »Das war ein ganz schön stressiger Abend, was, Bridger?« Sie trat zu ihm und ergriff seinen Arm. »Am besten, wir graben mal den Transporter aus, damit du nach Hause fahren kannst, hmm? Was sagst du dazu?«

Bridger glotzte sie mit offenem Mund an, ließ sich aber widerstandslos wegführen. Er schien keinen klaren Gedanken fassen zu können. Logan nahm seinen anderen Arm und fing an zu erklären, wie sie ein paar Holzbretter hinter die Reifen legen mussten, um den Transporter wieder frei zu bekommen.

Opal fragte sich, wohin Bridgers Team sich geflüchtet hatte. *Was ist wohl gerade in der Stadt los?*

Da dämmerte ihr die Realität, und ihr Atem wurde schneller. Das, was gerade geschehen war, ließ sich unmöglich unter den Tisch kehren. Dieser Abend hatte alles verändert. *Das mieseste Halloween aller Zeiten. Und es ist noch nicht vorbei.*

»Also, was hat es mit diesen Algen auf sich?«, wollte Nico mit leiser Stimme wissen, so dass nur er, Opal und Tyler es hören konnten.

»Ich habe die ganze Hausbootbibliothek nach Informationen über die Bestie durchsucht.« Allmählich kam Tyler in Schwung. »Wenn die Gerüchte stimmen, dann haben die Fackelträger und die Bestie seit Jahrzehnten in der Stummen Bucht Unterschlupf gefunden, stimmt's? Und sie haben einander nicht umgebracht. Darum habe ich mich gefragt, ob es zwischen ihnen vielleicht so eine Art Waffenstillstand gibt.«

»Du hast in den Büchern tatsächlich etwas über die Bestie entdeckt?« Opal konnte sich an keine einzige Zeile erinnern, aber sie hatte schließlich auch nicht annähernd so viel Zeit mit den Büchern verbracht wie Tyler. »Und du hast uns nichts davon erzählt?«

Tyler nickte schuldbewusst. »Tut mir leid. Aber es war einfach immer so viel los.«

Nico prustete los. »Das ist die reinste Untertreibung.«

Tyler wich Opals Blick aus. »In einem der Bücher, die ich mit nach Hause genommen habe, habe ich im letzten Kapitel ein paar sehr interessante Dinge gelesen. Ich wollte es euch erzählen, aber dann sind so viele verrückte Sachen auf einmal passiert, dass ich es total vergessen habe. Bis jetzt.«

Opal runzelte die Stirn, bedeutete Tyler aber weiterzumachen.

»Die Fackelträger nennen die Bestie nicht Bestie, sondern den *Lotan*«, fuhr er fort. »Es bedeutet dasselbe wie der Begriff Leviathan, den das Ding immer benutzt. Und sobald ich das rausgekriegt habe, habe ich schnell Fortschritte gemacht. In dem Buch wurde ein Signal erwähnt, das die Fackelträger anwenden, um dem Lotan zu zeigen, dass sie ihm nichts antun wollen. Wortwörtlich war da vom ›fahlen Licht des Meeres‹ die Rede.« Tyler zuckte mit den Schultern. »Da habe ich es eben versucht.«

»Wenigstens das hättest du uns aber schon verraten können«, rügte ihn Nico.

»Ich habe es wirklich erst in dem Moment kapiert, als die Lösung mir praktisch ins Gesicht gesprungen ist. Als ich die leuchtenden Flaschen im Transporter gesehen habe, da hat plötzlich alles zusammengepasst. Die Algen verströmen ja ein biolumineszierendes und ziemlich wässeriges Licht.« Tyler stieß ein schrilles Lachen aus. »Ich bin, ehrlich gesagt, *sehr* froh, dass ich richtig geraten habe.«

»Ich auch«, meinte Opal. »Dazu braucht man wahnsinnig viel Mut.«

»Das Ding hat einmal etwas gesagt, was mir geholfen hat.«

Tyler sah zu Logan und Emma hinüber, die gerade versuchten, den Transporter aus dem Sand zu befreien. Bridger stand einfach nur daneben und starrte sinnlos ins Nichts. »Es hat gesagt, dass die Bestie kein verirrter Gedanke ist wie die Phantome, sondern ein Geschöpf aus der anderen Welt.«

Opal und Nico nickten.

Tyler ließ den Blick hinaus auf das düstere wogende Meer schweifen. »Und dann habe ich mir gedacht, wenn die Bestie hier wie das Ding gestrandet ist, dann passen die Fackelträger vielleicht genauso auf sie auf wie auf das Finstertief. Dann ist das vielleicht auch eine ihrer Aufgaben.«

In diesem Moment bemerkte Opal etwas. »He, Leute, ich habe das Ding schon eine ganze Weile nicht mehr gehört. Kann es vielleicht sein, dass es schon nicht mehr da ist?«

»Gut so«, erwiderte Nico. »Dieses gelbgrüne Schleimvieh hat uns schließlich in einem überfluteten Keller eingesperrt.«

»Das wäre zu einfach.« Tyler blickte zu dem Transporter hinüber, der allmählich aus den tiefen Furchen befreit wurde.

»Was meint ihr? Ob das Ding seine Phantome zurückgerufen hat?«, sinnierte Opal weiter. »Ob es seine Meinung geändert hat?«

»Vielleicht hat die Bestie sie ja auch vertrieben«, meinte Tyler. »Immerhin sind sie kurz, bevor das Ungeheuer aufgetaucht ist, abgehauen.«

Opal sah zu den Klippen hinüber. »Was meint ihr, wo sind sie hin?« Mit einem Mal überkam sie eine große Erschöpfung, und sie machte für einen Moment die Augen zu.

Als sie sie wieder aufschlug, sah sie ihre Freunde an. »Wie sollen wir den Leuten das alles erklären? Die haben doch gesehen, wie eine Horde Phantome den Strand angegriffen hat. Ich glaube kaum, dass viele den Blödsinn glauben, den Emma ihnen untergejubelt hat.«

Tyler starrte immer noch aufs Meer hinaus. »Die Bestie war ganz allein, seit der letzte Fackelträger gestorben ist. Das ist traurig.«

»So lange, bis wir auf die Insel gekommen sind.« Opal stieß den Atem aus, als ihr der Zusammenhang klarwurde. »Ob die Bestie sich gefragt hat, wer wir sind? Vielleicht hat sie uns ja sogar für Eindringlinge gehalten. Vielleicht ist sie deshalb immer öfter aus dem Wasser gestiegen«

»Auf dem Friedhof haben wir sie mit brennenden Fackeln vertrieben«, sagte Nico und krümmte sich zusammen. »Das hat bestimmt keinen guten Eindruck gemacht.«

Jetzt kam Logan zu ihnen herüber und brachte noch eine mit Algen gefüllte Flasche mit. Nachdem sie ihn eingeweiht hatten, wog er die Flasche in der Hand. »Was meint ihr? Halten die Leute mich für einen Spinner, wenn ich das Ding ab jetzt Tag und Nacht mit mir rumschleppe?«

Opal und Tyler lachten, nur Nico wirkte irgendwie nachdenklich. Opal zog ihn am Ärmel. »Was ist denn?«

»Ich finde, wir sollten zum Finstertief gehen«, sagte er. »Ich … ich habe eine Idee.«

»Wieder zurück auf die Insel?« Tyler stöhnte. »Da kommen wir doch gerade her. Außerdem ist das Hausboot in der Zwischenzeit womöglich gesunken.«

Opal stieß den Atem aus. »Und ich habe auch keine große Lust, heute Abend noch mal durch diesen unheimlichen Tunnel zu latschen.«

»Vielleicht kann uns die Bestie ja rüberbringen«, sagte Logan scherzhaft.

Tyler schnalzte missbilligend mit der Zunge. »Das ist ein wildes Wesen aus einer anderen Dimension, kein Haustier.«

»Hätte ich fast vergessen.« Logan warf einen Blick auf sein Handy. »Mist. Meine Mom. Ich müsste jetzt eigentlich zu Hause sein und ihr beim Süßigkeiten verteilen helfen.«

»Ich auch.« Emma trat zu ihnen und fuchtelte mit ihrem Smartphone herum. Nachdem die anderen ihr kurz von dem bisherigen Gespräch berichtet hatten, seufzte sie. »Was sollen wir denn mit Captain Ahnungslos da drüben anfangen? Im Moment ist Bridger zwar komplett erschüttert und sprachlos, aber er hat ja eine ganze Menge gesehen.« Sorgenfalten gruben sich in ihre Stirn. »Der wird noch zum ernsthaften Problem werden.«

Opal ignorierte das ständige Summen in ihrer Tasche, nachdem sie ihren Eltern nur eine einzige Nachricht geschickt hatte:

Bin auf der Halloween-Party. Bis später, Akku ist alle.

Ihr war klar, dass sie Hausarrest kriegen würde, weil sie auf die zahlreichen Meldungen einfach nicht reagierte.

Vorausgesetzt, die Welt ging nicht ohnehin unter. Wer konnte das im Augenblick schon sagen?

Sie blickte Nico an. »Wenn du wirklich glaubst, dass wir zum Finstertief gehen sollten, dann bin ich dabei.« Er war schließlich auch mit zur Bohrinsel gekommen, obwohl er seine Zweifel gehabt hatte. Jetzt war es an der Zeit, sein Vertrauen zurückzuzahlen.

Ein kalter Wind wehte über den Strand. Die Wolken zogen wie von riesigen Händen gelenkt über den Himmel. Sie spürte ein elektrostatisches Knistern im Nacken. *Ein unfassbarer Abend.*

Mit durchdrehenden Reifen befreite sich der Transporter nun endgültig aus dem tiefen Sand. Bridger vermied störrisch jeden Blickkontakt, raste den leeren Strand entlang und ließ sie wieder einmal einsam und verlassen zurück. Opal schüttelte den Kopf. »Dieser Vollidiot. Inzwischen wundere ich mich wirklich über gar nichts mehr.«

Emma sah den langsam schwächer werdenden Heckleuchten hinterher. »So ein Feigling. Die Vorstellung, dass ich mal für den gearbeitet habe …«

Draußen auf dem Meer, über einem ganz bestimmten, weit entfernten Punkt, sammelten sich violette Blitze. Mehrere Sekunden lang hämmerten sie einen wilden Takt in die Wellen, dann verstummten sie, um gleich darauf mit doppelter Wucht wieder einzusetzen. Opal sah mit immer größerem Entsetzen zu, wie die gezackten Blitze vom Himmel regneten. Sie konnte sich schon denken, welches Ziel sie hatten.

Die Flasche in Logans Hand verströmte ein bleiches, blaugrünes Licht. Nico wandte sich mit zusammengebissenen Zähnen zu den anderen um. »Mir ist schon klar, dass es in Timbers womöglich gerade drunter und drüber geht, aber trotzdem müssen wir das Ding aufhalten. Die ganze Sache ist noch nicht zu Ende.«

»Aber was sollen wir denn machen?«, wollte Tyler wissen. »Wir wissen ja nicht mal, wo das Ding gerade ist.«

»Doch, das wissen wir.« Nico klang so absolut sicher, dass Opal ihn neugierig anblinzelte. »Das Ding ist bei der Kluft. Das war von Anfang an sein Ziel. Wir müssen es aufhalten.«

Er warf einen Blick auf die Stumme Bucht.

»Und ich glaube, ich weiß auch, wie wir da hinkommen können.«

29.
Nico

Nico starrte auf die überflutete Treppe hinab.

Schwarzes Wasser schwappte gegen die oberste Stufe, ohne jedoch weiter zu steigen oder den Ausstellungsraum zu überschwemmen und das ganze Hausboot auf den Grund des Teichs hinabzuziehen und damit ihr Clubhaus für alle Zeiten zu zerstören.

Warum? Was hält es davon ab? Und wieso hat es überhaupt angefangen zu steigen?

Nico wusste, dass er mit seiner Vermutung richtig gelegen hatte. Das hier war kein normales Hochwasser. Das hier war vielmehr das Finstertief höchstpersönlich, das seinem Gefängnis entkommen war und jetzt nach oben strebte, nur um dann doch im letzten Moment zu verharren.

Als würde es auf etwas warten.

»Und du willst tatsächlich, dass wir da reinspringen?«, sagte Opal leise. »Im Ernst?«

Tyler konnte sich nicht gegen das Beben und Zittern wehren. »Ich bin mir wirklich absolut *nicht* sicher, Nico. Ich finde, das wäre … sehr unklug.«

»Es ist der helle *Wahnsinn*«, schnaubte Logan, der neben

Emma stand. Zu fünft waren sie vom Strand zurück zur Insel gelaufen, ohne die immer aufgeregter werdenden Textnachrichten und Anrufe ihrer Eltern zu beachten. Allerdings konnten sie daraus schließen, dass die Lage in Timbers alles andere als ruhig war. Die Bewohner der Stadt waren verschreckt durch die Berichte über Monster, die durch die Straßen tobten, auch wenn viele glaubten, dass es sich dabei um übergeschnappte Touristen, das *Freakshow*-Team und den einen oder anderen Halloween-Streich handelte.

Nico hingegen wusste es besser. Das waren Phantome, die ohne jede Kontrolle durch das Städtchen randalierten. Es war eine Katastrophe. Ihr Geheimnis war öffentlich geworden, und es war nur eine Frage der Zeit, bis irgendjemand die Nationalgarde alarmierte. Und doch war all das nur Nebensache, da war Nico sich absolut sicher. Die eigentliche Gefahr lauerte im Meer. Das Ding wollte die Kluft weit aufreißen, und zwar ein für alle Mal.

Und das bedeutete, dass die Fackelträger das verhindern mussten.

Irgendwie mussten sie zu der Ölbohrinsel gelangen, und Nico glaubte auch, dass er den schnellsten Weg kannte.

Er drehte sich zu den anderen um, ohne das leere Podest zu beachten, auf dem bisher immer das Glas mit dem Ding gestanden hatte. »Ich bin schon einmal da durchgeschwommen, als ich aus dem Keller entkommen wollte«, fing er an. Er wählte seine Worte sehr sorgfältig. »Es hat funktioniert, aber während ich auf den Grund gesunken bin, ist etwas passiert. Ich habe gespürt, wie das Finstertief an mir gezerrt hat. Es wollte mich in eine andere Richtung ziehen. Es steht immer noch in Verbindung zu dem Hausboot und dem Teich. Oder zu der Insel. Ist ja auch egal. Was ich damit sagen will, ist: Ich glaube, wenn wir diesem Ziehen nachgeben, dann werden wir in die Leere im Zentrum des Finstertiefs geführt, so wie Opal und ich damals.« Er holte einmal tief Luft. »Und von dort aus können wir vermutlich in die Kluft gelangen.«

»Wie denn das?«, wollte Logan ungläubig wissen. »Sollen wir etwa die ganze Strecke schwimmen?«

Nico schüttelte den Kopf. »Das Ding hat doch gesagt, dass das Finstertief ein Teil der Kluft ist, wie eine Art Überdruckventil. Ich glaube, das war der Grund für den Schwefelgestank im Teich – das Gas kam ursprünglich aus der Kluft. Wisst ihr noch, wie übel es auf der Bohrinsel nach fauligen Eiern gerochen hat? Und diesen Gestank haben wir nur an zwei Orten festgestellt, die beide von den Fackelträgern bewacht werden. Also *muss* es da eine Verbindung geben.«

Nico spürte, wie Opal ihn ansah. »Du glaubst also, dass das Finstertief uns direkt zur Kluft bringen kann. Ohne Boot. Ohne das Meer zu überqueren. Wir springen einfach hier rein und klettern da wieder raus?«

»Das Schnellboot hat für den Weg über eine halbe Stunde gebraucht.« Logan sah sich um, als könnte er nicht glauben, was er da gerade zu hören bekam. »Selbst wenn das Finstertief uns bis dort raussaugen würde … wir würden unterwegs doch auf jeden Fall ertrinken!«

»Nein«, entgegnete Opal plötzlich. »Diese Leere ist anders. Als Nico und ich gemeinsam durch das Finstertief gegangen sind und gegen diesen … diesen Greifer gekämpft haben … also, da haben wir nicht die Luft angehalten oder so was. Wir waren praktisch in einem Zwischenraum, getrennt vom Wasser. Wir haben keinen Gedanken daran verschwendet zu atmen.« Sie schauderte. »Diese Leere, das ist ein Ort … irgendwie *jenseits* aller normalen Bedürfnisse.«

Nico nickte und spürte gleichzeitigt, wie die Nervosität im Raum sprunghaft anstieg. »Ich kann ja als Erster reinspringen. Allein. Ich packe mein Handy in eine wasserdichte Hülle und schreibe euch eine Nachricht, sobald ich angekommen bin. Und falls ihr nichts von mir hört …« Er schluckte. »Dann wisst ihr Bescheid.«

»Das Netz ist vor zehn Minuten ausgefallen.« Emma hielt ihm ihr Smartphone entgegen. »Keine Chance. Entweder haben die Phantome den Antennenmast geentert, oder das System ist wegen Überlastung zusammengebrochen, jedenfalls können wir im Moment weder Nachrichten senden noch empfangen. Wir würden also gar nichts von dir mitkriegen.«

Nico stöhnte frustriert. »Dann erledige ich das eben alleine. Ihr geht zurück nach Timbers und kümmert euch um diese Phantom-Armee. Rettet die Stadt, während ich … also … während ich das Ding zurückhalte.«

»Auf keinen Fall!« Opal schüttelte so heftig den Kopf, dass Tyler ihren Zopf ins Gesicht bekam. »Hier geht niemand alleine irgendwohin.« Sie holte tief Luft. »Ich komme mit. Du und ich, gemeinsam, so wie beim letzten Mal auch. Wir haben es schon einmal geschafft, und wir schaffen es wieder.«

»Ich bin auch dabei!«, meldete sich nun auch Emma zu Wort, bevor sie sich unsicher umblickte. »War das jetzt der richtige Zeitpunkt? Weil ich euch nämlich garantiert nicht alleine losziehen lasse. Schließlich habe ich dieses nächste Level des Finstertiefs bis jetzt noch nie zu Gesicht bekommen. Darauf verzichte ich nicht schon wieder.«

»Verzichten?« Logan sah sie nervös blinzelnd an. »Emma, manchmal kommst du mir vor wie eine Wahnsinnige.«

Sie lächelte freudig. »Vielen Dank.«

»Also *gut*!« Tyler ballte die Fäuste und stieß zwischen zusammengebissenen Zähnen hervor: »Ich auch. Springen wir also wie ein Trupp Vollidioten rein in diese schwarze Kloschüssel.«

Logan blickte die anderen der Reihe nach an, und das unsagbare Entsetzen in seinen Augen wurde von Sekunde zu Sekunde größer.

Nico sagte hastig: »Logan, es gibt da noch etwas anderes. Meinst du, du könntest das übernehmen?«

Logan leckte sich die Lippen. »Was denn?«

Nico legte ihm eine Hand auf die Schulter und spürte Logans enorme Anspannung. Er hatte ja die ersten Tage verpasst, als sie immer und immer wieder in das Finstertief eingetaucht waren, als jedes Phantom noch ein kleines Wunder und das Ganze nur ein Riesenspaß gewesen war. Deshalb löste die Vorstellung, jetzt in das Bassin zu springen, bei ihm nichts als eine riesenhafte Panik aus.

»Was immer auch geschieht«, sagte Nico, »wir müssen ja irgendwie wieder von der Bohrinsel wegkommen, wenn alles vorbei ist. Es wird ziemlich wild werden da draußen, und ich glaube kaum, dass wir für den Rückweg das Finstertief nutzen können. Meinst du, du kannst ein Boot auftreiben und uns abholen?«

»Ein Boot.« Logans Wangen bekamen jetzt zumindest ein bisschen Farbe zurück. »Ja, na klar. Das kriege ich hin. Mein Dad hat drei Stück.«

»Perfekt.« Nico trat einen Schritt zurück. »Dann schnapp dir eins und komm so schnell wie möglich zu uns.«

»Verstanden.« Logan machte einen Schritt in Richtung Tür, dann zögerte er und drehte sich noch einmal halb um. »Bist du … seid ihr sicher, dass ihr …«

»Logan«, sagte Opal und sah ihm tief in die Augen. Lächelte. »Wir zählen auf dich. Du bist unser Fluchtwagenfahrer. Beeil dich, okay?«

»Alles klar.« Logan machte auf dem Absatz kehrt und lief zum Ausgang. »Ich komme!« Dann huschte er durch den Vorhang und war verschwunden.

Emma stieß Nico mit der Schulter an. »Das war echt nett von dir.«

»Wieso kann *ich* nicht das Boot klauen?«, knurrte Tyler, winkte jedoch ab, noch bevor Nico etwas erwidern konnte. »War bloß Spaß. Los, bringen wir's hinter uns.« Und dann standen sie alle gemeinsam vor der dunklen Wasserfläche, die den gesamten Boden im Untergeschoss des Hausboots bedeckte.

Opal räusperte sich. »Es hat keinen Sinn, es länger hinauszuzögern, oder?«

Nico nickte knapp. »Lasst uns im Fünf-Sekunden-Abstand springen. Dann tauchen wir auf die Öffnung im Boden zu. Da müsstet ihr relativ schnell einen Sog spüren. Sobald es so weit ist, lasst euch einfach treiben, überlasst euch der Strömung. Dann landet ihr, wenn alles glatt geht, im Finstertief und von dort aus in der Kluft. Alles klar so weit?«

»Alles klar.« Emmas Stimme zitterte ein wenig. »Wir sehen uns auf der anderen Seite.«

»Sollen wir …« Opal wurde rot. »Sollen wir uns eigentlich ausziehen? Zum Schwimmen, meine ich!«

Nico erwiderte mit ebenso knallroten Wangen: »Lassen wir das dieses Mal sein.« Tyler und Emma nickten nachdrücklich.

»Das ist total verrückt«, murmelte Tyler. »Aber wir wollten es ja so haben. Wisst ihr noch, wie wir einfach bloß Verstecken gespielt haben?«

Sie brachen alle in nervöses Lachen aus, dann wurden sie still. Nico stellte sich an den Rand der Eisenstufe und starrte in das schwarze Wasser hinab.

Ich habe recht. Ich weiß, dass ich recht habe.

Mit einem letzten, tiefen Atemzug ließ er alle nagenden, schaurigen Zweifel hinter sich und sprang kopfüber in die tintenschwarze Flut.

* * *

Platschend kam Nico an die Oberfläche, umgeben von einem dunkelvioletten Leuchten.

Über ihm verliefen Gitterstege kreuz und quer durch einen großen Raum. Das Wasser schäumte und sprudelte und wirbelte ihn wie ein Blatt im Sturm umher. Durchdringender Schwefelgestank hing in der Luft, bombardierte seine Nasenlöcher und kroch sogar in seinen Mund.

Er hatte es geschafft.

Er befand sich im Inneren der Kluft.

Nico streckte die Hand aus und kriegte tatsächlich die zylinderförmige Begrenzung des Strudelbeckens zu fassen. Mit aller Kraft, die er aufbringen konnte, zog er sich nach oben, bis er schließlich auf dem Rand saß. Eisensprossen führten hinauf zu den Gitterstegen. Von außen plätscherten sanft die Ozeanwellen gegen die zusammengeschweißten Eisenplatten.

Nico beeilte sich, auf die Füße zu kommen. Er wollte so schnell wie möglich weg von diesem grässlichen, wütenden Strudel und den Kreaturen, die darin gefangen waren. Wenn das Siegel gebrochen war, was hielt sie dann eigentlich zurück? Und wie lange noch?

Während er versuchte, auf dem etwa dreißig Zentimeter breiten Beckenrand das Gleichgewicht zu halten, suchte er den Bohrsaal nach Phantomen ab. Seltsame Laute hallten aus der Tiefe des violetten Zyklons. Immer noch trieben kleine Eisenspäne auf der Oberfläche.

Genau wie das Ding es gewollt hat. Wir waren so dumm.

Doch dann musste er an seine Aufgabe denken und verkrampfte sich unwillkürlich. Irgendwo hier musste auch das Ding sein. Aber wo waren seine Freunde?

Eine Sekunde später brach Opal durch die Oberfläche und sah sich in dem riesigen Tank um. Nico legte sich auf den Bauch und streckte ihr die Hand entgegen. »Hier, Opal. Halt dich fest!«

Sie drehte sich um, sah ihn und streckte den Arm aus. Nico packte sie, hielt sie gut fest und zog sie aus dem Wasser. Sie ließ sich mit weit aufgerissenen Augen und schweratmend neben ihn plumpsen. Lilafarbenes Wasser triefte ihr über die Wangen.

»Es hat funktioniert!« Sie zitterte, und das lag nicht nur an der Kälte. »Das Finstertief hat uns direkt hierhergebracht! Ich musste nichts weiter machen, als daran zu denken. Aber hast du auch diese Wesen da drin bemerkt? Die sind wirklich ganz kurz davor durchzubrechen, das habe ich genau gespürt. Wir haben keine Zeit mehr!«

Bevor Nico etwas erwidern konnte, tauchte Emmas Blondschopf aus dem Wasser auf, und nur wenige Sekunden später war auch Tyler zu sehen – er hatte offensichtlich nicht lange gewartet, bis er ihr hinterhergesprungen war. Nico und Opal fischten die beiden heraus, und kurze Zeit später saßen sie alle mit gespreizten Beinen auf der dicken, stählernen Umrandung.

Tyler keuchte, als hätte er gerade einen Marathonlauf absolviert. »Das … mache … ich … garantiert … *nie* … wieder.«

Emma lehnte sich mit der Schulter an ihn. »Gegen Schluss wollte mich irgendwas beißen, ich schwöre. So was wie eine Minibestie.«

»Ich will da nie wieder drüber sprechen.« Tyler machte eine

abrupte Handbewegung. »Nie wieder!« Dann drückte er die Handflächen aneinander und blickte zum Himmel empor, der durch das gewaltige Loch in der Decke zu sehen war. »Bitte, Logan Nantes, komm uns mit einem Boot abholen.«

Ihr hättet nicht hierherkommen dürfen. Ihr könnt nichts mehr bewirken. Geht! Sofort!

Nico griff nach der untersten Sprosse und begann, die Leiter hinaufzuklettern. »Das Ding! Los, kommt!«

»Um was genau zu tun?«, zischte Opal, die direkt hinter ihm war. »Wir haben doch immer noch keine Ahnung!«

Nico warf einen Blick nach hinten. »Wir suchen das Ding und zwingen es, uns zu verraten, wie wir dieses ganze Chaos wieder in Ordnung bringen können. Mehr fällt mir auch nicht ein!«

»Guter Plan.« Emma schubste Tyler vor sich her und setzte als Letzte den Fuß auf die Leiter. Als sie den Gittersteg erreicht hatten, ging Nico in die Knie und blickte sich misstrauisch nach allen Seiten um. Auf dem Geländer des mittleren Stegs, der quer durch den Saal und direkt über die wild tosende Kluft hinwegführte, sah er das Einmachglas stehen.

Nico legte die Hände an den Mund. »Ding!«

Das Wesen in dem gläsernen Gefängnis wirbelte herum. Tiefe Falten hatten sich in seine Stirn gegraben.

Genug. Ihr kommt zu spät. Das Siegel ist vollkommen zerstört. Es gibt nichts, womit es sich wieder instand setzen lässt.

Dann wandte das Ding sich wieder ab. Nico spürte, wie Worte in einer Sprache, die er nicht verstehen konnte, durch seinen Kopf jagten.

Jetzt kamen der Gremlin mit der Platzwunde und seine beiden Begleiter von der anderen Seite auf den Gittersteg gelaufen. Während seine gackernden Kumpane auf der Hälfte der Strecke stehen blieben, stolzierte der Anführer am Ding vorbei auf die Fackelträger zu. Dabei fuhr er mit seinen langen Krallen über das Geländer, so dass ein scheußliches Kreischen durch den Raum hallte.

»Mjam, mjam.« Der Sabber lief ihm aus dem Maul. *»Lecker Abendessen.«*

Opal packte Nico am Arm. »Sie machen das Glas auf.«

Nico zuckte zusammen. Opal hatte recht. Während der Kerl mit der Platzwunde immer näher stapfte, hatten die beiden anderen Gremlins sich das Glas geschnappt und waren jetzt dabei, es aufzuschrauben.

Schlagartig wurde Nico alles klar. Sie wollten das Ding in die Kluft werfen.

Das Ding würde entkommen, und dann war alles verloren.

Nico bebte am ganzen Körper vor Wut. Gegen diese Phantome war sein Fackelträger-Dolch machtlos. Er wusste nicht, was er jetzt machen sollte. Verzweifelt hieb er sich mit der Faust in die Seite und spürte einen kleinen Klumpen in seiner Tasche. Verwirrt steckte er die Hand in seine Hosentasche und holte einen glatten, eiförmigen Stein heraus. Den musste er irgendwann am Strand eingesteckt haben. Da er nicht wusste, was er sonst tun sollte, holte er aus und schleuderte den Stein auf das Glas mit dem Ding.

Treffer. Das Glas bekam einen Sprung. Das Ding

schwappte in seiner öligen Flüssigkeit hin und her und hielt sich den Kopf. Seine Augen wurden für einen kurzen Moment glasig.

Ein Flackern fuhr durch die drei Gremlins, die das jedoch gar nicht zu bemerken schienen.

»Was war denn …?«, murmelte Tyler und blickte ihre hämisch grinsenden Gegner mit zusammengekniffenen Augen an. »Habt ihr das geseh…?«

Emma reagierte am schnellsten. Sie legte ruckartig die Arme an die Seiten, die gespreizten Handflächen nach oben gerichtet. Zwei Dolche fielen aus ihren Ärmeln und landeten in ihren ausgestreckten Händen. Dann riss sie die beiden Messer nach oben und stakste den Gremlins entgegen wie eine Art winziger, blonder Terminator. Ein paar Meter vor dem Anführer blieb sie stehen. Mit einer ruckartigen Bewegung schleuderte sie ihre Dolche an ihm vorbei auf die beiden Gremlins, die das Glas in der Hand hielten.

Die Klingen fuhren durch die gedrungenen Gestalten hindurch und landeten klappernd auf dem Gittersteg. Die Gremlins ächzten und verschwanden. Das Glas mit dem Ding fiel auf das Eisengitter, so dass der Deckel herunterrutschte und ein Teil der Flüssigkeit herausschwappte.

»Wow«, flüsterte Opal und starrte Emma mit großen Augen an.

Tyler pfiff durch die Zähne. »*Zack.* Falls ich's mal vergessen sollte, erinnere mich daran, dass ich dich immer schön bei Laune halte.«

Nico spürte, wie ein Adrenalinstoß durch seinen Körper

jagte. »Emma, wie hast du das angestellt? Deine Dolche haben funktioniert!«

»Beeilung!« Emma zeigte auf das Ding, das den Kopf in seine winzigen, gelbgrünen Hände gestützt hatte. »Das Ding hat diese Phantome erschaffen, und es muss irgendeine besondere Verbindung zu ihnen haben. Aber als du sein Glas getroffen hast, da haben die Gremlins geflackert. Ich glaube, das Ding hat die Kontrolle über sie verloren!«

Der Anführer-Gremlin warf dem Ding einen hastigen Blick zu, bevor er sich mit gefletschten Zähnen vor Emma aufbaute.

»Fackelträger-Abschaum.«

Jetzt stürmte Opal mit ihrem eigenen Dolch los. »Dieses Mal nicht!«

Mit lautem Gebrüll sprang der Gremlin ab und wollte sich auf Opals Kehle stürzen. Sie ließ sich auf den Gittersteg fallen und riss die Klinge nach oben, so dass sie sauber durch den Leib des Gremlins schnitt.

Sein Sprung geriet zu kurz, er riss die Augen weit auf und dann, begleitet von einem leisen Jaulen, erlosch er.

Opal stieß einen Jubelschrei aus. Emma nahm sie in die Arme. Nico und Tyler rannten mit hoch erhobenen Händen den Gittersteg entlang, um sie abzuklatschen, doch dann bemerkte Nico in ihrem Rücken eine Bewegung.

Das Ding.

Das kleine Wesen war aus dem Glas geklettert und schleppte sich nun mühsam zum Rand des Stegs.

Nico rannte los und schnappte sich das Alien. Seine

Haut war weich und schleimig und verbreitete einen ekligen Chemikaliengeruch, aber Nico ließ nicht los, sondern steckte das Ding, das sich nach Kräften wehrte, zurück in die zähe Flüssigkeit. Emma warf ihm den Deckel zu, und er schraubte ihn auf die Öffnung.

Neeeeiiiin! Lasst mich frei!

»Nur nichts überstürzen.« Nico klopfte gegen das Glas und erntete dafür ein wütendes, telepathisches Fauchen. »Wir leben nämlich gern in unserer Welt, und darum wirst du uns verraten, wie wir sie schützen können. Wenn nicht, dann bleibst du eben hier.«

Opal ballte die Faust, während Emma erleichtert in die Hände klatschte. Tyler vollführte ein kleines Tänzchen.

Das Ding pochte mit seiner winzigen Faust gegen die gläsernen Wände seines Gefängnisses.

Ihr seid genau wie die anderen. Ausbeuter und Tyrannen. Ich möchte nach Hause!

Der kleine, grüne Klumpen verlor jede Spannung und, so unglaublich es auch sein mochte: Er fing an zu weinen.

Nico spürte, wie sich eine Hand auf sein Handgelenk legte. Opal trat näher und nahm das Glas an sich. Dann stellte sie es auf den Gittersteg und kniete sich davor. »Bitte, Ding. Du musst uns doch nur verraten, wie wir das Siegel wieder reparieren können. Und dann können wir … also, dann könnten wir doch irgendwas abmachen.«

Das Ding schluchzte und wischte sich die Tränen aus den Augen – obwohl es doch in einer Flüssigkeit schwamm.

Die Kluft ist dem Untergang geweiht, genau wie ich. Ich

bleibe so lange hier, bis ich mich aufgelöst habe, bis ich nichts weiter bin als eine Schmutzwolke.

Nico sah das Ding erschlaffen. Er fühlte sich grässlich. Opal sah ihn an, und in ihren Augen schimmerten die Tränen. Nico verstand. Und er nickte.

Emma tippte ihm auf die Schulter und reckte die Daumen nach oben, und Tyler nickte ebenfalls.

Opal stand auf und nahm das Glas in die Hand. Das Ding starrte sie verblüfft an. *Was hast du denn vor?*

Sie drehte den Deckel auf und zog ihn ab. »Du hast etwas Schreckliches getan, Ding. Aber trotzdem wäre es nicht richtig, dich länger gefangen zu halten.«

Seufzend drehte Opal das Glas um und kippte seinen Inhalt in den Strudel. Das Ding schnappte deutlich hörbar nach Luft und landete mit leisem Platschen in dem lilafarbenen Wasser. Dann streckte das kleine, grüne Wesen noch einmal den Kopf heraus. Ein Lächeln zeigte sich auf seinem erschöpften Gesicht, bevor es in der tosenden Flut versank und verschwunden war.

Mit einem resignierten Seufzen ließ Opal das Glas auf den Gittersteg fallen. »Und nun?«

Da dröhnte eine Stimme durch Nicos Kopf, lauter als je zuvor.

Fackelträger! Ich bin zutiefst erschüttert! Ihr habt mir echte Gnade erwiesen. Vielleicht seid ihr ja doch nicht durch und durch böse.

Nico sah Opal an, und sie lächelten beide. Zumindest das hatten sie richtig gemacht.

Die Stimme wurde allmählich leiser, aber Nico konnte die folgenden Worte trotzdem noch deutlich verstehen. *Das Siegel versagt, doch die Kluft wird sich erst dann vollständig öffnen, wenn ich hindurchgegangen bin. Die Überdosis Eisen hat das chemische Gleichgewicht zwar gestört, aber das war nicht der einzige Grund, weshalb der Durchgang verschlossen war. Stellt das Gleichgewicht wieder her, dann könnt ihr die Kluft vielleicht wieder versiegeln. Viel Glück.*

Nico spürte die Gegenwart des Dings schwächer werden, versiegen, verschwinden. Dann war es weg.

Im selben Augenblick explodierte die Mitte der Kluft.

Voller Entsetzen starrte Nico auf die verzerrten Gesichter, die jetzt wieder dort erschienen.

Nur dass die Greifer dieses Mal aus dem Wasser kletterten.

30.
Opal

Opal versetzte dem leeren Einmachglas einen kräftigen Tritt.

Das Ding war zurück in seiner eigenen Welt.

Und jetzt kam diese Welt zu ihnen.

In großen Scharen strömten die Greifer aus der Kluft und kamen die rostigen Eisenleitern emporgeklettert. Opal drehte sich zu ihren Freunden um. Sie hatten ihre Dolche gezückt, rührten sich jedoch nicht von der Stelle.

Sie und Nico hatten schon einmal gegen einen Greifer gekämpft. Nur mit vereinten Kräften war es ihnen gelungen, das schaurige Monster zu besiegen. Opal versuchte voller Panik, sich daran zu erinnern, was sie getan hatten – wie sie die Verbindung des Greifers zum Finstertief gekappt und den Eindringling dadurch aus dieser Dimension vertrieben hatten.

Aber jetzt sind wir nicht im Inneren des Finstertiefs. Es geschieht alles im Hier und Jetzt.

Immer mehr Greifer kamen aus der Tiefe nach oben. Opal warf einen Blick auf das Glas, das nun zersprungen und umgekippt auf der Seite lag. Wie hatte das Ding es damals eigentlich geschafft, die Kluft zu verschließen?

Das Portal zwischen den Dimensionen lag als pulsierender, schäumender Strudel unter ihnen. Wie sollten sie es bloß anstellen, ein solch energiegeladenes Phänomen aufzuhalten?

Wo ist Logan? Hatte er sich das Boot seines Vaters schon geschnappt? Vielleicht konnten sie ja dem allem hier entkommen und zurück nach Timbers fahren, um sich dort zu verstecken. Und sich in Sicherheit zu bringen.

Genau.

In Sicherheit.

Ihr Städtchen wurde ja bereits von Phantomen überrannt, und die unverschämt grinsenden Albträume, die hier aus dem Wasserwirbel stiegen, würden bestimmt nicht auf der Bohrinsel bleiben. *Sie werden Timbers ausfindig machen, und wer weiß, was dann alles passieren wird.* Immerhin handelte es sich um Geschöpfe aus einer anderen Welt.

Außerdem hatte das Ding sie vor anderen Entsetzlichkeiten gewarnt, die durch die Kluft zu ihnen kommen könnten.

Opal stand kurz vor der Panik. »Wie können wir das Portal wieder schließen? Sag schon, Ding!«

»Das Ding ist nicht mehr da!«, brüllte Tyler ihr mit weit aufgerissenen Augen entgegen. »Wir haben unsere einzige Chance zur Rettung in die Kluft geworfen!«

»Aber wir haben genau das Richtige getan!«, erwiderte Nico hitzig. »Wir können das auch alleine schaffen, so wie das Ding es gesagt hat.«

»Leute!« Emma hatte ihre Dolche eingesammelt und sah den herannahenden Greifern entgegen. »Streiten nützt gar nichts. Das Ding hat gesagt, wir sollen das Gleichgewicht wiederherstellen!« Die schaurigen Gestalten hatten jetzt fast den Gittersteg erreicht. Eine davon bemerkte die Freunde und stieß ein gruseliges Wimmern aus.

»Und wie sollen wir das machen?«, rief Tyler zurück. »Wir wissen ja nicht einmal, welches Gleichgewicht das sein soll!«

Die Greifer verteilten sich jetzt auf den Gitterstegen und drangen bis zu den Enden des Mittelsteges vor. Die Kluft zischte und ließ Funken sprühen. Tyler und Emma schmiegten sich mit dem Rücken an Opal und Nico, so dass sie ein enges Viereck bildeten.

Nico hob seinen Dolch. »Damit haben Opal und ich in der Leere einen Greifer besiegt. Vertrauen wir auf den Orden der Fackelträger.«

Opal krümmte sich zusammen. *Aber da haben wir die Dolche aus unserer Phantasie ins Leben gerufen. Das hier ist etwas anderes.*

Emma hob ihre beiden Waffen hoch und sagte mit bebender Stimme: »Also gut. Aber … wo zielen wir hin?«

»Der andere hatte so eine Art Leine«, erwiderte Opal hastig. Sie konnte Tylers zitternde Schultern spüren. »So was wie ein Seil, das aus seinem Rücken gekommen ist. Das haben wir durchtrennt.«

»Ich kann aber kein Seil sehen!«, rief Emma. »Wo soll das denn hinführen?«

»Keine Ahnung«, gestand Opal. »Vielleicht in ihre Welt?«

Nico verzog das Gesicht. »Der, dem wir begegnet sind,

der war mit dem Finstertief verbunden. Aber diese Greifer da, die haben keinerlei Verbindung zur Kluft.«

»Dann müssen wir uns was anderes überlegen«, sagte Emma mit verzagter Stimme, als der erste Greifer auf den Mittelsteg trat. »Und zwar *sofort*!«

Ohne Vorwarnung fing die ganze Bohrinsel jetzt heftig an zu zittern, wodurch der Steg sich unter Opals Füßen hin und her wand. Sie kreischte laut und hielt sich mit beiden Händen am Geländer fest. Dabei fiel ihr der Dolch aus der Hand, prallte auf dem Eisengitter auf und landete in der Kluft. Mit stockendem Atem sah sie, wie genau an der Stelle, wo der Dolch in den Fluten verschwunden war, ein Geysir in die Luft schoss. Der Wasserspiegel stieg schlagartig an.

Neben der Kluft schälte sich nun ein gewaltiger Umriss aus dem Meer.

Dunkelheit legte sich über den Raum. Lautes Gebrüll dröhnte durch den Bohrsaal, und Opal hielt sich die Ohren zu.

Die Bestie schüttelte sich wie ein nasser Hund, legte die Krallen auf den Beckenrand und stieß sich ab, um nach einem Gittersteg zu fassen. Das Eisen ächzte unter dem Gewicht des Seeungeheuers, während es sich nach oben zog.

Leichenblass rappelte Nico sich wieder auf. »Ist das … *unsere* Bestie?«

»Was spielt das für eine Rolle?« Opal schluckte die Galle, die sich in ihrem Mund gesammelt hatte, wieder hinunter. »Wir sind so oder so verloren.«

Die Bestie ließ sich auf alle viere fallen und schnüffelte. Dann starrte sie einen Greifer, der seine langen, dürren Finger nach Emma ausgestreckt hatte, wütend an.

Tyler holte eine mit blaugrünen Algen gefüllte Plastikflasche aus seiner Jackentasche und schwenkte sie über dem Kopf hin und her. Die Bestie spannte die Muskeln an und stieß ein erneutes Brüllen aus. Doch dieses Mal klang es anders. Dieses Mal schwang so etwas wie Wiedererkennen darin mit.

Nun näherten sich mehrere Greifer dem Seeungeheuer und hoben die Arme, so, als wollten sie es beschwichtigen.

Die Bestie bleckte die Zähne und stieß sich ab. Opal hörte ein lautes Knirschen, als der erste Greifer von einer gewaltigen Pranke über das Geländer geschleudert wurde. Der Schwanz der Bestie zuckte, und schon flogen drei weitere vom Steg. Noch bevor Opal reagieren konnte, stürmte die Bestie auf den Mittelsteg, auf dem sie sich zusammengekauert hatten. Er schwankte zwar und bog sich bedenklich unter der Last, aber er hielt.

Wie ein Berserker wütete die Bestie unter den Greifern und machte alles zu Kleinholz, was sich ihr in den Weg stellte. Opal und die anderen kauerten sich in Todesangst auf den Steg, als das gewaltige Monster mit einem Satz über sie hinwegsprang, um die Greifer auf der anderen Seite ins Visier zu nehmen.

Der Greifer neben Emma wollte noch zurückweichen, doch da zuckte bereits der Schädel der Bestie nach vorne. Ihre Kiefer schnappten zu. Blitzende Zähne bohrten sich in die Brust des Greifers. Die Bestie hob ihn hoch wie ein wehrloses Katzenbaby und schleuderte ihn in die Kluft. Die anderen Greifer schraken zurück, ließen sich von den Gitterstegen gleiten und suchten nach einem Fluchtweg.

Die Bestie sprang ihnen hinterher.

»Sie … sie hilft uns!«, stieß Nico voller Staunen hervor, während er zusah, wie die Bestie einen weiteren flüchtenden Eindringling zermalmte. »Und sie macht keine halben Sachen!«

»Jedenfalls scheint sie diese anderen Wesen abgrundtief zu hassen«, pflichtete Emma ihm bei. »Wir sollten schnell was unternehmen, solange die auf die Mütze kriegen.«

»Hast du dabei vielleicht eine Kleinigkeit vergessen?«, sagte Tyler kleinlaut. »Wir wissen immer noch nicht, *was* wir eigentlich unternehmen sollen!«

Opal versuchte, nicht in Panik zu verfallen. Sie holte tief Luft und überlegte fieberhaft. Das Ding hatte damals zusätzlich zu dem chemischen Siegel noch eine andere Maßnahme ergriffen, um die Kluft zu verschließen. Aber was? Wie hatte das Ding dafür gesorgt, dass das Portal undurchlässig blieb?

Die Bestie leistete ganze Arbeit. Inzwischen waren die meisten Greifer wieder in dem tosenden Strudel verschwunden. Dennoch war eine Handvoll von ihnen entkommen und zurück auf die Gitterstege gelangt, wo sie sich erneut den Freunden näherten.

Opal sprang auf. Bei ihrer erbarmungslosen Verfolgungsjagd auf die übrigen Greifer zertrümmerte die Bestie gerade die Außenwände der Bohrinsel. Sie würde die Schlacht gewinnen, aber leider drohte jetzt die ganze Konstruktion einzustürzen.

»Ich habe meinen Dolch fallen lassen«, sagte Nico und verkrampfte sich, während die Greifer auf beiden Seiten des Gitterstegs näher kamen.

»Ich auch.« Opal blickte Emma an, die mit leeren Händen dastand. Sie strahlte eine schwermütige, wortlose Verzweiflung aus. »Aber wir müssen doch irgendetwas unternehmen.«

Ein Greifer war jetzt dicht vor ihnen angekommen. Seine grässliche Fratze sah genauso aus wie die, die Opal von der Begegnung im Finstertief in Erinnerung hatte. Ob das der gleiche Greifer war? Sie konnte diese Wesen nicht verstehen. Warum traten sie überhaupt die Reise in eine andere Welt an, wenn sie nichts anderes vorhatten, als diese zu zerstören?

Ich wollte sie mir nur ansehen.

Opal zuckte zusammen. *Das Ding!*

Hatten die anderen es auch gehört? Die Stimme klang sehr zart und weit entfernt. Oder bildete sie sich das alles nur ein? *Womöglich verliere ich jetzt tatsächlich den Verstand.*

Nein, das tust du nicht. Ich habe mich noch einmal ein kleines Stückchen in den Durchgang zwischen unseren Welten gewagt, um mich erneut bei euch zu bedanken. Und um euch … zu helfen.

»Wir haben keine Zeit mehr!« Verzweifelt starrte Nico in den Strudel hinab. Er hatte das Ding eindeutig nicht gehört.

»Lasst uns reinspringen. Wir schwimmen runter ins Finstertief, zurück zum Hausboot, und holen Hilfe. Aber allein werden wir mit dem allem hier niemals fertig.«

»Bist du verrückt geworden?«, rief Tyler zurück. »Das ist doch keine Rutschbahn, Nico! Und außerdem sind da drin die ganzen anderen Greifer!«

»Wie sollen wir das Finstertief überhaupt finden?«, schaltete Emma sich ein. »Und was, wenn wir es verpassen und … und irgendwo ganz anders landen?«

Nein, Nico hat recht. Ihr müsst zurück in den Strudel.

»Was? Wieso denn das?«, brüllte Opal, während sie ins Leere starrte. Die anderen warfen ihr besorgte Blicke zu.

Als ich damals zu euch gekommen bin, da wollte ich gerne in eurer Welt bleiben. Yvette und ich haben verschiedene Experimente unternommen, und wir haben herausgefunden, dass mit einer gewissen Menge Eisen, in Salzwasser gelöst, ein Siegel über der Kluft entsteht. Aber mit zu viel oder zu wenig Eisen bestand die Gefahr, dass die Barriere zerreißt. Zu Anfang war ich froh, dass ich helfen konnte, und sehr interessiert an all dem, was wir entdeckt haben. Aber ich war immer an mein Glas gebunden. Irgendwann schließlich wollte ich nach Hause zurückkehren, doch Yvette hat das nicht zugelassen. Sie befürchtete, dass meine Rückreise durch die Kluft das Gleichgewicht, das zwischen unseren beiden Dimensionen entstanden war, ins Wanken bringen könnte.

»Aber wie habt ihr das Portal verschlossen?«, sagte Opal mit lauter Stimme, so dass auch die anderen sie hören konnten. »Bitte! Wir brauchen unbedingt Hilfe!«

Ausgleich.

Ich war in eurer Welt, und etwas aus eurer Welt war in meiner.

Opal riss die Augen auf.

Ausgleich.

Das Ding war weggegangen und hatte die Welt so aus dem Gleichgewicht gebracht.

Sie mussten es wiederherstellen.

Und mit einem Mal wusste sie, was zu tun war.

Opal packte Nico am Kragen und brüllte ihm ins Ohr.

»Du hast recht! Los, übers Geländer. Schnell!«

Er reckte ihr beide Daumen entgegen. »Irgendwie werden wir das Finstertief schon entdecken.«

Opal schüttelte heftig den Kopf.

»Nicht das Finstertief! Die andere Richtung! Wir müssen in die Kluft!«

31.
Nico

Nico starrte Opal voller Entsetzen an.

»Also, so langsam muss ich Tyler recht geben«, sagte er dann. »Vielleicht ist es doch keine so gute Idee, einfach in einen Riss im Raum-Zeit-Kontinuum zu hüpfen.«

»Ach, *echt?*«, brüllte Tyler ihm über die Schulter hinweg zu, während drei Greifer langsam auf ihn zukamen. Unter ihnen schlängelte sich die Bestie gerade aus dem strudelnden Becken in den graugrünen Ozean hinaus, um dort all jene Wesen zu jagen, die sich ins Freie geflüchtet hatten. Die Greifer auf dem Gittersteg witterten ihre Chance und kamen nun schnell näher.

»Nein. Ich hab die Lösung!« Opal schwang ein Bein über das Geländer. »Jetzt ist keine Zeit für Erklärungen, aber wir müssen springen. Und zwar sofort!«

Nico sah Opal an. Er blinzelte hektisch. Rührte sich nicht von der Stelle. Über ihren Köpfen zuckten dunkelrote Blitze über den nächtlichen Himmel, während erste Regentropfen durch das kaputte Dach fielen. Meereswellen krachten gegen die Außenwand der Kluft, als wären sie neidisch auf das Chaos, das dort im Inneren herrschte. Ein dröhnender

Donnerschlag ertönte, wie ein mächtiger Gong, und ließ die Bohrinsel erzittern. Es fühlte sich an, als würde die Erde aus ihrer Bahn geworfen.

»Wir haben einander bis jetzt immer vertraut«, rief Opal und wischte sich die feuchten Haare aus den Augen. »Glaubt mir noch ein allerletztes Mal. Ich weiß, was ich tue!«

»Okay!« Nico kletterte ebenfalls über das Geländer und warf Emma und Tyler einen besorgten Blick zu. »Los geht's, ihr beiden.«

Emma kroch unter den Stangen hindurch. Tyler schüttelte einmal kräftig den Kopf, doch als der Greifer, der ihm am nächsten stand, ein lautes Fauchen ausstieß, sprang er mit einem Satz auf das Geländer.

Sie hatten keine Zeit für einen dramatischen Abgang. Hatten kaum Zeit, Luft zu holen. Nico sah, wie Opal die Hände löste und sich in das schäumende, violette Wasser fallen ließ. Die Greifer heulten auf, streckten die Hände aus, um sie aufzuhalten. Nico sah auch Emma mit einem schrillen Schrei in den Wasserwirbel eintauchen, dann packte er Tyler an der Schulter und riss ihn mit sich zusammen in die Tiefe. Kaum hatten sie die Wasseroberfläche berührt, wurden sie in den Strudel gesaugt.

Nico spürte zunächst eine Eiseskälte, gefolgt von einer unerträglichen Hitzewelle. Er wollte schreien, aber sein Mund füllte sich sofort mit Wasser.

Er spürte, wie etwas an ihm zog, eine Kraft, ähnlich des Finstertiefs, nur stärker. Unendlich viel stärker.

Er hatte gar keine Wahl, sondern wurde einfach in ein

gewaltiges, pulsierendes, violettes Licht hineingerissen. Er stürzte einem gleißenden Riss in der Realität entgegen und wurde hindurchgeschleift. *Jetzt* konnte er schreien. Und das tat er auch.

Doch dann ... hörte er auf. Weil nämlich keinerlei Geräusch zu hören war, nichts, und das, obwohl er das Vibrieren seiner Stimmbänder sehr wohl spüren konnte.

Er ... schwebte.

Aber nicht im Wasser, weil nämlich gar kein Wasser mehr da war.

Es war wie ein Schweben im Nichts. Wie Gedanken, die durch einen Geist huschen, kurz bevor der Schlaf kommt.

Ein Gefühl der Ehrfurcht nahm ihn in Besitz. Das hier war etwas anderes als die Leere des Finstertiefs. Vielmehr wurde er von einem Prisma aus Farben und Umrissen umgeben. Immer wieder tauchten geometrische Formen um ihn herum auf, nur um genauso schnell wieder zu verschwinden. Unterhalb entdeckte er Opal und Emma, die einem zweiten schimmernden Riss im Stoff des Universums entgegensanken.

Nico blickte nach oben und sah den Spalt, durch den sie eingedrungen waren. Tyler schwebte immer noch direkt daneben.

Da ertönte eine Stimme in seinem Kopf. Tylers Stimme.

Ich kann die Bohrinsel immer noch sehen, sendete er. Dann legte er die Hand auf die Öffnung, und sie fing an, heller zu leuchten, ohne jedoch nachzugeben. *Aber das Portal ist versiegelt. Wir können nicht wieder zurück!*

Leute, hier unten!

Opal.

Nico versuchte, die aufkeimende Panik zu unterdrücken und zu den beiden Mädchen zu schwimmen, aber er schaffte es nicht. Er schwamm immer nur im Kreis.

Du musst es bloß denken, lautete Opals Botschaft. *Es funktioniert wie das Finstertief, nur ein bisschen anders.*

Nico hörte auf, mit Armen und Beinen zu fuchteln, und stellte sich vor, wie er immer weiter nach unten sank. Sein Körper gehorchte tatsächlich. Als er bei den Mädchen ankam, landete auch Tyler keuchend und schwitzend neben ihm.

Ist das nicht cool? Emmas Augen leuchteten vor Begeisterung.

Tyler riss die Arme in die Höhe. *Wir hängen hier fest! Die Kluft lässt uns nicht zurück in unsere Welt.*

Ist das hier die andere Dimension? Emma blickte sich in der Bonbonwelt, in der sie sich gerade befanden, ein wenig um. *Wo ist das Ding? Wo sind die ganzen Greifer und Bestien und was da sonst noch so rumläuft?*

Das hier ist sie nicht. Opal zeigte auf den zweiten, schimmernden Riss unter ihnen. *Das hier ist bestimmt so eine Art Zwischenraum. Ich wette, die Welt des Dings liegt irgendwo dahinter.*

Nico musterte das zweite Portal aufmerksam. Es leuchtete weiß, wie Zuckerguss auf einem Donut. Hinter dem nebligen Schleier lag, so sah es aus, eine wilde Landschaft in Rot- und Violetttönen, aber dann wurden unvermittelt zwei winzige, grüne Hände durch die Öffnung gestreckt, und Nico zuckte erschrocken zurück.

Es folgte ein Gesicht mit einem breiten Grinsen, und dann ein klopsartiger Körper. Begleitet von einem leisen Plopp kam das Ding durch den Riss, und es hielt etwas im Arm. *Sehr gut. Ihr seid alle da. Um in unsere jeweiligen Welten zurückkehren zu können, müssen wir unseren Abschied sehr genau aufeinander abstimmen.*

Nico starrte das Ding verblüfft an. *Was machst du denn hier?*

Ich helfe euch. Nun ja, oder zumindest Opal. Es hat mich sehr berührt, dass sie mich freigelassen hat. Nur wenige Geschöpfe des Universums besitzen ein solches Mitgefühl. Ich hatte schon befürchtet, meine Heimat nie wiederzusehen.

Das Ding lächelte Opal an, und sie wurde tatsächlich rot.

Also dann! Ich habe eine vorübergehende Lösung für die Kluft mitgebracht. Das Ding hielt ihnen einen Gegenstand hin. *Nehmt das. Es ist etwas aus eurer Welt, das schon vor langer Zeit in meine Welt gekommen ist. Es ist der Grund, warum ich überhaupt neugierig geworden bin – so neugierig, dass ich mich, ohne nachzudenken, auf den Weg durch diese Spalten gemacht habe. Ich musste einfach erfahren, welche Wesen ein solches Objekt zu schaffen in der Lage sind.*

Nico starrte das Objekt in den Händen des Dings an. Oberflächlich betrachtet handelte es sich um eine alte, rechteckige Schachtel aus stabilem Holz. Die beiden Seiten waren mit einem braunweißen Karomuster, ebenfalls aus Holz, verziert. Dann bemerkte Nico das Scharnier an der einen Seite der Schachtel und die Metallspange auf der anderen. Jetzt wusste er, was das war. *Ein Schachbrett? Das ist alles?*

Warum hatte das Ding dieses Schachbrett mitgebracht? Wollte es eine Partie spielen? Oder hatte er, Nico, womöglich eine Art Nervenzusammenbruch erlitten und litt unter Halluzinationen? Er kniff sich in den Arm, um sicherzugehen, dass er nicht träumte.

Als Yvettes Schiff untergegangen ist, wurden eine Menge Teile durch die Kluft in diese Leere hier gezogen. Das Ding klappte das Schachbrett auf und holte eine Schachfigur heraus. Es war ein fein gearbeiteter Springer aus Onyx. Das Ding betrachtete ihn wohlwollend. *Dieser kleine Abenteurer und seine Begleiter haben den langen Weg bis in mein Reich zurückgelegt. Ich habe das als Zeichen genommen und beschlossen, im Gegenzug eure Welt zu betreten.* Das Ding seufzte. *Ich habe mich als furchtlosen Entdecker betrachtet. Ich wollte wissen, welche Wesen etwas so Wunderschönes und Kunstfertiges schaffen können. Doch dann habe ich für meine Kühnheit einen hohen Preis bezahlt.*

Nico riss die Augen weit auf. Der Brief der Fackelträger! Er konnte sich an die unklaren Anweisungen erinnern, die Emma ihnen an Tylers Küchentisch vorgelesen hatte: Suchet die Plattform. Heget das Siegel. Haltet den Reisenden fest und wahret das Gleichgewicht!

Du bist der Reisende, stimmt's?, wandte er sich in Gedanken an das Ding und sah das kleine, grüne Wesen mit bedauerndem Blick an. *Der, den die Fackelträger unbedingt »festhalten« wollten. Sie haben dich tatsächlich eingesperrt, nicht wahr?*

Das Ding nickte betrübt. *Sie waren zwar nicht grausam, aber sie haben mir nicht gestattet zu gehen.*

Das ist ja schrecklich! Emma blickte hinauf zu dem Riss, hinter dem sich ihre Welt verbarg. *Die Fackelträger haben große Schuld auf sich geladen.*

Opal sah das Ding mit tiefem Bedauern im Blick an. *Ich möchte mich im Namen der Fackelträger in aller Form bei dir entschuldigen. Und wir versprechen hiermit, dass wir, die Fackelträger der Gegenwart, nie wieder etwas so Grausames tun werden.*

Das Ding lächelte. *Danke, Opal, und danke euch allen. Obwohl ihr vielleicht noch keine Versprechungen machen solltet, bevor ihr voll und ganz verstehen könnt, womit ihr es zu tun habt. Eure Welt ist kostbar und benötigt den Schutz der Fackelträger, so fehlbar sie auch sein mögen. Denn es gibt in diesem Multiversum noch mehr Welten als die meinige.*

Aber wir können nicht mehr zurück, entgegnete Tyler düster. *Ich hab's versucht. Die Kluft ist verschlossen.*

Wir befinden uns im Augenblick in einem Spalt zwischen den Dimensionen. Das Ding wies mit einer Handbewegung auf das kunterbunte Durcheinander, das sie umgab. *Meine Rückkehr hierher dient als Ausgleich für eure Anwesenheit in diesem Raum. Wenn wir ihn gleichzeitig verlassen, werden die beiden Klüfte uns passieren lassen. Und wir sollten keine Zeit verlieren. Dutzende von Greifern sind vor wenigen Au-*

genblicken auf diesem Weg zurückgeflüchtet, aber sie kommen garantiert wieder.

Kein Problem, erwiderte Tyler ein wenig eingebildet. *Dafür haben wir ja die Bestie.*

Die Knopfaugen des Dings wurden groß. *Interessant. Die ersten Fackelträger hatten einen Waffenstillstand mit dem Leviathan geschlossen und zur Kommunikation die Algen eingesetzt, aber sie waren niemals Partner. Es scheint, als hättet ihr diesbezüglich etwas Neues erreicht.* Seine Miene erhielt einen nachdenklichen Zug. *Vor vielen Jahren besaßen die Fackelträger einen Freund. Sein Name war Charles Dixon. Ich habe euch zu seinem falschen Grab geführt, um Opal den Kompass zu zeigen. Seine sterblichen Überreste wurden schon vor vielen Jahren in allen Ehren auf einen privaten Friedhof überführt, doch die Krypta hatte sich als Aufbewahrungsort für bestimmte Dinge bewährt. Dixon hatte wenig Interesse an Ritualen und noch weniger Interesse an der Überwachung des Finstertiefs, aber der Leviathan faszinierte ihn sehr. Nachdem er sein Leben gelassen hatte, gab es niemanden mehr, der eine wirkliche Verbindung zu dem Ungeheuer herstellen konnte. Vielleicht kannst du ja seine Aufgabe übernehmen, Tyler. Im Augenblick ist das Amt des Bestienbändigers schließlich unbesetzt.*

Tyler blinzelte mehrfach. »Das was?«

Das Amt des Bestienbändigers. Eine sehr bedeutende Position im Orden der Fackelträger, und die einzige, die auch von einer Person bekleidet werden kann, die kein offizieller Fackelträger ist.

Die Fackeln in Dixons Grabstätte, sagte Opal jetzt und schlug verblüfft eine Hand vor den Mund. *Die Flammen haben so komisch gerochen … nach verkohltem Seegras. Aber die sollten eigentlich gar nicht verbrannt werden, stimmt's?*

Das Ding nickte. *Das waren Algenfackeln, die als Signal für die Bestie gedacht waren. Sie waren nur im Lauf der Jahre vertrocknet. Du bist dem Leviathan mit brennenden Algen entgegengetreten, was ihn zweifellos in große Verwirrung gestürzt hat. Aber du konntest ja nichts dafür.* Das Lachen des Dings schallte durch ihre Köpfe. *Wenn es echte Fackeln gewesen wären, ich glaube nicht, dass das Ungeheuer euch hätte entkommen lassen.*

Jetzt fing der Raum um sie herum an zu pulsieren. Das Ding runzelte die Stirn. *Ich fürchte, es wird Zeit zu gehen.*

Emma nahm ihm das Schachbrett aus der Hand. *Dann nehmen wir das hier also wieder mit zurück in unsere Welt, und das Siegel bleibt verschlossen?*

Das Ding musterte sie mit undurchschaubarer Miene. *Vorerst.*

Nico spürte, wie sein Magen einen Purzelbaum schlug. *Das ist alles? Wir nehmen das Schachbrett mit nach Hause, und dann ist alles gut?*

Farben wogten durch das Nichts. Das Ding schickte ihnen eine besorgte Botschaft. *Wir waren schon zu lange hier. Die Ordnung ist gestört. Geht jetzt. Die Kluft wird sich hinter euch schließen, sobald wir das Gleichgewicht wiederhergestellt haben.*

Aber die Bestie ist doch immer noch in unserer Welt, sagte

Nico mit einem Mal. *Und vielleicht auch ein paar Greifer. Wie wirkt sich das denn aus?*

In der Antwort des Dings schwang so etwas wie Ungeduld mit. *Ich kann auch nicht alle Fragen beantworten, Nico, aber Ausgleich funktioniert nicht immer eins zu eins. Ich glaube, dass diese Lösung für den Augenblick ihren Zweck erfüllt. Dieses Objekt hat meine Gegenwart in eurem Reich ausgeglichen, und jetzt spüre ich bis auf den Leviathan nichts mehr, was aus meiner Welt in eure gelangt ist. Darum müssen wir lediglich meinen Weggang ins Gleichgewicht bringen.*

Opal schob sich nach vorne und nahm das Ding an der Hand. Die Geste schien das kleine Wesen zu verblüffen. *Danke, dass du uns eine zweite Chance gegeben hast. Hast du eigentlich einen richtigen Namen? Bitte entschuldige, dass wir dich nie danach gefragt haben.*

Das Ding blickte Opal durchdringend an. *Dax*, sendete es dann.

Der Raum, der sie umgab, krümmte sich. Nico spürte, wie er in die Länge gezogen und gleich darauf zusammengequetscht wurde.

Geht. Das Ding schwebte dem Riss in der Realität entgegen, hinter dem seine eigene Welt lag. *Schnell. Wir haben keine Zeit mehr.*

Die Wirklichkeit schien zu schmelzen. Nico nahm Tylers Hand, sah, wie er Emmas nahm, die wiederum Opals ergriff. Gemeinsam schossen sie nach oben, dem Portal entgegen, das sie in ihre Welt zurückbringen sollte. An der Schwelle angelangt, drehten sie sich noch ein letztes Mal um.

Das Ding winkte ihnen zu, und sie winkten zurück. Dann wandte es sich seinem Portal zu und ging hindurch.

Wird schon schiefgehen, sagte Opal und nahm Emma das Schachbrett ab. Sie hielt es in ihrer weit vorgestreckten Hand, trat an die Barriere und schob es hinein. Das Portal gab nach, ganz mühelos, und Opal stolperte vorwärts, so dass nur noch die Hand, mit der sie Emma festhielt, im Nichts zu sehen war.

Nicht loslassen! Das war Nico. Emma und Tyler folgten Opal hastig, und dann kam er. Als er durch den Schleier geschlüpft und im eiskalten, trüben Ozean angekommen war, spürte er, wie sich hinter ihm etwas schloss. Er ließ Tyler los, schwamm an die Oberfläche und holte tief Luft.

Sie befanden sich im Bohrsaal, im Inneren der zylinderförmigen Kluft. Das Wasser bewegte sich nicht mehr, und das violette Schimmern war beinahe ganz verglüht. Weit und breit gab es keine Spur von irgendwelchen Greifern oder der Bestie. Trotzdem befürchtete Nico, dass etliche davon noch frei herumlaufen könnten – ganz egal, was das Ding gesagt hatte –, aber dann hörte er über sich die Gitterstege ächzen und blickte nach oben.

Regen fiel durch das aufgerissene Dach. Die Bohrinsel vibrierte bedenklich und schien kurz davor umzukippen. »Wir müssen weg hier!«, schrie er den anderen zu.

Tyler war Emma behilflich, auf eine Leiter zu klettern. Opal und Nico schwammen zur nächsten weiter, wobei Opal das Schachbrett hoch über ihren Kopf reckte. Die Wand an Nicos linker Seite neigte sich bedenklich, während sie die Leiter hinaufkletterten. Auf dem Gittersteg angelangt, stürmten sie durch die Tür, kletterten die Außentreppe hinab und rannten über die einsame Felsenzunge.

Hinter sich hörten sie Metall kreischen. Nico drehte sich um und sah, wie die ganze Bohrinsel unter gewaltigem Ächzen und Knirschen in sich zusammenfiel. »O Mann«, keuchte Emma. »Das war knapp.«

»Vielleicht sollten wir uns ein Taxi rufen?«, sagte Tyler und zog die Kapuze über seinen Kopf. Der Regen ließ nun langsam nach, und auch das seltsame Leuchten erlosch allmählich, wie ein letzter Atemhauch. »Sonst …«

Nico starrte in die Dunkelheit. Die Wolken verdeckten den Mond. Die Welt lag nun in völliger Finsternis, und so würde es bis zum Anbruch des nächsten Tages bleiben. Wie lange würde es dauern, bevor ihre Eltern anfingen, nach ihnen zu suchen? Und würde tatsächlich auch jemand auf die Idee kommen, hier draußen nachzusehen?

Ein Scheinwerferkegel glitt suchend über die Wellen. Nico hörte das leise Schnurren eines Motors. Nur wenige Augenblicke später schob sich ein kirschrotes Sportboot durch die Brandung. Am Steuer stand Logan und winkte ihnen zu.

»Dem Himmel sei Dank«, keuchte Tyler. »Logan hat es geschafft!«

»Genau wie wir«, meinte Opal in ungläubigem Tonfall. »Wir haben die Kluft geschlossen, Leute. Das Ding hat es uns leicht gemacht.«

Nico nickte, obwohl ihn immer noch ein leises Unbehagen beschlich. Es war wirklich nicht schwer gewesen. Aber er musste an ein bestimmtes Wort denken, das das Ding gegen Schluss gesagt hatte: *vorerst*.

Logan warf ihnen eine Leine zu, und dann kletterten sie alle an Bord. »Tut mir leid, dass ich so spät komme«, sagte er. »Aber in der Stadt herrscht das totale Chaos, ihr geltet als vermisst und ich habe jetzt schon zweimal ein Boot gestohlen, was bedeutet, dass ich offiziell der gefährlichste Verbrecher von ganz Timbers bin.«

»Wollen die Phantome immer noch die Stadt verwüsten?«, erkundigte sich Opal und schob das Schachbrett unter ihren Sitz.

»Der ganze Trupp ist einmal durch die Innenstadt getobt, aber zum Glück sind fast alle Leute in ihren Häusern geblieben. Und dann waren die Phantome mit einem Mal verschwunden. Was immer ihr gemacht habt, es war keinen Augenblick zu früh. Aber es wird unmöglich sein, das, was da passiert ist, irgendwie zu vertuschen. Dutzende Menschen haben leibhaftige Monster die Main Street entlanglaufen sehen. Das können wir niemals alles auf Halloween schieben.«

»Mit den Phantomen haben wir doch gar nichts gemacht«, sagte Tyler ungläubig, doch dann dämmerte es ihm, und er schlug mit der flachen Hand gegen die Reling. »Das muss passiert sein, als das Ding zurück nach Hause gegangen ist! Ich wette, dass seine Geschöpfe zusammen mit ihm aus unserer Welt verschwunden sind. Und außerdem hat es uns ja auch geholfen, die Kluft zu verschließen.«

Logan schüttelte nur den Kopf. »Das könnt ihr mir alles auf dem Rückweg erzählen.«

Er steuerte das Boot rückwärts, wendete und lenkte es mit Vollgas wieder Richtung Timbers. Nico blickte an den nächtlichen Himmel hinauf, der inzwischen wieder ganz normal aussah. *Ob mein Leben auch wieder normal werden wird?* Während das Boot über die Wellen hüpfte, wurde er das Gefühl nicht los, dass seine Welt sich für immer verändert hatte.

32.
Opal

Der Horizont war strahlend blau, was im November eigentlich so gut wie nie vorkam.

Opal und Emma standen auf der Eingangstreppe der Stadtbücherei und ließen den Blick über die verwüstete Innenstadt schweifen. Einen Augenblick später kamen Nico und Tyler dazu, und dann tauchte aus der anderen Richtung auch Logan auf.

»Alles in Ordnung?«, fragte Opal die Jungen.

»Ja, so unglaublich es auch ist«, erwiderte Nico. »Ich kann immer noch nicht fassen, dass mein Dad mir das abgekauft hat.«

Tyler streckte ihr mit schuldbewusstem Grinsen sein Handy entgegen. »Kein Netz – die beste Ausrede aller Zeiten.«

Opal nickte mit leicht zerknirschter Miene. »Nachdem ich meiner Mom gesagt habe, dass wir uns in der Turnhalle verstecken mussten, weil irgendwelche Spinner unsere Halloween-Party an der Schule angegriffen haben, da hat sie mich ganz fest in den Arm genommen. Ich glaube, sie war immer noch ziemlich erschüttert, weil jemand einen Stein in das Schaufenster ihrer Bank geschmissen hat.«

»Und das Netz ist gestern Abend ja tatsächlich ausgefallen«, sagte Emma. »Der Sendemast ist außer Betrieb. Da ist es nur logisch, dass wir uns vor irgendwelchen Randalierern verstecken mussten.« Sie zuckte mit den Schultern. »Meine Eltern haben mir alles geglaubt, ohne Fragen zu stellen.« Dann legte sie die Stirn in Falten und starrte auf ihre Schuhspitzen hinab. »Aber ich muss praktisch an alle Einwohner von Timbers einen Entschuldigungsbrief schreiben. Viele Leute sind anscheinend ziemlich empört über meine Rolle bei dem Fiasko am Strand. Die glauben, dass ich die ganze Stadt verarschen wollte, nur um der *Freakshow* zu besseren Einschaltquoten zu verhelfen. Dabei war das doch bloß ein Ablenkungsmanöver, um sie vor größerem Schaden zu bewahren. Die müssten mir eigentlich dankbar sein.«

Gemeinsam drehten sie sich zu Logan um, der nur ein bitteres Schnauben ausstieß. »Wegen des ganzen Chaos ist das Süßigkeiten-Verteilen ausgefallen und Mom hat meine Hilfe gar nicht gebraucht. Darum hat kein Mensch gemerkt, dass ich weg war. Ich hab das Boot wieder an den Anleger gebracht, bin nach Hause gegangen und hab so getan, als wäre ich die ganze Zeit in meinem Zimmer gewesen.«

»Vielen Dank, dass du das riskiert hast, Logan.« Opal sah Nico an. »Ist dir eigentlich aufgefallen, dass die Rote Flut sich vollständig aufgelöst hat? Ich bin auf dem Weg hierher durch den Orca Park gekommen, und da ist weit und breit nichts mehr davon zu sehen. Das ist doch genau so seltsam wie ihr plötzliches Auftauchen, findest du nicht?«

Nico hob die Schultern und ließ sie wieder sinken. »Mein

Dad hat mir mehrere Artikel darüber auf den Schreibtisch gelegt, aber das, was wir hier erlebt haben, das war keine normale Algenblüte. Ich glaube, es muss irgendetwas mit der Kluft zu tun gehabt haben. Vielleicht ist durch den Riss Eisen ins Meer gelangt, das dann das Algenwachstum gefördert hat.«

Tyler nickte bedächtig. »Könnte sogar sein, dass die Bestie dadurch so wütend geworden ist. Sie hat ja offensichtlich genau gewusst, wo Dixons Grabstätte liegt, und anschließend ist sie zur Insel in der Stummen Bucht gekommen. Vielleicht wollte unsere neue Freundin einfach wieder Kontakt zu den Fackelträgern aufnehmen und ist stattdessen auf uns gestoßen. Auch wenn sich das ziemlich verrückt anhört.«

»Wir müssen uns unbedingt die Aktenschränke im Büro der Fackelträger vornehmen«, sagte Nico und kratzte sich an der Wange. »Aber dafür muss ich eine Möglichkeit finden, wie ich ins Zollamt kommen kann, ohne jedes Mal meinem Dad in die Arme zu laufen.«

»Sobald wir können«, meinte Opal zustimmend. »Aber zuerst haben wir andere Dinge zu erledigen.«

»Meine Mom fand es nicht so gut, dass ich so früh schon wieder weg wollte«, sagte Tyler. »Und du bist sicher, dass das wirklich nötig ist?«

Opal nickte mit gerunzelter Stirn. »Wir müssen Colton Bridger auftreiben. Er hat praktisch alles mitangesehen, und vielleicht hat er den Angriff am Strand sogar gefilmt. Aber davon darf auf keinen Fall etwas im Internet landen.«

»Sie sind unterwegs zum Hafen«, sagte Logan. »Jedenfalls habe ich ihren hässlichen Kamerawagen in die Richtung fahren sehen. Ich wette, sie wollen gleich die erste Fähre nehmen.«

»Mist.« Opal war bereits losgelaufen und winkte den anderen zu, ihr zu folgen. »Los, kommt mit! Dieses dämliche Filmteam macht uns womöglich alles zunichte.«

* * *

Als Opal sich dem *Freakshow*-Fahrzeug näherte, begrüßte Bridger sie mit angewiderter Miene.

»Du!«, spie er ihr durch das geöffnete Beifahrerfenster entgegen. »Verschwinde, du ungläubige kleine Göre. Lass mich in Ruhe!«

Nico und die anderen stellten sich hinter Opal auf den Bürgersteig dicht neben der Auffahrtrampe. Bridger saß alleine in seinem Fahrzeug in der Schlange und wartete darauf, dass die Fähre mit dem Beladen anfing.

Ein gehässiges Funkeln glitzerte in seinen Augen. »Ich habe keine Ahnung, welche Rolle du bei diesem ganzen Theater gespielt hast, oder wie du es angestellt hast, aber klar ist, dass du schuld bist an diesen grässlichen Gestalten. Da bin ich mir ganz sicher. Und es dauert nicht mehr lange, bis die ganze Welt euer kleines Geheimnis erfahren wird.«

»Welches Geheimnis?« Opal hatte keinerlei Geduld mehr mit Colton Bridger. Er riss ständig die Klappe auf, aber als die Armee der Phantome zum Angriff übergegangen war, da hatte er sich hilflos wie ein zu Tode erschrecktes Eichhörnchen vor der Bestie in den Sand gekauert. Hatte *er* etwa schon einmal irgendwelchen Kreaturen aus einer anderen Dimension gegenübergestanden? Hatte *er* eine Kluft im Raum-Zeit-Kontinuum verschlossen, die die Existenz der ganzen Erde bedroht hatte? Nein, hatte er *nicht*. Er behielt ja nicht einmal die Nerven, wenn er genau der Bestie begegnete, wegen der er hierhergekommen war. Toller Abenteurer.

Aber trotzdem … er und sein Team hatten eine Menge gesehen. Und das war ein Problem.

Bridger zog sich die Skimütze bis über die Augenbrauen. »Wir haben jede Menge Filmmaterial von gestern Abend, und ich kann euch garantieren, dass ich jede einzelne Sekunde davon senden werde. Die ganze Welt wird erfahren, was ihr Bauerntrampel hier so treibt. Da könnt ihr euer ganzes, bescheuertes Hinterwäldlerstädtchen drauf verwetten.«

»Wir haben Ihnen das Leben gerettet«, erwiderte Opal und starrte den gereizten Fernsehmoderator wütend an. »Ich glaube, was Sie eigentlich sagen wollten, war: *Vielen Dank dafür.*«

»Ich soll mich bedanken?« Bridger stieß die Beifahrertür auf und stieg aus. »Ihr habt doch ganz eindeutig die Bestie gerufen, und dann hätte sie mich beinahe umgebracht! Ihr habt ja sogar eine Spionin in meine Produktion eingeschleust.« Er schickte Emma ein kaltes Lächeln. »Aber dafür werdet ihr bezahlen. Ich mache dieses miefige, zurückgebliebene Provinzkaff im ganzen Land bekannt, und dann schießen meine Quoten in den Himmel!«

Bridger wandte sich ab und sprang wieder in seinen Transporter, doch Tyler hielt die Tür fest, bevor er sie zuziehen konnte. »Wenn Sie die Existenz der Bestie enthüllen, dann wird das viele böse Menschen anlocken. Menschen, die nur ihre eigenen Interessen im Blick haben, sonst nichts.«

»Aber genau das habt ihr doch auch gemacht, oder etwa nicht?« Bridgers Stimme klang sehr angespannt, und er richtete den gestreckten Zeigefinger auf Logan. »Habe ich nicht recht, T-Shirt-Boy? *Ihr wollt ein echtes Seeungeheuer sehen? Kommt nach Timbers!* Tja, ich gratuliere, weil ich euch nämlich euren Wunsch erfüllen werde!«

»Sie wollen absichtlich eine Katastrophe auslösen!«, rief Tyler mit angstgeweiteten Augen. »Da wird es Idioten geben, die die Bestie fangen wollen. Oder gar *erschießen*. Und die Bestie ist ja auch nicht gerade ein Schoßhündchen. Es könnte Tote geben!«

Tyler hatte recht. Opal spürte, wie ihr schlecht wurde.

»Das ist euer Problem.« Bridger lachte ihnen unverschämt ins Gesicht. »Ihr habt mich zweimal zu diesem grässlichen Vieh geführt. Ihr wolltet mich *umbringen*. Aber jetzt wisst ihr mal, wie sich … Rache anfühlt.«

»Wir haben Sie nicht gebeten, uns ständig hinterherzulaufen«, gab Nico zurück. »Und sind Sie nicht sogar genau deswegen hierhergekommen? Um die legendäre Bestie zu sehen?«

Die Schiffssirene der Fähre ertönte. In der Autoschlange

wurden die Motoren angelassen. Die anderen Mitglieder des *Freakshow*-Teams kamen aus dem Wartebereich und bestiegen den Transporter. Derek und Jacqueline nickten Emma zu, die verlegen zurückwinkte. Bridger stieß Tylers Hand beiseite und knallte die Tür zu.

Jake drehte den Zündschlüssel. Diese Fremden verließen Timbers mit den größten Geheimnissen der Stadt im Gepäck, und Opal konnte nicht das Geringste dagegen unternehmen.

Bridger kurbelte hämisch grinsend das Seitenfenster herunter. »Ich werde berühmt, ich werde so verdammt berühmt. Und nach dem Finale wird das alles hier ein einziges großes Schlachtfeld werden. Viel Spaß!«

Eine ganze Gruppe wütender Einwohner näherte sich nun dem Transporter. Jake schlug Bridger mit der flachen Hand auf die Brust und zeigte nach vorne. »Los geht's«, sagte Bridger angespannt. Dann starrte er Emma durchdringend an. »Die Hälfte der Stadt gibt uns die Schuld an dem, was gestern Abend hier passiert ist, bloß wegen deiner dämlichen Ansprache. Aber ich werde der Welt zeigen, was wirklich passiert ist. *DER GANZEN WELT!*«

Der Transporter fuhr auf die Fähre, und wenige Augenblicke später legte das schwere Boot ab. Das Filmteam stieg aus und begab sich in den Fahrgastbereich, nur Bridger ließ sich nicht mehr blicken. Wahrscheinlich hatte er zu viel Angst, um sich aus seinem Fahrzeug ins Freie zu wagen.

»Ich mag diesen Typen nicht.« Emma schüttelte den Kopf. »Erst will er unbedingt ein echtes Seeungeheuer zu Gesicht bekommen, aber als es dann so weit war, ist er überhaupt nicht damit klargekommen.«

Nico ließ den Kopf sinken. »Er wird Timbers zugrunde richten.«

»Es gibt nichts Schlimmeres als die lieben Mitmenschen«, sagte Opal und schlang die Arme um die Brust.

Tyler seufzte. »Da hast du aber so was von recht.«

Logan legte Ty die Hand auf die Schulter. »Also, ich persönlich finde ja, dass es nichts Schlimmeres gibt als kreischende Albträume aus einer anderen Dimension.«

»Unentschieden, okay?« Tyler rieb sich die Augen. »Leute, wir müssen etwas unternehmen.«

»Aber wir *können* nichts unternehmen«, erwiderte Emma mit düsterer Stimme. »Und jetzt muss ich nach Hause.«

* * *

Logan blickte durch das geöffnete Oberlicht nach unten. »Funktioniert es?«

»Ja«, erwiderte Emma. »Glaube ich zumindest. Ich habe drei Balken.«

Sie hatte ihr Tablet auf das Podest gelegt, auf dem bis vor kurzem das Einmachglas mit dem Ding gestanden hatte. Tyler und Logan hatten irgendein kompliziertes Handy-Streaming-Satellitensignal-Netzwerk eingerichtet, so dass sie sich die letzte Folge der *Freakshow* gemeinsam auf dem Hausboot anschauen konnten.

Draußen schien die Sonne, und zum ersten Mal seit einer

Woche lag keine Spur von Schwefelgestank mehr in der Luft. Opal und Tyler spielten Schach mit dem antiken Schachbrett, dass das Ding ihnen gegeben hatte. Sie kassierte zwar gerade eine überdeutliche Niederlage, aber das machte ihr nichts aus. Die hübsch gearbeiteten Figuren erinnerten sie an all das, was sie bisher erreicht hatten.

»Ich glaube, ich habe jetzt endlich rausgekriegt, was die Fackelträger uns mit diesem Brief sagen wollten«, sagte Tyler und zog seine Dame quer über das Brett, so dass Opal mit einem Mal doch nervös wurde. »Das mit dem Siegel und dem Reisenden und das alles.«

Opal starrte auf das Brett und versuchte herauszufinden, ob Tyler sie mit seinem Zug in eine Falle locken wollte oder nicht. »Okay?«

Tyler blickte zu Nico hinüber, der in einen Artikel über Vulkanasche vertieft war. Er forschte immer noch nach der Ursache für den Schwefelgestank, aber bis jetzt hatte er noch keine eindeutige Antwort gefunden. Er spürte Tylers Blick, richtete sich auf und bedeutete seinem Freund weiterzureden.

»Das Siegel war eine chemische Schutzschicht, die von den Fackelträgern entwickelt wurde, um die Kluft abzudecken und zu stabilisieren«, sagte Tyler. »Das war der erste Teil: *Suchet die Plattform. Heget das Siegel.* Aber es war das Gleichgewicht, das dafür gesorgt hat, dass die Kluft verschlossen war. Dass wir *den Reisenden festhalten* sollten, hieß, dass wir das Ding in seinem Glas auf unserer Seite behalten sollen. Nur deshalb ist die Kluft nie aufgebrochen.«

»Und dann haben wir das Gleichgewicht durch das da wiederhergestellt«, sagte Opal und tippte auf das Schachbrett. »Weil es im Austausch gegen das Ding die Seiten gewechselt hat. Nur haben wir damit das Siegel noch lange nicht repariert, stimmt's?«

Nico nickte. »Stimmt. Und das bedeutet, die Kluft ist zwar verschlossen, aber immer noch verwundbar. Ich weiß auch nicht, wie wir die richtige chemische Mischung je wieder hinbekommen sollen. Schließlich ist die Bohrinsel eingestürzt, und das Wasserbecken mit der Kluft liegt irgendwo unter den ganzen Trümmern.«

»Gut so!«, sagte Tyler. »Wenn wir da nicht rankommen, dann kommt auch sonst niemand ran.«

»Ich wünschte, wir könnten das Ding fragen«, ließ sich Emma vom Podest her vernehmen. »Irgendwie fehlt er mir, dieser kleine, grüne Gummiball.«

Tyler riss den Kopf nach oben. »Er *fehlt* dir? Hast du schon vergessen, dass dieses Monster uns an eine ganze Armee von Phantomen verfüttern wollte?«

»Aber letzten Endes hat er sich doch als nett erwiesen«, entgegnete Opal. »Die Fackelträger haben ihn jahrhundertelang eingesperrt. Ich mache ihm keinen Vorwurf, weil er uns anfangs nicht über den Weg getraut hat.«

Jetzt betrat Logan den Raum und stellte sich zu den dreien rund um das Schachbrett. »Du bist geliefert«, sagte er zu Opal.

»Es ist noch nicht vorbei«, giftete sie zurück. Tyler grinste nur und faltete die Hände hinter dem Kopf.

»Hast du eigentlich mit Sheriff Richie gesprochen?«, wollte Nico von Logan wissen. Jetzt, wo sich zu den ungelösten Vorfällen in der »Nacht der Bestie« auch noch das »Schwarze Halloween« gesellt hatte, herrschte bei den örtlichen Polizeibehörden eine außergewöhnliche Anspannung. Jeder einzelne Einwohner von Timbers wurde zu beiden Abenden befragt. Die Bürgermeisterin geriet schon bei der Vorstellung, ein weiteres Großereignis zu planen, in Panik. Schließlich hatten die beiden letzten Male mit der umfassenden Zerstörung von Gemeindeeigentum geendet.

Logan rieb sich den Nacken. »Mein Dad und ich haben uns gestern mit ihm getroffen. Die Ermittlungen sind in vollem Gang, aber bis jetzt hat sich niemand nach meinen Quads erkundigt. Könnte sein, dass ich ohne Kratzer aus der Nummer rauskomme.«

»Du solltest die Reifen in die Bucht schmeißen«, meinte Tyler und zog seinen Turm vier Felder nach vorne. »Du hast mit den T-Shirts doch bestimmt genug Geld verdient, dass du dir neue leisten kannst, oder?«

Logan zuckte mit den Schultern. »Ich habe das Geschäft eingestellt. Es kommt mir einfach nicht mehr richtig vor, seitdem die Bestie unser neues Haustier oder so geworden ist.«

»Sie ist kein Haustier«, fuhr Tyler in scharfem Tonfall dazwischen. »Sie ist unsere *Verbündete.*«

Opal warf Tyler einen vorwurfsvollen Blick zu. »Du hast mich matt gesetzt, stimmt's?«

»Stimmt genau.«

»Wo die Bestie wohl gerade steckt?« Emma starrte zum Erkerfenster hinaus. »Ich habe in der Stummen Bucht nach ihr Ausschau gehalten, obwohl ich mir gar nicht sicher bin, ob ich sie wirklich sehen will oder nicht.«

»Apropos.« Tyler stand auf, ging zu seinem Rucksack und holte ein dickes Buch heraus. »Das habe ich gestern Abend noch durchgelesen, und dabei habe ich das hier entdeckt.« Er zeigte den anderen eine der letzten Seiten. Darauf war eine Zeichnung von einer brennenden Fackel zu sehen.

»Das gleiche Zeichen wie auf Dixons Krypta«, stieß Opal hervor. »Und wie auf der Plakette mit seinem Namen.«

Tyler nickte und legte das Buch wieder weg. »Das ist das Symbol für eine bestimmte Position innerhalb des Ordens der Fackelträger.« Er räusperte sich. »Es ist das Wappen des Bestienbändigers.«

Nach einer kurzen Stille fing Nico an zu lachen. »Und das bist jetzt du?«

Tyler blitzte seinen Freund wütend an. »Wieso denn nicht? Ich weiß jedenfalls mehr über sie als ihr alle zusammen.«

Nico hob beschwichtigend beide Hände. »Ich hab doch bloß Spaß gemacht. Es passt einfach zu gut. Aber der Job gehört dir, gar keine Frage.«

»Unbestritten«, warf Logan ein. »Gratulation, Bestienbändiger.«

Opal nickte, genau wie Emma auch, und sie grinsten ihren schmächtigen Freund hocherfreut an.

»Ich … ich muss erst noch rauskriegen, was ich da eigentlich machen soll.« Tyler wirkte mit einem Mal sehr verlegen. »Und ich will ihr etwas Gutes tun, weil sie uns vor diesen Greifern gerettet hat.«

»Womöglich musst du die Bestie auch dazu bringen, uns zu verlassen«, sagte Nico leise. »Falls Bridgers bescheuerte Sendung nämlich dazu führt, dass die ganze Gegend hier nicht mehr sicher ist. Unter Umständen müssen wir sogar das Hausboot versenken.«

Die Stimmung im Raum sackte schlagartig in den Keller, und Emma warf einen Blick auf ihr Tablet. »Wenn man vom Teufel spricht …«, sagte sie. »Die letzte Folge ist jetzt online.«

Alle Einwohner von Timbers würden sie streamen, das war klar, auch diejenigen, die Colton Bridger die Schuld am »Schwarzen Halloween« gaben. Die Leute waren verärgert und verängstigt. Viele waren überzeugt davon, dass das Filmteam sie alle hinters Licht geführt hatte und dass die angebliche Armee der Phantome nur aus Spezialeffekten und irgendwelchen verkleideten Schlägertypen bestanden hatte, die heimlich eingeschleust worden waren. Aber es gab noch genügend andere, die das *nicht* glaubten, weshalb der Verfolgungswahn in der ganzen Stadt bunte Blüten trieb.

Opal und ihre Freunde wollten sich das Finale jedenfalls in Ruhe anschauen, ohne mitansehen zu müssen, was die Enthüllung all ihrer Geheimnisse für Konsequenzen haben würde. Die fünf neuesten Fackelträger waren nicht mehr die einzigen in Timbers, die von der Existenz der Bestie wussten, und das würde Auswirkungen haben. Falls Auswärtige auf der Suche nach einem Seeungeheuer in die Gegend kommen würden, dann würden sie zuerst die Stumme Bucht ansteuern, das war klar. All das, was sie mit aller Kraft zu schützen versucht hatten, war nun in Gefahr.

Sie versammelten sich um Emma vor dem Podest. Tyler nagte an seiner Unterlippe. »O Mann«, murmelte er. »Das wird ganz grässlich werden.«

Dann lief der *Freakshow*-Vorspann in seiner ganzen, grellen Scheußlichkeit über den Bildschirm. Anschließend wurde die Sendung zum ersten Mal überhaupt mit einer Nahaufnahme von Colton Bridgers Gesicht eröffnet. »Wir haben uns auf den Weg gemacht herauszufinden, ob die Legende der Bestie von Timbers tatsächlich wahr ist«, sagte er mit Grabesstimme. Er stand an einem windigen Strand, den Opal aber gar nicht kannte. Mit dem klaren, blauen Wasser und dem weißen Sand sah es eher aus wie in Kalifornien. »Und was wir in Timbers entdeckt haben, das hat selbst mich zutiefst erschüttert. Einen Mann, der schon überall war. Einen Mann, der alles gesehen hat.«

»Soll ich euch mal was verraten?«, knurrte Logan leise. »Die Moderation hätte ich auch hingekriegt.«

»Ich stehe hier, um Ihnen zu berichten«, sagte Bridger, und seine Stimme wurde eindringlicher, »dass dieses kleine, am Nordwestpazifik gelegene Holzfällerstädtchen ein düsteres Geheimnis hatte. Ein Geheimnis, für dessen Bewahrung die Einwohner sogar bereit waren zu *töten.*«

Tyler verdrehte die Augen. »Ach, hör doch auf.«

»Die technische Qualität ist längst nicht so gut, wie ich erwartet habe«, murmelte Emma. »Er hat sich beeilt, weil er es so schnell wie möglich senden wollte.«

Bridger beugte sich nun mit wildem, eindringlichem Blick dicht vor die Kamera. Opal wurde von einem leichten Schwindelgefühl gepackt. »Ich habe mir viele Gedanken gemacht, wie ich das, was Sie nun sehen werden, am besten präsentieren soll«, sprach er mit rauer Stimme weiter. »Und letzten Endes habe ich beschlossen, das Grauen einfach für sich selbst sprechen zu lassen.«

»Ich weiß echt nicht, ob ich mir das antun kann«, stöhnte Tyler. Opal drückte ihm die Hand. Sie wusste genau, wie ihm zumute war. Timbers würde nie wieder so sein, wie es vor dieser Sendung war.

Jetzt war der Razor Point in der Dunkelheit zu sehen. Am Rand des ausgeleuchteten Bereichs drängten sich zahlreiche Schaulustige und warteten darauf, dass Bridger mit seinen nachgestellten Szenen anfing. Nico, der gleich neben Opal stand, krümmte sich zusammen und klopfte ununterbrochen mit dem Fuß auf den Boden. Ihr eigener Puls raste mit ungefähr einer Million Schlägen pro Minute.

»Wir wurden angegriffen«, tönte Bridger, während am dunklen Bildschirmrand schemenhafte Bewegungen zu erkennen waren. »Und zwar von … *Monstern.* Zuerst von einer ganzen Horde Ungeheuer, so grässlich und abstoßend, dass sie sich jeder Beschreibung schlicht verweigern.« Doch zu sehen war gar nichts – die Phantome waren nichts weiter als undeutliche Schemen, und dazu kamen noch die Schreie und Bewegungen der Menschen im Vordergrund. Aber von Monstern war auf dem Bildschirm weit und breit nichts zu erkennen.

»Ist das sein Ernst?«, sagte Emma. »Da sieht man doch gar nichts!«

Opal hätte am liebsten laut gelacht, doch immer noch schlug ihr das Herz bis zum Hals. Bridger war noch nicht fertig, denn jetzt tauchten zahlreiche Phantome auf dem Bildschirm auf. Sie rannten den Strand entlang und schlugen die kreischenden Einwohner von Timbers in die Flucht. Chaos brach aus. Kameras und Scheinwerfer wurden umgestoßen, während die Menschen um ihr Leben liefen.

Opal grub die Fingernägel in ihre Handfläche. Sie hörte Nico leise wimmern, sah, wie er sich mit der Hand die Stirn rieb. Es war, als ob alles, was sie zu verstecken versucht hatten, jetzt offen vor aller Welt ausgebreitet wurde.

Nur …

»Was ist …« Logan verstummte.

»Hmm«, machte Tyler und legte den Kopf schief.

Opal merkte, wie ein nervöses Kichern in ihrer Kehle aufstieg.

»Das sieht wirklich unglaublich … *schlecht* aus«, sagte Emma und beugte sich dicht vor das Display. »Ist das überhaupt digital? Ich weiß, dass das ganze Team gekündigt hat, als sie wieder in Kalifornien waren, und dass Bridger den letzten Schnitt alleine gemacht hat. Er hat sich auf Twitter ausgiebig darüber ausgelassen und so getan, als würde er die anderen sowieso nicht brauchen. Er hat gesagt, er würde diese schockierenden Erkenntnisse ohnehin niemand anderem anvertrauen.«

Die Bilder sahen sehr grobkörnig aus. Ruckelig. *Gestellt.* Irgendjemand kam direkt auf die Kamera zu und brüllte hinein, wie ein Komparse in einem Godzillafilm. Dann lief ein Phantom mit großen Krallen vorbei, aber bis auf ein höchst seltsames Federkleid konnte man nichts erkennen. Und dann war plötzlich Nico zu sehen, wie er mit Steinen warf.

»He, Nico!«, rief Emma. »Du bist ein Action-Star!« Nico schlug die Hände vor die Augen.

»Der da …«, platzte Logan heraus und zeigte auf einen gehörnten Gorilla mit Schuppen. »Das Phantom da war wirklich gruselig, aber so wie er es gefilmt hat …«

»Sieht es aus, als hätten sie irgendeinen Dad in ein Gummikostüm gesteckt«, brachte Nico den Satz zu Ende. »Ist Bridger wirklich so unfähig?«

»Die Hauptkamera ist ja ziemlich schnell ausgefallen.« In Tylers Stimme war eine leise Hoffnung zu hören. »Die Aufnahmen müssen von den anderen Kameras auf den Stativen stammen, die sie zur Sicherheit aufgebaut haben. Die haben wahrscheinlich die ganze Zeit über gefilmt, aber es war ja dunkel, und niemand hat auf den Bildausschnitt oder die Schärfe geachtet. Anscheinend haben sie keine Aufnahmen aus der Nähe oder mit einigermaßen gutem Licht bekommen.«

»Und dann …«, sagte Bridger jetzt und seine Stimme wurde zu einem Flüstern, »… herbeigerufen von ein paar Kindern, die in den schwarzen Künsten bewandert sind, erschien plötzlich die *Bestie* höchstpersönlich … und wollte uns verschlingen.«

»Gnade.« Tylers Stimme klang flehend. »Bitte, nicht.«

Dann sahen sie, wie ein schiefes Stück des schwarzen Ozeans ins Bild kam. Ein Schauder kroch Opal über den Rücken. *Da ist es passiert.*

Undeutliche Bewegungen im Hintergrund, verdeckt von Meereswellen. Lautes Gebrüll.

Die Härchen an Opals Armen richteten sich senkrecht auf.

Als Nächstes schob sich der Kopf der Bestie in den Blick, geschwungen und tödlich. Aber … irgendwie sah er seltsam aus. Die Kamera filmte im Nachtbildmodus, obwohl die Bestie von unterhalb durch einen einsamen Scheinwerfer angestrahlt wurde. Das Seeungeheuer machte einen … verdutzten Eindruck. Wie ein Reh im Scheinwerferlicht. Es schnüffelte einmal, wie ein kurzes Niesen, und duckte sich dann wieder weg. Wenige Sekunden später ertönte ein erneutes Brüllen. Die Kamera kippte nach vorne, und das Display wurde schwarz.

»Und das war sie«, flüsterte Bridger erregt. *»Die Bestie des Grauens.«*

Nun wurde ein Standfoto vom Kopf des Seeungeheuers eingeblendet, aber es sah vollkommen unecht aus. Irgendwie … bescheuert. Als hätte Bridger eine Aufnahme von einem Spielzeugungeheuer gemacht.

»Äh.« Tylers Stimme klang nüchtern. »Was war denn das?«

Sie schwiegen alle etliche Sekunden lang, dann brachen sie in lautes Gelächter aus.

»Das sieht ja aus wie ein Kinderspielzeug für die Badewanne«, japste Logan. Er lag buchstäblich auf dem Boden. »Meine kleine Schwester hat früher mit dem Handy meines Vaters solche Videos gemacht.«

»Wie Sie sehen«, fuhr Bridger nun mit eindringlicher Stimme fort, »sind die Legenden wahr. Die Bestie … sie lebt.«

Ein letztes Mal zog der Kopf der Bestie im Hintergrund vorbei, dann setzte dramatische Musik ein und die Sendung war zu Ende. Nico lief purpurrot an vor Lachen.

Opal konnte sich nicht mehr halten. Sie lehnte den Kopf an Nicos Schulter und versuchte, irgendwie wieder zu Atem zu kommen.

»Aua, aua, aua, Leute«, japste Emma. »Ich glaube, ich hab mir die Bauchmuskeln gezerrt.«

Nico hatte bereits sein Smartphone in der Hand. Er zeigte es Logan. »Siehst du das?«

»O Mann, das Internet macht die *Freakshow* fertig«, jubilierte Logan. »Seht euch mal die Kommentare an. Bridger ist bloß noch eine Witzfigur!«

Als Opal ausatmete, kam es ihr so vor, als hätte sie seit Tagen die Luft angehalten. Sie machte die Augen zu. Natürlich hatten sie immer noch jede Menge Probleme – viele Menschen in Timbers wussten, dass gestern Abend etwas Unglaubliches vorgefallen war –, aber von der *Freakshow* waren keine nennenswerten Erschütterungen mehr zu erwarten. Die Sendung wurde auf sämtlichen sozialen

Medien als miese Fälschung angeprangert. Das Interesse an der Bestie würde dadurch nicht geweckt, sondern vielmehr eingeschläfert werden.

Die Kluft war verschlossen. Das Ding war zu Hause. Niemand würde diese Aufnahmen für echt halten.

Opal holte das Notizbuch mit den kleinen Astern in der Ecke jeder Seite hervor, klappte es auf und malte neben eine der Blüten einen kleinen Edelstein. Einen Opal. Dieses Buch hatte höchstwahrscheinlich einmal einem Fackelträger gehört, aber jetzt gehörte es ihr. Irgendjemand musste diese Geschichte erzählen. Und das traute sie sich zu.

Sie klappte das Notizbuch zu, verstaute es in ihrem Rucksack und stand auf. *Nur noch eine letzte Aufgabe zu erledigen.*

»Was machst du?«, wollte Nico wissen, als sie sich der Geheimtür näherte. Die anderen reichten einander sein Smartphone weiter und schauten abwechselnd auf das Display, um sich die vernichtenden Kommentare über die *Freakshow* vorzulesen.

»Ich will nur einen Blick auf das Finstertief werfen«, sagte Opal. »Ich bin immer noch ziemlich durcheinander, weil es versucht hat, die Treppe zu verschlucken, verstehst du?«

Nico nickte und sprang ebenfalls auf. »Ich komme mit.«

Sie gingen die Treppe hinunter. Das Finstertief verhielt sich wieder ganz normal und lag still in seinem Bassin in der Mitte des Raums. Sie hatten keine Ahnung, weshalb es so hoch angestiegen war oder warum es sich nun wieder zurückgezogen hatte. Opal war einfach nur dankbar, dass es sich ruhig verhielt.

Doch dann erstarrte sie.

»Nico«, sagte sie leise.

»Ich sehe es«, flüsterte er.

Da schwamm etwas in dem schwarzen Wasser.

Ein Einmachglas.

Opal und Nico wechselten einen Blick.

»Willst du auch so tun, als hätten wir es nicht gesehen?«, sagte Nico mit Hoffnung in der Stimme.

»Mehr als alles andere in der Welt. Wir können in drei Sekunden wieder oben sein.«

Doch stattdessen schoben sie sich vorsichtig auf den Rand des Bassins zu. Mit den Fingerspitzen angelte Opal das Glas aus dem Wasser.

Es war nicht leer.

»Wir könnten in einer halben Stunde zu Hause sein«, schlug Opal vor.

»Ich habe noch jede Menge Hausaufgaben«, pflichtete Nico ihr bei.

Zögerlich schraubte Opal den Deckel auf. Im Inneren lag ein Zettel mit ein paar handgeschriebenen Sätzen.

»Wir müssen das nicht lesen«, sagte Nico. »Lesen wird allgemein überschätzt.«

Opal überflog den Zettel. »Das ist eine Botschaft.«

»Eine Flaschenpost.« Nico seufzte. »Abgeschmackter geht es wohl nicht mehr. Was meinst du, wer will uns da verarschen? Logan oder Tyler?«

Opal lachte nicht. Ihre Eingeweide zogen sich zusammen.

Wortlos reichte sie den Zettel an Nico weiter. Er las ihn, und sämtliches Blut wich aus seinem Gesicht.

Fackelträger,

habt sehr herzlichen Dank dafür, dass ihr mich nach Hause geschickt habt.

Aber ich fürchte, das Gleichgewicht wurde nicht wiederhergestellt.

Hier ist etwas, was nicht hierhergehört.

Oder soll ich sagen: jemand?

Kommt und seht, was ich für euch habe.

D.